俄苏文学经典译著·长篇小说

列夫·托尔斯泰（1828—1910）

19世纪俄国伟大的批判现实主义小说家、评论家、剧作家和哲学家。托翁是一位多产作家,也是世界公认的最伟大的作家之一。其代表性作品有《战争与和平》《安娜·卡列尼娜》和《复活》等,影响深远。

郭沫若（1892—1978）

中国作家、历史学家、考古学家、古文字学家、社会活动家,新诗奠基人之一。原名郭开贞,笔名郭鼎堂等,四川乐山人。著有《女神》《甲骨文字研究》《屈原》《青铜时代》等,有《郭沫若全集》行世。

高地（1911—1960）

即高植。安徽巢县(今巢湖市)人,作家、翻译家。通晓英、日、俄文,尤致力于俄罗斯文学研究。抗日战争时期与郭沫若联署翻译《战争与和平》,得到普遍赞誉,从此深耕于托翁著作的翻译。此后又陆续翻译了《复活》《幼年·少年·青年》《安娜·卡列尼娜》等作品。

Воина и мир

Leo Tolstoy

俄苏文学经典译著·

长 篇 小 说

Russian

Literature

Classic.

NOVEL

战争与和平

【第四卷】

[俄]列夫·托尔斯泰 著

郭沫若 高地 译

三联书店

Copyright © 2022 by SDX Joint Publishing Company.
All Rights Reserved.
本作品版权由生活·读书·新知三联书店所有。
未经许可，不得翻印。

图书在版编目（CIP）数据

战争与和平 /（俄罗斯）列夫·托尔斯泰著；郭沫若，高地译.——北京：生活·读书·新知三联书店，2022.1
（俄苏文学经典译著·长篇小说）
ISBN 978-7-108-07114-9

Ⅰ.①战… Ⅱ.①列…②郭…③高… Ⅲ.①长篇小说-俄罗斯-近代 Ⅳ.①I512.44

中国版本图书馆CIP数据核字（2021）第039003号

第一部

一

　　在彼得堡，在上层团体里，路密安采夫派、法国人派、玛丽亚·费道罗芙娜派、皇太子派及其他党派之间的复杂斗争，进行得比以前更加热烈。这斗争和通常一样，被朝廷庸人的杂声所遮盖。但安静的、奢华的，只被幻想与生活反映所劳神的彼得堡生活，进行如旧。在这种生活过程中，要费很大的力量才能使人认识俄国人民所处的危险和困境。招待与跳舞会如旧，法国戏院如旧，朝廷的兴趣如旧，官职的兴趣与阴谋如旧。只有最高的团体在努力使人认识当前境况的困难，有了流言，说到两位皇后如何在这样困难的环境里彼此反对。玛丽亚·费道罗芙娜皇后[1]担心她所赞助的慈善机构与教育机关的安

---

[1] 丈夫是保罗（巴弗尔）。——毛

全,下令将这些机关迁至卡桑,这些机关的设备都摒挡起来了。叶丽萨裴塔·阿列克塞芙娜皇后[1]在人问她有何吩咐的时候,她带着特有的俄国式的爱国心回答说,关于国事她不能有何吩咐,这是属于皇帝的事情,至于与她个人有关的事,她说她要最后离开彼得堡。

八月二十六日,即保罗既诺战役的那天,安娜·芭芙洛芙娜家举行夜会,会中精彩的地方是总主教书信的宣读,这封书信是他送圣·塞尔基神像给皇帝时所写的。这封书信被人当作爱国的宗教的流畅文字的模范。这封书信要由发西利郡王本人诵读,他是以朗诵的本领著名(他常在皇后面前朗诵)。这个朗诵的本领是:响亮地、和谐地在失望的呼号与温柔的低诉之间,完全与文意无关地读过文句,因此是完全偶然地呼号落在这个字上,低诉落在另一个字上。这次的朗读和安娜·芭芙洛芙娜所有的夜会相同,具有政治的意义。在这个夜会里将有几个要人莅临,他们将因为自己入法国戏院而被人弄得羞耻,并将发生爱国的情绪。已经到了很多客人,但安娜·芭芙洛芙娜并未见到那些应到的人,因此不急于朗读,而领导着一般的谈话。

这天彼得堡的新闻是别素号夫伯爵夫人的生病。伯爵夫人数日之前偶然有恙,未参加好几个集会,她是这种集会里的装饰品;并且听说她不见任何人,不请一向替她治疗的彼得堡名医,她相信某一个意大利医生,他用新异而非常的方法治疗她。

大家都很知道,美丽的伯爵夫人的疾病,是因为同时嫁两个男人的不方便,而意大利人的治疗是要去除这种不方便;但在安娜·芭芙

---

[1] 她丈夫是亚历山大一世。——毛

洛芙娜面前不但没有人敢想到这一点，且似乎没有人知道这一点。

"听说可怜的伯爵夫人病很重。医生说是心胸发炎。"

"发炎？啊，这是可怕的病！听说因为发炎，情敌和好了……"大家带着很大的趣味说"发炎"。

"听说，老伯爵很伤心。医生向他说这个病有危险的时候，他哭得像一个小孩子。"

"啊，这是很大的损失，她是那样美丽的妇人。"

"你是说可怜的伯爵夫人吗？"安娜·芭芙洛芙娜走上前说。"我派了人去探问她的病况，他们告诉我，她好了一点。啊，无疑，她是世界上最美的妇人。"安娜·芭芙洛芙娜说，对于自己的热情发笑。

"我们属于不同的阵营，但这不能阻止给她应得的尊敬，她是那样不幸。"安娜·芭芙洛芙娜又说。

认为安娜·芭芙洛芙娜是用这些话轻轻打开伯爵夫人疾病的神秘之幕，一个不小心的青年贸然表示惊异，说他们未请名医，而由江湖庸医治疗伯爵夫人，他或许用危险的药方。

"你的消息也许比我的好，"安娜·芭芙洛芙娜忽然恶毒地攻击这个没有经验的青年，"但是我根据可靠的来源，知道这个医生是一个很有知识、很有本领的人。他是西班牙皇后的御医。"这样地击破了青年，安娜·芭芙洛芙娜转向俾利平，他在另一个小团体里讨论奥地利人，他抬起眉心，显然是要放下来，说一句警语。

"我觉得这是很好的。"他说到那件外交牒文，它是和维特根卡泰恩（彼得堡方面称他为彼得堡的英雄）所夺得的奥国国旗一同送至维也纳。

"怎样，怎样？"安娜·芭芙洛芙娜向他说，引起了肃静来听她已知道的那句话。

于是俾利平重述了他所作的外交牒文中如下的原文。

"皇帝送回奥国国旗，"俾利平说，"友谊的、丢失的、在路旁发现的国旗。"俾利平说完，放松额皱。

"好极了，好极了。"发西利郡王说。

"也许是华沙大路。"依包理特郡王大声地、意外地说。大家都看着他，不明白他说这话的意义。依包理特郡王也带着愉快的惊异环顾四周。他和别人一样，不懂他的话意何在。他在外交事业的时间里，屡次注意过，这样忽然说出的话显得是很机警的，他每次都是说出先到口头的话。"也许说得很好，"他想，"但假使不然，他们知道应付。"确实，在这个不舒服的静默时，那个爱国心不足的人走了进来，安娜·芭芙洛芙娜等着纠正他。她笑着向依包理特摇手指，邀发西利郡王到桌子前，给他带来两支蜡烛和手稿，请他开始读。大家静默。

"宏恩的君主皇帝！"发西利郡王厉声地宣读，并环视听众，似乎是问有谁要说出什么反对的话，但没有人说什么。"首要的都城莫斯科，新耶路撒冷，接待它的基督，"他忽然加重"它的"，"好像一个母亲把她的热心的儿子们放在怀抱中，从聚集的烟雾中，预见到你的权柄的赫赫光荣，胜利地高唱：啊啦啦，来到的他有幸福！"发西利郡王哭声地读最后一句。

俾利平注视自己的指甲，显然许多人惊慌，好像是问他们做了什么错事。安娜·芭芙洛芙娜低声地在先复述，好像老太婆复述《圣经》

的祷文:"让无礼傲慢的歌利亚……"她低声说。

发西利郡王继续读:

"让无礼傲慢的歌利亚从法国的边境把死亡的恐怖带到俄国的境内,谦逊的信仰,这是俄国大卫的投石器,即将忽然痛击他的残忍的骄傲。这种神圣的塞尔基的神像,为我国福利的、古代热诚的战士,是为皇帝陛下的。不幸,我的衰弱的体力使我无福得见御颜的光彩。我向天热诚祈祷,万能的主将抬举公正的人,满足陛下正当的希望。"

"多么有力!多好的风格!"这是对于朗诵者和作者的称赞。被这个文辞所激动,安娜·芭芙洛芙娜的客人们久久地谈论着祖国的境况,对于数日之内即将发生的战事的结果,做着各种的预测。

"你们将看到,"安娜·芭芙洛芙娜说,"明天,皇帝的生日,他们就有消息。我有很好的预感。"

一

安娜·芭芙洛芙娜的预感确实灵验了。第二天[1]，在宫中教堂为皇帝的生日做祈祷时，福尔康斯基郡王被人从教堂里叫出，接到库图索夫郡王的信。这是库图索夫在交战的那天从塔塔锐诺佛写来的报告。库图索夫写着俄军未退一步，法军损失远过我方，他是从战场上匆忙地送信，来不及收集最后的消息。这似乎是一个胜仗。立刻，尚未走出教堂的人即为造物主的帮助和胜利向造物主做感谢祈祷。

安娜·芭芙洛芙娜的预感证实了，城中整个的早晨都是喜悦庆祝

---

[1] 彼得堡距库图索夫所在处四百英里，最快的交通是马匹，不能把当晚的消息于次日送到。亚历山大一世的生日是十二月十二日，八月三十日是他的命名日。故此处之日期不是八月二十七日，而是三十日。——毛德

的心情。大家认为这个胜利是完全的，有的人甚至说到拿破仑本人的被虏、他的推换以及法国新首的遴选。

远离战事，在朝廷生活的环境中，事情极难显出它的充分意义和力量。公共的事件自然而然地牵连着一些个人事件。例如现在，朝廷的主要喜悦，一半是由于我们得胜，一半是由于这个消息正在皇帝的生日来到。这好像是布就的惊人事件。在库图索夫的报告中也说到俄军的损失，并且其中提到屠契考夫、巴格拉齐翁、库他益索夫。这个事件的悲哀方面，在彼得堡社会里，也不觉地集中于一个事件——库他益索夫的死。大家知道他，皇帝爱他，他年轻而有趣。这天大家见面都说：

"发生的多么奇怪。正在大家祈祷的时候，库他益索夫是多么大的损失！啊！多么可怜！"

"我向你说了库图索夫什么呢？"发西利郡王现在带着预言家的胜利说，"我一向说只有他一个人能够征服拿破仑。"

但第二天没有军中消息，大家的声音又开始忧虑了。朝臣们感觉到皇帝所感的游移之苦。

"皇帝的什么样的地位！"朝臣们说，已经不像两天以前那样称赞库图索夫，而现在却批评库图索夫是皇帝不安的原因。这天发西利郡王不再夸奖他的被爱护者库图索夫，却在谈话涉及库图索夫时保持沉默。此外，这天傍晚的时候，似乎一切都结合妥当，要把彼得堡居民抛入悬虑与不安之中：又增加了一个可怕的消息。叶仑娜·别素号夫伯爵夫人突然死于他们那么愿意谈及的那个可怕的疾病。在大团体里，大家都正式地说别素号夫伯爵夫人死于可怕的"心胸发炎"症。

但在熟人之间，他们谈到详细情形，说西班牙皇后的御医给了爱仑某种小量的药剂，以便发生一定的作用；但爱仑因为老伯爵怀疑她，因为她写信给丈夫，丈夫（那个不幸的放荡的彼挨尔）不回信而痛苦，她忽然开了过量的药剂，在未能施救之前已死于痛苦之中。他们说发西利郡王和老伯爵要控告那个意大利人，但意大利人出示了不幸的死人的那些手迹，他们立刻放了他。

一般的谈话集中在三件可悲的事上：皇帝的悬虑、库他益索夫的去世和爱仑的死。

在库图索夫来信后的第三天，有一个绅士从莫斯科来到彼得堡，全城之中散布了法兵占领莫斯科的消息。这是可怕的！皇帝的地位如何！库图索夫是国贼，而发西利郡王在客人为他女儿去世而来吊慰的时候，说到他从前所称赞的库图索夫（他在悲伤中忘记了他从前所说的话，这是可恕的），他说什么都不能够期待于一个瞎而荒唐的老人。

"我只是诧异，如何能将俄国的命运信托这样的人。"

在这个消息还不是正式的时候，尚可对它怀疑，但第二天寄到了拉斯托卜卿伯爵的如下的报告：

"库图索夫郡王的副官带信给我，他在信中要求我派警官引导军队上锐阿桑大道。他说，他可惜要放弃莫斯科。大人！库图索夫的行为决定首都与你的帝国的命运。知道了莫斯科城的放弃，俄国将要震动，俄国的伟大集中在这里，我们祖宗的骨灰在这里。我要随着军队。我搬走了一切，我剩下的事，是悲哭祖国的命运了。"

接到了这个报告，皇帝派福尔康斯基郡王送给库图索夫如下的谕旨：

"米哈伊·依拉锐诺维支郡王！自八月二十九日，我即未接到你的任何报告。同时，在九月一日，我由雅罗斯拉夫方面接到莫斯科警备司令寄来的可悲的报告，说你决定带走军队放弃莫斯科。你自己可以想象这个消息对我所产生的影响，而你的沉默加深了我的惊异。我派来高级副官福尔康斯基郡王，向你探知军队的情况，以及使你做这样凄惨决定的各种理由。"

三

在莫斯科放弃后九日，库图索夫的专使带了放弃莫斯科的正式消息来到彼得堡。这个专使是法国人米邵，他不懂俄语，但他却这样地说自己："虽然是外国人，我的心和灵魂却是俄国的。"

皇帝立刻在卡明岛宫中自己的里房接见来使。米邵在战事之前从未看见过莫斯科，又不懂俄语，当他在我们的"仁德君王"（他这么写）之前，报告莫斯科的"火光照亮了他的路线"的大火的消息，他仍然自觉受了感动。

虽然米邵先生烦恼的根源和俄国人民烦恼的根由应当不同，米邵却在被带至皇帝书房，皇帝立刻向他发问时，有了那么忧郁的面色。

"你带给我恶消息吗，上校？"

"很恶,陛下,"米邵叹气垂着眼回答,"莫斯科失守。"

"难道是他们不战就放弃了我的古都吗?"皇帝迅速地问,忽然脸红。

米邵恭敬地报告,说他奉库图索夫之命来报告这个意思,就是在莫斯科作战是不可能的,而且只有一个选择——损失军队与莫斯科,也只损失莫斯科——当然元帅要选择后者。

皇帝沉默地听着,不看米邵。

"敌人进城了吗?"他问。

"是,陛下,现在城已成灰了,我在满城大火中离开了。"米邵坚决地说,但看到了皇帝,米邵因为他的行动而恐怖。皇帝困难地、急迫地叹气,他的下唇打战,美丽的蓝眼睛里忽然有了眼泪。

但这只经过了片刻时间。皇帝忽然皱眉,似乎因为自己的软弱而批评自己。他抬起头,用坚决的声音向米邵说:

"上校,由于我们现在所发生的一切,我看到,天意要我们有更大的牺牲……我准备一切都顺从天意。但是你告诉我,米邵,你如何离开了不战而放弃我的古都的军队?你没看到军气不振吗?……"

看到"仁德君王"的宁静,米邵也宁静了,但对于皇帝直接的、实际的、需要直接回答的问题,他尚不及准备回答。

"陛下,可否允许我坦白地说,如同一个精忠的军人?"他说,以便有时间思索。

"上校,我一向需要如此,"皇帝说,"什么都不要隐瞒,我要绝对地知道一切真况。"

"陛下!"米邵嘴上带着几乎看不出的微笑说,已经在轻松的恭敬的"搬弄文字"的形式中准备了自己的回答,"陛下,我离开军队时,他们是在极大的绝望的恐怖中,自司令官至兵士,没有例外。"

"怎么这样?"皇帝严肃地皱眉,插言,"我的俄国人会让他们自己因为失败而丧气吗……绝不……"这正是米邵为了他"搬弄文字"所期望的。

"陛下。"他带着恭敬而游戏的表情说。"他们只怕陛下因为心肠仁慈而听从讲和。他们极愿作战,"这位俄国人民的代表说,"并且要牺牲性命,向陛下证明他们是如何的忠心……"

"啊!"皇帝眼里带着和蔼的光彩安静地说,并拍米邵的肩头,"你使我安心了,上校。"皇帝垂头沉默片刻。

"好,回到军队里去吧。"他全身立起,并用和善的、庄严的姿势对米邵说。"在你所到的地方,你告诉我的勇士,告诉我的好百姓,说在我没有一个兵的时候,我将亲自领导我的亲爱的贵族,我亲爱的农民,用我的帝国的最后资源。它所给我的,比我的敌人所设想的更多。"皇帝说,更加激动起来。"但是假使在天意文令中注定了,"他说,抬起美丽的温柔的闪耀着热情的眼睛向天,"我的朝代要在我祖宗的宝座上断绝,那么,消耗了我手中的一切力量之后,我让我的发须长到这里,"皇帝把手比到胸脯的当中,"我去同我的最苦的农民吃山芋,而不签订我的国家和亲爱的人民的耻辱,我知道如何尊重他们的牺牲……"用激动的声音说了这些话,皇帝忽然转身,似乎是不要让米邵看见含在他眼中的泪,他走到书房的尽头。在那里站了一会儿,他大步地回到米邵面前,用有力的姿势握他的下肘。皇帝美丽温和的脸上发红,他的眼睛里燃烧着坚决与愤怒的光彩。

"米邵上校,不要忘记了我在这里向你所说的,也许有一天我们会快乐地想到……拿破仑或我,"他摸着胸口说,"我们不能同时治国,我现在知道他了,他不能再骗我了……"皇帝皱眉沉默。听到这些话,看见皇帝眼中坚定决心的表情,米邵——"虽然是外国人,但他的心和灵魂却是俄国的"——在这个严肃的时候,觉得自己因为刚才所听到的一切而变得热情(他后来这么说),并且他在下面的话中表示了自己的情感和俄国人(他自认是他们的全权代表)的情感。

"陛下!"他说,"陛下此刻签订了国家的光荣和欧洲的拯救!"

皇帝点头,命米邵退下。

四

　　那时俄国被占领了一半,莫斯科居民逃至外省,民团一队一队地招募起来保卫祖国。我们不是生在那时的人,不禁地觉得那时所有的俄国人,自平民到伟人,都只忙于牺牲自己、拯救祖国或者哀哭祖国的灭亡。那时的传说与记载,没有例外地,都只说到自我牺牲、爱祖国、失望、烦恼和俄国人的英勇。其实并不如此。我们觉得如此,只是因为我们仅在过去之中看到那时一般的历史兴趣,而未看见当时人们所有的那些个人的人性的兴趣。同时,在实际上,那些个人的眼前兴趣是那样地比一般兴趣更为重要,以致一般兴趣从不被感觉到(甚至毫不被注意到)。那时大部分的人毫不注意到一般事件的发展,而只为目前个人兴趣所领导。这些人是那时最有用的活动的人员。

那些企图了解一般事件的发展,并希望用自我牺牲与英雄主义参与其事的人,是最无用的社会分子。他们看见一切颠倒,而他们为了有用而做的一切变为无用的愚蠢,例如彼埃尔的民团和马摩诺夫的民团抢劫俄国乡村,例如小姐们所剪裁的麻布从未到达受伤者等等。甚至那些爱思考、爱表现自己情感的人,说到俄国的目前地位,不禁在他们的言语中夹入了伪善或虚伪的痕迹,或无用的批评和对于别人的愤怒,这些人因为不能算错的事而被指责。在历史事件中,对于尝试"知识树"之果的禁止,是极明显的。只有无意识的活动产生果子,而在历史事件中担任角色的人从不了解它的意义。假使他企图了解他,他将因为"不结果实"而惊讶。

那时俄国所发生的事件的意义,对于参与其事愈直接的人,是愈不易了解的。在彼得堡和远离莫斯科的各省,绅士们和太太们穿了民团制服,哀哭俄国和古都,并说到自我牺牲等等。但是在放弃莫斯科的军队中,几乎无人说到并想到莫斯科,并且看着城中的火灾,没有人发誓要向法国人复仇,但只想到下一份的饷,想到下一个休息站,想到酒店的老板娘马特饶施卡及类似的……

尼考拉·罗斯托夫没有任何自我牺牲的意思,而是偶然的战争使他服役,因而在祖国的保卫中担任了直接的继续的任务,因此他不带着失望或忧郁的推测去看那时在俄国所发生的一切。假使有人问他觉得俄国现在的地位如何,他便要说,他什么也无须思想,说这是库图索夫和别人的事情。但他听到部队要补充,并且应该还要打一个很长的时间,而且在目前的情况之下,他不难在两年之内做团长。

因为他这样观察事件,所以他接到了被派赴福罗涅示为本师主持补充马匹的消息，他不但不可惜他不能参与最近的战争，而且带着极大的高兴，这一点他不隐瞒，他的同伴也很知道。

在保罗既诺战役的前几天，尼考拉收了钱和公文，派了几名骠骑兵在前，他坐驿马往福罗涅示。

只有那个有了这种经验的人——一连几个月在战争战斗生活的空气中过日子的人——才能够了解尼考拉离开有粮秣、军需车与医院的军队驻区时，所感到的那种喜悦。在他不看见兵士、车辆、污秽的扎营痕迹，而看见有农夫农妇的乡村、地主的房屋、牧牛的田野、有打盹的站员的驿站房屋时，他感觉到那样的喜悦，好像是第一次看到这一切。特别使他长久惊讶而喜悦的是，年轻而健康的妇女，她们当中的每一个人都有上十个献殷勤的军官，她们因为过路的军官和她们说笑话而觉得快乐荣耀。

在最快乐的心情中，尼考拉夜晚到了福罗涅示的客店，要了他在军中久未享受的一切，第二天，仔细而又仔细地剃了头发，穿上久不穿的全副军装，骑了马去见地方官。

民团的司令官是一个在野的将军，是一个老人，他显然是满意自己的军职和阶级。他粗莽地（他以为这是军事礼节）接待尼考拉，并且庄严地盘问他，赞同着，反对着，好像有权如此，又好像是在批评战事的大势。尼考拉是那么愉快，这只使他觉得有趣。

他从民团司令官那里去见省长。省长是一矮小的活泼的人，极和蔼而爽直。他告诉了尼考拉养马场，他可以在那里购得马匹，他又向他介绍了一个城内的马贩，一个离城二十里的绅士，他那里有最好的马，他答应了帮忙。

"你是依利亚·安德来维支伯爵的儿子吗？我的内人和你的母亲很要好。我们星期三有集会，今天是星期三，请你到我这里来，不拘形迹。"省长和他分别时说。

从省长那里，尼考拉雇了一辆驿车，和曹长坐在一起，一直驶往二十里之外有养马场绅士处。在他到了福罗涅示的前几天，尼考拉觉得一切是愉快的、轻松的，这是一向如此的，在一个人自己的心情很好的时候，一切都是如意的、顺利的。

尼考拉所往访的绅士是一个独身的骑兵军官，一个骑马的人，一个猎人，烟室、百年白兰地酒、匈牙利陈酒和良马的主人。

尼考拉只说了两句话就用六千卢布买成十七匹配种的雄马（他这么说），作为新马的标准马匹。吃了并且饮了一点匈牙利酒，罗斯托夫和乡绅换了物，他已经同他弄得很亲密。他在最快乐的心情中，顺着最坏道路回去，不停地催车夫，以便赶上省长家的夜会。

换好衣服，洒了香水，用冷水喷了头，尼考拉去赶省长的夜会，虽然有点远，却有准备好了的话："迟到胜于不到。"

这不是一个跳舞会，没有说到跳舞的话，但大家都知道卡切芮娜·彼得罗芙娜要在琴上奏"华姿"舞曲和"苏格兰"舞曲，要有跳舞，大家都这么打算，都穿了跳舞衣服来赴会。

外省的生活在一八一二年是和平常完全一样，只有这点差别，就是城市里较为生动，因为从莫斯科迁来了许多富家，并且和那时俄国所发生的一切事情一样，在外省生活中，可以注意到某种特别的勇敢——不顾危险，生活中的荒唐。此外，人们彼此间所不可少的闲谈，现在不是关于天气和朋友，而是关于莫斯科、军队和拿破仑。

集合在省长家的团体是福罗涅示最好的团体。

妇女们很多，有几个是尼考拉在莫斯科的熟人。但是男子们，没有人能够比得上受圣乔治勋章的骑士、购马军官，同时又是善良的有修养的罗斯托夫伯爵。在男子当中有一被俘的意大利人——法国军队里的军官，罗斯托夫觉得这个俘虏的在场更增加他的（俄国英雄的）重要性。这个人好像是战利品，尼考拉感觉到这一点，并且觉得大家也同样地看这个意大利人，于是尼考拉亲热地，却尊严地、礼貌地对待这个军官。

尼考拉穿了骑兵制服刚刚进来，在他周围散发出香气和酒味，他自己说，并且听到好几次别人向他说这句话"迟到胜于不到"，大家便环绕着他，所有的目光都注意他。他立刻觉得他是处在大家敬爱的地位，这种地位是在外省最适合他的，是一向乐意的，是他久不享受之后因为他的满足而令他陶醉的。不仅在驿站上，在旅店中，在绅士的烟室里，有为他的注意所激动的女仆；而且这里，在省长的夜会里（他觉得）有无数的年轻妇人和美丽姑娘，她们只是不耐烦地等着尼考拉向她们注意。妇人和姑娘向他献媚，老人们甚至在第一天就忙着要使这个青年浪子骑兵军官结婚、收心。在这些人当中，有省长夫人，她把尼考拉当作她的亲族，称他"尼考拉斯"和"退"（退系音译，是俄文人称代名词单数第二身，是亲密的称呼——译者）。

卡切芮娜·彼得罗芙娜确实开始弹奏"华姿"舞曲和"苏格兰"舞曲，跳舞开始。在跳舞时，尼考拉由于他的优美更引起省会人士的注意，他甚至由于他的特别自由的舞姿惊动了大家。尼考拉自己也有点诧异今晚自己的舞姿，他从来不曾这样在莫斯科跳舞，甚至认为这种太自由的舞姿是不对的,是坏姿势。但在这里,他觉得必须用什么非常的东西来惊异大家,这种东西,他们一定认为是首都所通行而是外省还不知道的。

在整个的夜会中,尼考拉最注意一个蓝眼、胖肥而可爱的金发美女,一个省官的太太。带着享乐的年轻人的单纯信念,以为别人的太太是为他们创造的,尼考拉不离开这个太太,并且友爱地,有点共谋地对待她的丈夫,似乎他们虽然不说,却知道他们——尼考拉和这个丈夫的太太——将如何异常要好。但丈夫却似乎不采取这个信念,并企图忧郁地对待罗斯托夫。但尼考拉的善良的单纯是那样地没有限制,有时这个丈夫也不禁落在尼考拉的快乐心情中。但是在夜会将毕时,太太的面孔变得愈红润愈生动,丈夫的脸变得愈忧郁愈死板,好像活泼的定量是两人一样的,太太方面的活泼愈增加,丈夫方面的便愈减少。

五

尼考拉在靠椅上微向前伸，脸上带着不退的笑容，接近地向金发美人俯首，向她说神话般的赞辞。

尼考拉自在地变动着紧马裤中腿子的地位，散出香气，羡慕着他的女伴、他自己和紧靴中的腿的优美线条，他向金发美女说他想和福罗涅示这地方的一个女子私奔。

"什么样的人呢？"

"美丽的，神圣的。她的眼睛（尼考拉看着他的谈话对方）是蓝的，她的嘴是珊瑚的，象牙的（他看她的肩膀），身材好像蒂阿娜……"

丈夫走到他们面前，闷闷地问太太在说什么。

"啊！尼基他·依发内支。"尼考拉恭敬地立起说。并且好像希望尼基他·依发内支和他一起谐谑，他开始说出他要和一个金发美女私奔的计划。

丈夫愁闷地笑，太太愉快地笑。善良的省长夫人带着不赞同的神色走到他们面前。

"安娜·依格娜姬芙娜想见你，尼考拉。"她说，用那样的声音说出"安娜·依格娜姬芙娜"，使罗斯托夫立刻明白安娜·依格娜姬芙娜是一个很重要的太太。"我们去，尼考拉。你让我这样称呼你吗？"

"当然，我的姑妈。这个是谁？"

"安娜·依格娜姬芙娜·马尔文采夫。她听到她的侄女说你如何救了她……你猜吗……"

"我在那里救了她们！"尼考拉说。

"是她的侄女，保尔康斯基郡主，她和姑妈在福罗涅示。哎哟，多么发红，怎么？"

"没有想到，够了，姑妈。"

"那么，好，好。啊！你多么好！"

省长夫人把他带到一个高大的、很胖的、戴蓝色小圆帽的老妇面前。她刚和城内最显要的人玩完了牌戏。她是马尔文采夫夫人，是玛丽亚郡主母亲方面的姑妈，一个有钱无子的寡妇，一向住在福罗涅示。罗斯托夫走至她身边时，她站着在数牌。她严厉地、高贵地眯起眼睛，看了他一眼，继续谴责那个赢了她的钱的将军。

"我很快乐，我的好孩子，"她说，向他伸手，"请到我家来。"

说到玛丽亚郡主和她的亡父（显然马尔文采夫夫人不喜欢他），又问到尼考拉所知道的安德来郡王的情形（他显然也不能讨得她的欢喜），显要的老妇人便送别了他，重复邀他去到她的家里。

尼考拉应许了，在他向马尔文采夫夫人行礼时，他又脸红。在提及玛丽亚郡主时，罗斯托夫经验到一种自己不解的羞怯感觉，甚至恐怖。

离开了马尔文采夫夫人，罗斯托夫希望转去跳舞，但矮小的省长夫人把她的胖手放在尼考拉的袖子上，说她需要和他说几句话，把他带至客室，客室里的人立刻走出，以免妨碍省长夫人。

"你知道，我的好孩子，"省长夫人善良的小脸上带着严肃的表情说，"那里有你的真正侣伴，要我为你拉拢吗？"

"谁？姑妈？"尼考拉问。

"我介绍一个郡主。卡切芮娜·彼得罗芙娜说莉莉，但我说不是——郡主。要不要？我相信你妈妈要感激的。的确，她是那么好的姑娘，美丽！她一点也不丑。"

"一点也不丑，"尼考拉说，好像是愤慨，"姑妈，我像一个兵士所应份做的，我什么地方也不勉强人，也不拒绝人。"罗斯托夫还未考虑他所说的便说了出来。

"那么你记着，这不是笑话。"

"怎么会是笑话！"

"是，是，"省长夫人说，好像是自己在说，"就是这样，还有，我的好孩子，你对别人，对那个金发美女，太殷勤了。她的丈夫的确有点可怜……"

"啊，不然，我们是朋友。"尼考拉爽直地说。他心中没有想到，对他那么愉快的消遣，或许对别人不愉快。

"我向省长夫人说了多么笨的话！"在晚餐的时候，尼考拉忽然想起。"她真要着手介绍，但索尼亚呢……"和省长夫人告别时，她笑着又向他说。"那么你记着，"他将她拉到旁边说，"但是有一点，我向你说实话，姑妈……"

"什么，什么，我的亲爱的，我们坐到这里来。"

尼考拉顿然觉得希望而又必须向一个几乎是陌生的妇人说出自己的全盘心事（这种心事他未向母亲、妹妹和友人说过）。后来，想起了这个不必要的、不可解的坦白情绪（但是这对于他有很重要的后果），尼考拉觉得（在这种情形之下，人们总是如此）这是一件呆事情。但同时，这个坦白的表露以及其他微小的事件，对于他、对于他的家庭有很重要的影响。

"是这样的，姑妈。妈妈好久就希望我娶富家女，但我觉得为金钱而结婚是违反我的本意。"

"哦，是的，我明白了。"省长夫人说。

"但保尔康斯基郡主，自当别论。第一，我向你说实话，她使我很满意，她是在我的心中，并且后来，当我在那种情形之下遇见她以后，是那样的奇怪，我常常想起：这是命运。你想想看，妈妈好久便想到这一点，但从前我没有机会遇见她，好像总是如此，不得遇见。在我的妹妹娜塔莎和她的哥哥订婚的时候，当然那时我不能够想到要娶她。好像是我应当在与娜塔莎解除婚约后遇见她，那么后来一切……就是这样。我没有向任何人说过，也不要向人说，只向你说。"

省长夫人感激地捏他的胳肘。

"你知道我的表妹索斐吗？我爱她，我应许了娶她，并且我要娶她……因此你看到，这是没有问题的。"尼考拉吞吐地脸红着说。

"我的好孩子，我的好孩子，你如何说这种话？你知道索斐什么也没有，你自己向我说过，你父亲的境况很坏。你母亲呢？这一下就要送她命。那么，索斐，假使她是有心的女孩，她将过什么样的生活呢？你的母亲失望，事业失败……不，我的好孩子，你和索斐应该懂得这一点。"

尼考拉无言。这些理论他听来觉得舒服。

"都是一样，姑妈，这是不可能的。"他叹气说，沉默了一会儿，"但是郡主答应我吗？并且她现在在服丧中，能够想到这样的事吗？"

"难道你以为我马上替你结婚吗？事情总有正当的方法。"省长夫人说。

"你是多么好的媒人，姑妈。"尼考拉说，吻她的胖手。

六

在她与罗斯托夫相遇后，玛丽亚郡主到了莫斯科在那里找到她的侄儿和教师，并得到安德来郡王的信，信中告诉他们到福罗涅示城姑母马尔文采夫夫人家的路线。对于旅途的烦心，对于哥哥的挂念，新屋中生活的布置，新的人，侄儿的教育——这一切在玛丽亚郡主的心中压倒了那种情绪，这情绪好似一种引诱，在她父亲生病时及死后，尤其是在她和罗斯托夫会面后，使她痛苦、悲哀。父亲的逝世，在她心中和俄国的衰落连在一起，这悲哀在一个月的安静生活之后，现在变得更强烈了。她很焦虑，对于她哥哥——她所余的唯一的亲近的人——所处的危险而有的思虑，不断地苦恼她。她很挂心侄儿的教育，她觉得自己仍旧不善处理这件事。但在她的心灵深处有一种内在的和谐,这和谐发生这种意识,就是,她自己心中征服了那些抬头的与罗斯托夫有关的个人幻想与欲望。

在夜会后的第二天,省长夫人访问马尔文采夫夫人,和她说到自己的计划的时候(说明虽然在目前的环境中,不能想到正式的订婚,但仍然可以使年轻人在一起,给他们彼此认识),在她获得姑母的赞同的时候,省长夫人当玛丽亚郡主的面说到罗斯托夫,夸奖他,并且说他提到郡主时是如何地脸红。玛丽亚郡主并不感到愉快,却感到痛苦的情绪,她内心的和谐不复存在,她的欲望、怀疑、谴责与希望又抬头了。

在她获得这个消息以后和罗斯托夫造访以前的两天之内,玛丽亚郡主不断地想到对于罗斯托夫她应该持何态度。有时她决定在他来访问姑母的时候,她不进客厅,她在重丧期间,不宜见客;有时她想,在他为她所做的那件事之后,这是无礼貌的;有时她想她的姑母和省长夫人对于她和罗斯托夫有什么意思(她们的目光和言语有时似乎证实了这个假定);有时她问自己说,只有她能够腐败地对他们想到这一点:他们不能够不明白,在她的地位上,在她还未卸脱丧服的时候,这个婚约对于她自己和她父亲的纪念是侮辱的。假定着要去见他,玛丽亚郡主预定了他要向她说的及她要向他说的话,有时她又觉得这些话过于冷淡,有时又觉得意义太多。在同他会面时,她最怕那种狼狈的窘困,她觉得这窘困在她一见他的时候,一定会征服她,引她入迷途。

但在星期日早祷后,听差来客室通报罗斯托夫伯爵来访的时候,郡主未表狼狈,只是她的腮上显出微微的红,眼睛射出新鲜而明亮的光彩。

"你见过他吗，姑母？"玛丽亚郡主用安静的声音说，她自己不知道如何能够这样外表安静而自然。

在罗斯托夫进房时，郡主把头低垂了片刻，好像是给客人有时间问姑母的安，然后在尼考拉转向她的时候，她抬起头，用发亮的眼睛接触他的目光。在充满尊敬与优美的举止中，她带着愉快的笑容站立起来，向他伸出纤细温柔的手，并用第一次具有新鲜的、妇女的、胸腔音调的声音来说话。部锐昂小姐在客厅里带着迷惑的惊异看玛丽亚郡主。她是最伶俐的风情女子，她遇到她所满意的男子，便不知如何举动得更合适。

"或者是黑色那么适称她的脸，或者是她长好了，我未注意到。主要的是——这样的机敏和优美！"部锐昂小姐想。

假使玛丽亚郡主这时候能够想一下，她将比部锐昂小姐更诧异自己所生的变化。自她看见那副俊丽的、可爱的面孔的时候，一种新的生命力支配着她，使她脱离了自己的意志而说话、举动。她的脸，在罗斯托夫进来的时候，便忽然改变了。正如在雕刻的、绘彩的灯笼里点起蜡烛的时候，先前显得粗糙、黑暗而无意义的，忽然带着意外动人的美丽，在罩子上映出复杂的、精致的、艺术的工作。玛丽亚郡主的面孔也是这样地改变的。她一直到现在所有的那种纯洁的、精神的、内在的艺工，第一次全部表现出来了。所有她的内在的自己不满意的工作，她的痛苦，她向善的努力，她的顺从，她的爱，她的自我牺牲——这一切现在都显现在明亮的眼睛、典雅的笑容和她温柔面孔上每一线条中。

罗斯托夫看这一切这么明显,好像他知道她全部的生活。他觉得他面前的人和一切的人完全不同,比他一直到现在所遇到的人都好,尤其是比他自己更好。

谈话是最简单而无关紧要的。他们谈到战争,不禁和所有的人一样,夸大自己对于战事的忧愁,他们说到最后的会面,尼考拉在这时想把谈话转到别的题目上,他们谈到善良的省长夫人,谈到尼考拉和玛丽亚郡主的亲属。

玛丽亚郡主不谈及她的哥哥,她的姑母刚刚说到安德来,她便把话题转到别的题目上。显然是,关于俄国的不幸,她能做到这一点,但她的哥哥是一太近她的心的事情,她不希望也不能够轻易说到他。尼考拉注意到这一点,他用一向所无的敏锐观察,注意到玛丽亚郡主性格的各方面,这一切坚定了他的信念,即她是极特殊而非常的人。尼考拉和玛丽亚郡主完全一样,在他听人说到郡主时,甚至他想到郡主时,他便脸红而窘促,但在她面前的时候他觉得自己完全自由,一点也未说到他所准备的话,却说了临时偶然想到的话。

在有小孩的地方越是如此,在尼考拉短促访问中沉默的时候,他跑到安德来郡王小孩的面前,抚爱他,问他是否愿做骠骑兵。他抱小孩在怀里,开始愉快地转动他,并窥看玛丽亚郡主温柔的、快乐的、羞怯的目光——注视着所爱的人手中她所爱的小孩。尼考拉注意到这个目光,似乎是明白它的意义,他因为满意而脸红,并且好意地、快乐地吻小孩。

玛丽亚郡主因为居丧而不出门,而尼考拉也认为不宜来拜访她;但省长夫人仍然继续她的媒妁工作,向尼考拉转达玛丽亚郡主关于他的称赞之词，反之亦然，并且坚持要罗斯托夫自己向玛丽亚郡主说明。为了这个说明，她布置了这两个年轻人于早祷前在主教那里相会。

虽然罗斯托夫向省长夫人说了他没有要向玛丽亚郡主说明的事情，但他答应了去。

如同在提尔西特一样，罗斯托夫未曾怀疑：别人所公认的是好的东西，是否真好。同样地，现在，在这个短促的然而诚恳的"使生活合乎自己理性的努力"和"顺服地听从环境"之间的斗争之后，他选择了后者，并让自己服从那种权力，这权力（他觉得）不可挡阻地领导着他。他知道，在他许诺了索尼亚之后，他向玛丽亚郡主表示自己的情感，这便是他所说的卑鄙。并且他知道他绝不要做卑鄙的事情，但他也知道（这不是所知道的，而在心灵深处所感觉的）现在他顺从环境的力量和领导他的人们的力量，他不仅未做任何错事，而且是做一件很重要的事，是那样地重要，是他有生以来未曾做过的。

在他与玛丽亚郡主会面后，虽然他的生活方式在外表上如旧不变，但从前一切的满足，在他看来，已失却它们的精彩，并且他常常想到玛丽亚郡主；但他从来不曾那样想她，如同他没有例外地想到他在社会上所遇的一切女子，也不像他长久地且有时热情地想到索尼亚。如同所有的纯洁的青年一样，他想到这些女子，好像想到未来的夫人，他在自己的想象中对她们举出一切婚后生活的情形——白睡衣、茶炊边的夫人、夫人的马车、小孩、妈妈和爸爸、他们彼此的关系等等，等等。这种未来的想象给他满足，但当他想起玛丽亚郡主，别人为他做媒的郡主，他从来不能想象到将来结婚生活中的任何情形。假使他试图设想，则一切都似乎不适宜且虚假。他只觉得畏惧。

七

关于保罗既诺战役与我方死伤损失的可怕消息,关于莫斯科失守的更可怕的消息,在九月中传到福罗涅示。玛丽亚郡主只从报纸上知道哥哥负伤,没有获得关于他的任何消息,她预备去寻找安德来郡王,尼考拉这么听说(他却未亲自看见她)。

听到保罗既诺战役与莫斯科失守的消息,罗斯托夫不感觉到失望、愤怒、复仇或类似的情绪。但他只忽然觉得福罗涅示的一切厌倦而烦恼,觉得一切可耻而不适。他觉得他所听的话都是虚假的,他不知道如何考虑这一切。他觉得只有在军队中,他才能重新明显地观看一切。他匆忙地结束买马的任务,并且常常无理地对他的用人和曹长发脾气。

在罗斯托夫动身的前几天，在教堂里有一个为俄军胜利而举行的感恩祈祷，尼考拉赴了这个祈祷。他站在省长稍后的地方，他带着适宜的静默，思索各种不同的问题，一直站到祈祷的完毕。祈祷结束时，省长夫人把他叫到自己的面前。

"你看见郡主吗?"她说，用头指示站在唱歌班后边穿黑衣的女子。

尼考拉立刻认出玛丽亚郡主，这是由于她帽下的侧面者少，更是由于立刻控制他的细心、恐怖与怜悯感觉者多。玛丽亚郡主显然是沉浸在自己的思想中，在离教堂之前画了最后的十字。

尼考拉惊异地看她的脸。这是他以前看过的同样的面孔，脸上有同样的精细的、内在的、精神的工作之大概表情；但现在，这个脸上有完全不同的光辉。脸上有动人的悲哀、祈祷与希望的表情。和尼考拉从前在她面前的时候一样，他不等待省长夫人的劝告，便向她面前走去，他不问自己他在教堂里向她说话是否应该，是否适宜，便走到她面前，向她说，他听到她的苦恼，并且他整个的心感觉同情。她刚刚听到他的声音，她的脸上立刻燃着了明亮的光辉，同时燃起了她的悲哀与喜悦。

"我只想向你说一件事情，郡主，"罗斯托夫说，"就是，假使安德来郡王不是活着的，在公报上立刻就要宣布的，他是一个团长。"

郡主看着他，不懂他的话，但因为他脸上的同情的痛苦之表情而喜悦。

"我晓得许多例子，受碎片的伤（公报上说是霰弹），不是立刻致命，便是相反的，很轻微，"尼考拉说，"应该希望最好的方面，并且我相信……"

玛丽亚郡主打断了他的话。

"啊，这是那样的可……"她开始说，因为激动而未说完，用优美的动作（和她在他面前所做的一切相同）垂了头，在姑母后边走着，感激地看着他。

这天晚上，尼考拉什么地方也未去，却留在家里和卖马的人结算几笔账目。他算完了账，若要去什么地方，已经很迟，但要睡觉又太早，于是尼考拉在房间里来回走了很久，思索自己的生活，这是他很少有过的事情。

玛丽亚郡主在保古洽罗佛给了他满意的印象。他那时在那么特殊的情形中遇见她，显然有一个时候，他的母亲把她当作他的有钱的配偶，这两件事使他对她特别注意。在福罗涅示，在他造访的时候，那个印象不仅是满意的，而且是有力的。尼考拉因为他这时在她身上所注意到的那种特别的精神的美丽而受感动。但是他准备离开，他心中也不觉得离开福罗涅示而失去与郡主见面的机会是可惜的。但今天和玛丽亚郡主在教堂中的见面（尼考拉觉得）留在他心中的印象，比他所预料的更深，比他要求安宁的希望更深。那副苍白、细致而忧郁的面孔，那个明亮的目光，那些柔和的、优美的举止，尤其是她脸上各部分所表现的那种深厚而感伤的悲哀，感动了他，并引起了他的同情。对于男子，尼考拉不耐烦去看高尚精神生活的表现（因此他不喜欢安德来郡王），他轻视地称他为哲学与理想。但对于玛丽亚郡主，正是在这样的悲哀里，他感觉到一种不可抵抗的吸力，这悲哀深切地表现了那个为尼考拉觉得奇异的精神的世界。

"她一定是一个少有的女子,正是一个天使!"他向自己说,"我为什么不自由,为什么要和索尼亚急切从事?"他不觉地想到二者之间的比较:在精神禀赋上一个贫乏,一个富足,这种禀赋是尼考拉没有的,因此他那样地重视。他试行设想,假使他自由了,则事将如何。他将用什么方法向她求婚,并且她如何成为他的夫人?不行,他不能对自己设想这件事。他觉得恐惧,并且没有想象出任何明显的形式。他早已为自己设想了将来和索尼亚同居时的情形,且一切都简单而明了,正因为这一切是设想的,并且他知道索尼亚的一切。但他不能设想将来和玛丽亚郡主的生活,因为他不了解她,只是爱她。

关于索尼亚的幻想,在他心中有一点愉快的游戏的情感。但想到玛丽亚郡主,总觉得困难和几分可怕。

"她如何做祈祷!"他回想,"显然她整个的心灵都在祈祷之中。是,这就是那种撼移山岳的祈祷,我相信她的祈祷将获得满足。我为何不为我所需要的去祈祷呢?"他想着。"我需要什么?自由,脱离索尼亚。"他想起了省长夫人的话,"她说了真话,我娶了她,除了不幸外,什么也得不到。纠纷,妈妈的悲伤……家境……纠纷,可怕的纠纷!我一点也不爱她,我不是照应该的那样在爱她。我的上帝!把我从这个可怕的、无望的地位里引出去吧!"他忽然开始祈祷。"是的,祈祷移动山岳,但必须信仰,不要像我们和娜塔莎在小孩时代那样祈祷,要雪化成糖,并且跑到院子里去尝试雪是否变成了糖。不是的,但我现在不为琐屑的事祈祷。"他说,把烟斗放在角落里,并且站立在圣像前折着手。因为关于玛丽亚郡主的回忆而受了感动,他开始祈祷,他曾好久不做祈祷了。当拉夫路施卡带着公文进门时,他眼睛里和喉咙里都有泪水。

"呆瓜！不叫你的时候，为什么闯进来？"尼考拉说，迅速地改变了态度。

拉夫路施卡用睡眠的声音说："省长派人送信来给你。"

"啊，好，谢谢你，去吧！"

尼考拉接了两封信，一封是母亲的，另一封是索尼亚的。他从笔迹上认出来，于是打开第一封索尼亚的信。他还未读完数行，他的脸色便发白，他的眼惊恐地、快乐地睁开。

"不行，这是不可能的！"他大声地说。他不能坐定，拿了信在手里，念着，开始在房里徘徊。他浏览一遍，又把信读了一遍又一遍，他耸起肩膀，伸开手臂，目瞪口呆地站在房当中。他刚才所祈祷的，相信上帝要回应的事情实现了。但尼考拉却因此惊异，好像这是非常之事，好像他从来不曾期待这件事，并且好像这种事迅速地实现，正是说明这事不是他所求的上帝决定的，而是由于寻常的机会。

那个似乎不可解的束缚罗斯托夫自由的结子，被索尼亚的这封意外的（尼考拉这么觉得）自动的信解开了。她写着，最近不幸的情形，罗斯托夫家在莫斯科的财产几乎全部损失，以及伯爵夫人常常表现的愿望，要尼考拉娶保尔康斯基郡主，还有他最近的沉默与冷淡——这一切同时使她决定了否认他的许诺，并给他完全自由。

"我想起来太痛苦，我会成为家庭中烦恼或不和的原因，这个家庭给了我很多恩惠，"她写着，"我的爱情有一个唯一的目的，即使我爱着的那些人幸福。因此我请你，尼考拉，认为你自己是自由的，并且知道，虽然如此，却没有人能够更真诚地爱你，像你的索尼亚。"

两封信都发自特罗伊擦。第二封信是伯爵夫人写的，在这封信里写着莫斯科最后的数日，离城、火灾与全部财产的损失。在这封信中伯爵夫人还写到安德来郡王也在和他们一同上道的伤兵之中。他的情形很危险，但现在医生说希望更大了。索尼亚和娜塔莎侍候他，好像看护。

第二天，尼考拉带着这封信去见玛丽亚郡主。尼考拉和玛丽亚郡主皆未说到"娜塔莎侍候他"这话的意义；但由于这封信，尼考拉顿然和玛丽亚郡主接近了，好像是亲戚关系。

第二天，罗斯托夫送玛丽亚郡主赴雅罗斯拉夫。过了几天，他自己回到队伍里去了。

八

　　索尼亚给尼考拉的信,好像是他祈祷的实现,是从特罗伊擦写来的。这封信是这样弄成的。要尼考拉娶有钱的媳妇的思想,逐渐地盘踞老伯爵夫人的心。她知道索尼亚是这件事的大阻碍。近来,特别是接到尼考拉描写在保古洽罗佛和玛丽亚郡主会面的信以后,索尼亚在伯爵夫人家里的生活变得更加困难了,伯爵夫人不放过任何机会向索尼亚作侮辱的、残忍的暗示。

　　但在离开莫斯科的前几天,因为所发生的一切事情而感动并兴奋,伯爵夫人将索尼亚叫至自己面前,不责备也不要求她,却带着眼泪劝她牺牲自己,解除她和尼考拉的婚约,说她将补偿她的一切。

　　"不到你答应了这件事,我不会安心的。"

索尼亚悲痛地哭咽，在哭咽中她回答说，她将要做一切，说她准备做一切，但不做直接的回答，在她心中她不能决定别人向她的要求。为了抚养她、教育她的那个家庭的快乐，她应当牺牲自己。为别人快乐而牺牲自己，是索尼亚的习惯。她在家庭中的地位是那样的，只有借牺牲她方能表现自己的德行，她惯于并且愿意牺牲自己。但从前，在所有的自我牺牲行为中，她快乐地感觉到她是牺牲自己，借此提高她在自己和别人心目中的身价，并且更值得匹配她生命中最可爱的尼考拉。但现在她的牺牲却是要她拒绝整个的牺牲回报，整个的生活意义。在生活中她第一次感觉到对于那些人的怒火，他们待她恩惠，是为了使她更伤痛地受苦。她感觉到对于娜塔莎的艳羡，她从未经验过这类的事情，从不需要牺牲自己，从未使别人牺牲，但仍然为大家所爱。索尼亚第一次觉得，在她对尼考拉的平静纯洁的爱情中，忽然开始发生了一种热烈的情绪，它高过法则、德行和宗教。在这种情绪的支配下，不觉地为她的依赖生活养成含藏习惯的索尼亚，用一般的不确定的话回答了伯爵夫人，避免和她谈话，并决定等候和尼考拉会面，以便在这个会面中不解除，且反之，紧系自己和他的关系。

　　罗斯托夫家最后几天在莫斯科的纷忙与恐怖，压下了索尼亚心中痛苦的、悲伤的思绪。她高兴自己在实际的工作中找得了遁避。但当她知道了安德来郡王在他们家里，虽然她对于他和娜塔莎有过诚意的怜惜，却有一种喜悦的、迷信的情绪支配了她——上帝不愿她被人拆离尼考拉。她知道娜塔莎只爱安德来郡王，且不停地爱他。她知道，他们在这样可怕的环境中，现在遇到一处，彼此将重新恋爱，并且那时候，由于他们之间未来的亲戚关系，尼考拉将不能娶玛丽亚郡主。

虽然有最后数日和途中起初数日一切事件的恐怖，这个情绪，天想干预她个人私事的这种意识，使索尼亚欢喜。

罗斯托夫家在特罗伊擦修道院做第一日的停顿。

在修道院的客会中，罗斯托夫家住了三个大房间，其中之一为安德来郡王所占用。这天受伤者大大地好转了，娜塔莎陪他坐着。伯爵和夫人在隔壁房间里，和修道院院长虔敬地谈话，他是来访问他的旧识和施主。索尼亚也坐在那里，她被好奇心所苦恼：安德来郡王和娜塔莎在说什么呢？她在门外听到他们的谈话声。安德来郡王的房门打开了，娜塔莎带着兴奋的面孔走出，不注意站起迎她的，拉动右手宽袖的修道院院长，便走至索尼亚面前，拉住她的手。

"娜塔莎，你干什么？到这里来。"伯爵夫人说。

娜塔莎走到修道院院长面前去受祝福，修道院院长劝她向上帝和他的圣徒求助。

修道院院长刚走出，娜塔莎便拉住女友之手，同她走进空房间里。

"索尼亚，是的？他要？"她说，"索尼亚，我多么幸福，我多么不幸！索尼亚，好朋友——一切如旧。只要他是活着。他不能……因为……因……为……"娜塔莎流泪。

"啊！我知道！谢谢上帝。"索尼亚说，"他要活着！"

索尼亚由于她的恐惧与悲伤和自己个人的从未告人的思想，兴奋得不亚于她的女友。她哭咽着安慰并吻娜塔莎。"只要他是活着。"她想。哭后，说后，拭了眼泪，两个人走到安德来郡王的门前。娜塔莎小心地打开了门，向房里看，索尼亚和她并立在半开的门前。

安德来郡王高高地躺在三个枕头上。他的苍白的脸是宁静的，眼闭着，并且可以看见他在如何均匀地呼吸。

"啊，娜塔莎！"索尼亚忽然几乎喊叫出来，拉住表妹的胳臂，自门前退开。

"什么事？什么事？"娜塔莎问。

"是这样，这样，这里……"索尼亚说，脸发白，唇打战。

娜塔莎静静地闭了门，和索尼亚走到窗口，不明白她所听到的话。

"你记得吗？"索尼亚用惊恐而严肃的面孔说，"你记得吗？当我为你在镜子里看的时候……在奥特拉德诺，在圣诞节的时候……记得吗，我看见了什么？……"

"是的，是的。"娜塔莎睁大了眼睛说，模糊地记起那时索尼亚看见安德来郡王躺着，说过关于他的话。

"你记得吗？"索尼亚继续说，"我那时看见了他，并且把一切都告诉了大家，你和杜妮亚莎。我看见他躺在床上。"她说着，在每一个细节处，伸起手指做手势。"他闭着眼睛，他盖着粉红色的被，他抱着手。"索尼亚说，在她叙述刚才她所见的这些细情的时候，她相信这正是她那时所见过的。那时她什么也未看见，但她说过她看见了她心中所想到的东西。但她那时所臆造的东西，在她看来，是和所有的其他回忆同样真实。她不但想起那时候她说过他看她，他笑，并且盖了什么红的东西，而且她坚决相信她在那时便说过她看见他盖淡红色，确是淡红色被，他的眼睛闭合。

"是的，是的，确是粉红色的。"娜塔莎说。她此刻似乎也想起了她说过是粉红色的,并且在这个回忆里看到预言中主要的非常之处和神秘性。

"但这是什么意思?"娜塔莎沉思地说。

"啊,我不知道,这一切都是非常的!"索尼亚摸着头说。

几分钟后,安德来郡王敲铃,娜塔莎去到他那里,索尼亚感觉到她所极少感觉过的兴奋与感动,留在窗前,思索事情的稀奇处。

在这天,有了机会寄信至军中,于是伯爵夫人写信给儿子。

"索尼亚。"伯爵夫人在侄女从她身边走过时从信上抬起头说。"索尼亚,你不写信给尼考林卡吗?"伯爵夫人用低微的打战的声音说,在她的疲倦的从眼镜上边注视的目光里,索尼亚明白了伯爵夫人这种声音的全部意义。在这种目光里表现了请求,对于拒绝的恐怖,对于要求的羞耻,拒绝时不可和解的仇恨的准备。

索尼亚走至伯爵夫人面前,跪下来吻她的手。

"我要写,妈妈。"她说。

索尼亚因为这天所发生的一切,尤其是因为她刚才所见的预言的神秘完成而软化、兴奋、感动。现在她知道,如娜塔莎与安德来郡王间关系恢复,则尼考拉不能娶玛丽亚郡主,她快乐地感觉到自我牺牲精神的回转,她愿意并且习惯了在这种精神里生活。眼里带着泪,并且带着完成宽大行为的善悦意识。她几次被汪在天鹅绒般黑眼里的泪所打断,写了这封动人的信,尼考拉接到时是那样地惊诧。

九

在拘留彼挨尔的看守处，逮捕他的军官和兵士对他很仇视，同时又很尊敬。在他们对他的态度之中，感觉到怀疑——他是什么样的人（是否要人），和仇恨——因为他们新近和他的冲突。

但第二天早晨换班时，彼挨尔觉得他对于新的看守人——军官和兵士——已经没有了他令捕他的人所生的那种兴趣。确实，在这个穿农民衣服的高大肥胖的人身上，第二天的看守人已看不出他是有力的人，他曾那么拼命地和抢劫者及巡骑兵殴打，并说过关于拯救小孩严肃的话，他们只把他看作奉上峰命令被捕、被看守的俄国人当中的第十七名。假使彼挨尔有什么特殊的地方，只是他的不羞怯的、集中思绪的神态和法语，他说得流利，使法国人也惊异。虽然如此，这天他们将彼挨尔和其他被捕的嫌疑犯合在一处，因为他所住的牢房要让给一个军官。

所有同彼挨尔一道被捕的俄国人，都是最下等职业中的人。他们都知道他是贵族，因为他说法语，他们对他更疏远。彼挨尔愁闷地听着关于自己的嘲笑。

第二天晚上，彼挨尔知道这些被捕者（也许他也在数）将因纵火而受审判。第三天，有人将彼挨尔及别人带至一幢屋子里，那里坐了一个白胡子法国将军、两个上校和别的围颈巾的法国人。他们带着审判犯人时所常有的那种假意超脱人类弱点的严密与肯定，问彼挨尔和其他的人这样的问题：他是谁？他住在何处？他有何目的？等等。

这些问题将重要事实的真义丢在一边，并排除了发现这种真义的可能性。这些问题和其他在法庭上所发的问题一样，目的只在设置一条沟槽，审判官希望被审判人的回答顺着这条沟槽流出，把他领到所希望的目的，即定罪。假使他开始说出什么不合定罪目的的话，他们就举起沟槽，而水可以流到愿流的方向。此外，彼挨尔感觉到被审判者在一切审判中所感觉到的那种怀疑，他们为什么问我这些问题。他觉得，只是由于垂怜或由于礼节，才要用到设置沟槽的手段。他知道自己是在这些人的权力之下，只是权力把他带来此处，只是权力给他们权利对于问题要求回答，这个会的唯一目的是将他定罪。因此，既有了权力，又有了定罪的愿望，即无需问题与审判的手段。显然是，一切回答必须达到定罪的目的。在他们逮捕他时，他在做什么，对于这个问题，彼挨尔带着几分悲剧神情回答说，他将一个小孩送还了他的母亲，这小孩是他从火中救出的。他为何同抢劫者殴打？他回答说他是救护女子，说救护受侮辱的女子是每个男子的责任，说……他们止住了他：这无关要旨。为什么他在失火屋子的院中？有几个见证人看见他在那里。他回答说，他是去看莫斯科发生了什么事。他们又打断他的话：他们并未问他到何处去，而是问他为何在火旁。他是谁？他们又向他重复第一个问题，对于这个问题，他说他不愿回答。他又回答说他不能够说这一点。

"记下来，这不好，很不好。"有白须而红脸的将军向他严厉地说。

第四天苏保夫斯基堡垒起火。

彼埃尔和其他十三人被移押至克利姆滩商人家的马厩中。过街时，彼埃尔因烟气而窒息，这烟气好像笼罩了全城，各方面都在起火。彼埃尔那时还不明白莫斯科失火的意义，恐怖地看着火焰。

在克利姆滩人家的马厩里，彼埃尔又过了四天。在这几天之内，彼埃尔从法兵的谈话中知道所有被押在此的人每天都在等候将军的决定。什么样的将军，彼埃尔不能从兵士口中知道。在兵士看来，这个将军显然是最高而又有几分神秘的权力的象征。

起初的数日，在九月八日之前，是彼埃尔最痛苦的时候，这天囚犯们受了第二次审问。

十

　　九月八日，一个军官来看马厩里的囚徒，从卫兵对他的恭敬上看来，他是很重要的。这个军官也许是参谋，手中拿着名单，点了所有的俄国人的名字，并称彼挨尔为"不说名字的人"。他漠然地、懒懒地看囚徒们，命令看管的军官说，在带他们去见将军之前，要使他们穿得整齐干净。一小时后，来了一连兵，将彼挨尔和其他十三人押至贞女场。天气明朗，雨后放晴，空气异常澄洁。烟气未低垂，不像彼挨尔从苏保夫斯基堡垒中被押出那天的情形，烟气如柱升腾在澄洁空气中。火焰无处可见，但各方面冒起烟柱，全莫斯科，彼挨尔所能看见的地方，成了火灾后的废墟。在各方面可以看到有火炉与烟的废墟，有时可见石屋的焦墙。彼挨尔环顾火区，认不出他所熟悉的城中位置。有的地方可以见到完整的教堂。克里姆林宫未被破坏，留着望楼和大伊凡像，在远处发白。在近处，新贞女修道院的圆顶愉快地闪烁着，从那里发出来的祈祷钟声特别响亮，钟声使彼挨尔想起这天是星期日，是圣母诞日的纪念。但似乎没有人庆祝这个纪念日。处处是火灾的荒迹，只偶尔遇到褴褛的惊恐的俄国人，他们见到法国人便藏匿起来。

显然，俄国的巢穴被破坏消灭了。但在俄国生活秩序的破坏之外，彼挨尔不觉地感到，在这些破坏的巢穴之上，建起了一个极不同的然而坚固的法国人自己的秩序。他从那些勇敢、愉快、行列整齐、押送他和其他犯人的前进的兵士神情上感觉到这一点；他从迎面而来的，兵士驾驭的双马车上某某法国要人的神情上感觉到这一点；他从草场左边传来的愉快军乐声中感觉到这一点，特别是从今早法国军官点名时所读的那个名单上感觉到并了解到这一点。彼挨尔和几十个别的人被法兵从一处又带至另一处，他觉得他们或许忘记了他，将他和别人混在一起。但不然，他在审判时所做的回答，在这样的名称之下回到他手里："那个不说名字的人。"彼挨尔觉得在这个可怕的名称之下，他们现在把他带到什么地方去，他们的脸上表现出无疑的信念，即他和其余的犯人都是所要提的，并且是把他们带至应去的地方。彼挨尔觉得自己是一个无用的废物，处在一个他不知晓的然而常态地工作的机器轮盘之下。

彼挨尔和其他犯人被领至贞女场的右边，离修道院不远，被带进一座有大花园的白屋子里，这是柴尔巴托夫郡王的住宅。在这里彼挨尔从前常常来看主人，而现在，他从兵士的谈话中，知道将军爱克牟尔公爵住在这里。

他们被带至台阶,一个一个地被带进屋,彼挨尔是第六。穿过彼挨尔所熟悉的玻璃走廊、门廊、前厅,他被带至一间长而低的书房前,有一个副官站在门口。

大富坐在书房尽头的桌边,眼镜在鼻上。彼挨尔走到他近处,大富未抬起眼,显然是在阅读面前的公文。仍然未抬眼,他低声问:"你是谁?"

彼挨尔因为不能说出话而沉默。在彼挨尔看来,大富不仅是一个法将,而且是一个以残忍著名的人。大富好像是一个严厉的教师,愿有暂时的忍耐,等待回答。彼挨尔看着他的冷淡面孔,觉得每一秒钟的延迟,会损失他的生命,但他不知道要说什么。说出他在初审时所说的话,他不敢,说出自己的名字和地位是危险而可耻的。彼挨尔沉默着。但在彼挨尔能够有所决定之前,大富已经抬起头,将眼镜举至额头,眯着眼,注意地看彼挨尔。

"我认识这个人。"他用适度的冷淡的声音说,显然是打算恐吓他。通过彼挨尔脊背的一股冷气,好像钳子般挟住他的脑筋。

"将军,你不曾认识我,我从来未见过你……"

"他是俄国的间谍。"大富向房中另一将军说,打断他的话,彼挨尔未注意到这个将军。大富转过身。彼挨尔用意外尖锐的声音,忽然迅速地说:

"不是,大人。"他说,忽然想起大富是公爵。"不是,大人,你不会认识我。我是一个民团的军官,我没有离开莫斯科。"

"你的名字呢?"大富又说。

"别索号夫。"

"谁向我证明你不是说谎?"

"大人!"彼挨尔用不是污辱而是请求的声音呼叫。

大富举目注意地看彼挨尔。他们彼此相视了几秒钟,而这种相视救了彼挨尔。在这种目光里,在一切战争与法庭环境之外,两人之间发生了人类的关系。他们两人同时模糊地感觉到无限数量的事物,并了解他们两人都是人类的子孙,他们俩是兄弟。

当大富刚从那张用数字记载人事与生命的公文上抬起头时,在他第一次的目光中,彼挨尔只是一个偶然事件,大富可以枪毙他,而不在良心上觉得做了错事。但现在他已把他看作一个人。他沉思了片刻。

"你如何向我证明你说的是真话?"大富冷冷地说。

彼挨尔想起了拉姆巴,提起他的名字、他的部队以及房屋所在的街道。

"你不是你所说的人。"大富又说。

彼挨尔用打战的中断的声音,开始提出他的供词真实的证明。

但这时走进来一个副官,向大富说了什么。

大富听了副官带来的消息,忽然高兴起来,并开始解衣扣,他显然完全忘记了彼挨尔。

当副官向他提起囚犯时,他皱眉向彼挨尔的方向点头,命人将他带出。但他们将他带至何处——彼挨尔不知道,回到马厩里去,还是去到经过贞女场时同伴们向他指示的准备好的刑场。

他回头看见副官又问了什么。

"是的,无疑!"大富说。但"是的"何意,彼挨尔不知道。

彼挨尔不记得他如何走的,走了多久,走到何处。他在完全无知觉的惊慌的心情中,看不见四周的任何东西,他随着别人一同跋动腿子,直到大家都停的时候,他也停下。

在这一段时间之内,彼挨尔心中只有一个思想,这个就是:谁,谁最后判定了他要受刑?他们不是审问他的那个委员会里的人,他们没有一个人希望或显然能做这事。他不是大富,他是那么有人性地看他。若再有一分钟,大富就明白他们是做错了,但这一分钟被进来的副官阻挠了。这个副官显然不愿意做恶事,但他可以不来。他是谁,他最后处罚了,杀死了,夺去了他的——彼挨尔的——生命和他所有的记忆、奋斗、希望与理想?谁做了这件事?彼挨尔觉得这人谁也不是。

它是一种制度,是环境的聚合。

某种制度杀死了他——彼挨尔,夺去了他的生命、他的一切,消灭了他。

十一

从柴尔巴托夫郡王的家里,犯人们一直被带到贞女修道院左边的贞女场,带到一个果木园,园中立着一根柱子。柱子的旁边有一口新掘的大坑和新掘的土,在坑与柱子的旁边,有一大群人站成半圆形。

他们一小半是俄国人,一大半是放假的拿破仑的兵士:穿各种军服的日耳曼人、意大利人和法国人。在柱子的左右,立着几行穿蓝军服,佩红肩章,穿软筒靴,戴高盔的法兵。

犯人按名单上写定的次序排列着(彼挨尔是第六),并被领到柱旁。几个鼓忽然在两边敲起来,彼挨尔觉得,他的心灵似乎随同这种声音裂去了一部分。他失去了思想与考虑的能力。他只能看听。他心中只有一个愿望,即那个一定要做的可怕的事赶快做完。彼挨尔环顾他的同伴,并注视他们。

边端的两个人是剃过头的犯人。一个高而瘦;另一个黑,多粗毛,有肌肉,扁鼻子。第三个是家奴,四十五岁,有灰发和肥胖的营养良好的身体。第四个是很美丽的农民,有黄褐色大胡须和黑眼睛。第五个是黄、瘦,十八岁,穿工作外衣的工人。

彼埃尔听着法国人在商量如何射击,个别地抑或成双地?"两个一阵。"一个上级军官冷漠安静地回答。在兵士的行列中有了移动,并且可以看出大家在忙,他们忙得不像那些在做大家都了解的事情的人那样在忙,却忙得像那些在完结一件不可免、不愉快、不可解的事情的人那样在忙。

一个围颈巾的法国官员走到犯人行列的右边,用俄文和法文宣读罪状。

后来两对法兵走到犯人面前,奉长官命令,抓住站在边端的两个犯人。犯人走到柱前站定,沉默地环顾四周,好像受伤的野兽看着临近的猎人,直到他们带来袋子。有一个还在画十字,另一个在搔着背,并因口唇做出笑容的样子。兵士们手忙着,开始蒙扎他们的眼睛,套上袋子,把他们绑在柱子上。

十二个射击手带着步枪,用整齐坚定的步子走出行列,停在柱前八步的地方。彼埃尔掉转过头,不看将发生的事。忽然听到嘣声和炸击声,彼埃尔觉得比可怕的雷鸣还响亮,他环顾了一下,有一阵烟,法兵带着发白的脸和颤抖的手在穴坑旁边做着什么。他们又带了两个犯人。同样地,这两个人也用同样的眼神看大家,沉默地、凭空地用同样的眼神请求保护,显然不明白、不相信所要发生的事。他们不能相信，因为只有他们知道生命对于他们有何意义，因此不了解、不相信会夺去他们的生命。

彼埃尔不想看，又转过头，但又好像是一种可怕的爆炸声，震动了他的耳朵，和这些声音同时他看见了烟、人血、法兵发白的惊恐的脸，他们又在柱旁做着什么——用颤抖的手彼此推捣。彼埃尔用力地呼吸，环顾四周，似乎在问："这是怎么一回事？"在大家的目光里有同样的问题，这些目光和彼埃尔的交遇。

在所有俄国人的脸上，在法兵与军官的脸上，没有例外地，他看到和他心中同样的惊吓、恐怖和冲突。"但究竟是谁在做这事？他们都同我一样地痛苦。他是谁？是谁？"在彼埃尔心中忽然闪过这种思想。

"八十六队的射击手，开步走！"有谁在喊。他们单独带走了第五个——站在彼埃尔身边的。彼埃尔不知道他得救了，不知道他和其余的人被带至此处，只是为了要他们看到处刑。他怀着增长的恐怖，不感觉到喜悦与安宁，看着眼前所发生的事件。第五个是穿工作外衣的工人。他们刚抓到他的时候，他便恐怖地跳开，抓住彼埃尔（彼埃尔扰动了一下，挣开了他）。工人不能走动。他们拖他的胳膊，他喊叫着什么。当他们将他带到柱前时，他忽然静默。他似乎忽然明白了什么，或者是他明白了呼喊无用，或者是觉得他们不能杀死他。他站到柱前，等着与别人一同被射击，好像一个中弹的野兽，用闪烁的眼睛环顾四周。

彼埃尔不能转过头，闭了眼。他和全体的人在第五次枪杀时的好奇与兴奋，达到极高的限度。和所有的别人一样，这第五个人显得安静：他裹紧了工作罩衣，用一只光脚擦另一只脚。

当他的眼睛被扎时，他自己整顿了脑后的结子，这个结子梗了他的头。后来，别人把他靠到沾血的柱上的时候，他向后靠，因为这个姿势令他不舒服，他伸直了身体，双脚平伸，安静地靠着。彼挨尔的眼睛从未离开他，未忽视他最小的动作。

命令定会发出，在命令之后定会发出八杆步枪的射击声。但彼挨尔无论后来是多么努力回想，他未听到一点枪声。他只看见，如何工人忽然因故软倒在绳索上，如何两个地方出了血，如何那根绳索因为悬挂的身体重量而松散，以及工人不自然地垂了头，曲了一条腿，坐下来。彼挨尔跑至柱前，没有人阻挡他。惊恐而苍白的人在工人的四周做着什么。一个年老有胡子的法国人，在解索的时候，下颚打战。尸身倒了下来。兵士们笨拙地、匆忙地把他拖开柱子，抛进穴坑。

大家明白无疑地知道他们是罪犯，他们应当迅速地敛藏他们罪恶的痕迹。

彼挨尔在坑中看见工人躺在那里膝头向上，接近他的头，一个肩头比另一个高。这个肩膀痉挛地、韵律地下落上起。但整锹的泥土已经堆撒在全身之上。有一个兵愤怒地、凶狠地、痛苦地向彼挨尔喊叫，要他转去。但彼挨尔不懂他的话，站在柱边，也没有人将他赶走。

穴坑填平时，下了命令。他们将彼挨尔带到原先的地方，站在柱子两边的成列的法兵向后半转，用整齐的步伐走过柱子。站在圈子当中带了空枪的二十四名射手，在那一连兵士走过他们身边的时候，跑步回到他们自己的地方。

彼埃尔现在用无意识的眼睛看这些射击手,他们成对地从圈子当中跑出。除了一个外,大家都接连上了那一连兵。面孔死白的年轻兵士,高盔歪在脑后,抛了枪,仍然站在穴坑对面他刚才放枪的地方。他跄颠如醉人,前走几步,后退几步,保持他要倾倒的身躯。一个老兵,军曹,从行伍中跑出,抓住年轻兵士的肩膀,拖他回队。俄国人和法国人的群众开始分散。大家都垂头沉默地走。

"这要教导他们放火。"法国人当中有人说。彼埃尔环顾说话的人,并且看到这人是一个兵,他希望为了刚才所做的事情对于自己有所安慰,却不能够。还未说完已开头的话,他摇了摇手,走去。

十二

在行刑之后,他们把彼挨尔和别的犯人分开,单独放在一个小、坏而脏的教堂中。

傍晚时,一个守卫的军曹和两个兵士到教堂里来通知彼挨尔,说他已被饶恕,而现在要进俘虏军人的劳动营。彼挨尔未听懂他们所说的,站起来和兵士一同走。他们将他带至草场上部由焦枯木板、柱子和条板所盖成的棚前,并带进其中的一间。二十个各种不同的人在黑暗中围绕着彼挨尔。彼挨尔看着他们,不知道这些人是谁,他们为何在此,他们需要他的什么。他听着他们向他说的话,但不曾从这些话中做出任何结论与解释,也不明白它们的意义。他对于所问的作了回答,但他未考虑到谁听他说,他们如何了解他的回答。他看他们的面孔和身体,他觉得他们都是同样地没有意义。

自从彼挨尔看见不愿意做那件事的人做了那个可怕的屠杀之后,他心中的那个弹簧似乎忽然松散,一切化成一堆废物(由于这个弹簧,一切得以维系,并显得有生命)。他虽然没有给自己回答,这事却消灭了他对于世界福利,对于人心,对于自己心灵,对于上帝的信心。这种心情彼挨尔从前也有过,但从来不曾像现在这样强烈。从前在他发生这种怀疑时,那些怀疑是由于自己的过错。在自己的心底,彼挨尔那时觉得,脱离那种失望与那些怀疑的救济,是在他自己。但现在,他觉得,世界在他眼前崩溃,而留下的只是无意义的废物,原因不是他的过错。他觉得,恢复生活信仰——不在他的权力之内。

在黑暗中大家环绕着他:大概他有什么地方令他们很注意。他们说了些什么,问了些什么,然后将他带到某处,最后他觉得自己在棚角落里和别人在一起,他们在各方面谈笑着。

"就是,弟兄们……那个亲王本人,他(特别重读'他'字)……"在对面的棚角里有谁在说。

无言地、不动地坐在墙边的草秸上,彼挨尔时而睁眼,时而合眼。但他一合眼,便看见那个可怕的,特别是因为他的简单而显得可怕的工人面孔,看见那个被动的枪手因为不安而更可怕的脸。他又睁开眼睛,无意识地在黑暗中环视四周。

和彼挨尔坐在一起的是一个驼背的矮汉子,彼挨尔一开始就从强烈的汗味上注意到他,他的每一动作都散出汗气。这个人在黑暗中用腿在做什么,虽然彼挨尔在黑暗中没有看见他的脸,却觉得这个人不停地在看他。在黑暗中注视着,彼挨尔明白了他是在脱鞋。他脱鞋的姿势引起彼挨尔兴趣。

解开绑扎一只脚的绳子,他准确地绕了起来,立刻又去弄另一只脚,看了看彼挨尔。他一手挂起绳子,另一手已经在解另一只脚。这么准确地用圆的、敏捷的、前后不迟的动作解脱后,这人将鞋子挂在头上的木钉上,取出小刀,割开什么,折合了刀,放在长枕下,于是更自然地坐着,用双手抱着高耸的膝盖头,直视彼挨尔。彼挨尔在这些敏捷的动作中,在他将自己所有物放于屋角的妥善处置中,甚至在这个人的汗气中,感觉到一种愉快的、安慰的、圆熟的东西,他眼不移动地看着他。

"你看见了许多麻烦吗,先生?啊?"矮汉子忽然说。在他唱歌般的声音中有那种友爱与简单的表情,彼挨尔想回答,但他的下颚打战,他觉得要流泪。矮汉子在同一秒钟之内,不给彼挨尔有时间表示窘困,便又用愉快的声音说。

"哎,好朋友,不要伤心。"他带着俄国老农妇们说话时所用的那种温柔歌声般的亲善的声音说。"不要伤心,好朋友,受苦只是一时,但生命活一辈子!就这样,我的好朋友。我们活在这里,谢谢上帝,没有烦恼。有坏人,也有好人。"他说。他一面说着,一面用灵活的动作跪立膝头,站立起来,响着喉咙,走去。

"哎哟,贱货来了!"彼挨尔在棚角听到同样亲善的声音。"来了,贱货,它记得!呶,呶,好了。"兵士推开向他跳来的狗,回到自己的地方坐下。他手中有什么东西裹在布里。

"这个,尝尝,先生,"他说,又回到先前恭敬的音调,解开布卷,给了彼挨尔一点烤山芋,"吃饭的时候有汤,但山芋是最好吃的!"

彼挨尔整天未吃东西,他觉得山芋的香味是异常鲜美。他谢了谢这个兵,动手吃。

"啊,怎么样?"兵士笑着说,又拿出一块山芋,"你要这样办。"他又拿出折刀,在自己手掌上将山芋切成均等的两半,从布中撒了盐,递给彼挨尔。

"山芋好极了,"他又说,"你这样尝。"

彼挨尔觉得从来不曾吃过比这更美的食品。

"不,我没有什么,"彼挨尔说,"但他们为何枪毙那些可怜人……最后一个二十岁上下?"

"呲,呲……"矮汉子说。"罪过……罪过……"他迅速地说,好像他的话总是准备好了在口头上的,偶然地流出。他继续说:"这是怎么回事,先生,你这样地留在莫斯科?"

"我未想到他们来得这样快,我无意地留了下来。"彼挨尔说。

"他们怎么抓住你的,好朋友,是从你家里吗?"

"不是,我去看火,他们抓住我,将我当放火人审判。"

"有审判的地方,即有虚伪。"矮汉子说。

"你在这里很久吗?"彼挨尔问,吃着最后的山芋。

"我吗?这个星期日,他们把我从莫斯科医院里抓出来的。"

"你是什么人,是兵吗?"

"阿卜涉让团里的兵。我发烧要死,他们没有告诉我任何事情。我们睡倒二十个人。我们不想,也不猜。"

"那么,你在这里痛苦吗?"彼挨尔问。

"怎么不痛苦呢,好朋友。我叫卜拉东,我姓卡拉他耶夫。"他说,显然是要使彼挨尔容易和他说话。"在军队他们叫我小鹰(又为亲爱者之意——译者注)。怎么能不痛苦呢,好朋友!莫斯科,她是城市的母亲。看到这个如何能不痛苦。是的,蛆啃包心菜,还有未啃完自己就死了,老年人这么说。"他迅速地说。

"怎么,你怎么说的?"彼挨尔问。

"我吗?"卡拉他耶夫问。"我说,事情不是由于我们的智慧,而是由于上帝的判断。"他说。以为是在重复所说的,他立刻又继续说:"你的情况如何,先生,有祖产吗?有房子吗?你有很多东西了!有夫人吗?年迈双亲在世吗?"他问,虽然彼挨尔在黑暗中不能看见,却觉得,兵士问这些问题时,他的嘴唇噘成一个抑制的和善的笑容。他显然是悲伤:彼挨尔没有双亲,尤其是无母。

"女人为了商量,丈母娘为了接待,但不如自己的母亲亲爱!"他说。"你有小孩吗?"他继续问。彼挨尔反面的回答又显然令他失望,他又赶着说:"那么,年轻人,上帝要给的,终归有。只要在良心中生活!"

"但现在一切都是一样。"彼挨尔不禁地说。

"哎,你这个可爱的人,"卜拉东反驳,"讨饭袋和囚牢永远不要拒绝。"他坐得更舒服,响了响喉咙,显然是准备作长久的谈话。"我的好朋友,我还是在家里生活,"他开始说,"我们的祖产是富足的,土地很多,我们的农民过得很好,我们的屋子,谢谢上帝。父亲带我们七个人出去收割。我们过得很好,我们是真正的农家。发生了……"于是卜拉东·卡拉他耶夫说了一个长故事,说他如何到别人家的树林中去找木材，被看守人抓住，他们如何将他笞打，审问，送去当兵。"你晓得，好朋友，"他说，他的声音因笑而改变，"我们认为是不幸，却是快乐！假若不是因为我的过错，我的弟弟便要去当兵。我的弟弟有五个小孩。我呢，你猜，只有一个女人。我有一个女孩，但在当兵之前，上帝把她拿去了。我要告诉你，我告假回家，我看到他们过得比从前好，牲畜满院，妇女在家，两个弟弟帮工，只有最小的米哈益洛在家。父亲说，小孩们都是一样！无论刺了哪一根手指，都是痛。假使不是那时候把卜拉东剃了胡子当兵，米哈益洛便要去。他把我们叫到一处——你相信——站在圣像前，他说，米哈益洛到这里来，弯到他的脚下来，你们妇女弯下来，孙儿们弯下来。他说，你懂吗？这样的，我亲爱的朋友，命运要找一个头脑。我们批判一切：那个不好，那个不适宜。我们的幸福，好朋友，好像拖网里的水：你拖它膨起，但是你拖了出来——什么也没有，就是这样的。"卜拉东在草上换了地方。沉默了一会儿，卜拉东站起。

"啊，我敢说，你想睡了？"他说，开始迅速画十字，低语，"主耶稣基督，尼考拉圣徒，弗罗拉和拉夫拉，主耶稣基督，尼考拉圣徒，弗罗拉和拉夫拉[1]，主耶稣基督！可怜我们，救救我们！"他说完，弯腰到地，又立起，叹口气，坐到草秸上。"就是这样。上帝，让我睡下像石头，立起像饼！"他说后躺下，把大衣拉到身上。

"你念的是什么祷告文？"彼挨尔说。

"啊？"卜拉东说（他已经要睡着了），"念什么吗？我向上帝祷

---

[1] 弗罗拉和拉夫拉在农民心中是保护马匹的神。——毛

告。你不祷告吗?"

"不,我也祷告,"彼挨尔说,"你说的弗罗拉和拉夫拉是什么?"

"啊,的确,"卜拉东迅速回答,"他们是马神。我们应该可怜畜牧。"卜拉东·卡拉他耶夫说:"你看,那个贱货,盘起来了。你暖了,狗种。"他摸脚旁的狗,又转过身,立刻睡着。

外边遥远的地方传来哭声与叫声,从棚板隙缝里可以看见火光,但棚里暗黑而寂静。彼挨尔好久没有睡着,在黑暗中睁眼躺在床上,听着躺在身边的卜拉东均匀的鼻声,并且觉得先前破碎的世界,现在带着新的美丽,在新而坚的基础上,如他的心灵中活动起来。

十三

彼挨尔进棚后住了四星期。棚里有二十三个俘虏的兵,三个军官,两个文官。

他们后来在彼挨尔的记忆中都模糊了,但卜拉东·卡拉他耶夫在彼挨尔心中永久留着最有力、最可爱的印象,是一切善良圆体俄国人的化身。第二天黎明彼挨尔看他身边友人时,先前圆体的印象充分地证实了:卡拉东穿了法国大衣,腰间系了绳子,戴尖顶兵帽,穿草鞋,他的身躯是圆形的,他的头是完全圆形的,背、胸、肩,甚至胳膊也是圆的,他的胳膊总是好像准备要抱什么东西;他的善意笑容,他的温柔棕色大眼睛,是圆的。

卜拉东·卡拉他耶夫,从他参加过的(他是老兵)各战役的叙述上看来，一定有五十多岁了。他自己不知道，也不能确定他有多大年纪，但他的亮白而结实的牙齿，笑时（他常常笑）便显得是两个半圆形，是完全而整齐的；他的胡子和头发里没有灰毛，他整个的体格有灵敏之态，特别是坚强与耐劳之态。

他脸上虽有细圆皱纹，却有天真与青年的表情，他的声音和悦而响亮。但他谈话中的主要特点是直接与辩才，他显然从来不曾想到他所说以及他要说的，因此，在他音调的迅速与诚恳中有特别不可抵抗的说服力。

他的体力与生活力是那样的，在囚禁的初期，似乎他不知道什么是疲倦与疾病。每天晚上他睡倒的时候，他说"主啊，我睡下像石头，起立像饼"；早上起来时，总是同样地耸动肩膀，说，"睡着弯腰、站着震动"。确实，他一躺下，便立刻睡着像石头，起来一震动，便立刻，没有一秒钟迟疑，着手做事，好像小孩起身后，即要去玩木偶。他能够做一切事情，不很好，但也不坏。他烘面包、炒菜、缝衣、削木、补鞋。他总是忙着做事，只在晚间，他才让自己说自己所爱说的并唱歌。他唱歌，不像歌者们唱，他们知道有人在听；他唱歌却像鸟雀唱，显然因为他觉得这些声音必须发出，正如必须伸腰或散步；而这些声音总是纤细的、温柔的，几乎是女性的，忧郁的，唱时他的面孔很严肃。

在囚禁中，长了胡子，他显然是抛去了一切强迫的、不自然的兵士习惯，而不觉地回转到从前农民的常人的习惯。

"卸职的兵士！衬衣又放在裤腰外边。"他说。他不愿说到自己的当兵生活，不过也不抱怨。他常常说，在他整个的服役期间，他一次也未被打过。在他说话时,他最爱说他从前的显然他所宝贵的"基督徒"生活的回忆,他总把"农民"(译者按——俄文农民与基督徒之音相近似)说成"基督徒"。他的谈话中充满了成语,这些成语不是兵士们所说的大都下流粗野的成语,而是农民的见解。这些话单看时似乎毫无意义,但他们适当地说出时,便顿然显出深透的智慧。

常常他说的话和他先前所说的完全相反,但两方面的话都是正确的。他爱说话,并且说得很好,用亲爱字眼和成语文饰他的话。彼挨尔觉得这都是他自己发明的,但他说话的主要美处就是在他的话里,那些最简单的事件,有时是彼挨尔看见而未注意的那些事件,得到严肃优美的性质。他爱听一个兵士在晚间所说的故事(总是说这一个故事),但他最爱听现实生活的故事。他快乐地笑着听着这些故事,加入字句,发出问题,使自己明白所听的那些故事中的优美处。彼挨尔所了解的关系、友谊、爱情,在卡拉他耶夫一点也没有,但他曾爱过,他曾和他生活遭遇中的一切亲爱地生活过,特别是和人,但不是和哪一个人,而是和他眼前的任何人。他爱自己的狗,爱自己的同伴,爱法国人,爱他身边的彼挨尔。但彼挨尔觉得卡拉他耶夫虽然对他有亲善的温柔(他不觉地对于彼挨尔的精神生活给予称赞),但不会因为和他分别而有一分钟的痛苦。而彼挨尔也开始对于卡拉他耶夫怀着同样的感觉。

卜拉东·卡拉他耶夫在其他俘虏的心目中是最寻常的兵。他们呼他"小鹰"或卡拉托莎,好意地拿他取笑,派他送东西。但在彼挨尔看来,在第一天夜晚他显得是一个不可衡量的、圆形的、永久的、简单与真实精神的化身,他永远是那样的。

卜拉东·卡拉他耶夫心中除了祷告文,什么也不知道。说话时,似乎他开了口,不知如何结束。

彼挨尔有时被他话中的思想所惊动,当他请他重述所说的话时,卜拉东便不能记得一分钟前所说的,正如同他不能用文字向彼挨尔说出他心爱的歌词。词中有"本乡的,桦树,我心痛",但在这些字眼里没有任何意义。他不懂且不能了解这文句中这些单独取出的文字的意义。他的每一个字和每一个动作是他所不解的一种活力的表现,这活力是他的生命。但他的生命,如他自己所见的,若是单独的生命,便没有意义。生命只在作为整体之部分时,才有意义,这个整体他不断地感觉到。他的言语和行动平滑地、必然地、自动地自他流出,正如同香气自花中发出。他不能了解一个单独分开的文字或动作的价值与意义。

十四

从尼考拉那里得知她的哥哥和罗斯托夫家一同在雅罗斯拉夫，玛丽亚郡主不顾姑母的劝阻，立刻准备前去，不但她一个人去，而且同侄儿一道。这件事困难不困难，可能不可能，她没有问，也不想知道。她的责任不仅是她自己要在——也许将死的——哥哥身边，并且要尽可能的力量把他的儿子带到他面前，她准备动身。假使安德来郡王不曾通知她，玛丽亚郡主认为这是因为他太弱不能写字，或者是他以为这个长途行程对于她和自己的儿子是困难而危险的。

几天之内，玛丽亚郡主准备好了上路。她的行装是一辆大马车（她曾坐这辆车来福罗涅示）、一辆篷车和一辆行李车。与她同行的有部锐昂小姐、尼考卢施卡和教师、老保姆、三个女仆、齐杭、一个年轻仆人和姑母派送的随仆。

循通常的路线过莫斯科是不能想的,因此绕道——玛丽亚郡主必须取道利撒兹克、锐阿桑、夫拉济米尔、舒雅——是很远的,又由于没有驿马,是很困难的,并且锐阿桑附近(据说)发现了法兵,甚至是危险的。

在这个困难的旅途中,部锐昂小姐、代撒勒和玛丽亚郡主的仆人皆诧异她的坚毅和活力。她睡得比大家迟,起得比大家早,没有任何困难可以阻碍她。由于她的活力和精力激动了她的同伴,他们在第二个星期末便到了雅罗斯拉夫。

在她住在福罗涅示末后的时间里,玛丽亚郡主感到平生最大的幸福。她对罗斯托夫的爱情已经不苦恼她,不激动她。这种爱情充满了她的心灵,成了她自身不可分割的一部分,她不再反对这种爱情。近来玛丽亚郡主相信——不过她从未用明白的文字向自己确定地说过——相信她被爱并在爱。尼考拉来向她说,她的哥哥和罗斯托夫家在一起时,在她和他最后的会面中,她相信了这个。尼考拉一字未提现在安德来郡王与娜塔莎之间的旧关系可以恢复(假如他的健康恢复),但玛丽亚郡主从他的脸上看出,他知道并且想到了这个。虽然如此,他对她的态度——小心、温柔、爱恋——不但未改变,而且他似乎高兴,因为现在他和玛丽亚郡主的亲戚关系,使他可以更自由地向她表示他的友爱,如玛丽亚郡主有时所想的。玛丽亚郡主知道,她是平生第一次也是末一次恋爱,并且觉得她被爱,并且在这种关系中她快乐而又安宁。

但心灵一方面的这种快乐,不但不阻止她去感觉她对于哥哥的悲伤,且反之,这种心灵的安宁,在一方面,使她更能够让自己充分感觉她对于哥哥的情感。这种情感在刚离福罗涅示时是那么强烈,她的随从看着她愁闷而失望的面孔,相信她一定会在途中生病,但正是旅途的困难和烦心——玛丽亚郡主曾用那样的活力来解决——当时把她从烦恼中救出,并给她力量。

在旅途中总是这样的,玛丽亚郡主只想到旅途的本身,而忘记了旅途的目的。但到达雅罗斯拉夫时,当那个可以等待她的问题又出现的时候——并且不是要隔多日,而是当天晚上——玛丽亚郡主的兴奋达到了最高的限度。

被派前行的随仆要在雅罗斯拉夫探知罗斯托夫家在何处,以及安德来郡王处在什么情况中。当他在城门口遇见大旅行马车时,看见了郡主异常发白的面孔,从窗口伸出来看他,他恐怖起来。

"一切都打听到了,郡主,罗斯托夫家在广场上,在商人不郎尼孝夫的家里。不远,就在伏尔加河的上边。"随仆说。

玛丽亚郡主惊惶地、怀疑地看着他的脸,不懂他为何不回答主要的问题:哥哥如何?部锐昂小姐替郡主问了这个问题。

"郡王怎样?"她说。

"郡王大人和他们住在一个屋子里。"

"那么,他是活着?"郡主想。她低声问:"他怎样?"

"用人们说,还是一样。"

"还是一样"是什么意思,郡主没有问,只随便地不被注意地看了看七岁的尼考卢施卡,他坐在她身边,欣赏城市。她垂着头,直到沉重的车子——轰轰的、颠簸的、歪动的——停下时才抬起头,拉下的脚踏蹬响了一下。

车门开了,左边是水——大河;右边是大门台阶,台阶上有人,仆人们和一个红润的有大黑辫的女子——她脸上有不快的、虚假的笑容,玛丽亚郡主如是感觉(她是索尼亚)。郡主走上台阶,伪笑的女子说:"这里,这里!"于是郡主觉得自己是在门廊里,对着一个有东方面模的老妇人,她带着感动的表情,迅速地走来迎她。这人是老伯爵夫人,她抱玛丽亚郡主,并开始吻她。

"我的孩子,"她说,"我爱你,早就知道你。"

虽然自己兴奋,但玛丽亚郡主知道这是伯爵夫人,应该同她说几句话。她自己不知如何便说了一点恭敬的法语,她的语气正如别人向她说话时那样,她问:"他怎么样?"

"医生说没有危险。"伯爵夫人说,但在她说这话时,她叹气抬起眼睛,在这个姿势中,有和言语相反的表情。

"他在哪里?能看他吗,行吗?"郡主问。

"等一下,郡主,等一下,亲爱的。这是他的儿子吗?"她向着尼考卢施卡说,他和代撒勒一同进来的,"我们替所有的人安置住处,房子很大。啊,多么美的孩子!"

伯爵夫人领郡主进了客室。索尼亚和部锐昂小姐谈话,伯爵夫人抚爱着孩子,老伯爵进客室来欢迎郡主。老伯爵自从上次郡主和他会面以后,大大改变了。那时他是活泼的、愉快的、自信的老人,他现在似乎是可怜而昏庸的人。他和郡主说话时,不停地四顾,好像是问大家,他所做的是否合适。在莫斯科和他的家产一同损失后,他出了常轨,显然不明白自己的重要,并且觉得他已经没有了生活的地方。

虽然一心希望赶快看到哥哥，并厌烦在这时候，在她一心希望看见哥哥的时候，他们陪着她并虚伪地称赞她的侄儿，郡主却注意到身边发生的一切，觉得这时服从她所加入的新环境是不可少的。她知道这一切是不可少的，虽然这使她觉得困难，她却不厌烦他们。

"这是我的甥女，"伯爵说，介绍索尼亚，"你不认识她吗，郡主？"

郡主转身向她，企图平复心中对于这个女子所起的仇恨情绪，吻了她一下。但她觉得痛苦，因为身边各人的心情和她的心情是那样遥远。

"他在哪里？"她向所有的人问了一声。

"他在楼下，娜塔莎和他在一起，"索尼亚红着脸回答，"派了人去问，我想，你疲倦了吧，郡主？"

郡主的眼里涌出烦恼的泪。她转过身，想再问伯爵夫人，从哪里去看他，这时门口传来轻微的、急速的、似乎愉快的足音。郡主环顾，看见娜塔莎几乎是跑着进来，那个娜塔莎，从前在莫斯科会面时，曾那么令她不欢喜。

但郡主还未看到娜塔莎的脸，便明白娜塔莎是她在悲哀中的忠实伙伴，因此是她的朋友。她起身去迎她，抱她，在她肩上流泪。

娜塔莎坐在安德来郡王的枕边，刚听到玛丽亚郡主到此，她便悄悄走出他的房间，用那样的快步伐（玛丽亚郡主觉得是愉快的步伐）跑来看她。

当她跑进房时，她兴奋的面孔上只有一个表情——爱的表情，对于他、对于她、对于接近她所爱的人的一切人的无限的爱的表情——

怜悯、为别人受苦与极愿牺牲自己一切帮助他人的表情。显然这时候，在娜塔莎的心中，没有一点关于自己的、关于自己和他的关系的思想。

敏感的玛丽亚郡主一见娜塔莎的脸，便明白了一切，并且带着伤心的舒快在她肩上流泪。

"我们去，我们去看他，玛丽亚。"娜塔莎说，领她进别一个房间。

玛丽亚郡主抬起头，擦干眼泪，转向娜塔莎。她觉得，她将由她了解一切，明白一切。

"怎样……"她开始问，但忽然停住。她觉得不能用文字问，也不能用文字回答。娜塔莎的脸和眼睛会把一切说得更明显，更深透。

娜塔莎看着她，但似乎恐怖而又怀疑——说出还是不说出她所知道的一切，她似乎觉得在这双透入她心底的明亮眼睛前，不能说出一切，说出她所见到的全部事实。娜塔莎的嘴唇忽然打战，丑陋的皱纹显在她嘴的四周，她流泪，用手蒙脸。

玛丽亚郡主知道了一切。

但她还存着希望，问了她不相信的话：

"但他的伤怎样？总之，他的情形怎样？"

"你，你……会看见。"娜塔莎只能这么说。

她们在楼下他的房外坐了一会儿，以便止住哭泣，然后带着安静的脸进房看他。

"整个的病是怎么经过的？他不早就好了吗？这是什么时候发生的？"玛丽亚郡主问。

娜塔莎说："最初的时候，因为发热和疼痛，有危险，但在特罗伊擦，危险过去了，医生只怕一件事——坏疽症，但这个危险也减少了。到了雅罗斯拉夫，伤处开始生脓（娜塔莎知道一切关于生脓及其他情形），医生说，化脓可以有良好的结果。烧热发生了。医生说，这个烧热不很危险。""但是两天之前，"娜塔莎说，"忽然这个发生了……"她压制了哭泣。

"我不知道为什么，但你可以看到，他的情形。"

"他软弱吗？瘦了吗？"郡主问。

"不是，不是那样，却更坏。你可以看到。啊，玛丽亚，他太好了，他不能，他不能活了，因为……"

十五

在娜塔莎用习惯的动作打开门,让郡主走在前面的时候,玛丽亚郡主觉得在她的喉咙里已经有了现成的哽咽。无论她怎么准备自己,怎样努力安慰自己,她知道她不能看见他而不淌眼泪。

玛丽亚郡主明白了娜塔莎说这话的意思:他在两天以前发生了这个变化。她知道这话的意思是说他忽然弱了,而这种软弱和柔弱便是死的象征。她去到门口时,已经在自己的想象中看见了安德来的面孔,那是她在童龄时所知道的,温柔、文雅、柔软的面孔,这是他那样少有的,因此是那样有力地感动她。她知道他要向她说低声的温柔的话,正如她父亲死前向她所说的,她知道她听不下这些话,她要在他面前流泪。但迟早这是一定要有的,于是她走进房。

在她用近视的眼睛逐渐清楚辨出他的身体，看出他的轮廓时，她的哭咽在喉咙里逐渐地迫近了，并且现在她看见了他的脸，并和他的目光交遇。

他睡在沙发上，垫着枕头，穿着松鼠皮的睡衣。他消瘦而苍白，他一只瘦而极白的手握着一块手帕，另一只手用指头的轻软动作，摩弄长长的细胡须。他的眼看着进门的人。

看见了他的脸，交遇了他的目光，玛丽亚郡主立刻放慢她的快步，觉得她的眼泪已干，哭咽停止。看见了他的面部和目光的表情，她忽然羞怯，并觉得自己有罪。

"但我是有什么罪呢？"她问自己。"是活着的，并且想着生活，而我……"他冷静而严厉的目光回答。

当他迟迟地看妹妹和娜塔莎的时候，在他不是向外看而是向内看的目光里，几乎含着仇恨。

他和妹妹接吻，照他们的习惯，手握着手。

"好吗，玛丽，你怎么到这里的？"他用那种平静的、疏远的如同他目光的声音说。假使他喊出失望的叫声，则这叫声将不如他这种话声更使玛丽亚郡主觉得可怕。

"把尼考卢施卡带来了吗？"他用同样平静的、迟缓的声音说，并且用显然的努力在回忆。

"你身体现在怎样了？"玛丽亚郡主说，自己也诧异自己所说的。

"这个，亲爱的，你应该问医生。"他说，显然又在力图显得亲爱，他只用嘴唇说（显然是他一点也未想到他所说的）。

"谢谢你，我亲爱的，你来到这里。"

玛丽亚郡主捏他的手。因为她捏手，他微微地皱了一下眉。他无言，她不知道要说什么。她明白了他在两日前所发生的变化。在他的言语中，在他的语调中，特别是在这个目光中——在冷淡的几乎仇恨的目光中——可以感觉到一种令活人可怕的对于一切世事的疏远。他显然是困难地在了解活的东西。但同时，他似乎不了解活的东西，不是因为他失去了解能力，而是因为他了解别的东西，这东西是活人不了解且不能了解的，这东西吸取了他整个的心灵。

"是的，运命多么奇怪地把我们放在一起！"他说，打破了沉默，并指示娜塔莎，"她仍然看护我。"

玛丽亚郡主听着，却不懂他所说的。他，敏感的、温柔的安德来郡王，他如何能够在他所爱的、爱他的女子面前说这话。假使他想活，他就不能用那样冷淡轻蔑的语气说这话。假使他不知道要死，他怎么能够不可怜她，他怎能在她面前说这话。这只能有一个解释，就是他觉得一切都是一样，一切都是一样，因为他看见了别的更重要的东西。

谈话冷淡，不连贯，且每分钟中断。

"玛丽从锐阿桑来的。"娜塔莎说。

安德来郡王未注意到她叫他的妹妹玛丽。而娜塔莎在他面前这样叫了她，自己第一次注意到。

"什么？"他说。

"她听说，莫斯科全烧了，全烧了，好像……"

娜塔莎停住，不能说了。他显然努力要听，却不能够。

"是的，烧了，他们说，"他说，"这很可惜。"他向前直视，用手指无心地理胡子。

"你遇到尼考拉伯爵吗，玛丽？"安德来郡王忽然说，显然希望向她们说点高兴的话。"他写信来说，他觉得你很可爱。"他简单地、安静地继续说，显然不能了解他话中对于活人的复杂意义。"假使你也爱他，那是很好的……你们结婚。"他更快地加上这一句，似乎因为寻觅很久终于找出的话而高兴。玛丽亚郡主听了他的话，但这些话对于她没有任何别的意义，除了证明他现在距离活的东西是多么遥远。

"为什么说我呢？"她安静地说，看娜塔莎。娜塔莎感觉到她在看她，却未看她。大家沉默。

"安德来，你想……"玛丽亚郡主忽然颤抖的声音说，"你想看见尼考卢施卡吗？他总是提起你。"

安德来郡王最初有几乎不可见的笑容，但玛丽亚郡主是那样熟悉他的面情，她恐怖地明白这个笑容不是喜悦，不是对于儿子的温柔，而是安静的、文雅的嘲笑——嘲笑玛丽亚郡主，凭她的意思，利用最后的方法来唤起他的情感。

"是的。我很高兴看见尼考卢施卡。他好吗？"

尼考卢施卡被人带至安德来郡王面前，他惊惶地看着父亲，但未哭，因为没有别人哭，安德来郡王吻他，显然不知道要向他说什么。

尼考卢施卡被带出后，玛丽亚郡主又走到哥哥面前，吻他，不再能抑制自己，哭了起来。

他注意地看她。

"你为尼考卢施卡哭吗？"他问。

玛丽亚郡主哭着，同意地点头。

"玛丽，你知道福音……"但他顿然沉默。

"你说什么？"

"没有什么。但不该在这里哭。"他说，用同样冷淡的目光看她。

玛丽亚郡主哭的时候，他知道，她哭是为尼考卢施卡将成无父的孤儿。他用很大的努力，企图返回生命，并采取他们的观点。

"是的，他们一定觉得这是可怜的！"他想，"但这是多么简单！"

"天鸟不耕耘，不收获，但你们的父养活它们。"他向自己说，并希望向郡主说同样的话。"但不行，她们各按自己的意思去了解，她们不了解！她们不能了解，所有的这些情绪，她们所宝贵的情绪，所有这些思想，我们觉得那么重要的思想——都是不需要的！我们不能彼此了解！"他沉默着。

安德来郡王的小孩子七岁，他不能读书，什么也不懂。在那天以后，他经历了很多人事，获得了知识、观察力、经验。但假使他那时有了所有这些日后获得的能力，他便不能比现在更深透、更完善地了解在他父亲与玛丽亚郡主与娜塔莎之间他所见的那幕情景的意义。他了解这一切，他不哭，他走出房，无言地走到跟他出来的娜塔莎身边，用思索的美丽的眼睛羞怯地看她；他的噘起的红润上唇打战，他的头倚着她身上，流泪。

自那天以后，他逃避代撤勒，逃避抚爱他的伯爵夫人，或者独坐，或者羞涩地走到玛丽亚郡主和娜塔莎面前（他似乎爱娜塔莎甚于爱自己姑母），静静地、羞怯地对她们表示亲爱。

玛丽亚郡主自安德来郡王的房中走出，充分明白娜塔莎脸上所说的一切。她不再和娜塔莎提及救他生命的希望。她和她轮流坐在他沙发的旁边，她不再流泪，却不停地祷告，精神上注意到那永久的和不可测的东西——这东西现在显明地罩在要死的人的身上。

十六

安德来郡王不仅知道他将死，而且觉得他正在死，觉得他已经死了一半。他感觉到这种意识——远离一切人世的事物和身体上快乐的、异常的轻飘。他不急躁，他不苦恼，他等待着那个他要遇到的东西。那个可怕的、永久的、不可知的、遥远的东西——他在整个生命之中不断地感觉到它的存在——现在靠近他，并且由于他所感觉的那种异常的身体轻飘，几乎是可解的、实在的。

从前他害怕完结。他两度经历过死亡完结的恐怖之痛苦可怕的情绪，现在他不了解这种情绪了。

他第一次感觉这种情绪的时候，是霰弹在他面前打旋，他看着牛耕田、灌木和天，知道死亡在他的前面。当他从伤痛中恢复知觉时，好像是从抑制他的生命束缚中解放出来,他心中倏然开出永久、自由而与这个生活无关的爱情花朵,他不再害怕死亡,不再想到死亡。

在受伤后痛苦的寂寞与半昏迷的时间里,他愈想到新鲜的展示给他的永久爱情的本质,他愈不自觉地否认尘世生活。爱一切,永久地为爱而牺牲自己,意思是不爱任何人,意思是不过这尘世生活。他愈寻找这种爱的本质,他愈否认生命,愈彻底消灭了没有爱时在生死间的那个可怕的障碍。在起初,当他想起他应该要死时,他向自己说过,"啊,这样更好"。

那一夜,在梅济施支,在他昏迷中,他所希望的女子出现在他眼前时,他将她的手放在自己唇上,流出温柔快乐的眼泪。那夜以后,对于一个女子的爱情偷偷地爬进了他的心,又将他引入生命之中,快乐的、兴奋的思想开始回到他心中。想起在野战病院里看见库拉根时的情景,他现在不能回返到那种情绪中,他现在烦着这个问题:他是否活着?而他不敢问这个问题。

他的病经过了他的生理的程序,但娜塔莎所读的"他发生了这个变化",那是他在玛丽亚郡主到此两天之前发生的。那是最后的生死间的精神斗争,在这个斗争中,死亡得了胜利。这是突然的认识他还看重那个表现于他对娜塔莎爱情的生命——这是最后的、在未知世界前的、失败的恐怖袭击。

是在晚间。和平常饭后一样,他在轻微的昏迷状态中,他的思想异常清明。索尼亚坐在桌边。他在打盹,忽然,快乐的情绪支配了他。

"啊,她进来了!"他想。

确实，刚才细声地走进房来的娜塔莎坐在索尼亚的地方。

自从她开始看护他以来，他总是感觉到那种有形意识——她在旁。她坐在椅上织袜子，侧着对他，遮住照他的烛光。（安德来郡王曾经向她说过，没有人比织袜子的老保姆们更善看护病人，并说在织袜的时候，有一种安慰的心情。从那时以后，她便学会了织袜子。）她的纤指迅速移动着时而相碰的织针，他可以清楚地看见她的垂头的思索的侧面。她动了一下——线球从她的膝头上滚下来。她惊了一下，看了看他，用手遮着烛光，用小心、敏捷、准确的动作俯下身子，拾起线球坐到先前的地位上。

他不动地看她，看见她在动作之后，须要深深地吸一口气，但她不敢如此，她小心地呼吸着。

在特罗伊擦修道院里，他们说到过去，他曾向她说，假使他还活着，他便永远为了自己的伤而感谢上帝，因为他的伤他们才能在一起；但从那个时候起，他们从未说到将来。

"这是可能的，是不可能的？"他现在想着，看着她，听着织针的轻微钢声。"难道只是为了我要死，命运才那么奇怪地把我和她带到一处吗？难道生命的真谛展示给我，只是为了要我在虚伪中生活吗？我爱她甚于世界的一切。但是，假使我爱她，我将怎么办呢？"他想，忽然他习惯地呻吟了一下，这习惯是痛苦中养成的。

听到这个声音，娜塔莎放下袜子，转身靠近他，忽然看到他明亮的眼睛，她轻轻地走到他身边，弯下身子。

"你没有睡着？"

"没有，我看了你很久，我觉得到你是什么时候进来的。没有人像你这样给我柔和的安静……给我光明。我快乐得很想要哭。"

娜塔莎更靠近他,他的脸上显出狂热的快乐。

"娜塔莎,我太爱你,甚于世界上的一切。"

"我吗?"她说,转侧了一下,"为什么太多呢?"

"为什么太多?……啊,你心里,你整个的心里,怎么想,怎么感觉,我还要活吗?你觉得怎样?"

"我相信,我相信!"娜塔莎几乎叫起来,用热情的动作抓住他的双手。

他沉默了一会儿。

"多么好啊!"他抓住她的手,吻着。

娜塔莎快乐而兴奋,她立刻想起不能如此,他需要安静。

"但你没有睡,"她说,压制着自己的快乐,"你睡睡看……请你睡睡看。"

他将她的手握过又放下,她回到蜡烛的旁边,又坐在先前的地方。她向他看了两次,他的目光明亮地和她交遇。她指定自己织袜子的功课,并向自己说,她不织完时,不向他看。

果然,他不久便闭了眼,睡着了。他睡着不久,忽然在冷汗中惊醒了。

睡的时候,他还在思索他不断地思索的问题——生与死。大部分是关于死,他觉得自己接近死亡。

"爱情?什么是爱情?"他想。

"爱情妨碍死,爱情是生。一切,一切,我所了解的,我了解,只是因为我死。一切有,一切存在,只是因为我爱。一切都只与爱有关系。爱是上帝，而死——意思是，我是爱的一部分，我要回返普遍的永久的源头。"他觉得这些思想是安慰的，但这些只是思想而已。这些思想中缺少什么，有的是片面的、个人的、智慧的缺少明显，还有同样的不安与含糊。他睡着了。

他在睡梦中看见：他睡在现实中他所睡的房间里，但他却未受伤，而是健康的。许多种类不同的、不重要的、漠然的人出现在安德来郡王的眼前。他和他们说话，辩论一些无用的是非。他们准备到什么地方去。安德来郡王模糊地想起这一切都是不重要的，而他还有更重要的虑念，但他继续说了一些空洞的机警的话，使得他们惊异。渐渐地，不觉地，所有这些面孔开始消失，一切变为一个关门的问题。他站起走至门前，闭了门，闩了闩，一切决定于他是否赶及闭门。他走，他赶快，但他的腿不能移动，他知道他赶不及闭门，但还在痛苦地运用他所有的力量。一种苦恼的恐怖支配了他，而这种恐怖是死的恐怖。它站在门外，但同时，当他无力地、笨拙地爬到门边时，这个可怕的东西已经在那一边推压，挤开了门。一种非人性的东西挤开了门，他必须抵着门。他抓着门，运用了最后的力量——已经不能关闭——去抵门，但他的力量衰竭而又笨拙，在那恐怖物的推压下，门开了，又闭起。

它又在门外推压。他的最后超自然的力量完尽了，两扇门无声地打开。它进来了，它是死。于是，安德来郡王死了。

但在他死的顷刻之间，安德来郡王想起他是睡着的。在他死的顷刻之间，他自己出力，醒了过来。

"是的，那是死。我死——我醒了。是的，死是——醒觉。"这思想忽然出现在他的心灵中，先前遮隐"未知物"的幕，现在在他心灵的眼界中升起了，他似乎感觉到先前束缚在他心中的力量现在解放了。感觉到那种稀有的轻飘，这轻飘一直未离开他。

当他在冷汗中醒来，在沙发上动弹时，娜塔莎走到他面前问他有什么事。他未回答她，不了解她，用陌生的目光看她。

这是在玛丽亚郡主到此之前两日内所发生的事。医生说，自那天起，病人的烧热便有了不好的性质，但娜塔莎未注意医生所说的：她看见那些可怕的，她觉得更无疑的、精神的象征。

从那天开始，安德来郡王同时有了——睡梦的醒觉和生活的醒觉。他觉得生命时限上生活的醒觉，并不迟于睡梦时限上睡梦的醒觉。

在这个相对的迟缓的醒觉中，没有任何可怕的和猛烈的东西。

他最后的日子和时刻过得寻常而简单。玛丽亚郡主和娜塔莎从未离开过他。感觉到这个，她们不流泪，不战栗，且近来她们觉得不是在看护他（他已不存在，他已离开了她们），而是在看护他最近的纪念物——看护他的身体。两人的情绪是那样强，死亡的外在可怕的方面未有影响她们，她们觉得无须加深她们的悲哀。她们不当他面哭，也不背开他哭，但也从不在彼此之间提到他。她们觉得不能用文字表现她们所了解的。

她们两人都看到，他如何更深地、迟缓地、安静地离开她们，两人都知道这是必然的，这是很好的。

他受了免罪礼和涂膏礼，大家来和他诀别。当他的儿子被带到他面前时，他用嘴唇吻他，又转过头去，这不是因为他觉得痛苦可怜

（玛丽亚郡主和娜塔莎明白这个），而只是因为他假定，他已经做了一切要他做的事。但在别人要他祝福他儿子的时候，他满足了他们的要求，并环顾，似乎是问还需要做什么。

当他的被精神遗弃下来的身体做最后颤动的时候，玛丽亚郡主和娜塔莎在那里。

"完结了?"玛丽亚郡主说，他的身体已经不动地、冰冷地在她面前躺了好几分钟。娜塔莎走近，看了看死了的眼睛，迅速地将他的眼睛合起。她合起它们，未吻它们，思索着关于他的最近纪念物。

"他哪里去了？他现在在哪里？"

当穿洗过的身体躺在架上的棺材里的时候，都来和他告别，都哭。

尼考卢施卡哭，因为撕裂他的心的痛苦的怀疑。伯爵夫人和索尼亚哭，因为可怜娜塔莎，因为他不复存在。老伯爵哭，因为他觉得，他不久也要走这同样可怕的一步。

娜塔莎和玛丽亚郡主现在也哭，但她们哭不是因为她们个人的悲哀，她们哭是因为敬畏的情绪——这情绪在简单严肃的（在她们眼前完成的）死亡神秘的认识下支配着她们的心。

第二部

一

　　事件之原因的总合，是人类智慧不能洞达的。但寻找原因的要求，却在人的心灵中。人类智慧不深究条件的众多与复杂（其中的每一单纯的条件可以当作事件的原因），却抓住每一个最明显的"相近"而说这是原因。在历史事件中（这里观察的对象是人们的行动），最原始的"相近"是神的意志，后来是那些站在最显著历史地位上的人——历史上英雄们的——意志。但我们应当深究每一历史事件的事实，即深究参与事件的整个人群的活动。要相信，历史英雄的意志不但不曾领导人群的行动，且本身继续被领导。似乎，这样地或那样地了解历史事件的意志都是一样的。但是，有的人说西方人民到东方，因为拿破仑希望如此；有的人说，这件事发生因为一定要发生。他们之间所有的差别，正如同：有的人主张地球是站着不动，众星环绕地球；有的人说，他们不知道什么东西支持着地球，但是知道有定律支配地球和其他行星的运动。历史事件的诸原因，除了全部原因的一个原因，便没有且不能有。但是有定律支配着这些事件，一部分定律是未知的，一部分是我们找得出的。只有我们放弃在一个人的意志中寻找原因时，这些定律才可发现，正如同人们放弃地球不动的概念时，才能发现行星运动律。

在保罗既诺战役及莫斯科的失陷与火灾之后，历史家们认为一八一二年战争中最重要的插曲是俄军自锐阿桑经卡卢加大道调往塔路齐诺军营——所谓克拉斯那亚、巴黑拉河以外的侧面行军。历史家们将这个天才功绩的荣誉归诸许多人物，并争论这个荣誉应该属谁。甚至外国的，甚至法国的历史家们，说到这个侧面行军时，也承认俄国将领们的天才。为什么军事著作家们以及信仰他们的人，臆断这个侧面行军是某一拯救俄国打倒拿破仑的人最深谋的计划，是极难了解的。第一点难懂的便是这个行军的深谋与天才何在，因为我们不需要巨大的智谋，来想军队最好的地位（在不受攻击时），是在粮秣充足的地方。每个人，甚至十三岁的笨孩子，能够无困难地想到在一八一二年，在撤退莫斯科后，军队最有利的地位是在卡卢加道路上。因此，我们不能不了解，第一点，历史家们凭什么理论看到这个调遣中的深谋。第二点，更难懂的是历史家们为何把这个调遣看作俄军的出险和法军的覆灭，因为若有了在前的、同时的和在后的其他情形，这个侧面行军可以成为俄军的覆灭和法军的出险。假使在行军时，俄军的地位即开始改善，我们也不能推论这个行军是原因。

这个侧面行军不仅不能获得任何利益,并且假使没有其他情形的凑合,还可以消灭俄军。假若莫斯科未烧,将发生什么事情?假若不是牟拉未见到俄军,将如何?假使不是拿破仑按兵不动,将如何?假如俄军在克拉斯那亚·巴黑拉[1]附近,听了别尼格生和巴克拉的计划,与法军交战,将如何?假使法军当俄军行近巴黑拉时,攻击俄军,将发生什么?假使后来拿破仑到塔路齐诺时攻击俄军,即使只用他攻击斯摩楞斯克十分之一的兵力,将发生什么?假使法军去彼得堡,将发生什么?……在所有这些假定之下,侧面行军的"安全"可以变为"覆灭"。

第三点上,最难懂的便是研究历史的人,故意地不愿看到:这个侧面行军不能归功于任何一个人,没有任何人在任何时候预见到这一点。这个调动,正如同退军菲利[2],在事实上,从未被任何人整个地预见到,而是一步一步,一个事件接着一个事件,一分钟接着一分钟,从无数的最不相同的情形中产生出来,只有在他已经完成而成为过去时,才能整个地表现出来。

在菲利会议中,俄军将领间最得势的意见便是当然的直接向后退,即顺着尼示尼道路向后退。它的证据是会议中大部分的主张,赞成这个意见,尤其是后来总司令与军需监督兰斯考著名的谈话。兰斯考向总司令报告说,军队的粮秣大部分屯集在奥卡河一带,在屠拉省、卡卢加省,假若顺尼示尼道路退却,则军队与粮秣储藏处将为大

---

[1] 是流入莫斯科河的一小河。——毛
[2] 菲利是俄军所退到的最后的乡村。——毛

奥卡河所分隔，而在初冬驳运过河是不可能的。这是第一个必须违反先前显得极自然地向尼示尼道路直退的证明。军队更向南行，顺着锐阿桑道路，接近粮秣储藏处。后来，法军的不动，法军甚至失去俄军的方位，保卫屠拉兵工厂的挂虑，尤其是粮秣的利益——这使车队更向南转，转向屠拉道路。用不顾一切的运动，由巴黑拉河那边转到了屠拉道路，俄军的将领打算留在波道尔斯克，而不想到塔路齐诺阵地。但无数的条件、先前远离俄军的法军再度出现、交战的计划，尤其是卡卢加的粮食充足，使俄军更向南转进，穿过交通线的中心，自屠拉至卡卢加道路而至塔路齐诺。正如同不能回答这个问题：莫斯科是何时放弃的；我们也不能回答这个问题：在何时，并且因谁而决定了，向塔路齐诺行军。只是当军队由于无数微小的力量已达到塔路齐诺后，那时候人们才使自己相信：他们希望如此，并且早已预见及此。

二

有名的侧面行军只是这样的：俄军按照敌军的方向直往后退，在法军的进攻中止时，俄军改变了开始所采取的笔直方向，并且不见后边的追赶，俄军自然地朝着吸引他们的粮秣方面转进。

假使有人设想在俄军之上没有天才将领，而只是一个没有将领的军队，则这个军队除了回转莫斯科的运动，在粮秣最多、镇市富足的地方割一个半圆形，便不能做别的。

自尼示尼经锐阿桑，屠拉而至卡卢加道路的移动，是那样地自然，俄军的抢劫分子顺着这个同一方向奔跑，彼得堡方面也要库图索夫顺着这个方向率领俄军。库图索夫在塔路齐诺接到皇帝近于申斥的命令，因为他率领军队顺锐阿桑道路走，并指示他占卡卢加对面的阵地,而在他接到皇帝的信时,他已经在那里。

俄军之球,顺着在整个战争中及保罗既诺战役中所受的撞击的方向,向回弹动,在撞击的力量耗尽而不受到新的撞击时,采取了自然的地位。

库图索夫的功绩不在任何的所谓天才的战略的计划,而在他一个人明了当前事件的意义。他一个人甚至在那时已明了法军不动的意义,他一个人继续相信保罗既诺战役是胜利,他一个人——他由于他的总司令的地位,似乎一定愿意攻击——他一个人,尽了全力,使俄军不作无益的战斗。

在保罗既诺受伤的野兽躺在离去的猎人留给它的地方,它是否活着,它是否有力,或者它只是躺着不动,猎人不知道。忽然这只野兽发出呻吟。

这只受伤的野兽——法军——的呻吟,它灭亡的表征,是派遣劳理斯顿往库图索夫营中求和。

拿破仑相信,好的东西,不是本身好的东西,而是他所想到的东西,他带着这个信念写信给库图索夫。信中的话是他想到即写的,没有任何意义。

他写道:

> 库图索夫郡王先生,现余派高级副官一人与阁下商谈各项重要问题。请阁下置信彼所说之一切,当彼奉问阁下余一向对阁下之敬意与异常钦佩时,尤盼置信。此信无他目的,余祷上帝置库

图索夫郡王先生于彼神圣而尊敬之保护下。

拿破仑（签字）

莫斯科，一八一二年十月三十日

"若余为人视作任何调解之发动人，则余将受后辈之指骂。此为我国目前之民气。"库图索夫回答，并尽了全力，使军队避免进攻。

法军在莫斯科抢劫，俄军悄然在塔路齐诺扎营，在这一月之间，两军相对的力量（精神方面及人数方面）有了改变，而改变后有利情形是在俄军方面。虽然法军的地位与人数是俄军不知道的，由于相对力量的变化，攻击的必要立刻表现在无数的象征中。这些征象是：劳理斯顿的派遣，塔路齐诺粮秣的充足，各方面关于法军不动与无纪律的报告，我军后备兵的补充，好天气，俄军的长时休息，休息后通常在军中发生的不耐烦去做他们聚集在一处应做的事，对于久不见到的法军在做什么的好奇心，现在俄军前哨伺探塔路齐诺法军的勇敢，农民与游击队对于法军的轻易胜利的消息，因此所激起的艳羡，每人心中自法军入莫斯科时即有的复仇情绪。最主要的——不明了的，然而在每个兵士心中发生的，现在相对力量有了变化而我方有利的意识。实际的相对力量改变了，攻击为不可免的。正如同指针转一圈时，钟机立刻开始敲打报时那样可靠，在上层团体中，由于力量的实际改变，立刻反映出加强的活动，有如钟机咝咝作响和敲打。

三

指挥俄军的是库图索夫及其司令部和彼得堡的皇帝。彼得堡方面在接得莫斯科失守消息之前,已做成一个全部战役的详细计划,送给库图索夫作指导。虽然这个计划的做成,是假定莫斯科还在我们手里,这个计划却被参谋部所赞同,并着手执行。库图索夫只写过:遥远的指导总是难以执行的。为解决发生的困难,又送出了新的命令,派出了新的人,他们的任务是监视他的行动并报告行动的情形。

此外,俄军的司令部现在全部改组了。被杀的巴格拉齐翁和愤怒辞职的巴克拉二人的缺填补了。他们极严重地考虑:A 代替 B,B 代替 D,或反之 D 代替 A,等等调动,何者较好,似乎在 B 与 A 的满意之外,还有什么东西可以决定于此。

在军队的司令部里，由于库图索夫与参谋总长别尼格生的仇恨，皇帝的亲信在场以及这些调动，发生了比平常更复杂的党派斗争，在所有可能的调动与裁并中 A 倒 B，D 倒 C 等等。在所有的这些倾轧中，阴谋的对象大都是战争，所有这些人都以为是他们在领导战争，但这个战争与他们无关，而显然是遵照它自己应走的路线，即它从不与人们所预想的计划相合，而是由大众关系的实际中产生的。这一切互相阻碍、互相矛盾的计划，在上层团体中，显得只是应发生的事件的忠实反应。

"米哈伊·依拉锐诺维支郡王！"皇帝在十月二日的信中这么写，此信于塔路齐诺战役后收到。"自九月二日起，莫斯科即在敌人手中。你最后的报告是二十日。在这一段时间之内，不仅没有任何举动反对敌人、解救古都，而且根据你最后的报告，甚至还向后退。塞尔普好夫已被一队敌人占领，而有军队所必需的著名的兵工厂的屠拉在危险中。据文村盖罗德将军之报告，我知道有一万敌人向彼得堡道路推进。另一队约数千人，已靠近德米特罗夫。第三队顺夫拉济米尔道路前进。第四队相当强力，驻在路撒与莫沙益司克之间。拿破仑自己二十五日尚在莫斯科。根据这些报告，在敌人将自己的兵力分为强力的支队时，在拿破仑还带了自己的卫队驻在莫斯科时，你面前的敌人力量很强，不许你攻击吗？也许相反，我们可以假定，他用几个支队或至多一军团在追赶你，这远弱于所统率的军队。似乎你能够利用这些情形，有力地攻击弱于你的敌人，将他们消灭，或者至少使他们退却，在我们自己手中保持现为敌人所占领的省份的相当部分，并借此挽回屠拉及内部其他城市的危险。你是要负责的：假使敌人能够派相当的军队来彼得堡威胁首都,而这里又不能留许多军队,因为用你所指导的军队,决心地、有力地行动着,你有一切方法挽回这个新的不幸。记着,对于受耻辱的祖国,你要担负损失莫斯科的责任。你有过经验,我准备酬劳你。这种准备在我并未减低,但我与俄罗斯有权利对于你期望一切热心、坚决与胜利,这都是你的智慧,你的军事天才,你指挥的军队的忠勇向我们预示的。"

这封信证明,实际的相对兵力的改变已反映在彼得堡,此信在途中的时候,库图索夫已经不能约制他所指挥的军队不进攻,且已经打过一仗。

十月二日,一个卡萨克兵,沙波发洛夫在斥候的时候,用枪打死一只兔子,打伤一只。追赶着受伤的兔子,沙波发洛夫深入森林,又到没有任何守备的牟拉军队的左翼。这个卡萨克兵笑着向同伴们说,他如何几乎落在法兵手中。卡萨克兵的少尉听到这个故事,报告了他的长官。

这个卡萨克兵被传受问,卡萨克兵的军官们希望利用这个机会夺得马匹,但是有一个认识高级军官的军官,把这事报告了参谋部的一个将军。近来在参谋部里,情形极度紧张。叶尔莫洛夫数日之前曾去见别尼格生,请他利用他对于总司令的影响,主张作战。

"假如我不认识你,我便要以为你并不希望你所请求的。我要劝总司令大人确实改变他的计划。"别尼格生回答。

卡萨克兵的消息被派出的骑兵所证实,证明了事件的最后的成熟。紧张的发条松了,钟响了,钟机敲鸣。虽然他有假定的权力,他的智慧、经验、人事知识,库图索夫却考虑了别尼格生(他曾向皇帝作个人的报告）的备忘录，全体将军们表现的一致相同愿望，他们所提出的皇帝的愿望和卡萨克兵的消息，他已不能再约制不可避免的运动，并且对于他认为无益而有害的事下了命令——赞同既成事实。

四

别尼格生递呈的关于必须进攻的备忘录,卡萨克兵关于无掩护的法军左翼的消息,只是必须下令进攻的最后象征,而攻击定于十月五日开始。

十月四日晨,库图索夫签署了作战命令。托尔向叶尔莫洛夫宣读,要他主持以后的布置。

"好,好,我现在没有工夫。"叶尔莫洛夫说,走出茅舍。托尔所起稿的作战命令是很好的,他和在奥斯特里兹的作战命令中所写的相同,但不是日耳曼文的。"第一纵队向何处进行,第二纵队向何处进行",等等。

所有这纸上的纵队都在指定的时间到了各处,且消灭了敌人。和在所有的作战中命令一样,一切都计划周密;和在所有的作战命令中一样,没有一个纵队在指定的时间到了自己的地点。

当这个作战命令预备了足够的份数时,便召来一个军官派他往叶尔莫洛夫处,以便交给他要执行的公文。年轻的骑兵卫队的军官,库图索夫的传令官,欢喜这个重要的任务,到了叶尔莫洛夫司令部。

"出去了。"叶尔莫洛夫的侍役兵回答。骑卫队军官去到叶尔莫洛夫常去的一个将军那里。

"不在,将军也不在。"

骑卫队军官坐在马上,到了另一个将军处。

"不在,出去了。"

"不要我负延迟的责任就好了!多么劳神!"军官想。他走遍了所有的营地。有的人说,他看见叶尔莫洛夫和别的将军们到某处去了;有的人说,他一定回家了。军官未吃饭,一直找到晚间六点钟,一处也找不到叶尔莫洛夫,也没有人知道他在何处。军官在同伴处草草地吃了饭,又到前卫处去见米洛拉道维支。米洛拉道维支也不在家,但他们在那里向他说,米洛拉道维支在基肯将军的跳舞会里,叶尔莫洛夫或许也在那里。

"但是这个地方在哪里?"

"在那边,在挨起吉诺。"卡萨克兵的军官说,指示他远处的地主房屋。

"那个地方吗,在前哨的那边吗?"

"调了我们的两团人在前哨上。现在那里正在举行宴会,糟极了!有两个音乐队,三个歌唱队。"

军官走到前哨那边的挨起吉诺。离房子还远时,他听到愉快亲善的跳舞兵士的歌声。

他听到"在草场上……在草场上"和呼哨,和弦乐,有时被震耳的叫声遮盖住。军官心中因为这些声音而愉快,同时又恐怕自己要有罪:他这么久还未送达重要的交托给他的命令,已经快到夜晚九点钟了。他下了马,走上俄、法两军之间尚保持完整的地主大房子的台阶。在餐室与前厅,听差们忙着送酒送菜,唱歌队站在窗下。军官被领进门,他忽然同时看见军中所有的重要将军们,其中有高大的令人注意的叶尔莫洛夫。所有的将军们都解开了军服,面色发红而生动,大声谈笑,站成一个半圆形。在大厅当中,一个红脸的、不高的、美丽的将军伶俐地、纯熟地在跳"特来巴克舞"。

"哈,哈,哈!好哇,尼考拉·依发内支!哈,哈,哈!……"

军官觉得在这个时候带了重要的命令走进来,他是犯了双重的罪,他想等候着。但是有一个将军看见了他,知道他如何来此,告诉了叶尔莫洛夫。叶尔莫洛夫带着愁蹙的面孔走近军官,听了报告,接了他的公文,什么也未向他说。

"你以为他是偶尔出去吗?"这天晚上,一个参谋部的同事向骑卫队军官说到叶尔莫洛夫,"这是一个诡计,这都是有意的。在骗考诺夫尼村。看吧,明天要发生什么困难!"

五

第二天清早，衰老的库图索夫起身后，祷告了上帝，穿好衣服，怀着不愉快的心情，他要领导这个他所不赞同的战争。他坐上马车，离开塔路齐诺后边五里的列他涉夫卡，到攻击的各纵队应该聚集的地方。库图索夫向前行，打盹又惊醒，听着是否右边有枪声，是否已经开战。但一切还是安静的，潮湿有云的秋天开始发白了。到了塔路齐诺，库图索夫看见骑兵们牵马过路赴水沟，他的马车正走在这条路上。库图索夫注视他们，停了马车，问他们属于什么部队。他们属于一个应该远在前边埋伏的纵队。"也许是一个错误。"老迈的总司令想。但再向前走，库图索夫看见了步兵队，枪架了起来，兵士们穿着衬裤在煮粥，在取柴。他召来军官，军官报告并未接到任何进攻的命令。

"没有……"库图索夫开始说,佃立刻又沉默着,命人去传上级军官。他从车内跳出,垂着头,深深地呼吸,沉默地等待着,来回地徘徊。总参谋处被传的军官艾益亨来到时,库图索夫脸色发紫,这不是因为这个军官要负这个错误的责任,而是因为他值得做泄怒的对象。老人蹒跚着,喘息着,处在这样的愤怒之中,这是他在地上发火打滚时才有的,他奔向艾益亨,用手威胁他,叫喊着,用粗话嘴骂。另一个出现的上尉不罗生,毫无罪过,触了同样的霉头。

"这些混蛋是做什么的?枪毙!混蛋们!"他严厉地喊叫着,挥着手,蹒跚着,他感觉到身体的痛苦。他,总司令大人,大家都相信在俄国从来没有人有像他这样的权力,他处在这样的地位中——成为全军的笑话。他自己在想:"那样空忙着为今天祈祷,夜间未睡考虑一切,都是空。当我还是幼年军官时,没有人敢这样笑我……但现在!"他感觉到身体的痛苦,好像是受了肉刑,他不能不用愤怒的痛苦的叫声表示出来。但他的体力立刻衰弱了,他环顾着,觉得已经说了许多很不好的话,他坐上马车,沉默地转回。

发泄过的怒火不再回来,库图索夫无力地眨眼,听看辩白与解说(叶尔莫洛夫第二天才敢见他),听别尼格生、考诺夫尼村和托尔的请求,即这个未举行的攻击在明天举行,库图索夫又不得不同意。

六

第二天傍晚,军队集合在指定地点,夜间出发前进。是有紫黑色云而无雨的秋夜,地面潮湿而无泥泞,军队无声地前进,只偶尔听到微弱的炮兵颠簸声。禁止大声说话、吸烟斗、点火,马禁止嘶鸣。事件的神秘增加了它的动人处,人们愉快地行进。有几个纵队停了下来,把枪架起,伏在寒冷的地上,以为他们到达了应到的地方;有些(大部分)纵队走了整夜,显然是还未走到他们应到的地方。

只有奥尔洛夫·皆尼索夫伯爵一个人带了他的卡萨克兵(全体中最不重要的)在指定时间到达指定地点。这个支队停在深林极边,在斯特罗米洛发村与笃米特罗夫斯考之间的小道上。

黎明时,打盹的奥尔洛夫伯爵醒了。有人带来一个法军阵营中的逃兵，这个是波尼亚托夫斯基军团的波兰军曹。这个军曹用波兰话说他逃走，因为他在军旅中受辱，说他早就该做军官，说比一切的人都勇敢，因此他抛弃了他们，并想处罚他们。他说牟拉宿营处只隔他们一里，假使他们给他一百名骑兵，他可以活捉他。奥尔洛夫·皆尼索夫伯爵和同伴们商量，这个建议太动听了，不便拒绝。大家自愿前去，大家主张尝试。经过许多辩论与考虑，格慈考夫少将决定带两团卡萨克兵和这个波兰军曹一同去。

"但是，你记着，"奥尔洛夫·皆尼索夫送走他的时候，向军曹说，"假若你说谎，我便下令绞死你，像绞狗，若是真的——赏一千金卢布。"

这个军曹未回答这些话，带着坚决神情上了马，和迅速集合的格慈考夫的部队前进。他们消失在森林中。奥尔洛夫伯爵因为早晚黎明时的清凉而打战，因为自己要负责所做的行为而兴奋。他送走格慈考夫，走出森林，开始察看敌人的阵营，阵营在黎明的光线中和将熄的营火中可以朦胧看见。在奥尔洛夫·皆尼索夫伯爵的右边，在敞开的斜坡里，应该可以看见俄军的纵队。奥尔洛夫伯爵看着那里，但虽然在远处也可以看见他们，却看不见纵队。奥尔洛夫·皆尼索夫伯爵觉得，并且他的很远视的副官特别地证明，在法军阵营中已开始了骚动。

"啊，一定太迟了。"奥尔洛夫伯爵看着阵营说。好像当我们所信任的人不复在我们眼前时所常发生的，他忽然完全明显地觉得这个军曹是一个骗子，觉得他是在说谎，只是借这两团人的调开而破坏全部的攻击计划，这两团人天晓得他领到何处去。这么多的军队可以擒获总司令吗?""他一定是说谎,这个混蛋。"伯爵说。

"可以向回转。"侍从之一说,他和奥尔洛夫·皆尼索夫一样,看见敌军阵营时,觉得这件事不可靠。

"啊?真的——你看怎样?让他去呢?还是不呢?"

"下令回转吗?"

"回转,回转!"奥尔洛夫伯爵忽然坚决地说,看了看表,"太迟了,天已经亮了。"

副官跑入树林追赶格慈考夫。当格慈考夫回转时,奥尔洛夫·皆尼索夫伯爵因为这个计划的改变,因为空等了步兵纵队(他们还未出现)以及接近敌人(这个支队中所有的人都同样感觉)而兴奋,他决定了攻击。

他低声下令:"上马!"大家散开,画了十字……

"上帝保佑!"

"乌拉"之声在林中发出,一百一百地,好像是从袋中倒出,卡萨克兵们横执矛枪,愉快地飞过小河冲往敌营。

第一个看见卡萨克兵的法兵叫出一声失望的恐惧的呼号,营中所有的人未穿衣服,朦胧地抛弃了大炮、步枪、马匹,向四处乱窜。

假若卡萨克兵追赶法军,不注意他们身后和四周的一切,他们便擒获了牟拉以及那里的一切。长官们希望如此。但当他们获得胜利品和俘虏时,已不能调动卡萨克兵们,没有人听命令。在那里获得了一千五百名俘虏、三十八门大炮、军旗,而卡萨克兵们觉得最重要的是马匹、坐鞍、被褥及各样物品。他们要看守这一切,获得俘虏、大炮,瓜分胜利品——他们喊叫,甚至彼此争打,这一切挂住了卡萨克兵们。

法军不再被追，开始定神，集合纵队，并着手射击。奥尔洛夫·皆尼索夫等候各纵队，未再向前攻击。

这时，按照作战命令，"第一纵队前进"等等，迟缓的纵队中的步兵，在别尼格生指挥与托尔指导下，照应有的秩序前进，且和平常一样，到达了某处，但不是到达了指定的地方。和通常情形一样，愉快地出发的兵士们开始停顿，有了不满意的声音和混乱的感觉，他们又后退至某处。骑马来回的副官们和将军们呼喊、发火、争吵，说他们完全未到达要到的地方，而且迟了，他们责骂着什么人，等等。最后，他们摇着手，向前走，只是为了要达到什么地方。"我们总要走到什么地方的！"果然他们到了某处，但不是应该到的地方，有的到了地点，但是到得那么迟，一点用也没有，只是让别人射击他们。托尔在这个战役中担任了威以罗特在奥斯特里兹的任务，他热心地从这里跑到那里，处处看见一切无秩序。在天已大亮时，他到了森林中巴高孚特军团那里，而这个军团早该到这里，并和奥尔洛夫·皆尼索夫在一起。因为失散而兴奋纳闷，并假定应该由谁来负责，托尔骑马到军团长那里，严厉地责备他，并说他要因此而被枪毙。巴高孚特，年老、善战而和平的将军，也因为这一切的延迟、混乱、矛盾而烦恼，令大家惊异的是，完全改变了他的性格，大发雷霆，向托尔说了些无理的话。

"我不愿接受任何人的教训，但我能和我的军队去死，不亚于任何人。"他说，带了一师人前进。

在法军的炮火下走上战场，兴奋而勇敢的巴高孚特未考虑到他现在带了一师人作战是否有用，领着他的军队在敌方炮火下直向前冲。危险、炮弹、枪弹，正是怒火中所需要的东西。最初的枪弹之一打死了他，以后的子弹打死了许多兵。他的一师兵无用地在炮火下留了相当时间。

七

这时,在前线上应该有另一纵队进攻法军,但库图索夫在这个纵队里。他很知道,在这个违反他意志的已开始的战斗中,除了混乱外,不能产生别的东西,他尽他的权力约制了他的军队。他不动。

库图索夫沉默地骑在灰马上,懒洋洋地回答着进攻的建议。

"你们都在嘴上说进攻,没有看到,我们不曾作复杂的战略。"他向请求前进的米洛拉道维支说。

"我们不能在早晨活捉牟拉,不能在指定时间到达指定地点,现在无事可做!"他回答另一人。

有人来向库图索夫报告,在法军的后边现在有两营波兰兵,这里,据先前卡萨克兵的情报,并没有人,这时他斜视叶尔莫洛夫(自昨日起即未向他说话)。

"他们都在这里请求进攻,提出各样的计划,到了打仗的时候,又什么也没有准备,而有预防的敌人却有了计划。"

叶尔莫洛夫眯眼微笑,听这些话。他知道向他发的脾气过去了,知道库图索夫的话将止于这个暗示。

"这是他拿我开玩笑。"叶尔莫洛夫低声说,用膝捣身旁的拉叶夫斯基。

话刚说过,叶尔莫洛夫走到库图索夫面前,恭敬报告:

"时候还不迟,大人,敌人还未走。若是下令进攻?不然,卫队们就看不到烟了。"

库图索夫什么也未回答,但当他接得报告说牟拉的军队后退时,他下令前进,但每隔一百步,他停息三刻钟。

整个的战役仅限于奥尔洛夫·皆尼索夫的卡萨克兵的战斗,其余的军队只徒然损失几百人。

因为这个战役,库图索夫得到一个钻石勋章,别尼格生也得到一个钻石勋章和十万卢布,其余将校们各按级获得许多满意的东西。在这个战役之后,司令部里又有了新的调动。

"我们一向就是这样做事情,一切乱七八糟!"俄国的军官们和将军们在塔路齐诺战役后这么说,正如他们现在所说的,令人觉得是某些笨人做了那些乱七八糟的事,而我们便不会那么做。但说这话的人或者是不知道他们所说的事情,或者是有意欺骗自己。每个战役——塔路齐诺、保罗既诺、奥斯特里兹——每个战役都未如计划者所预定的那样实现。这是实际的情形。

无数自由的力量（人在任何地方，不比在事关生死的战役中，更为自由）影响战役的趋向，这个趋向绝不能预先知道，且从不与任何一个力量的趋向相一致。

假使有许多力量同时而又从各方面影响任何一物体，则这物体的运动趋向不能与这些力量中的任何一个相合，而总是折中的，最短的趋向就是在机械中表现为力量平行四边形的对角线。

假如在历史家的，尤其是法国历史家的著作中，我们发现战争与战役是按照预定的计划而实现，则我们可以从其中获得的唯一结论，便是著作是不可信的。

塔路齐诺战役显然没有达到托尔所定的目标：顺次地按照作战命令统率军队作战；或者这个——奥尔洛夫伯爵或许有的目标：俘获牟拉；或者这个目的：一举而消灭所有的敌军，这是别尼格生及别人或许有的；或者军官的目标：在战斗中显露身手；或者卡萨克兵的目的：他们希望获得胜利品多于他们已获得的等等。但假使目的是那确实完成的事情和当时全体俄军的共同愿望（将法军赶出俄境，并消灭法军），则将全然明白，塔路齐诺战役正由于它的不适当，而是战役的这个时期中所必需的。要料想任何战果，较之实际所有的，更合目的，是很难且不可能的。在最微小的努力之下，在巨大的混乱和最不关紧要的损失之下，获得了整个战役中最大的成果，军队自退却变为进攻，法军弱点暴露，并给予了打击，这打击正是拿破仑军队为了开始逃跑所等待的。

八

拿破仑在"莫斯科河的"[1]光荣胜利之后,进了莫斯科城,胜利是无疑的,因为战场落在法军手中。俄军退却,丢了城市。莫斯科满是粮秣、军械、炮弹和不尽的财物——落在拿破仑手里。比法军力量弱一半的俄军,一月之内,未作任何进攻的尝试。拿破仑的地位是最光荣的。要用两倍的兵力攻击俄军的残余并将他们消灭,要提出有利的和平;或者如和平被拒绝,则向彼得堡作威胁的推进,甚至如失败,则回师斯摩楞斯克或维尔那,或留在莫斯科。总之,要保持这时法军已得的光荣地位,似乎无需特别的天才。为了这个,只需做最简

---

[1] 法军称保罗既诺战役为莫斯科河之战。——毛

单最容易的事：禁止兵士抢劫，准备冬衣（在莫斯科可以获得参军所需的），正常地搜集莫斯科城内可够全军半年以上之用的粮秣（根据法国历史家的著作）。拿破仑，如历史家们所相信的，这个有权指挥军队的天才中最大的天才，却毫未做这类事。

他不但丝毫未做这类事，且反之，利用他的权力，在他面前所有的行动路线之中，选择最笨的、最危险的路线。在拿破仑所能做的这一切之中——在莫斯科过冬，去彼得堡，去诺夫高罗德，向回走，更向北，或更向南，如库图索夫后来所走的，以及任何可以想象到的——没有一件可以认为比拿破仑实际上所做的更愚笨，对于军队更有害（如以后所证明的），即在莫斯科留到十月，任兵士抢劫城市，后来迟疑地留下守备队，退出莫斯科，走到库图索夫附近，不开仗，向右转，走到马洛·雅罗斯拉维次，又不冒险突破，不走库图索夫所走的道路，却顺着荒凉的斯摩楞斯克道路后退至莫沙益司克。让最能干的策略家们去设想，认为拿破仑的目的是要消灭自己的军队，让他们去设想别种行动，这些行动如拿破仑所做的，与俄国一切行动无关的，彻底消灭了全部法军。

天才的拿破仑做了这件事。但要说拿破仑损失了自己的军队，因为他希望如此，因为他很愚笨，这是同样地不正确，如同说拿破仑领了自己的军队到莫斯科，因为他希望如此，因为他很聪明，是天才。

在这两种情形之下，他个人的行动并不比每个兵士的个人活动更有力量，而只是合乎现象所遵守的那些法则。

历史家们完全虚伪地（只是因为后事不曾证明拿破仑行为的正当）向我们表示拿破仑的力量在莫斯科衰颓。他正和从前一样，和后来一八一三年一样，他利用他所有的智慧和力量，为他自己和他的军队做最好的打算。拿破仑这时的活动并不比他在埃及，在意大利，在奥地利，在普鲁士更不惊人。我们不能确实知道拿破仑在埃及时的天才真实到何种程度，那里四十个世纪看见了他的伟大，因为所有这些伟大功绩只有法国人告诉我们。我们不能确实批评他在奥地利和普鲁士时的天才，因为关于他在那里活动的报告只可取自法文和日耳曼文资料。不可解的军团不战与要塞不攻而投降，使日耳曼人相信，拿破仑的天才是在日耳曼的战争的唯一解释。但是我们，谢谢上帝，没有理由承认他的天才，遮饰我们的耻辱。我们付了代价，为了我们有权利简单地、正面地观察事件，我们将不放弃这个权利。

他在莫斯科的行动是和他在任何别处同样地惊人而有天才。自他入莫斯科时起，到他出莫斯科时止，他发出一道又一道命令，制定一个又一个计划。居民和代表团的缺少和莫斯科火灾，不曾苦恼他。他没有忽视自己军队的福利，敌人的行动，俄国人民的福利，巴黎人事的动向，以及关于目前和平条件的外交考虑。

九

在军事方面,刚入莫斯科后,拿破仑即严厉地命令塞巴斯第安尼将军注意俄军的运动,派出军团到各路,并派牟拉寻找库图索夫。然后,他小心地布置克里姆林宫的防事,然后做出将来在全俄境内的天才的战争计划。

在外交方面,他召来被抢的、褴褛的、不知如何出莫斯科的雅考克列夫大尉,详细地向他说了他自己整个的政策和自己的宽大,并写了一封信给亚历山大皇帝。在信中他认为他应该报告他的朋友和兄弟,说拉斯托卜卿在莫斯科办事很坏,他派了雅考克列夫往彼得堡。同样详细地把自己的见解和宽大告诉了屠托明,他又派了这个老人去彼得堡作谈判。

在司法方面，于起火之后，他即下令寻找罪犯并处罚他们。恶汉拉斯托卜卿所受的处罚，是下令焚烧他的房子。

在行政方面，给了莫斯科一个宪法，成立了一个市政府，并颁布了如下的公告：

莫斯科的市民们！

你们的不幸是悲惨的，但国王陛下希望阻断这些不幸的潮流。可怕的榜样已经教训了你们，他如何处罚了违令与犯罪。已经采取了严厉办法来防止混乱并恢复公共安全。长老参议会，将由你们自己当中选出，组织市政府或市董事会。它将注意你们，你们的需要，你们的利益。董事以红色缎带挂于肩头表示区别，市长则另加白带在上边。但除了办公时间，他们只在左臂上缠红色缎带。

城市警察已照旧规组成，且由于他们的努力，秩序已转良好。政府已任命两个总监或警察总监，二十个监督或警察监督，驻守城厢各处。他们在左臂上缠有白色绫带，你们可以识别。几个宗派不同的教堂已经开门，而神圣礼拜进行无阻。你们的同邑市民逐日地回返家宅，并已下令，使他们在家里获得因不幸而有的帮助与保护。这是政府恢复秩序及改善你们情况的办法，但要达此目的，必须你们和他们合力。必须忘记你们所受的不幸，假如可能，必须对于不甚悲惨的运命怀存希望，必须相信不可免的可耻的死，正等候着那些损害你们身体和你们留下的财产的人。因此，你们不要怀疑，你们的财产得以保存，因为这是最伟大、最公正君王的意志。不限国籍的兵士和公民！恢复公共的信任，这是国家繁荣的源泉。相处如兄弟，互相帮助，互相保护，团结起来，抵制奸人的鬼魍，服从军政当局，你们的眼泪即将停止流淌。

在军需方面，拿破仑下令各军轮流地来莫斯科获取他们的粮秣，法军便是这样地获得了将来的准备。

在宗教方面，拿破仑下令召回神甫们，恢复教堂的弥撒。

在商业方面，为了军队给餐，处处张贴了如下的告示：

告 示

你们，和平的莫斯科市民、店主、工人，不幸事件将你们逼出城外，还有你们，分散的农民，你们被无故的恐怖留滞在乡间。你们听着！首都的安宁已恢复，秩序已回复。你们的同乡从躲避处勇敢地跑出，看到他们受尊敬。所有对于他们的，对于他们财产的暴力，已立加处罚。国王陛下保护他们，对于你们，除了违抗陛下命令者，咸不认为敌人。他希望断绝你们的不幸，恢复你们的庭院和家庭。你们应和皇帝的恩旨合作，毫无恐惧地来到我们这里。公民们！带着信心回到你们的家里，你们马上就可看到满足你们需要的方法！工人们和工厂技工们！回返你们的工作、房子、商店，有保护的卫兵，等候着你们，你们将得到你们工作应有的报酬！还有你们，农人们，要从你们在恐怖时躲藏的森林里走出，无惧地回返你们的家，确信可得保护。城中设立了市场，农人们可以运来他们多余的储藏和土产。为使他们得以自由买卖，政府规定以下之办法：（一）自即日起，莫斯科四乡的农民、佃户和居民，可以平安地将任何种类的物品运到城内两个指定的市场，即是莫号代亚街和禽畜市场。（二）这些物品的价格由买卖双方同意决定，如卖方不能获得要求的公正价格，他可以自由将物品运回乡村，无人可借任何理由加以阻止。（三）每星期日及星期三指定为每周赶大集日。因此，在星期二及星期六派足够的军队驻扎各大路，而与城市的距离，须能保护交通。（四）为了农民带车马回乡不遇阻碍起见，出城时亦采取同样办法。（五）为了恢复寻常商业，将立刻采取各项方法。城乡的居民们，以及不限国籍的工人们和技工们！你们应执行国王陛下的恩旨，并为公共幸福而和他合作。将你们的恭敬和信仰放在他的脚下，立刻和我们联合起来！

在士气与民气的激励方面，不断地举行检阅，发给奖品。皇帝骑马游街，安慰居民。他不顾政事的繁忙，亲自坐在他下令开设的戏院里。

在慈善方面——帝王的最好的德行——拿破仑也做了一切他所能做的。在慈善院里他命人镌刻"我母亲的房子"，借此而联合了温柔的孝思和君王的大德。他视察孤儿院，将白手伸给他所救的孤儿们接吻，和蔼地同屠托明谈话。然后，如提挨尔所流利叙述的，他下令用他所伪造的俄国钞票给军队发饷，"用一道为他及法军值得下的命令，扩大了这些办法的采用，他将津贴分发给被大火烧光的人家。但因为将食物分发给异国人民太昂贵,且他们大部分是敌国人民,拿破仑认为最好是给他们钱,以便他们在城外获得食物,于是他下令将卢布钞票分给他们"。

在军纪方面,不断地下令:对于不尽军职者加以严厉处罚,并禁止抢劫。

十

　　但说来怪异,所有这些命令、努力与计划,皆不亚于以前类似情形中所做的,却都未触到事情的根本,好像时钟的指针脱离了机械,自由地、无目的地转动着,抓不住轮子。

　　在军事方面,那个天才的军事计划,提挨尔说:"他的天才从未想到过更周密、更完善、更惊人的计划。"并且关于这个计划,曾和发思先生辩论,提挨尔证明这个天才计划的制作不是关于十月四日,而是关于十月十五日的——这个计划从未完成过,且不能完成,因为它没有与事实相近之处。克里姆林宫的工事是完全无用的。为了这个工作,必须拆毁一个回教堂(拿破仑称圣发西利教堂为回教堂)。克里姆林宫下地雷的埋置,只是为了实现皇帝离莫斯科时的愿望,就是炸毁克里姆林宫，好像一个小孩在地板上跌痛了而殴打地板。俄军的企图那样地使拿破仑担心，发生了闻所未闻的事情，法军的将领失去了六万俄军的踪迹，据提挨尔说，只因为牟拉的本领，并且由于他的天才，才终于找到六万俄军的踪迹，有如大海捞针。

在外交方面，拿破仑对屠托明、对雅考克列夫（他一心注意于获得大衣和马车）所说的一切关于自己宽大与公正的表示，显得无用，亚历山大不接见这些使者，不回答他们的使命。

在司法方面，于假定的放火人受诛后，又烧了莫斯科城的另一半。

在行政方面，市董事会的设立不曾停止抢劫，只给了少数人利益，他们是参与市董事会的人，他们在维持秩序的借口之下抢劫莫斯科，或避免自己财产被抢。

在宗教方面，在埃及，因赴回教堂而那么容易解决的问题，在这里没有任何结果。在莫斯科找出的二三神甫试图执行拿破仑的意志，但其中之一在祈祷时被法兵打嘴巴。但关于另一个，法国官员有如下的报告：＂我所找得，并请来做祈祷的神甫扫刷了教堂，闭了门。当天晚上又有人来冲破了门，捣毁门锁，撕碎书籍，并发生了别的不法之事。＂

在商业方面，对于工人、农民的告示未获任何反应。工人没有，农民抓住委员们，将他们打死，他们带了这些告示，走得太远了。

在设立戏院娱乐军民的工作方面，也同样地未得成功。设在克里姆林宫和波斯尼亚考夫公馆里的戏院立刻关闭，因为男女优伶皆被抢劫。

慈善工作也未得到所希望的结果。真假钞票充斥莫斯科，没有价值。法国人收集赃物，只要金币，不但拿破仑所散给不幸的人民的伪钞没有价值，银对金的比价也降低。

但这时最惊人的上峰命令的无效情形——是拿破仑禁止抢劫、恢复纪律的努力。

这里是军事当局的报告：

"虽有禁止的命令，而城中抢劫仍然继续。秩序尚未恢复，没有一千商人在合法形式下经营买卖，只有随军商人敢做买卖，但也是抢得的物品。

"我的防区有一部分仍然遭第三军团兵士的抢劫，他们夺去躲在地窖中可怜百姓的微少物品还不满足，且残忍地用刀斩他们，我目击了多次。

"除兵士放纵自己抢劫、偷盗外，没有新的事情。十月九日。

"偷盗与抢劫仍然继续。我们防区内有一大群盗贼，必须用强力的守卫队来禁止。十月十一日。

"皇帝极为不满，因为虽有严令禁止抢劫，但仍见成队的抢劫的守卫队回返克里姆林宫。在旧卫队中，不法行为与抢劫，自昨日重新发现，在昨晚与今日，比任何时更为厉害。皇帝痛心地看到那些选出来的兵士，指定了保护他自己，并应做纪律的模范，却违法到如此地步：他们冲进为军队所预备的地下室与储库。别的更坏到如此地步，不听从卫兵与守卫的军官，骂他们，打他们。"

"皇宫司仪大臣极力诉怨说，"总督这么写，"虽有一切重申的禁令，而兵士仍然在宫院之内，甚至在皇帝窗下，为所欲为。"

好像散乱的一群牲畜在脚下践踏可以救它们不饿死的食料，这个军队在留驻莫斯科的其余时间里，一天一天地散开着，死亡着。

但是军队不移动。

他们仅当斯摩楞斯克道上运输被截与塔路齐诺战役所发生的剧烈恐怖忽然支配他们时，才开始逃跑。这个塔路齐诺战役的消息被拿破仑在检阅时意外地接得，唤起他处罚俄军的愿望，如提挨尔所说的，于是他下令出发，这正是全军所要求的。

逃出莫斯科时，兵士们带了他们所抢劫的一切赃物。拿破仑自己也带了私人的宝物。见到运输车辆阻碍兵士，拿破仑吃惊起来（如提挨尔所说）。但是他凭自己战争经验，未下令焚烧所有多余的车辆，如同他到莫斯科时对于一个将军的行李所做的。他看着这些篷车和轿车之间有兵骑马而行，他说这是很好的，说这些车辆将作运粮秣、病兵、伤兵之用。

全军的境况有如受伤野兽的境况，它感觉到自己的灭亡，而不知在做什么。研究拿破仑及其军队自入莫斯科至全军覆没时的巧善策略与目的，正如同受伤的野兽将死时拼命挣扎与痉挛的意思。受伤的野兽常常是听到一点动静，便奔往猎人射击之处，前后窜跑，自促其死。拿破仑在自己全军的压迫下，做了同样的事情。塔路齐诺战役的消息惊吓了野兽，它向前奔往射击之处，跑近猎户，又向回跑，最后，和一切野兽相同，顺着最不利而危险的路径，然而是熟识的旧路向回跑。

拿破仑对于我们似乎是这整个运动的领导者（正如刻在船头上的神像，对于野人似乎是领导船只的力量），拿破仑在他这时的活动之中，好像小孩握着系在车内的皮带，认为是他在驾车。

十一

十月六日清晨，彼挨尔走出木棚，回转时，停在门口，和身边跳跃的短弯腿、紫灰色长狗在玩耍。这只狗住在他们的棚里，跟卡拉他耶夫过夜，有时到城里各处走走，又回来。这只狗大概从来不属于任何人，现在，这狗无主，没有任何名称。法军称它阿索尔，说故事的兵称它费姆加卡，卡拉他耶夫和别人叫它灰毛，有时叫它掉尾。它不属于谁，没有名称、种别，甚至没有一定颜色——这都毫不妨碍这只紫灰色的狗，茸茸尾巴坚强地、圆圆地上翘着，它的弯腿侍候它那样地好，它常常好像不屑用四条腿，优美地举起一条后腿，很伶俐而迅速地用三只脚跪，它觉得一切都是满意的对象。它有时快乐地叫着，弓起背；有时带着思索的、严重的神情在太阳下吠；有时嬉戏，耍弄木片或草秸。

彼挨尔的衣服现在是一件脏破的衬衣（这是他从前衣服的唯一剩余）、一条兵士的裤子（为了暖和，他听卡拉他耶夫的话，在踝上用绳子扎紧农民衣服和农民帽子）。这时彼挨尔在身体上变化很大，他不再显得肥胖，但仍然有他家祖传的结实有力的神情。下半个面孔生满了胡须，头上长长的凌乱的头发满是虱子，现在卷起如帽子，眼神坚决、宁静、生动而敏捷，这是彼挨尔的神情所一向没有的。从前他眼光中所表现的松懈，现在变为行动、抵抗——争斗的有力的准备。他的脚光着。

彼挨尔有时看草坪，这天早晨在草坪上有车辆和乘马者走过；有时远看到河的那一边；有时看狗，狗装着当真地要咬他；有时看自己的光脚，他快乐地将双脚换了各种姿势，动着脏、大、肥的足趾。每次他看自己光脚的时候，他脸上总显出活泼与自足的笑容。这双光脚的样子使他想起并明白他在这时所经历的一切，而这种回忆他觉得愉快。

几日来，天气稳定而明朗，早晨有薄霜——所谓"老妇之夏"。

户外的阳光之下是温暖的，这种温暖混杂着空气中尚可觉得的早霜兴奋的凉意，令人特别愉快。

在一切，在远近物体之上，笼罩着那种幻境的透明的光亮，这只有秋天这个时候才有的。远处可见麻雀山和村庄、教堂、大白屋、枯树、沙、石、屋顶、教堂绿色尖顶、远处白屋的角，这一切带着最细致的线条不自然地、清楚地显现在透明空气中。近处可见熟悉的半烧的贵族宅第的遗迹（宅中住着法军）和篱边生长的暗绿色灌木。甚至这个破碎的烧焦的屋子,在恶劣天气下,因为破碎而使人不安,现在,在明亮安定的光线下,显得舒服而美丽。

一个法国伍长居家般地敞着衣服,戴着小帽,牙齿间含着短烟斗,从棚角后走出,友谊地眨了眨眼,走到彼挨尔面前。

"好太阳,是吗,基锐尔(法国人都这么称呼他)先生?好像是春天。"这个伍长倚着门,短烟斗递给彼挨尔,不过他每次递,彼挨尔每次拒绝。

"假若在这种天气行军……"他开始说。

彼挨尔问他关于开拔的事听到了什么,伍长说几乎所有的军队都开走了,说今天应该发下关于俘虏的命令了。在彼挨尔所住的棚里,有个兵,索考洛夫,病得要死,彼挨尔告诉伍长说应该处理这个兵。伍长说,彼挨尔可以安心,关于这种情形有移动的和固定的病院,关于病人将发下命令,事实上一切可以发生的皆为当局所预料。

"还有,基锐尔先生,你只需向队长说一句,你知道,啊,他是一个……从不忘事的人。在队长巡察的时候,向队长说,他将为你做一切……"

伍长所说的队长,常和彼挨尔作长时间谈话,并给他各种的垂爱。

"有一天,他向我说:'托马斯,你知道,基锐尔——他是一个有教育的人,说法文;他是一个俄国贵族,他发生了不幸的事,但他是一个人,他知道事情……假使他需要什么,让他请求我,没有拒绝。当人受了教育的时候,你知道,他便爱好教育和有教养的人。'这是我为你说的,基锐尔先生,那天的事情,假若不是你,结果是很坏的。"

又说了一会儿,伍长走去(伍长所提的那天发生的事情,是俘虏和法兵打架,彼埃尔劝息了他的同伴)。有几个俘虏听到彼埃尔和伍长的谈话,立刻来问,他说了什么。在彼埃尔向同伴们说伍长所说的开拔的话的时候,有一个瘦黄、衣衫褴褛的法国兵走到棚门口,用迅速羞怯的动作举手指到额头作了敬礼,他向彼埃尔说话,问他,有一个替他缝补衫衣的兵士卜拉托夫是否在这个棚里。

在一星期之前,法兵得到鞋料与麻布,并且发给俄国俘虏们做鞋子和衬衫。

"好了,好了,亲爱的!"卡拉他耶夫带着折叠整齐的衬衫走了出来。

卡拉他耶夫因为天气暖,为了工作的方便,只穿了一条裤子和一件黑得像土的破衬衫。他的头发上扎了一条软树皮(工人们都如此),他的圆脸显得更好看。

"许诺——是工作的亲兄弟。我说到星期五,果然做好了。"卜拉东说,笑着打开他所做的衬衣。

法兵不安地回顾,似乎克服了怀疑,迅速脱下军衣,穿上衬衫。在法兵的军衣之内没有衬衣,在袒露的黄瘦身躯上穿上了一件长的、油迹的、有花的丝背心。法兵显然怕看他的俘虏们笑他,匆忙地把头套进衬衫。俘虏中无人说话。

"你看,正合身。"卜拉东说,理直着衬衫。法兵套过了头和臂,眼不抬起,看自己的衬衫,看衣缝。

"啊,亲爱的,这不是裁缝铺,我没有合适的针线。古话说:没有家伙,一个虱子也弄不死。"卜拉东说,圆脸笑着,显然是高兴自己的工作。

"好,好,谢谢,但麻布应该有剩。"法兵说。

"你要贴身穿,就更舒服了,"卡拉他耶夫说,仍然高兴自己的工作,"这样就好,就舒服了!"

"谢谢,谢谢,好朋友,剩的料……"法兵又笑着说,摸出一张钞票给卡拉他耶夫,"但是零头呢……"

彼挨尔看见卜拉东不想明白法兵所说的,不干预地看他们。卡拉他耶夫道了谢,仍旧高兴自己的工作。法兵坚持索要剩料,请彼挨尔翻译他的话。

"为什么他要剩料?"卡拉他耶夫说。"它可以给我们做好裹腿。好,上帝保佑他。"卡拉他耶夫顿然改容,带着忧郁面色,从胸口取出一束碎布,递给法兵,眼不看他。"哎呀!"卡拉他耶夫说了,"拿回去。"法兵看着麻布,思索了一下,怀疑地看彼挨尔,似乎彼挨尔的目光向他在说什么。

"卜拉东,那么,卜拉东,"忽然脸红,法兵用尖锐的声音叫着,"你收着吧。"他说后,把剩料给了他,转身走去。

"你看他吧,"卡拉他耶夫摇头说,"有人说他们不是基督教徒,但他们也有良心。所以老年人们说:淌汗的手是张开的,干手是紧攥的!他自己没有衣服,却给了我这个。"卡拉他耶夫思索地笑着,看碎布,沉默了一会儿。"亲爱的,这可以做顶好的裹腿。"他说后,回进棚里。

十二

彼挨尔被囚后，四星期过去了。虽然法兵提议将他从兵士木棚调到官长木棚，他却仍然留在他第一天所住的那个棚里。

在被抢被烧的莫斯科，彼挨尔经历了人类所能忍受的极度艰苦。但由于他的强壮体质和健康（他到这时还不觉得），特别是由于这些艰苦不觉地来临（不能说是何时开始），他不但轻易地而且快乐地度过了他的境况。并且正是在这个时候，他获得宁静与自足，这是他从前求之不得的。他久已在自己生活中，从各方面寻找这种宁静、这种自身的和谐，这和谐在保罗既诺战役中的兵士们身上那样地感动了他——他在慈善事业中，在共济会中，在社交生活的娱乐中，在饮酒中，在自我牺牲的英雄事业中，在对娜塔莎的浪漫爱情中，寻找过这和谐；他在思索中寻找这和谐，但这一切的寻找与尝试都辜负了他。他没有想到，他只从死亡的恐怖中，从艰苦中，从他在卡拉他耶夫身上所理解的事物中，获得了这种宁静与自身的和谐。他在囚禁期中所经历的那些可怕的时间，似乎从他的想象与回忆中永久洗去了他从前觉得重要的烦恼思想与情绪。他没有想到俄国、战争、政治与拿破仑。他显然觉得这一切与他无关，他未被请求，因此他不能批评这一切。"俄罗斯与夏天——没有关系"，他复述卡拉他耶夫的话，这些话使他异常安慰。他现在觉得他刺拿破仑的计划、神秘数目的计算和启示录中的野兽是无意义的，甚至是可笑的。他对妻子的愤怒，关于名望不受污辱的担心，现在他觉得不仅平凡，而且有趣。这个女人在别处过着自己高兴的生活，这与他何关呢？他们知道不知道他们的俘房的姓名是别素号夫伯爵，这于别人，尤其是于他自己，有何关系呢？

现在他常想起他和安德来郡王的谈话，完全同意他，只是对于安德来郡王的思想稍微有看法不同。安德来郡王想过，并且说过，快乐只是消极的，但他是带着愤怒与讽刺的口气说的。他似乎说这话的时候，表现了另一思想——我们心中对于积极快乐的一切追求，只是为了不使我们满足，而使我们痛苦。但彼挨尔承认了这话正确。无任何痛苦，要求的满足，以及因此而有的职业——生活方式——选择的自由，现在在彼挨尔看来，是人类无疑的最大的快乐。只是这里，现在，彼挨尔第一次感到饿时吃，渴时饮，倦时睡，冷时取暖，想说话、想听人说话时与人说话的快乐。现在，当他被剥夺了一切的时候，要求——好食物、清洁、自由——的满足，在彼挨尔看来，是完全的快乐。而职业——生活——的选择,现在,当这种选择如此受限时,在彼挨尔看来,是那样容易的事情。他忘记了,生活安逸的过度,破坏了一切要求满足的快乐,而职业选择的巨大自由,这种自由是他的教育、财富、社会地位给他的,就是这种自由使职业选择难到不可解决,并且破坏了职业的要求与可能。

彼挨尔现在的全部梦想,只注意在他何时自由。并且,后来,以及在他一生之中,彼挨尔热情地想起并谈判这一月的囚禁和不复返的、强力的、快乐的感情,尤其是充满了精神的宁静、完全的内心自由,这自由是他在这个时候才感觉到的。

当他第一天清晨起床后从木棚中走到朝曦之中时,他最先看见新贞女修道院的暗色圆顶和十字架,看见尘草上的凝霜,看见麻雀山坡,看见随河弯曲的、隐没于淡紫色远方的林岸。这时候,他感觉到新鲜空气的接触,听到自莫斯科飞过原野的白嘴鸦的声音。后来忽然东方光亮,太阳的边从云后胜利地升起,而圆顶、十字架、霜、远方、河流,一切在快乐的阳光中闪烁,这时候,彼挨尔感觉到新鲜的、未曾有的快乐情绪与生活气力。

这种感觉在他全部囚禁期间不但不离开他,且反之,随着他地位困难的增加而一同长大。

这种准备对付一切与精神机警的感觉,由于那种大家的意见,在彼挨尔心中更加强固,这意见是他进棚后不久,他的同伴们对他所有的。彼挨尔的语言知识,法国人对他的敬重,他的简单,给别人向他企求的一切(他获得一周三卢布的军官津贴),他用手指将木针插入棚壁时对兵士们所表现的力量,他对同伴们所表现的文雅,他静坐沉思，一事不做而为他们所不了解的那种本领——这一切使彼挨尔在兵士们看来是一个相当神秘的高级人物。他那些特性，在他从前所过的社会里，对于他，即使不是有害，也是牵累——他的力量、他对生活安逸的轻视、精神散漫、简单，这一切，在这里，在这些人当中，给了他一个几乎是英雄的地位。而彼挨尔觉得这个见解约束了他。

十三

在十月六日与七日之间的夜里，法军的开拔开始了：打碎了炉灶与木棚，装载了车辆、军队和辎重开拔了。

早晨七点钟，法军护送队作行军装束，载了高盔，携了枪、背囊和大袋子，站在木棚的前面。法文的生动的谈话，夹杂着咒骂，在全行列间问答着。

木棚里大家都准备好，穿了衣，系了带子，穿了鞋子，只等候出发的命令。病兵索考洛夫苍白而消瘦，眼上有大蓝晕，只有他未穿衣鞋，坐在自己的位子上，因瘦而突出的眼睛怀疑地看着那些不向他注意的同伴们，低声地按时呻吟着。显然使他呻吟的，小部分是痛苦——他患痢疾——大部分是对于单独留下的恐惧与悲哀。

彼埃尔穿着卡拉他耶夫替他用箱子的皮（这是法兵拿来补鞋跟的）做成的鞋，系着绳子，走到病人面前，在他身边蹲下。

"啊，索考洛夫，他们都不走！他们有一个医院在那里，也许你比我们都好。"彼埃尔说。

"主啊！我要死了！主啊！"兵士喊得更高。

"好，我马上再问他们。"彼埃尔说，站起来，走到棚门口。彼埃尔走到门口时，昨天给他烟斗的那个伍长和两个兵从外边走来。伍长与兵皆有行军装束，有背囊和高盔，盔襻扣着，改变了他们熟识的面孔。

伍长来此，是奉长官命令来闭门。在放出之前，应当数一数俘房们。

"伍长，这个病人怎么处理？……"彼埃尔开口，但在他说这话的时候，他想起了，这人是他所熟识的伍长抑或别人不相识的人，伍长这时是那样不像他自己。此外，在彼埃尔说这话的时候，忽然听到两边鼓响，伍长对彼埃尔的话皱眉，说着无意义的咒骂，猛然闭门。木棚里面半暗，鼓在两边尖锐地打着，压下了病人的呻吟。

"他在这里……又是他！"彼埃尔向自己说，一阵不自觉的凉气穿过了他的脊背。在伍长改变的面孔上，在他的话声里，在动人的震耳的鼓声中，彼埃尔认识了那个神秘无情的力量，它使人们违背自己意志而去弄死自己的同类。那个力量，它的效力，他已在行刑时看见过。恐惧，企图逃避这种力量，向那些为这种力量做工具的人们作请求或劝告——这都是无用的。彼埃尔知道这一点，必须等待并忍耐。彼埃尔不再走近病人，不看他。他皱眉沉默地站在棚门口。

棚门开时，俘虏们好像一群羊，互相推挤，拥在门口。彼挨尔挤到他们面前，走近那个队长，他，据伍长说，准备为彼挨尔做一切事情。队长也作行军装束，从他冷淡的面孔上也可以看出"它"——这个"它"是彼挨尔从伍长的话与鼓声中认识的。

"走开，走开。"队长说，严厉地皱眉看着挤在身边的俘虏们。彼挨尔知道他的尝试将落空，但仍走近他。

"好，有什么事？"军官说，冷淡地看着，好像不认识他。彼挨尔说到病人。

"他能走，他见鬼！"队长说。"走开，走开。"他继续说，不看彼挨尔。

"不是的，他要死了。"彼挨尔开始说。

"也请你……"队长大叫，愠然皱眉。

嘣嘣嘣嘣嘣嘣嘣嘣，鼓响。彼挨尔知道那个神秘力量已经完全支配了这些人，现在再说什么也是无用。

俘虏中的军官与兵士分开，并奉命前行。军官——彼挨尔在内——三十人，兵士三百人。

从别的棚里走出的军官都是陌生的，都穿得远比彼挨尔好，都不相信地、疏远地看他的鞋。离彼挨尔不远，走来一个穿卡桑外衣，系麻布袋，面貌肥胖、苍黄，愠怒的胖少校，他显然是享受着同伴们的共同尊敬。他一手贴胸拿着烟袋子，另一手拄着长烟管。少校喘息，吐气，对于大家埋怨而发怒，因为他觉得大家碰挤他，大家在不需急忙时急忙，在无事可惊异时惊异。另一个矮小瘦军官和大家谈话，推测他们现在将被领至何处，他们今天能走多远。一个穿毡靴和军需制服的官吏，两头跑着，观看燃烧后的莫斯科，大声地报告他的观察，说烧了什么，说莫斯科这里或那里可见之处的情形如何。第三个军官，在发音上显出波兰家世，他和军需官吏在争执，向他说，他错认了莫斯科城厢的地方。

"在争论什么?"少校愤怒地说，"是尼考拉街，还是夫拉斯街，都是一样。看吧，都烧了，完结了……为什么挤人，路窄了吗?"他愤怒地向身后那并未挤他的人说。

"哎，哎，哎，他们做了什么!"看着火场的俘虏们在各方面发出这样的声音，"还有莫斯科河街，苏保佛街，克里姆林宫里……看吧，没有一半了。我不是向你说过，整个的莫斯科河街，就是现在那个样子。"

"好，你知道烧了，还说什么!"少校说。

走过哈摩夫尼基街（莫斯科少数未烧的地区之一）的教堂时，所有的俘虏忽然挤到一边，并且发出恐怖与厌恶的叫声。

"这些混蛋! 这些邪教徒! 一个死人，一个死人，是……把他涂了什么。"

彼挨尔也贴近教堂，引起叫声的东西便在这里，他模糊地看见有什么东西倚靠在教堂的篱墙上。由于比他看得清楚的人的话，他知道那是一具死尸，靠在篱墙上站着，脸上涂了烟炱。

"走，见鬼……走开……三千魔鬼……"这是护送队的咒骂声，法兵带了新怒，用刀背驱赶看死尸的俘虏们。

十四

在哈摩夫尼基街的小巷里，只有俘虏们随着护送队向前行，属于护送队的篷车和行李车跟在后边。但是走到粮食仓库时，他们落在一大阵拥挤的炮兵车辆夹杂着私人车辆的行列当中。

大家都在桥上停住，等候前行的人走过去，俘虏们在桥上看见前后不尽的运动的行李车辆的行列。在右边，在卡卢加道路弯过聂斯库期内花园的地方，不尽的兵士与车辆行列伸展着，二者消失在遥远之处。这是最先开拔的保哈奈军团的兵士。在后边，顺河沿及卡明内桥上，伸展着奈伊的军队与辎重车辆。

大富的军队（俘虏归他们管）在过克利姆滩，有一部分已经进了卡卢加街，但辎重车辆伸展得那么长，保哈奈的最后车辆尚未走出莫斯科进卡卢加街,而奈伊的先锋已经出了大奥登卡街。

过了克利姆滩,俘虏们移动了几步又停下,又移动,各方面的车辆和人更加拥挤起来。走了一个多钟头,走过桥与卡卢加街之间数百步,走到莫斯科河街交叉卡卢加街的广场上,俘虏们挤成一团,停下,在这十字路口等了几个钟头。各方面发出不息的好像海吼的车辆声和脚步声,以及不断的愤怒的呼喊声与咒骂声。彼挨尔挤靠烧后房屋的墙壁站立着,听着这声音在他的想象中和鼓声相混杂。

几个俘虏军官为了看得更清楚,爬上彼挨尔附近的一个火后房屋的墙。

"这些人!这么多人!还把东西堆在炮上!看哪,皮货……"他们说,"坏蛋们,他们抢劫……看后边的那个人的东西,在车子上……那是从圣像上偷的,我的天啊!他们一定是日耳曼人。一个俄国的农民,我的天啊!……啊,恶徒们!他揩得那么多,走不动了!那些邮车,他们也抢了……他靠在箱子上了。天啊!他们打架了!……"

"就那样打他的脸,打脸!这样等到晚也不行。你看,看……那一定是拿破仑自己。看,多么好的马匹!有简写字母和王冠。那是一个活动的房子。他掉下了袋子,没有看见。他们又打架了……一个女人和一个小孩,她还不丑。是的,一定的,他们就那样让你过去……看,没有完结。俄国的妓女,凭天,她们是妓女!你看她们在车子上坐得多么舒服!"

一阵共同好奇心的激动,好像在哈摩夫尼基街教堂旁一样,又把俘虏们领到路中,而彼挨尔由于他的身材,从别人头上看见了那个引起俘虏们好奇心的事情。在三辆夹杂在弹箱之间的马车上,互相紧靠地坐着许多穿花衣服的搽红胭脂的女子,用尖锐的声音在叫喊。

自从彼挨尔认识那神秘力量的表现时,他便觉得什么也不稀奇,也不可怕:无论是为玩耍而脸上涂了烟炱的死尸,无论是这些急往何处去的女子,无论是莫斯科火场,彼挨尔现在所看见的一切,几乎对他不发生任何印象——似乎是他的心准备作艰难的斗争,拒绝接受印象,这些印象可以软化他的心。

女人们的车子走了过去。在她们后边又伸展着货车、兵士、马车、弹箱,有时是女子。

彼挨尔未分别地看人,只看他们的运动。

所有这些人马似乎被某种不可见的力量所驱使。在彼挨尔注视他们的一小时之内,他们都从各街道走出,都具着同一的愿望:赶快走。他们都同样地和别人挤碰,开始发火,打架;白齿露出,眉毛皱蹙,彼此吐出同样的咒骂,在所有的面孔上是同一的鲁莽坚决的与残酷冷淡的表情,这表情早晨在伍长的面孔上当鼓声响时,惊动了彼挨尔。

已是傍晚时候,护送队的长官集合了自己的部队,带了喊叫与咒骂,挤入车辆之间,而四面被关的俘虏们走上了卡卢加道路。

他们走得很快,没有休息,只在太阳要落的时候才停住。车子相衔接地靠近着,人开始准备过夜。大家都似乎有脾气,不满意。各方面早已发出咒骂声、愤怒的喊叫和打架声。在护送队后边的一辆马车挨近了护送队的车子,车杠穿过了车内。几个兵从各方面跑到车子前面,他们有的打拖车的马的头,将马拉开,有的自相殴打,彼挨尔看见一个日耳曼人在头上受了刀背的重伤。

似乎所有的人停在田野，在寒凉的黑暗的秋夜里，都感觉到那种同样不愉快的觉悟——对于在开拔时即驱使大家的急忙和向前的急切运动停了下来，似乎大家都明白了还不知要向何处去，而在这个运动之中将有艰难与困苦。

在休息处，护送队对待俘虏们比在开拔时更坏。在这里，第一次用马肉来发散俘虏的肉食。

自军官到末卒，每人脸上都可看出对于每个俘虏的个人的愤怒，那么意外地代替了先前的朋友关系。

这种愤怒，当俘虏点数时发现了出莫斯科时有一个俄国兵在纷乱中假装疝病而跑离的时候，更加增大。彼挨尔看见一个法兵，因为一个俄兵离路稍远而将他毒打；听到队长，他的朋友，为了俄兵的逃跑而责骂一个军曹，并威胁他要受军事审判。军曹回答说，这个兵有病，不能行走。军官说有了命令：凡落伍的都要枪毙。彼挨尔觉得那个致命的力量——他在行刑时压服了他，在俘虏时期没有被他注意——现在又支配了他的生命，他觉得可怕。但他觉得，随同致命的力量要征服他的那种努力，在他心中生长了，并且强健了一种与他无关的生命力。

彼挨尔吃了裸麦面粉马肉汤的晚餐，与同伴们稍谈。

彼挨尔和同伴中的人皆不谈到他们在莫斯科所见的，不谈到法国人待遇的粗暴，不谈到向他们所宣布的枪毙命令。似乎是反对他们逐渐变坏的地位，大家都特别活泼而愉快。他们说到个人回忆，说到路上所见的可笑情景，避免关于现状的谈话。

太阳早已落山,明星闪烁在天穹各处,升起的圆月的赤红如火的光彩照映在天边,这个巨大红球奇怪地摇荡在灰色的雾气中,空中变亮了,暮昏已尽,夜色尚未来临。彼挨尔离开他的新同伴,从营火之间走到路那边,他听说俘虏的兵站在那里。他想和他们说话。法兵步哨在路上止住他,命他回转。

彼挨尔回转,却不回到营火前,不回到同伴中,而到了一个无人的解了马的车子旁边。他缩拢了腿,垂了头,坐在车轮旁的冷地上,沉思着,不动地坐了很久。过了一个多钟头,没有人打搅彼挨尔。他忽然用胖人的良好的笑声,笑得那么高,以致各方面的人惊异地盼顾这个奇怪的、显然孤独的笑声。

"哈哈哈!"彼挨尔笑。他大声地和自己说:"兵不让我过去,他们抓住我,关了我,把我囚禁了。我是谁?我?——我的不死的心!哈哈哈!哈哈哈!"他眼中含泪笑着。

有人起身,来此察看,为何这个奇怪高大的人独自在笑。彼挨尔止笑立起,离开好奇者,环视四周。

巨大无边的野营,先前发出高响的营火爆炸声与人声,现在安静了,红亮的营火弱熄暗淡了,圆月高悬在明亮的天空。森林与田野先前在营地之外不可见,现在展开在远处。在森林与田野那边更远的地方,可以看见明亮的、摇荡的、动人的、不尽的远景。彼挨尔看天,看邃远的闪烁的星斗。"这一切都是我的,这一切都在我的心中,这一切就是我!"彼挨尔想。"他们抓了这一切,放在遮了板的木棚里!"他自笑,走到自己的同伴当中躺下睡觉。

十五

在十月初,又有军使带了拿破仑的信及和平条件来见库图索夫,佯态从莫斯科派来,而这时拿破仑已在卡卢加道路上离库图索夫不远。库图索夫回答了这封信,好像他回答劳理斯顿带来的信一样,他说,谈到和平是不可能的。

在这件事之后不久,从塔路齐诺左边道洛号夫的游击支队获得一份情报,说在福明斯克发现了法军,他们是不鲁歇的师,并且这个师与其他的军队隔开了,很容易被消灭。兵士与军官又要求开仗。参谋部的将军们感于塔路齐诺的轻易胜利,坚求库图索夫执行道洛号夫的提议。库图索夫认为无须任何攻击,采取了折中办法,这是必然的,派了一小支队往福明斯克去攻击不鲁歇。

由于奇怪的机会，这个任务——后来显得是最难的、最重要的——落在道黑图罗夫身上。那个最谨严的矮小的道黑图罗夫，没有人向我们说他作过军事计划，说他跑在军队前面，说他把十字架放在炮上，等等类似情形。他们认为他，说他无决断、无深见，但就是这个道黑图罗夫，我们发现他，在俄、法各战争中，自奥斯特里兹战役到一八一三年，只在困难的各地点上指挥作战。在奥斯特里兹，他最后留在奥盖斯特堤上，集合军队，救他能救的，这时候大家都逃跑、死亡了，在后卫里没有一个将官。他患了热烧，领了二万人到斯摩楞斯克守城，抵抗全部的拿破仑军。在斯摩楞斯克的马拉号夫门，他在热烧发作时几乎睡着了，轰击斯摩楞斯克的炮声把他惊醒，而斯摩楞斯克守了一整天。在保罗既诺战役中，那时巴格拉齐翁已被打死，我们左翼的军队死了十分之九，法军炮火全力射击这个地方，被派入的不是别人，正是无决断、无深思的道黑图罗夫。而库图索夫当他派了别人到那里的时候，连忙改正了自己的错误。于是矮小文雅的道黑图罗夫去了那里，于是保罗既诺战役——成为俄军最大光荣。在诗歌散文中向我们描写了许多英雄，但是关于道黑图罗夫几乎没有只字。

道黑图罗夫又被派至福明斯克，从那里被派至马洛-雅罗斯拉维次，在这里和法军发生了最后的战役，在这里，显然法军的败亡已从此开始，在这个战争期间又有了许多天才及英雄被描写给我们，但关于道黑图罗夫只字不提，或者说得很少，或者很怀疑。关于道黑图罗夫的这种沉默，极明显地证明了他的功绩。

不懂得机器动作的人，自然地，在看见机器运动时，以为这部机器最重要的部分是那个屑片，这个屑片偶然地落在机器里，在机器中打转,阻碍机器行动。不知机器构造的人不能懂得,机器的主要部分之一不是这个破坏并阻碍工作的屑片,而是那个无声地转动的中间的小齿轮。

十月十日,就在这一天,道黑图罗夫到福明斯克已走了一半路程,停在阿锐斯托福村,准备完全地执行所奉的命令。这时,全部的法军在疯狂的运动中到达了牟拉的阵地,他们似乎要打仗,忽然无故地左转,上了卡卢加新路,开始走入福明斯克,先前只有不鲁歇独自在此。这时,道黑图罗夫所指挥的军队,除了道洛号夫的部队外,尚有非格聂尔与塞斯拉文的两个小支队。

十月十一日晚,塞斯拉文带了俘虏的法国卫兵来阿锐斯托福见指挥官。俘虏说今天到福明斯克的军队是全军的先锋队,拿破仑也在里面,全军离莫斯科已五日。在这天晚上,一个来自保罗夫司克的家奴,说他看见了大军入城。道洛号夫支队的卡萨克兵来报告说他们看见法军卫队顺大路进向保罗夫司克。根据这些情报,显然明白了,以为是一个师的地方,现在是全部的法军——他们顺着意外的方向出了莫斯科,顺着卡卢加旧路。道黑图罗夫不想做任何举动,因为他现在不明白他的责任是什么。他奉命攻击福明斯克。但在福明斯克,先前只有不鲁歇一师人,现在却有了全部法军。叶尔莫洛夫想凭自己的判断而行动,但道黑图罗夫坚持必须奉到总司令的命令,决定了送情报到总司令部。

为这事选了一个能干的军官,保号维齐诺夫,他在书面报告外尚需口述一切。夜晚十二点钟,保号维齐诺夫接受了交书与口头命令,带了卡萨克兵和预备马,前往总司令部。

十六

　　是黑暗、暖和的秋夜，已经下了四天雨。换了两次马，在一个半小时之内，走了三十里泞滑的道路，保号维齐诺夫半夜不到两点钟，便到达列他涉夫卡。在村舍前下了马（屋前的编篱上悬着"总司令部"的牌子），放了马，他走进黑暗的前廊。

　　"立刻要见值日将军！很重要的事！"他的一个人说，这人站立起来在黑暗的前廊中喘气。

　　"他晚上就很不好，三夜未睡，"侍从兵断续地低语着，"你要先叫醒队长。"

　　"道黑图罗夫将军送来的很重要的消息。"保号维齐诺夫说着，走进他所摸索的敞开的门。侍从兵走在他前面，叫着别人："大人，大人，信使。"

"什么，什么？谁派来的？"朦胧的声音说。

"道黑图罗夫和阿列克塞·彼得罗维支派来的。拿破仑在福明斯克。"保号维齐诺夫说，在黑暗中看不见谁在问他，但从声音上推判他不是考诺夫尼村。

被唤醒的人打哈欠，伸腰。

"我不想叫醒他，"他说，摸索着什么，"害病！也许这是谣言。"

"这是情报，"保号维齐诺夫说，"我奉命立刻交给值日将军。"

"等一下，我来点火。天谴的，你总是放哪里去了！"伸腰的人向侍从兵说。他是柴尔必宁，是考诺夫尼村的副官。"找到了，找到了。"他又说。

侍从兵打亮了火，柴尔必宁摸索蜡烛台。

"啊，混蛋！"他厌恶地说。

在火花的光亮中，保号维齐诺夫看见拿蜡烛的柴尔必宁的年轻面孔和厅角上另一个睡觉的人，这人是考诺夫尼村。

当火绒上的硫片先蓝后红地发亮时，柴尔必宁点了一支蜡烛（从烛台上跑走啃蜡烛的甲虫）观看信使。保号维齐诺夫全身是泥，用袖子拭脸时，把脸上也染了泥。

"但是谁报告的？"柴尔必宁接了文件问。

"消息是的确的，"保号维齐诺夫说，"俘虏，卡萨克兵，侦探，都一致地报告同样的话。"

"没有办法，一定要叫醒他。"柴尔必宁说，站起来，走近那个戴睡帽、盖着大衣的人。"彼得·彼得罗维支！"他说。考诺夫尼村未动弹。"总司令部传!"他笑着说,知道这句话一定可以唤醒他。果然,戴睡帽的头立刻抬起,在两腮热红的考诺夫尼村美丽而坚决的面孔上,还留了一会儿那种远离现状的幻梦的表情,但他立刻便振作起来,他脸上显出平常安静的坚决的表情。

"啊,什么事?谁派来的?"他立刻便问,但不急迫,他因烛光而映眼。听着军官的报告,考诺夫尼村打开文书,开始阅读。还未读,他便把穿毛袜的脚放在地上,着手穿鞋,然后取下睡帽,理了理鬓发,戴上尖顶帽。

"你走得快吗?我们去见总司令。"

考诺夫尼村立刻明白这个消息有重大意义,不能耽搁。这是好是坏,他未想,也未问自己。这引不起他的兴趣。他不用智慧,不用理性来看整个的战事,而是用别的东西。他心中有深的不表现出的信念——一切都是好的。但他觉得他不该信任这一点,尤不该说出这一点,却只要尽自己的责任。他尽了自己的责任,他对于自己的责任用了自己的全力。

彼得·彼得罗维支·考诺夫尼村和道黑图罗夫一样,只是由于一种仪节而被包括在所谓一八一二年的英雄名单——巴克拉、拉叶夫斯基、叶尔莫洛夫、卜拉托夫、米洛拉道维支之中。他和道黑图罗夫一样,享有这样的希望:能力知识极其有限的人;和道黑图罗夫一样,考诺夫尼村从来不作军事计划,却总是处在最困难的地方。自他被任命为值日将军的时候起,他总是开了门睡觉,并下令有了任何信使即唤醒他。在作战时他总是在火线下,所以库图索夫因此责备他,而不敢派遣他。他和道黑图罗夫一样,他是不被注意的齿轮之一,这些齿轮不咿呀、不嘎吱，是机器的最主要部分。

在潮湿黑暗的夜里走出农舍，考诺夫尼村皱眉，这一部分是因为剧烈的头痛，一部分是因为心中这个不快的思想：所有这群参谋部里重要的人听到这个消息将发生如何的骚动，尤其是别尼格生，他在塔路齐诺战役之后，即和库图索夫短兵相接，他们将如何提议、讨论、命令、变动。他觉得这些预料是不愉快的，然而他知道这是不可少的。

果然，托尔（他去向托尔报告了新消息）立刻把自己的意见告诉了同住的将军，考诺夫尼村沉默而疲倦地听后，提醒了他，说必须去见总司令。

十七

　　库图索夫和所有的老年人一样,夜间睡得很少。他白昼常常忽然打盹,但夜晚他和衣躺在床上,大都是不眠而思索。

　　他现在也如是地躺在床上,把沉重、巨大、破相的头支在胖手上沉思着,一只睁开的眼睛看着黑暗中。

　　自从和皇帝通信的,而在参谋部中最有力量的别尼格生逃避了他之后,库图索夫更加心安——不再有人强迫他领军队去参与无益的攻击行动。塔路齐诺及其前一日的教训(痛苦地在库图索夫的记忆中)也应该影响他们,他这么想。

　　"他们应当懂得,我们攻击,只有失败。忍耐与时间,是我的战争武士!"库图索夫想。他知道,于苹果青绿的时候,不可摘取。它熟的时候，自己会掉。但你在青绿的时候摘取，便是损害了苹果和树，且嚼之无味。他如同有经验的猎人，知道这只野兽已受伤，只有俄军的全力才能够使它这样受伤，但是否致命，这还是一个未解决的问题。现在，由于劳理斯顿与柏伐米的来使、游击队的情报，库图索夫大略知道这只野兽受了致命伤。但尚需再有证明，应该等待。

"他们希望去看他们如何打死了这只野兽，等待一会儿，你便看。总是计划，总是攻击！"他想，"为什么？都是要自己显著。好像在战斗之中有什么愉快的东西。他们好像小孩，你不能从他们中获得事件的真相，因为大家都希望证明他们会如何打仗，但现在要点不在此。这些人向我提出了多么精巧的计划！他们以为想到了两三个偶然事件（他想起彼得堡的一般计划），便是想到了一切。但它们是无数的！"

这个未解决的问题——在保罗既诺所受的伤是否致命——在库图索夫头脑里已经悬了一整月。一方面法军占领了莫斯科，一方面库图索夫全心全意地、无疑地觉得这个可怕的打击（在这个打击之中，他和所有的俄军尽了全部的力量）一定是致命的。但在任何事件之中都需要证明，他已经等待了一个月，时间过得愈久，他愈显得不耐烦。于不寐之夜，躺在床上，他做着年轻将领们所做的事，他曾为这类事责备他们。他和年轻将领一样，预料一切可能的事件，但是有这点区别，他不能在这些预料上下结论。对于这些或有事件，他不只看见两三桩，却是成千的。他思索愈久，或有事件出现愈多。他预料拿破仑军队的每种运动，全军的或部分的——进向彼得堡，进攻他，包围他；他预料到（他最怕的）这种或有事件，就是拿破仑要用他的武器反对他，留在莫斯科等候他的动静。库图索夫甚至预料到拿破仑军队退返灭对恩与尤黑诺夫的运动。但有一点他不能预料的，就是所发生的这件事：拿破仑军队在离莫斯科后十一日内疯狂骚动的惊逃——这惊逃使库图索夫那时还不敢想到的事情变为可能：法军全部覆没。道洛号夫关于不鲁歇师的情报，游击队关于拿破仑军队艰困的消息，关于准备退出莫斯科的传闻——这一切都证实了这个假定，就是法军受了打击，并准备逃跑。但这只是假定，对于年轻的将领似乎重要，对于库图索夫则不然。他凭六十年的经验，知道对于传闻应有的估量，知道人们希望什么时候能够收集一切的证据，好像这些证据证明了他们所希望的，并且知道，在这种情形之下，他们愿意忽视一切相反的情形。库图索夫愈是希望如此，他愈不让自己相信这个。这个问题占据了他全部的精神。他觉得其余的一切只是日常生活中的惯事。这种日常生活中的惯事与规律，就是他和司令部人员的谈话，他从塔路齐诺写给斯塔叶夫人的信，读小说，发奖赏，与彼得堡的通信，等等。但法军的灭亡是他心中唯一的希望，只有他一个人预见到这一点。

十月十一日夜间，他支着手臂，躺卧着，思索这件事。

在邻房有响动声，并且听到了托尔、考诺夫尼村与保号维齐诺夫的脚步声。

"哎，谁在那里？进来，进来！有什么消息？"总司令向他们大声说。

在听差点蜡烛时，托尔报告了消息的内容。

"谁带来的？"库图索夫问。在蜡烛点亮时，他脸上冷淡严厉的表情动了托尔。

"无疑的，大人。"

"叫他，叫他这里来！"

库图索夫坐着，一腿从床垂下，他的大肚子支在另一只弯曲的腿上。他眯着那只完好的眼，以便更看清来使，似乎他想从他的面容上看出他想知道的事。

"说吧，说吧，好朋友，"他用低微的老年声音向保号维齐诺夫说，掩着胸前敞开的衬衣，"来，来近一点，你带给我的是什么消息？啊？拿破仑从莫斯科逃出了？是真的吗？啊？"

保号维齐诺夫详细地从头报告了他奉命要说的一切。

"说，赶快说，别叫我着急。"库图索夫打断他。

保号维齐诺夫说了一切，沉默着，等候命令。托尔要说什么，但库图索夫打断了他的话。他想说什么，但他的面孔忽然动容、皱蹙。他向托尔挥手，转身到对面的一边，到农舍红色的角落里，那里因为圣像而显得发黑。

"主，我的创造者！你听到了我们的祈祷……"他用打战的声音说，合着手，"俄国得救了。谢谢你，主啊！"他流出了眼泪。

十八

　　自法军退出莫斯科的消息始，直到战事的完结，库图索夫所有的活动只在用权利、用狡猾、用请求来阻止自己的军队作无益的攻击、计划以及与将亡的敌人冲突。道黑图罗夫到了马洛－雅罗斯拉维次，但库图索夫却领着自己的军队延迟着，并下令肃清卡卢加道路，他觉得退过这条路线是极可能的。

　　库图索夫处处退却，但敌人不等到他退却，便已朝着相反的方向奔跑。

　　拿破仑的历史家们向我们描写他在塔路齐诺及马洛－雅罗斯拉维次的巧善策略，并提出若能深入南方富省而将发生的事。

　　但是他们没有说到，并无任何东西阻挡拿破仑深入南方省份

（因为俄军让路给他），拿破仑的历史家们忘记了没有任何东西可以拯救拿破仑军队，因为它在那时已经自身带了不可逃避的死亡条件。为了这个军队在莫斯科找得了丰富的粮秣而不能保持却将它践踏在脚下，为了这个军队到了斯摩楞斯克不搜集粮秣却抢劫粮秣，为什么这个军队能够在卡卢加省整理（那里住着的俄国人，和莫斯科的人一样，并且火也会燃烧他们所烧的东西）？

这个军队不能在任何地方整理。它在斯摩楞斯克战役及莫斯科抢劫时，便已自身带了好像是化学的分解条件。

从前在军队的这些人和他们的官长一同逃跑，不知道往何处去，只希望（拿破仑和每个兵卒一样）一件事：尽可能地赶快逃出那个无益的地位，这地位虽然不明显，他们却都意识到。

只是因此，在马洛－雅罗斯拉维次会议中，在法国将军们假装讨论而发表各种意见时，直心肠的兵士牟东的最后意见，封闭了大家的嘴。他说，大家在想，只要尽可能地赶快走，无人能够，甚至拿破仑也不能，说话反对这个大家公认的事实。

但虽然大家都知道应该走，却仍然对于应该逃走的意识有点羞耻之感，需要一种外来的震动来克服这种羞耻。这种震动在必要时出现了，这便是法国人所说的"皇帝乌拉"[1]。

会议的次日，拿破仑清早伴作视察军队及过去的、未来的战役的阵地，带了一群将军们与护卫们，乘马行在军队行列的当中，寻找胜利品的卡萨克兵碰到了皇帝本人，差一点就抓住了他。卡萨克兵这一

---

[1] 这是俄军攻击敌人时的呼号。——毛

次没有抓住拿破仑,而救拿破仑的正是使法军灭亡的胜利品,为了胜利品,卡萨克兵在塔路齐诺这里放下了人。他们不注意拿破仑,却去抢胜利品,而拿破仑得以逃走。

在这些"顿省子弟"能够在皇帝的军队当中抓住皇帝本人的时候,显然是没有别的可做,只是尽可能地在最近的熟识的道路上,赶快逃跑。拿破仑有四十岁的肚皮,已不感觉到自己从前的灵敏与勇敢,他懂得这个暗示。在受自卡萨克兵的恐怖支配下,他立刻同意了牟东的话,如历史家们所说的,下令退却到斯摩楞斯克道路。

拿破仑同意牟东。军队后退,这不是证明他下令退却,而是证明那种在莫沙益司克道路上支配全军的力量,同时支配了拿破仑。

十九

人在运动中的时候,他总是为自己预设那种运动的目标。为了要走一千里,人必定要想在这一千里之外有更好的东西。为了有力量运动,需要一种乐土的观念。

法军前进时的乐土是莫斯科,后退时的乐土是祖国,但祖国太远。行千里的人,必须忘去最后的目的地,而向自己说,"今天我要走四十里到休息处去宿夜"。在第一日行程中,这个休息处遮隐了最后目的地,并且集中了他所有的愿望。表现于个人的那些冲动,在群众里总是加强。

对于顺着斯摩楞斯克旧道而后退的法军,最后目的地祖国是太远了,而最近的目的地是斯摩楞斯克,所有的在群众里加强了的希望与意愿，推动他们向着这个目的地。不是因为兵士知道在斯摩棱斯克有许多粮秣和新军队，不是因为向他们说了这一点（反之，军中上级官长和拿破仑自己知道那里粮秣甚少），而是因为单这一点即可以给他们力量去运动并忍受目前困苦。他们——知道不知道这事的——都在同样地欺骗自己，急往斯摩棱斯克，如赴乐土。

上了大道，法军用惊人的力量和未听闻过的速度，奔往他们设想的目的地。在这个理由——共同的冲动把法兵联合为一个整体并给他们某种力量之外，另有一个理由联合他们，这个理由便是他们的人数。如同物理学上的引力律，这个巨大的质量把个别的分子（人）吸引在本体上。他们数十万人的团体运动着，好像一个整个的国家。

其中每一人只希望一件事——降为俘虏，逃避一切的恐怖与困难。但一方面，共同奔向目的地斯摩棱斯克的力量吸引了每个人在同一方向中。另一方面，一军团投一连是不可能的，虽然法兵利用每个便利的机会，以便彼此分离，在极小的适当的借口之下去投降，这些借口却不常有。他们的人数和紧密迅速的运动夺去了他们的这种可能性，使俄军不但难以并且不能阻止这个运动，法军全体的力量都用在这个运动上。物体的机械的分裂，不能够使进行中的分裂的过程短于某种限度。

雪球不能立刻融化。有某种时间限度，超过这个限度，任何热力都不能将它融化。反之，热力愈多，余雪更坚。

在俄军将领之中，除库图索夫外，无人了解这一点。当法军奔逃的方向定在斯摩棱斯克道路时，库图索夫在十月十一日夜间所预料的事情开始实现了。所有的高级军官都希望显耀自己，切断、追击、掳获、击溃法军，大家要求攻击。

库图索夫独自用了他所有的力量（这些力量在任何总司令是不大的）反对攻击。

他不能向他们说我们现在所说的：为何要有交战，拦路，损失自己人马，不人道地屠杀可怜虫？自莫斯科至维亚倚马时不战而损失军队的三分之一，为何还要这个呢？但是他向他们说，从他老年智慧中取出他们所能了解的——他向他们说到金桥，他们嘲笑他、诽谤他，他们袭击、分裂，并恐吓这个受伤的野兽。

在维亚倚马附近，叶尔莫洛夫、米洛拉道维支——卜拉托夫及别人，靠近法军，不能压住切断并击溃两个法军军团的愿望。向库图索夫报告他们的计划时，他们送去一封信，但信封里不是报告，而是一张白纸。

不管库图索夫如何力图约制军队，俄军攻击了，并企图拦夺道路。据说我们的步兵奏乐、击鼓去攻击，杀死并损失了几千人。

但是关于切断后路——他们并未切断，并未击溃任何法军。法军因为危险而结合得更坚固，它同时溶化着，仍然继续着走向斯摩楞斯克的死路。

第三部

一

保罗既诺战役与以后莫斯科被占领,及法军不战而奔逃,是历史上最有教训的现象之一。

所有的历史家们皆同意这一点,就是国家与民族在它们互相冲突时的外表活动,表现于战争;而由于战争胜利的大小,国家及民族的政治力量立刻地增强或减弱。

无论这类的历史叙述是多么奇怪,如何某皇帝或国王与别的皇帝或国王争执,召集军队,与敌军交战,获得胜利,杀了三、五、十千人,并因此而征服了一个国家和几百万人的民族;无论这是多么不可解:一个军队——民族全力的百分之一——的失败,要强迫一个民族屈服——所有的历史事实(就我们所知道的来说)都证实这一点,就是一国军队对另一国军队的胜利之大小,是国家力量增减的原因,至少是主要的象征。军队获得胜利,立刻便增大了胜利国的权利,而失败国受损害;军队失败,人民立刻便按照失败的程度而丧失权利,在军队完全失败时,人民即完全被征服。

自古至今是如此(据历史),拿破仑所有的战争皆是这个原则的证明。按奥军失败的程度,奥国失去了权利,而法国的权利与力量增加。法军在耶拿及奥扣尔斯泰特的胜利破毁了普鲁士的独立生存。

但忽然在一八一二年,法军在莫斯科获得胜利,莫斯科被占领,后来没有新的交战,俄罗斯并未不存在,却是六十万法军及后来拿破仑的法国不存在了。牵强事实来适合历史定律,说保罗既诺战场流落在俄军手中,说在莫斯科战役之后,有许多战役破坏了拿破仑的军队——是不可能的。

在法军的保罗既诺胜利之后,不但没有大规模的,而且没有重要的战役,而法军仍不存在。这是什么意义?假使这是中国历史上的前例,我们可以说,那不是历史事件(在任何事件不合他们标准时,历史家们的逃路);假使这是短时的冲突,参与其事的只有少数军队,我们可以把这个事件当作例外;但这个事件发生在我们父辈的眼前,他们觉得祖国存亡问题决定于此,而这个战争是一切已知的战争中最大的战争……

自保罗既诺战役到法军被逐的一八一二年战争期间,证明胜利的战役不仅不是征服的原因,甚至也不是征服的不变标记;证明决定民族命运的力量不在征服者,甚至不在军队与战役,而在什么别的东西。

法国历史家们描写法军在退出莫斯科之前的情况时，肯定大军中的一切都有秩序，除了炮兵、骑兵和辎重兵，因为牛马与草秣。对于这种缺陷不能有所补救，且为附近的农民焚去了自己的干草不给法国人。

胜利的战役不带来通常的结果，因为农民卡尔卜与夫拉斯在法军退出后带了车辆去莫斯科行劫，都未表现出个人的英雄情绪，这类无数的农民不将草秣运至莫斯科卖好价钱，却将它焚去。

让我们设想两个人带了剑，按照所有的剑术规则去做决斗。斗剑时间经过很久，忽然，敌手之一觉得自己受伤——知道这件事不是笑话，有关他的生命，他抛了剑，顺手拾起短棍，开始转动。但是让我们设想，那个人聪明地用最好、最简的方法去达目的，同时为骑士的传统所激动，他希望遮蔽事实的真况，而坚持说他是按照一切斗剑规则获得了胜利。可以设想一下，这种决斗的叙述将发生什么样混乱与暧昧！

要求按剑术原则而决斗的剑手是法国人，他的对手——抛剑拾棍的是俄国人，企图用斗剑规则说明一切的人——是描写这个战事的历史家们。

自斯摩楞斯克失火时，就开始了不遵守任何旧日战争传统的战争。城市与乡村的烧焚，交战后的退却，保罗既诺的打击及行军退却，莫斯科焚烧，捕获抢劫者，拦截运输，游击战，这一切皆不合陈规。

拿破仑感觉到这一点，在他以斗剑的正当姿势留在莫斯科，不见对手的剑，只见攻打自己的棍棒时，他不断地向库图索夫和亚历山大抗议，说战事违反一切规则（似乎哄杀人类，也有什么规则）。虽有法国人关于不守规则的抗议，虽有俄国上层的人觉得用棍棒有点羞耻，而希望按照规则采取姿势，照第四条或第三条，照第一条作巧善的刺击等，民族战争的棍棒却以全部威胁而伟大的力量举竖起来，并且不问任何趣味与规则，以愚笨的单纯，但合乎目的，不顾其他地举起、落下，打击法军，直到侵略的军队全部覆灭。

这种民族是幸福的，他们不像一八一二年的法国人，他们不管一切剑术规则，掉转剑柄，庄严地、恭敬地把它交给伟大的胜利者；这种民族是幸福的，他们在紧要关头，不问别人在类似情形中如何遵守规则，简单轻易地举起顺手的棍棒来打击，直到他们心中愤怒与复仇的情绪变为轻蔑与怜恤。

二

　　与所谓战争规则不相合的，明显而最有力的差异之一，是分散的人群攻挤成一团的人。这种攻击总是发生在全民性的战争中。这种攻击的要点不在以团体对抗团体，而在人员散开，单独地攻击。当强大的力量来攻击时，便立刻逃走，然后有了机会，又攻击。西班牙的游击战这么做，高加索的山民这么做，一八一二年俄国人这么做。

　　他们称这种战争为游击战，并且假定，这么称谓，说明了它的意义。同时，这种战争不但不合任何规则，而且正违反共知的，认为无失的战术的规则。这种规则说，攻击者应该集中自己兵力，以便在交战时比敌方强。

　　游击战（如历史所表现，总是成功的）正违反这个规则。

这种违反发生于此,就是战争科学以为军力与人数是同一的。战争科学说军队愈大,力量愈大。"强大的军力总是胜利的。"

说这话的军事科学好像那种机械学,它只从质量上对于运动的物体下结论,它说物体力量相等或不相等,因为它们的值量相等或不相等。

力量(运动量)是质量与速度相乘之积。

在战争中,军队的力量也正是质量(人数——译)乘某种别的东西,乘某种未知的 x 之积。

军事科学在历史上有无数的前例:军队的质量不与力量相合,小的支队往往战胜大的军队,军事科学含糊地承认这种未知因子的存在,而有时企图在军队组织中,有时在武器中,最通常是在将领天才中,寻找这个因子。但对于因子加了这些意义,却并不产生与历史事件相符合的结果。

同时我们要否认已有的,称赞英雄的、关于战时上峰指挥活动的虚伪的见解,并找出这个未知的 x。

这个 x 是士气,即大的或小的战斗愿望与全军冒险愿望。完全无关于是否军队在天才指挥下作战,成三行或两行,用棍棒抑或用每分钟三十发的步枪。有最大战斗愿望的人们,总是使自己处在最有利的战斗条件中。

士气——是被质量所乘的,产生力量的因子。确定并表现士气——这个未知因子的意义,是科学问题。

这个问题只有在这个时候才可以解答,就是,我们要停止武断地举出力量表现时的那些条件,例如,将领的命令、武器等等,不把它们当作因子，以代未知的因子 x，我们要充分地承认这个未知因子，即大的或小的战斗愿望与冒险愿望。只有用方程式表现已知的历史事件时，才能够从未知因子相对价值的比较中，找到这个未知因子的定义。

十个人，十个营，或十个师和十五个人，或营或师交战，打败了十五个的，即杀死或掳获了他们全体，而自己损失四个。所以，一方面的损失是四，另一方面的损失是十五。因此，四等于十五，因此，$4x=15g$。因此，$x:g=15:4$。这个方程式并未说出未知因子的价值，但它说出了两个未知因子间的比率。由于把各种历史单位（战役、战争、战争期限）化为这种方程式，可以获得一系列数字，在这些数字中定有且可以发现定律。

群体地进攻，分散地退却，这个战略原则无意地证明了这个真理，即军队的力量系于士气。率领军队到炮火下，较之抵抗攻击，需要更多的纪律（只有用集体的运动才可达到）。但这个原则（忽视了士气）继续地显得不可靠，在士气有强烈的高涨或低落的一切民族战争中，尤其极违反事实。

法军于一八一二年退却，虽然按照战术应该分散地防卫自己，却挤成一团，因为士气是那样低落，只有群体可以维系他们不散。反之，按照战术，俄军应该群体地攻击，事实上却散开，因为士气是那样高涨，个别的兵士们不待命令即杀死法军，且无须压迫去面临困难与危险。

三

这种所谓游击战开始于敌人入斯摩楞斯克时。

在游击战获得我们政府的正式承认之前，已有成千的敌军——落伍的盗贼、抢劫者被卡萨克兵和农民们消灭了，他们本能地杀死法军，正如狗本能地咬死逃跑的疯狗。皆尼斯·大卫道夫凭俄国人的本能，最先认识了这个可怕的武器的价值，它不顾军事学的原则，消灭了法军，初步承认这种战争方法的荣誉是属于他的。

八月二十四日，成立了大卫道夫的第一个游击支队，在他的支队之后，成立了别的游击支队。战争的范围愈大，这种支队的数目愈多。

游击队把"大军"打击得粉碎。他们扫清了枯树上——法军——坠下的落叶，有时动摇了树的本身。十月，在法军跑向斯摩楞斯克的时候，这种人数与性质极不相同的游击队有几百个。有的仿效一切的军队旧例，有步兵、炮兵、参谋及生活的享用；有的只是卡萨克队骑兵，有的是少数步骑的集合，有的是农民与地主，他们不为人知道。有一个游击队长是教堂执事，他在一月之间获了几百俘虏。有一个管事的妻子发茜莉萨，杀了几百个法兵。

十月末是游击战争登峰造极的时期。这种战争的初期已经过去——在初期，游击队诧异他们自己的勇敢，每时每刻都害怕被法军擒获或包围，不解鞍，也几乎不下马，藏在森林中，时刻候着追击。现在这种战争已经确定，凡可以加诸法军的，以及不能加诸法军的，皆极明显。现在只有那些按照规律随带参谋的支队将领们远离法军，认为许多事不可能。小队的游击队早已开始战斗，接近地侦察法军，大队的长官们所不敢想的，他们认为可能。窜入法军中的卡萨克兵与农民，认为现在一切都是可能的。

十月二十二日，游击队之一的皆尼索夫和他的部队处在游击热情最高点上。他和部队从早晨便出动，他整天在邻接大道的森林中追踪大量的法军骑兵运输队与俄国俘虏——他们落在其他军队之后，并在强力的掩护下（这是从侦探及俘虏方面得知的）进往斯摩楞斯克。知道这个运输队的，不仅有皆尼索夫和靠近他的道洛号夫（也是一个小游击支队的首领），而且还有随带参谋的大支队的将领。大家都知道这个运输队，并且如皆尼索夫所说的，他们的牙齿都对它流涎水。有两个大队的将领——一个波兰人，一个日耳曼人——几乎是同时邀请皆尼索夫与各人的支队合并攻击运输队。

"不行，朋友，我自己有胡子了。"皆尼索夫读了这些信说，他回答日耳曼人说，虽然他热诚愿意投效这样光荣有名的将军，但他不得放弃自己这种荣幸，因为他已投效了波兰将军。对于波兰将军，他作了同样的回复，通知他说，他已投效在日耳曼人指挥下。

如是处理之后，皆尼索夫未向上级官长报告此事，打算与道洛号夫一同攻击，用他们的小力量截裁运输队。十月二十二日，这个运输队自米库利诺村往沙姆涉佛村，在米库利诺与沙姆涉佛间道路的左边是巨大的森林，有的地方接近道路，有的地方距道路一里或稍多。在这个森林里，皆尼索夫和他的队伍走了一整天，有时深入森林当中，有时走出林边，却未忽视运动的法军。早晨，在米库利诺附近（森林在此邻接道路），皆尼索夫部下的卡萨克兵擒获了两辆陷在泥中的运送骑兵坐鞍的车子，带入了森林。从这时直到傍晚，他们不攻击，却伺察着法军的运动。应该不惊动了他们，让他们安静地走到沙姆涉佛，然后与道洛号夫会合（他应该傍晚到达沙姆涉佛一里外森林中的守屋作会谈），黎明时从两边夹攻，好像雪山崩在他们头上，一举而打败并掳获他们。

后边，距米库利诺两里，在森林邻接大道的地方，留下了六个卡萨克兵，他们发现了法军新纵队，就要立刻去报告。

在沙姆涉佛面前，道洛号夫也要同样地伺察道路，以便知道其他法军的距离。运输队据推测有一千五百人，皆尼索夫有二百人，道洛号夫也有这么多人，但人数的优越不能停止皆尼索夫。他还需知道的一点，便是这些军队是什么样的，因此皆尼索夫必须擒获一个舌人（即敌方纵队中的人）。在早晨向运输队的攻击中，战事进行得那么迅速，在运输队中的法国人全军消灭，只擒获一个小鼓手，他是落伍的，毫不能确定地说出纵队中的军队是什么样的。

皆尼索夫认为再度攻击将有惊动全纵队的危险，因此他派部下的农民齐杭·柴尔巴退前往沙姆涉佛，如可能，至少擒得法军前卫中的一个军需官。

四

是温暖落雨的秋日,天与地是同样的泥水颜色。有时好像下雾,有时忽然降落倾泻的大雨。

皆尼索夫骑了一匹纯种的凹肚的瘦马,穿着淋水的绒外衣,戴着皮帽。他和他的坐骑一样,侧首耸耳,因下雨而皱眉,忧虑地看着前面。他的消瘦而生长着密、短、黑胡子的面孔似乎在发怒。

和皆尼索夫并行的,是一个有同样绒外衣与皮帽的骑肥肚顿种马的卡萨克兵队长——皆尼索夫的伙伴。

卡萨克兵队长发依斯基老三也是绒外衣皮帽,他是高大、扁平如板、面色苍白、金发的人,有狭小明亮的眼睛,在面部与坐态上有安静自足的表情。虽然不能说出什么是马与乘者的特性,但一看队长和皆尼索夫，就可以看出，皆尼索夫又潮湿又不舒服——皆尼索夫是一个乘马的人；再一看队长，就可看出他从容而安静，同平常一样，他不是一个乘马的人，而是和马合成一个扩大双倍力量的物体的人。

在前面不远之处，是一个灰衣白帽淋得透湿的领路农民。

在后面不远之处，是一个穿蓝色法军大衣的年轻军官，骑着一匹瘦弱、大尾、长鬃、口边染血的基尔给斯马。和他行进的是一个骠骑兵，在身后马臀上坐了一个穿破碎法军制服、戴蓝帽的童子。这个童子用冻红的手抱住骑兵，摇动光脚，企图取暖，他抬起眉毛，惊异地环顾四周——他是早晨被捕的法国小鼓手。

后边，在狭窄泥泞的森林道上，骑兵们三四成群，再后是卡萨克兵，有的穿绒外衣，有的穿法国大衣，有的头顶马衣。棕色、栗色的马匹都因为身上淋淌的雨水而变黑。马项因为透湿的鬃而显得异常细瘦。马身上冒热气。衣、鞍、辔都潮湿，黏结而涨松，一如土地与横陈路上的落叶。人们龟缩地坐着，试图不动，以便蒸暖已流到皮上的水，不让新的冷的水流到坐鞍、膝头与颈后。在展开的卡萨克兵当中，有两辆用法国马及卡萨克兵有鞍的马拖引的辎重车，碾过残余与断杖，滚过水漫的路辙。

皆尼索夫的马绕过路中水洼时，走在路边，把他的膝头碰到树上。

"哎，鬼！"皆尼索夫愤怒地叫，露出牙齿，用鞭子打马三次，溅了泥在自己和同伴的身上。皆尼索夫心绪不佳，因为雨，因为饿（从早上谁也未吃什么），尤其是因为道洛号夫此刻还不来消息，而派去擒捕舌人的人未回转。

"不会再有今天这样攻击运输队的机会了。单独地攻击是冒险的，但延展到明天——别的大的游击队便将从我们眼前夺去了胜利品。"皆尼索夫想，不断地注视前面，想看到所期待的道洛号夫的使者。

到了一块空地，皆尼索夫停下，从这里他可以看见右边遥远的地方。

"有谁来了？"他说。

卡萨克兵队长朝着皆尼索夫所指的方向看去。

"来了两个人，一个军官，一个卡萨克兵，只是不能'假定'是不是中校自己。"队长说，他爱用卡萨克兵所不知道的字眼。

来的人下山时不能看见，过了几分钟又出现了。前面的军官用鞭赶马作疲倦的奔驰，他的衣服零乱而透湿，裤筒卷到膝上。卡萨克兵在后边，立在镫上。这个军官是很年轻的孩子，有宽大红润面孔和迅速愉快的目光，他乘马奔到皆尼索夫面前，递给他浸湿的信件。

"将军寄来的，"军官说，"抱歉不会干……"

皆尼索夫皱眉，接了信封，开始拆阅。

"他们都说危险，危险，"军官在皆尼索夫阅读来信时向队长说，"但是我和考马罗夫，"他指卡萨克兵，"我们有了准备。我们各有两把手枪……但这是什么人？"他看见法军小鼓手时问，"俘虏吗？你们已经打仗了吗？可以同他说话吗？"

"罗斯托夫·彼洽，"皆尼索夫读完信时叫起来，"为什么你不说，你是谁？"皆尼索夫带笑转过身向军官伸手。

这个军官是罗斯托夫·彼洽。

一路上,彼洽准备着对待皆尼索夫,好像一个成人与军官应有的样子,而不提及从前的友谊。但皆尼索夫刚刚对他笑时,彼洽立刻有了精神,快乐得脸红,忘记了所准备的官仪,开始说到他如何经过法军,他如何高兴得到了这个任务,说他已在维亚倚马打了一仗,有一个骠骑兵在那里大显身手。

"好,我高兴见到你。"皆尼索夫插言,他的脸上又有了忧虑的表情。

"米哈伊·费克利退支,"他向队长说,"你知道,他又是日耳曼人派来的。他在他的部下。"于是皆尼索夫向队长说,刚才来信的内容是日耳曼将军又要求会师攻击运输队。"假使我们明天不抓住他们,他要从我们面前夺去了。"他结束。

在皆尼索夫和队长说话的时候,彼洽因为皆尼索夫语气的冷淡而不悦,他以为这种语气的原因是他裤子情形,他在大衣的下面放直了折起的裤子,以便无人注意到,并企图尽可能地保持军人神气。

"大人有什么命令吗?"他向皆尼索夫说,举手至帽檐,回返到他所准备的副官与将军的表演,"我还要留在大人这里吗?"

"命令?"皆尼索夫思索地说,"你可以留到明天吗?"

"啊,请……我可以留在你这里吗?"彼洽叫着。

"但是将军怎么命令你的?马上回去吗?"皆尼索夫问。

彼洽脸红。

"他什么也没有命令。我想可以吗?"他探问地说。

"那么,很好。"皆尼索夫说。他又向自己的部属下了命令:一部分前往森林中守屋旁指定的休息处,骑基尔给斯马的军官(这个军官任副官之职）去找道洛号夫，找出他在何处，他晚上是否前来。皆尼索夫自己和队长及彼洽打算去森林边际，靠近沙姆涉佛的地方，以便察看法军的驻地，明天的攻击就是要对着这个地方。

"来，胡子，"他向向导农民说，"领我们到沙姆涉佛。"

皆尼索夫、彼洽和队长随带了几个卡萨克兵，还带着俘虏的骑兵，向左边走，穿过山谷，前往森林边际。

五

雨止，只有雾和树枝上的水滴。皆尼索夫、队长和彼洽无言地走在戴尖帽的农民身后，他轻轻地、无声地用穿树皮鞋的脚走在草根与湿叶之上，领他们去森林边际。

到了坡上，农民停住，四顾了一下，走向一列稀疏的树。他停在一株尚未落叶的大橡树下，并且神秘地向他们招手。

皆尼索夫和彼洽走到他面前。在农民站立之处，可以看见法军。正在森林的那边有一带倾斜的麦田。右边，在深谷的那边，可见一个小村庄和破顶的地主房屋。在这个村庄和地主房屋里，在全体的高坡上，在花园里，在井边和池边，在整个的桥与村庄间的山道上，大约不出二百沙绳的距离，可以看见变动的雾下的人群，可以清晰地听到他们的非俄国人的声音在喊叫拖行李车上山的马匹,并互相呼叫。

"把俘虏带这里来。"皆尼索夫低声说,眼不离法军。

卡萨克兵下了马,扶了小孩,和他一同走到皆尼索夫的面前。皆尼索夫指着法军,问他这是什么军队。小孩把受冻的手插入衣袋,竖起眉毛,惊恐地看皆尼索夫,虽然他明白地希望说出他所知道的,却在他的回答中慌乱起来,只是肯定了皆尼索夫所问的。皆尼索夫皱眉,转身向卡萨克兵队长,说了自己的意见。

彼洽用迅速的动作转过头,时而看小鼓手,时而看皆尼索夫,时而看卡萨克兵队长,时而看村庄里与道路上的法军,企图不失任何要问的见闻。

"不问道洛号夫来不来?我们要抓!"皆尼索夫说,眼睛愉快地发光。

"那地方方便。"卡萨克兵队长说。

"我们派步兵下去,顺看沼地,"皆尼索夫继续说,"他们要向花园里爬,你带卡萨克兵从那里冲出去。"皆尼索夫指示村庄那边的森林:"我从这里,带领我的骠骑兵。凭枪声……"

"凹地不能去——是泞沼,"卡萨克兵队长说,"马要陷下的,一定要从左边绕……"

当他们这么低声说话时,下边,在池边的凹地,有了两发枪声,冒了白烟,听到半山腰几百个法军一致的似乎是愉快的叫声。起初,皆尼索夫和卡萨克兵队长向后逃,法军是那么近,他们觉得他们是这些枪声与呼叫的原因,但枪声和呼叫与他们无关。下边,在沼地上,有一个穿红衣的人在跑,显然法军是向他放枪,向他喊叫。

"他是我们的齐杭。"卡萨克兵队长说。

"他!是他!"

"这个无赖!"皆尼索夫说。

"他走开了!"卡萨克兵队长眯着眼说。

他们称叫齐杭的这个人,跑到小河边,跳进河里,河水飞起,不见了,一会儿,爬出水面,全身因水而变黑,再向前跑。追赶他的法军停止了。

"好伶俐。"卡萨克兵队长说。

"这个无赖!"皆尼索夫带着同样的忧虑神情说,"他一直到现在做了些什么?"

"这人是谁?"彼洽说。

"他是我们的射手。我派他去捉舌人。"

"啊,就是。"彼洽说,对于皆尼索夫开始的话点头,似乎他懂得一切,其实他一个字也不懂。

齐杭·柴尔巴退是部队中最有用的人之一。他是格沙其附近波克罗夫斯克村的农民。在作战的开始,皆尼索夫到了波克罗夫斯克村,同平常一样,他召来老乡,当他向老乡探问法军情形时,老乡的回答和所有老乡的回答相似,好像是自辩,说什么也不知道,什么也未看见。但皆尼索夫向他们说明,他的目的是杀法国人,并问是否有迷路到他们这里的法军,这时,老乡说,确实有过几个"强盗",但村上只有齐示卡·柴尔巴退一个人管这种事情。皆尼索夫命人召来齐杭,称赞他的活动,不当老乡的面说了几句话,关于对沙皇及祖国的忠心和对法国人的仇恨,这仇恨是祖国的子孙们应该怀有的。

"我们不向法国人做坏事,"齐杭说,显然是惊异皆尼索夫的话,"我们只是好像和小孩们开玩笑,你知道。我们只打死了二十来个'强盗',但我们没有做什么坏事……"

第二天皆尼索夫完全忘记了这个农民而离开村庄时,有人向他说齐杭属于游击队,并要求他们收留他。皆尼索夫命他们收留了他。

齐杭起初管理起火、取水、剥马皮等粗事,不久即显出对于游击战的热心与能力。他夜间去夺胜利品,每次带回法军衣服和武器,在奉命时,他便带回俘虏。皆尼索夫使齐杭放弃了粗工,开始带他出征,把他算在卡萨克兵里。

齐杭不爱骑马,总是步行,从不落在骑兵之后。他的武器是一杆步枪(他带着为了玩笑)、一杆矛枪和一把斧头,他运用这些好像狼运用牙齿——和狼用牙齿从毛里捉蚤、嚼大骨头同样容易。齐杭同样准确地在伸手范围之内用斧伐木,拿着斧头的背削细木钉、雕勺子。在皆尼索夫部队里,齐杭处于特殊例外的地位。在需要做什么特别困难可厌的事情时——用肩膀把车辆从泥泞中扛出,抓住尾巴将马从池沼里拖出,剥马皮,偷跑进法军营中,一天走五十里——大家都笑着指示齐杭。

"他这个鬼不会出事,他是个结实的家伙。"大家这么说他。

有一次,一个被齐杭抓捕的法军用手枪打他,中了他脊背的内部。这伤处,齐杭只用麦酒里外医治,这事成为全队最愉快的笑话对象,而齐杭很愿意和他们说笑话。

"怎么,老兄,你不干吗?你是弯脊背吗?"卡萨克兵们笑他。而齐杭故意将脸皱蹙,做鬼脸,假装发怒,用最可笑的咒骂责骂法国人。这件事对于齐杭只发生这种影响，就是他在伤愈后极少押解俘虏。

齐杭是部队中最有用、最勇敢的人，无人比他发现更多的攻击机会，无人比他擒得或杀死更多的法军。因此他被所有的卡萨克兵与骑兵所嘲笑，而他自己愿意处于这种地位。

现在，齐杭被皆尼索夫在夜间派到沙姆涉佛擒捕舌人。但或者因为他不满意只捕一个法国人，或者因为他睡了一夜，在白昼，他爬进灌木丛，正在法军当中，被法军发现，这正是皆尼索夫在山上所见的。

六

同卡萨克兵队长又谈了一会儿，关于明天的攻击（这似乎是皆尼索夫现在看到法军的接近而最后决定的），他转马回走。

"啊，老弟，我们现在去烘干吧。"他向彼洽说。

到了森林中的守屋，皆尼索夫止住，向森林里看。在森林里的树间，大步轻快地走来一个长腿的，摆动长手的，穿短外衣、树皮鞋，戴卡桑帽子，肩上背枪，腰中插斧的人。看见了皆尼索夫，这个人赶快地抛了什么到灌木里，脱了边檐下垂的湿帽子，走到长官面前。这人是齐杭，有狭小眼睛的、打皱的麻脸上，显出自足的愉快。他将头高抬，直视皆尼索夫，似乎是要抑制笑声。

"好，你在哪里？"皆尼索夫说。

"在哪里？去捕法国人。"齐杭用粗而响亮的低音勇敢地、匆促地回答。

"你为什么在白天爬进去？畜生！为什么不抓人来？……"

"抓是抓了一个。"齐杭说。

"他在哪里？"

"但我还是在天亮的时候抓住的，"齐杭继续说，把树皮鞋里扁平，外拐的脚叉开，"我也把他带到森林里了。我看他不好，我想去抓一个更合适的。"

"哎，无赖的家伙，就是这样的，"皆尼索夫向卡萨克兵队长说，"你为什么不把那一个带来？"

"但为什么要把他带来呢，"齐杭发火地、急促地说，"他不合用。难道我不知道你需要什么样的吗？"

"你这个畜生！好……"

"我去找别的，"齐杭继续说，"我就这样地爬到森林里，我躺下来。"齐杭忽然敏捷地腹向下趴倒，表示他知道做了这件事。"来了一个，"他继续说，"我这样地抓他。"齐杭迅速地、轻易地跳起。"我说：'我们去见上校。'他叫了一声，来了四个人。他们用剑向我冲。我这样地用斧头迎他们；我说：'你们是干什么的，基督保佑你们。'"齐杭喊着，挥手，威胁地皱脸，挺起胸脯。

"我们在山上看见了，你如何从池子里逃脱。"卡萨克兵队长眯着明亮的眼睛说。

彼洽很想笑，但他看见别人都抑制了笑声。他迅速地把眼睛从齐杭脸上移转到卡萨克兵队长及皆尼索夫的脸上，不明白这一切的意义。

"你不要装呆,"皆尼索夫说,愤怒地咳着,"你为什么不把头一个带来?"

齐杭开始一手搔背,一手搔头,忽然他的脸化为明亮的、笨拙的笑容,露出牙龈(他因此被称为柴尔巴退——豁牙齿)。皆尼索夫笑,彼洽发出愉快的大笑,齐杭自己也笑。

"但他一点也不好,"齐杭说,"他穿的衣裳很坏,把他带到哪里去呢? 大人,他是一个粗人。他说:'呵,我是将军的儿子,我不去。'"

"你这个畜生!"皆尼索夫说,"我要问他……"

"但是我已经问过他,"齐杭说,"他说,他不知道。他说,我们的人很多,但都很可怜;他说,只能叫作兵罢了;他说,只要你好好地叫一声,就可以全体抓住他们。"齐杭说完,愉快地、坚决地看皆尼索夫。

"我要打你一百鞭子,你就会装呆了。"皆尼索夫严厉地说。

"为什么发脾气?"齐杭说,"因为我没有看见你的法国人吗? 那么天黑了,我照你所要的,带三个来。"

"好,我们走吧。"皆尼索夫说。他愤怒地皱眉,沉默地走到守屋。

齐杭走在后边,彼洽听到卡萨克兵和他笑,笑他一双鞋子抛到灌木里。

他们因齐杭的话与笑而有的笑声停止后,彼洽立刻明白齐杭杀死了一个人,他觉得不舒服。他看着俘虏的小鼓手,心中觉得悲痛。但这种不快只经过了很短的时间。他觉得必须抬起头，提起勇气，并用严肃的态度问卡萨克兵队长关于明天的任务，以便对他所在的部队有点用处。

被派出的军官在路上遇见皆尼索夫，他报告说道洛号夫马上就来，并且他那边一切都好。

皆尼索夫忽然愉快起来，把彼洽叫到身边。

"你来告诉我你自己的事情吧。"他说。

七

彼洽离莫斯科时，辞别了家庭，加入了部队，此后不久，他便被任为指挥大部队的将军的传令官。自从他升为军官的时候，尤其是自从加入了战斗军队，参与了维亚倚马战役的时候，彼洽即继续地处在快乐兴奋的喜悦情绪中，因为他长大了，并且他不断地处在热情的匆忙中，他不要放过任何真正英雄主义的机会。他因为在军中所见所经历的而很快活，但同时他觉得在他所不在的地方，此刻正发生最真正的英雄事迹。于是他匆忙地赶到他此刻所不在的地方。

十月二十一日，他的将军表示希望派一个人到皆尼索夫支队里去，这时彼洽那么可怜地请求派他去，将军不能拒绝。但是派了他时，将军想起彼洽在维亚倚马战役中无意义的行为，那时彼洽不顺路到他所派往的地方，却在前线法军火力下奔驰，并打了两发手枪。将军派了他的时候，明白地禁止彼洽参与任何皆尼索夫的战斗。因此皆尼索夫问他是否可以留下的时候，彼洽脸红而不安。在他到森林边际的时候，彼洽认为必须严格地执行他的职务，立刻回转。但当他看见法军，看见齐杭时，他知道今天夜晚一定要攻击，他具有年轻人从这个见解到另一见解的迅速转变，他心中决定了他的将军（直到现在为他所很尊敬的）是一个匹夫、一个日耳曼人，认为皆尼索夫是英雄，卡萨克兵队长是英雄，齐杭是英雄，觉得他在困难的时候离开他们是可耻的。

当皆尼索夫和彼洽及队长到守屋时，天已将黑，在苍茫中可见有鞍的马匹、卡萨克兵、骠骑兵、在空地上搭成的小屋，以及在森林的凹处生起的红火（以免法兵看见烟）。在小屋的门廊，一个卷了袖子的卡萨克兵在割羊肉。在这间小屋里有皆尼索夫部下的三个军官，用门作桌子。彼洽脱下他的湿衣服给人烘，立刻去帮助军官们搭饭桌。

十分钟内桌子搭成，铺了台布。桌上有麦酒、一瓶糖酒、白面包、烤羊肉和盐。

和军官们坐在桌边，用滴油的手撕肥美的羊肉，彼洽对所有的人怀着热情的儿童的柔爱，并因此相信别人也对他怀着同样的亲爱。

"那么你觉得如何呢？"他向皆尼索夫说，"我和你住一天，没有关系吗？"不等回答，他便回答了自己："你知道我奉命探听，我在这里探听到了……只有你让我在这个……在这重要的……我不需要回报……但我希望……"彼洽咬着牙齿，看着四周，抬起头，挥动手臂。

"在最重要的……"皆尼索夫笑着重复。

"只是请你给我一个命令,让我指挥。"彼洽继续说。"这是你什么呢?啊,你要刀?"他向一个想割羊肉的军官说。他把自己的小折刀递给他。

军官称赞这把刀。

"请你留下吧。我有很多这样的……"彼洽红着脸说。"哎哟!我完全忘记了,"他忽然叫起来,"我有极好的葡萄干,你知道,这种没有核子的。我们有一个新的随军商店,卖点好的东西。我买了十磅,我喜欢吃甜的。吃一点吗?"彼洽跑到门口自己的卡萨克兵那里,取来几只袋子,袋中装着五磅葡萄干。"尝一点,诸位,请了。"

"你要咖啡壶吗?"他向队长说,"我在随军商店里买了顶好的!他卖顶好的东西,他很诚实,这是很重要的。我一定送来。也许你的燧石用完了,这是常有的事。我带了一点,带到这里来了……"他指袋子,"一百个燧石,我买得很便宜。请你尽量拿,都拿下吧……"忽然怕自己说谎,彼洽停住,脸发红。

他开始想起他是否做了什么呆事,思索着今天的事情,他回忆着法国小鼓手。"我们很好,他如何呢?他们把他弄哪里去了?他们给他饭吃吗?他们讨厌他吗?"他想。但注意到,关于燧石他说了谎,现在他不敢再说。"我可以问吗?"他想。"他们要说:他自己是小孩,他是可怜的小孩子。明天我让他们看,我是什么样的孩子!假使我问,可羞吗?"彼洽想,"啊,都是一样!"立刻,红着脸,恐惧地看军官,看他们脸上是否有嘲笑,他说:

"可以把那个俘虏的孩子叫来吗?给他一点东西吃……可

以……"

"行，可怜的孩子，"皆尼索夫说，显然对于这个提示不觉得可羞，"叫他到这里来。他叫文三·保斯。叫他来。"

"我去叫。"彼洽说。

"叫，叫，可怜的小孩。"皆尼索夫又说。

皆尼索夫说这话时，彼洽已站在门口。他穿过军官们，走近皆尼索夫。

"让我吻你，亲爱的，"他说，"啊，多么好！多么好！"吻了皆尼索夫，他跑出门外。

"保斯！文三！"彼洽站在门口喊叫。

"先生，你叫谁？"黑暗中有人说。彼洽回答是叫今天俘虏的那个小法国人。

"啊！维三尼吗？"卡萨克兵说。

他的名字文三已被卡萨克兵改为维三尼（春天的），被农民和兵士改为维三略，在这两种改变中，春天——维斯那（音近维三尼——译）——的提示合乎这个小孩的形体。

"他在烘火。哎，维三略！维三略！维三尼！"在黑暗中发出话声与笑声。

"他是一个伶俐的孩子，"站在彼洽旁边的骠骑兵说，"我们刚才给了他饭吃，他饿极了！"

黑暗中有足音，光脚在泥泞中践踏，小鼓手到了门前。

"啊，就是你！"彼洽说。"你想吃吗？不要怕，他们不会损害你，"他羞怯地说，和蔼地摸他手，"进来，进来。"

"谢谢，先生。"小鼓手用打战的几乎是小孩子的声音说，开始在门槛上揩泥脚。彼洽希望和小鼓手说许多许多话，但他不敢。他移动着，在门口站在他身边。然后在黑暗中抓住他的手握着。

"进来，进来。"他用低柔的声音重复。

"啊，只要我能替他做点事情！"彼洽向自己说，打开了门，让小孩从他身边走过。

小鼓手进屋时，彼洽远离他而坐，认为注意他对于自己有失尊严。他只在衣袋中摸手，并且怀疑着将手给小鼓手是否可羞。

八

　　皆尼索夫令人给了小鼓手一点麦酒和羊肉，命人给他穿了农民衣服，以便把他留在部队里，不与俘虏们出发。彼洽对小鼓手的注意，因为道洛号夫的来临而转移。彼洽在军中听过许多关于道洛号夫异常勇敢及对法军残忍的故事。因此，从道洛号夫进来时，彼洽即眼不离开，看着他，并且更加提起英勇之气，抬着头，以免不配和道洛号夫这样的人在一起。

　　道洛号夫的外貌因为简单而使彼洽觉得稀奇。

　　皆尼索夫穿了卡萨克兵衣服，留了胡子，在胸前有神奇的尼考拉的圣像，在说话态度和一切举止上显出自己地位的特殊。道洛号夫从前在莫斯科穿波斯衣服，现在，相反地，有最拘礼的卫兵军官的神情。他的脸刮得干净,他穿着填絮卫兵衣服,在扣孔里佩着圣乔治勋章,戴着挺直的简单的尖顶帽。他在屋角脱下了外衣,走近皆尼索夫,不向任何人问好,立刻开始问到正事。皆尼索夫向他说到他的支队对法军运输队所有的计划,谈到彼洽的来使,谈到他如何回复了两位将军。然后,皆尼索夫说到他所知道的关于法军支队的一切情形。

"就是这样的,但要知道,是什么样的军队,有多少人,"道洛号夫说,"应该巡察一下。不确实知道他们人数,不能作战的,我喜欢精确地做事情。那么,诸位当中有人跟我一阵去视察法军阵营吗?我有一套制服。"

"我,我……我同你去!"彼洽喊叫。

"一点也不需要你去,"皆尼索夫说,向着道洛号夫,"我不让他做任何事情。"

"那好!"彼洽喊叫,"为什么不让我去?"

"因为没有益处。"

"请你原谅,因为……因为……我要去,就是这样。你许我吗?"他向道洛号夫说。

"为什么不?"道洛号夫无心地回答,看法国小鼓手的脸。

"这个小孩在你这里很久吗?"他问皆尼索夫。

"今天抓住的,他什么也不知道。我把他留在身边。"

"啊,其余的你放在哪里呢?"道洛号夫说。

"在哪里?记了账送走了!"皆尼索夫喊叫,忽然面红。

"我敢说,在我的良心上,没有一条人命。你由护送队解三十人,三百人进城,我照直说,比污辱军人的荣誉,更困难吗?"

"十六岁的年轻伯爵可以说这样的漂亮话，"道洛号夫冷嘲地说，"你已经到了放弃这话的时候了。"

"为什么，我没有说什么，我只说我一定要同你去。"

彼洽羞怯地说。

"但是我同你，老兄，已到了放弃这话的时候了。"道洛号夫继续说，似乎他很满意说这个使皆尼索夫烦恼的题目。"你为什么把他留在身边？"他摇头说，"因为你可怜他吗？我们都知道你的账单。你送走一百，只到了三十。饿死了，打死了，那么，不抓他们，不是一样吗？"

队长眯着亮眼，同意地点头。

"这都是一样，这里无须讨论，我不想放在我的心上。你说，他们死了。那么，也好，只是这不是因为我。"

道洛号夫笑了一下。

"谁不许他们抓住我二十次呢？你知道，他们抓住了我，你和你的骑士精神，都是一样——吊在白杨树上。"他停住。"但是我们要做工作了。叫我的卡萨克兵拿袋子来！我有两套法军制服。那么，我们一同走吗？"他问彼洽。

"我？是的，是的，一定的。"彼洽看着皆尼索夫说，脸红得几乎要流泪。

在道洛号夫与皆尼索夫争执应该如何处置俘虏时，彼洽又感觉到不快与急迫，但又不很懂得他们在说什么。"假使成人，名人这么想，那就一定如此，这就很好了。"他想，"要紧的是皆尼索夫应该不敢以为我要听从他，他可以命令我。我一定要同道洛号夫到法军阵营里去。他能，我也能！"

　　皆尼索夫劝他不要去，彼洽总是回答说，他也喜欢精确地做一切事情，他不是随便说的，他从来没有对于自己想到危险。

　　"因为——你要同意的——假使不确实知道那里有多少人，就有关几百人的生命，但这里只有我们两个人。所以我很想做这件事，一定要去，你不要阻止我，"他说，"只是更坏……"

九

穿戴了法兵的大衣与高盔,彼洽和道洛号夫走到皆尼索夫观看法军阵营的地方,走出森林,在完全黑暗中下山坡。下了山,道洛号夫命令了随行的卡萨克兵们等在那里,顺大路向桥直奔。彼洽兴奋得发昏,和他并排而行。

"假使我们被捉,我不要活,我有手枪。"彼洽低语。

"不要说俄文。"道洛号夫迅速低声说,正在这时候,黑暗中发出喊声"谁来了"和枪声。

血涌上彼洽的脸,他摸到手枪。

"第六团的矛枪兵。"道洛号夫用法文说,不加快也不放缓马的蹄步。斥候的黑影子站在桥上。

"口令?"

道洛号夫约制马缓行。

"告诉我,热拉尔上校在这里吗?"他说。

"口令。"斥候说,未回答他,挡住桥道。

"官长巡逻的时候,哨兵不问口令……"道洛号夫叫起来,忽然地发火,骑马走到哨兵面前,"我问你,上校是不是在这里?"

不等待让开的哨兵回答,道洛号夫即漫步上山。

看见一个黑影子过路,道洛号夫止住这个人,问他司令官和军官在哪里。这个人肩上有一袋子,这个兵站住,走近道洛号夫马前,用手拍马,简单而友谊地说司令官和军官都在山上,在右边农家院子里(他这样地称地主的房子)。

走完了两边有法兵在营火旁说话的道路,道洛号夫转入地主家的院子。到了门口,下了马,他走到熊熊的大火前,火旁坐了几个人在大声说话。火旁的锅里在煮什么,一个戴尖帽、穿蓝大衣的兵,被火光照亮,跪着用枪杵在锅中搅。

"啊,这个硬的煮不烂。"坐在火对面的军官之一说。

"它可以使兔子跑走。"另一个笑着说。

两人沉默住,在黑暗中注视牵马来火边的道洛号夫与彼洽的脚步声。

"诸位,好!"道洛号夫大声地、清晰地说。

军官们在火光中动了一下,一个长颈子的高军官绕过火,走近道洛号夫。

"是你,克来芒?"他说,"鬼从哪里……"但他未说完,知道了自己的错误,并轻轻皱眉,好像和生人一样,向道洛号夫问好,问道洛号夫,他可以为他做什么。道洛号夫说,他是和同伴追赶部队,并且向着大家,问军官们可知道第六团的情形,没有人知道任何情形。彼洽觉得军官们仇视地、怀疑地在看他和道洛号夫。大家沉默了几秒钟。

"你若是打算吃晚饭,你来得太迟了。"火那边的人声说,带着抑制的笑声。

道洛号夫回答说,他们吃饱了,他们还要赶夜路。

他把马交给搅汤锅的兵,在火边长颈军官的身边蹲下来。这个军官眼不离开地看着道洛号夫,又问他,他是哪一团的。道洛号夫未回答,好像未听到问题,吸着从荷包里取出的法国烟斗,问军官前面道路是否没有卡萨克兵的危险。

"处处是盗匪。"军官在火那边回答。

道洛号夫说,卡萨克兵只对于像他和他的同伴这样的落伍者才是可怕的,但对于大部队,卡萨克兵也许不敢出击。他这么疑问地说,没有人回答他什么。

"好,现在他要走了。"彼洽时时这么想,立在火边听他说话。

但道洛号夫又开始了中断的话,直接地问他们一营有多少人,有多少营,多少俘虏。问到他们部队中的俄国俘虏,道洛号夫说:

"把这些尸首拖在身边是可嫌的事情,顶好是把这些家伙枪毙了。"他大声地发出同样稀奇的笑声,彼洽觉得法国人会立刻识破奸诈,不禁离开火边。没有人回答道洛号夫的话声和笑声,一个未被看见的法国军官(他裹着大衣躺着)坐起向同伴说了什么,道洛号夫立起，叫牵马的兵。

"他们给不给马呢？"彼洽想，不禁靠近道洛号夫。

他们给了马。

"再会，诸位。"道洛号夫说。

彼洽想说"再会"，却说不出口。军官们彼此低声在说什么。道洛号夫好久才骑上站立不定的马，然后缓步走出门。彼洽在他身后，想看却不敢回顾法国人是否在追赶他们。

上了路，道洛号夫不越过田野，却顺着乡村走。他在一个地方站住静听。

"听见吗？"他说。

彼洽辨出俄国人话声，看见火边俄国俘虏们的黑影。下到桥边，彼洽和道洛号夫走过哨兵身边，回到卡萨克兵等候的山坳处，哨兵一言未发，忧郁地在桥上徘徊。

"好，现在，再会，告诉皆尼索夫，明天清早，凭第一个枪声。"道洛号夫说过，想走开，但彼洽抓住他胛膊。

"不要走，"他喊叫，"你是这样的英雄！啊，多么好！多么好！我多么爱你！"

"好了，好了。"道洛号夫说，但彼洽不放他，道洛号夫在黑暗中看见彼洽向他倾斜着，他想吻他。道洛号夫吻了他，笑着掉转马首，消失在黑暗中。

十

回到守屋,彼洽在门前看见皆尼索夫。皆尼索夫对于自己感到兴奋、不安、烦恼,因为放走了彼洽。他在等候他。

"谢谢上帝!"他喊叫。"感谢上帝!"他又说,听着彼洽喜悦的叙述。"鬼抓你,我为你没有睡!"皆尼索夫说,"好,感谢上帝,现在去睡。还可以睡到天亮。"

"是……不,"彼洽说,"我还不想睡。并且我知道我自己,假使睡着了,就都完结了。因此我惯于战前不睡。"

彼洽在屋子里坐了一会儿,愉悦地回想着他出行的详情,并生动地设想明天将发生的事情。后来,看到皆尼索夫睡了,他立起走进院子。

院里还是完全黑暗。雨已止,但水点还从树上滴下。在屋子的附近，可见卡萨克兵小屋的黑影和系在一处的马。在小屋的旁边有两辆辎重车的黑影，马立在车边，在凹处将熄的火尚发红。卡萨克兵与骠骑兵没有安睡。有些地方，在水滴声及附近马嚼声之间，可以听到低微的好像低语的声音。

彼洽从门廊走出，看着黑暗中，走近辎重车。有谁在车下打鼾，在旁边立着有鞍的嚼燕麦的马。在黑暗中彼洽认得自己的马，走近马旁，他称它卡拉巴黑[1]，其实它是小俄罗斯的马。

"好，卡拉巴黑，明天我们要立功了。"他说，嗅它鼻孔，并吻它。

"怎么大人还未睡？"一坐在辎重车下的卡萨克兵说。

"没有，但……利哈切夫，似乎你是叫这名字吧？你晓得我是刚刚到的。我们到了法国人那里。"于是彼洽不仅详细地向卡萨克兵说了他的出行，还说了他为什么要去，为什么他认为最好是冒自己生命的危险，胜过随从做事。

"那么，要睡一下了。"卡萨克兵说。

"不要，我弄惯了。"彼洽回答，"为什么你枪里的燧石用不完？我带了一点。你要吗？你拿。"

卡萨克兵从车上伸头出来，以便近看彼洽。

"因为我惯于精确地做一切事情，"彼洽说，"有的人，事后不准备，后来懊悔。我不喜欢这样。"

"正是。"卡萨克兵说。

---

[1] 高加索南部产马之处。——毛

"还有一件事,好朋友,请你把我的军刀磨快,钝了(但彼洽怕说谎,它从来没有开过口),你能做吗?"

"怎么不能,能做。"

利哈切夫站起,在行李中摸索,于是彼洽立刻听到钢与砥石的战斗声。他爬到车上,坐在车边。卡萨克兵在车下磨军刀。

"勇士们都睡了吗?"彼洽说。

"有的睡着,有的还是醒着。"

"那个小孩怎样?"

"维三尼吗?他躺在门廊,睡了。他很快乐。"

然后彼洽沉默了很久,听着声音,在黑暗中听到了脚步声,出现了一个黑影子。

"你在磨什么?"走近车旁的人问。

"替这位大人在磨军刀。"

"好事情,"这个人说,彼洽觉得他是骠骑兵,"茶杯丢在你这里吗?"

"在车轮子那边。"

骠骑兵拾起茶杯。"天快亮了。"他说,打着哈欠走去。

彼洽应该知道他是在森林里,在皆尼索夫的部队里,离大路只有一里,他是坐在夺自法军的辎重车上。车旁系了马,在他下边,卡萨克兵利哈切夫为他在磨军刀,右边的大黑点子是守屋,左边下面的红亮点子是将熄的火,来取茶杯的人是骠骑兵,他想喝水。但他什么也不知道,也不想知道。他在仙境里,那里的一切皆不与现实相同。大黑点子也许确是守屋,但也许是一个穴,它直达地心。红点子也许是火,也许是大怪物的眼睛。也许他现在正坐在辎重车上,但很可能的,他不是坐在车上,而是坐在极高的塔上,假若从那上面跌下来,他便向地上飞,整天,整月——尽飞而永远飞不到地上。也许在车下只坐着卡萨克兵利哈切夫,但很可能,他是世界上最善良、最勇敢、最奇怪、最光荣的人,没有人知道他是谁。也许真是一个骠骑兵来取水,走到凹处,但也许他不见了,完全消失了,他不存在了。

无论彼洽现在看见什么,没有任何东西惊动他。他是在仙境中,在这里一切是可能的。

他看天,天和地一样,是仙境的。天上清朗了,云在树顶迅速飞驰,似乎是重露出星子。有时似乎是天空清朗了,露出黑色清楚的天空。有时这些黑点子似乎是云。有时似乎天升高,高升在头上,有时似乎天下降,甚至手可以触到。

彼洽开始闭眼点头。

水点下滴。有低语声。马嘶斗。有人打鼾。

"呵啥咯,啥咯,呵啥咯,啥咯……"被磨的刀响着。忽然彼洽听到和谐的音乐队,奏着某种不可知的、庄严的、美丽的调子。彼洽性近音乐,一如娜塔莎,甚于尼考拉,但他从未学习音乐,不想到音乐,因此他忽然听到的旋律使他觉得特别新鲜而动人。音乐声更加清晰起来,调声提高,各乐器轮流演奏。奏了所谓追逸曲,但彼洽却毫不懂得追逸曲是什么。每种乐器——有的像提琴,有的像笛子,但比提琴与笛子更好、更干净——每种乐器奏着自己的调子,未奏旋律,既和另一种开始几乎是一样的调子的乐器混合,又和第三种、第四种混合,所有的乐器合奏一调,又分开,又合,有时是庄严的教堂音乐,有时是响亮的光明而胜利的调子。

"啊,是的,我一定在做梦,"彼洽头向前点,对自己说,"它在我的耳朵里,也许这是我的音乐。来,再来,奏我的音乐!来!……"

他闭了眼。从各方面,好像是从远处,震荡着乐声,开始了演奏,分散,和合,又合奏同样美丽而庄严的调子。"啊,这是多么美妙!正如我所希望的。"彼洽向自己说。他试行指导这个大音乐队。

"啊,低一点,低一点,现在低一点。"乐音听从了他。"啊,现在高一点,愉快一点。还,还快乐一点。"于是从不可知的深处发出加强的胜利的乐音。"好,歌声加入!"彼洽命令。开始从远处传来男子的声音,然后是女子的声音。声音增高韵律的胜利的高音。彼洽惊讶地、喜悦地听着它们非常的美处。

歌声与庄严胜利的前进曲混合起来,水点下滴,军刀啥咯、啥咯、啥咯……响着,马又相斗、嘶鸣,但不扰乱音乐,却和着音乐。

彼洽不知道这个经过了多久时间,他自乐,一直诧异着自己的喜乐,并可惜无人与他共乐。他被利哈切夫和善的声音唤醒。

"好了,大人,你可以砍断法国兵了。"

彼洽醒了。

"已经天亮了,天真亮了!"他喊叫。

先前看不见的马现在可以从头到尾看得见,从枯枝间可见如水的光。彼洽振作了精神,跳起,从荷包中取出一个银卢布给了利哈切夫,挥了一下,试了试刀,装入鞘里。卡萨克兵解了马,系紧肚带。

"司令来了。"利哈切夫说。

皆尼索夫从屋里走出,呼叫彼洽命他准备。

十一

他们在朦胧中迅速地牵了马,勒了肚带,散为数小队。皆尼索夫站在守屋前,下最后的命令。步兵踏着几百只腿,顺道路向前行,不久即在朝雾里的树林中消失了。卡萨克民兵队长向卡萨克兵命令了什么。彼洽扶着马鞍,不耐烦地等候上马的命令。用冷水洗过的脸,尤其是眼睛,发出火光,凉气通过了他的背,在他的全身有什么东西迅速地、韵律地颤动了一下。

"好,大家一切都准备好了吗?"皆尼索夫说,"带马。"

有人牵了马来。皆尼索夫向卡萨克兵发火,因为肚带太松,他骑时责骂他。彼洽踏上脚镫,马习惯地好像要咬他的腿,但彼洽不感觉自己的重量,迅速跳上坐鞍,看着从黑暗中走出向前来的骠骑兵,他走近皆尼索夫。

"发西利·德米特锐支,你给我一点使命吗?请……上帝……"他说。皆尼索夫似乎忘记了彼洽的存在,他看了看他。

"我要求你一件事,"他严厉地说,"听我命令,莫乱跑。"

一路上皆尼索夫未同彼洽再说话,沉默地前进。到森林边际的时候,田野上已觉天明。皆尼索夫与卡萨克兵队长低声地说了什么,于是卡萨克兵开始从彼洽及皆尼索夫身边走过。当他们都走过去时,皆尼索夫刺动坐骑下山。马的后部低着,滑移着,驮乘坐者下到山坳处。彼洽和皆尼索夫并驰。他全身的颤动加剧。天色更亮,但雾气遮隐了远处的物体。下了山,向四周看了一下,皆尼索夫向身旁的卡萨克兵点头。

"信号!"他说。卡萨克兵举手放枪。顷刻之间,他们听到前奔的蹄声、各方面叫声和更多的枪声。

在初有蹄声与叫声的顷刻之间,彼洽打马,纵缰,不听从向他喊叫的皆尼索夫,直向前奔。彼洽似乎觉得听枪声时,天色忽然完全明亮,有如中午。他奔到桥边,卡萨克兵在桥上向前奔跑。在桥上他撞了一个落后的卡萨克兵,他向前奔。前面有人——一定是法兵——从路右向路左跑。有一个跌在彼洽马蹄下的污泥里。

卡萨克兵挤在一个小屋做什么。在人群中发出可怕的叫声。彼洽跑到这个人群前,第一时间他看见的是苍白的下巴打战的法国人面孔,他抱着刺他的枪杆。

"乌拉!弟兄们……我们的……"彼洽喊叫,放纵兴奋的马,向村街上前奔。

前面听到枪声。卡萨克兵、骠骑兵和褴褛的俄国俘虏（从道路的两边奔跑着）都大声断续地喊叫着什么。一个勇猛的、没有帽子的、面红而皱蹙的、穿蓝外衣的法国人，用刺刀在抵抗骠骑兵。彼恰跑到时，法国人已倒下。"又迟了。"在彼恰心中闪过，于是他奔往枪声密集的地方。枪声从昨夜他与道洛号夫所到过的地主家院中发出。法兵埋伏在长着繁茂灌木的、有篱笆的园里，射击挤在门边的卡萨克兵。到了门边，彼恰在火药烟气中看见道洛号夫苍白发绿的脸，他向兵士喊着什么。"包围！等候步兵！"在彼恰走近他时，他这么叫。

"等候……乌拉……"彼恰喊叫，一点也不迟疑，便跑到发出枪声而药烟最密的地方。发出了一排枪，密集的子弹飞过，击中了什么。卡萨克兵和道洛号夫在彼恰的身后跑进了门。在卷动的密烟中的法兵有的抛了武器，跑出灌木，迎接卡萨克兵，有的向山下池子跑。彼恰在马上绕着院子跑，他不约住缰勒，却奇怪地迅速挥动双手，从鞍子上渐渐向一边倾斜，马跑到晨光中将燃尽的火上站住，彼恰沉重地跌在湿地上。卡萨克兵看见他的手脚迅速地打战，但他的头不动，枪弹打穿了他的头。

一个法国的上级军官从屋里走出，在刀上扎了一个手巾，他声明他们投降，道洛号夫和他说了几句话，即下马走近不动的、伸臂的、躺卧的彼恰。

"完了。"他皱眉说，走到大门去迎接骑马向他走来的皆尼索夫。

"打死了吗？"皆尼索夫喊叫，远远地便看见他所熟识的确实无生气的彼恰卧倒的样子。

"完了。"道洛号夫又说,似乎说出了这话,便使他满意。他迅速地走近被匆忙的卡萨克兵所包围的俘虏们。他向皆尼索夫喊叫:"我们不带走他们!"

皆尼索夫未回答,他走近彼洽,下了马,用颤抖的手向自己转过彼洽的沾染泥血的已白的脸。

"我喜欢甜东西。顶好的葡萄干,都拿着。"他想了起来。卡萨克兵惊异地注视好像狗吠的声音,皆尼索夫发过这种声音,迅速转去,走到篱笆前抓住篱笆。

在皆尼索夫与道洛号夫所救的俄国俘虏之中有彼挨尔·别素号夫。

十二

关于彼挨尔在内的那一群俘虏,自从离开莫斯科后,即不再从法国司令官方面发出任何新命令。十月二十二日,这群俘虏已不和那些一同离开莫斯科的军队及辎重车在一起。一半车辆装着饼干,在行路的初期走在他们后边,已被卡萨克兵夺去,另一半车辆走在前面。走在前面的步行的骑兵已经一个都不存在了,他们全消失了。起初看得见走在前面的炮兵,现在换为尤诺将军的巨大行李的车辆,有韦斯特腓利亚兵护送。在俘虏后边是骑兵辎重车。

先前成三纵队的法军,离维亚倚马后,只成为一个团体。彼挨尔离莫斯科后在第一个休息处所见的没有秩序的情形,现在达到了极点。

在他们所经过的道路两边都有死马，各队落伍的褴褛的兵士们不断地变换着，有时加入别队，有时又在前进的纵队中落下。

在行军时，有过几次虚惊，护送兵举枪射击，直向前奔，互相拥挤，后来又集合，因虚惊而互相责骂。

这三个团体同阵行走——骑兵输送队、俘虏护送队、尤诺的行李队——仍然合成单独的整个的团体，但三个团体都迅速地化小。

在骑兵输送队中，开始是一百二十辆，现在所余不过六十辆，其余的或被夺去，或被抛弃。在尤诺的行李队中也有几辆车被丢弃或夺去。从日耳曼人的谈话中彼埃尔听到，这个行李队所有的卫兵比俘虏们的卫兵还多，他们的一个同伴，日耳曼兵，奉将军本人的命令，被枪毙，因为发现这个兵有一柄属于将军的银勺子。

三个团体中浓缩最甚的，是俘虏的护送队。出莫斯科时是三百三十人，现在所余不足一百。俘虏们的骑兵运送队的马鞍及尤诺的行李车拖累护送队。马鞍及尤诺的勺子，他们知道也许有点用，但为什么用饥寒的兵作哨兵看守同样的俄国人，他们在路上死去，落伍，并奉命令被枪毙——这不仅是不可解的，而且是可厌的。护送兵似乎是怕在他们自己所处的那种不幸的地位中，对于俘虏表示心中的同情而变坏自己的地位，因此对待他们特别不快而严厉。

在道罗高部什，当护送兵把俘虏们关在马厩里而去抢劫自己的仓库时，有几个被俘虏的兵在墙下掘洞逃走，但被法兵抓回枪毙了。

先前出莫斯科时的秩序——俘虏的军官与兵士分开——早已被破坏。所有能走的都走在一起，而彼埃尔在第三站的时候已经又和卡拉他耶夫及紫灰色弯腿而以卡拉他耶夫为主人的狗合在一起。

在离莫斯科的第三天，卡拉他耶夫又发生了使他躺在莫斯科病院里的那个热病。因为卡拉他耶夫的衰弱，彼挨尔远离了他。彼挨尔不知道为什么，但自从卡拉他耶夫生病时，彼挨尔即不愿自己走近他。走近他时，听到卡拉他耶夫在休息处通常躺卧时所发的低吟声，闻到卡拉他耶夫发出的强烈的气味，彼挨尔离他更远，不再想他。

在棚里，在囚禁中，彼挨尔不由于智愚，而由于他整个的身心、他的生命，知道人是为快乐而创造的，快乐是在人的本身，是在自然的人性的要求的满足，知道忧愁不发生于缺乏，而是由于过多。但现在，在最近三周的行程中，他又知道了新的安慰的真理——他知道在世界上没有东西可怕。他知道世界上没有一种环境让人快乐和完全自由，同样地也没有一种环境让人完全忧愁而不自由；他知道痛苦有限度，自由有限度，而这种限度是很近的；他知道，因为蔷薇花损了一半而痛苦的人，正如同他现在所受的痛苦，他睡在潮湿土地上，一边寒冷，一边温暖；他知道，当他穿狭小的跳舞鞋，他所受的苦正和现在一样，他此刻完全赤足行走（他的鞋子已破碎），有许多痛处；他知道，当他凭自己的意志——他这么觉得——娶了妻室的时候，他并不比现在关在马厩里过夜更为自由。在他后来称为痛苦而当时毫不感觉的一切之中，最主要的是光的、伤痛的、有泡的脚。马肉是鲜美而滋养的，用来代盐的火药的硝味更加如意，不再有大寒冷，白天行军时总是暖，夜晚有营火，咬他的虱子使他身体发暖。在起初唯一痛苦的事——就是脚。

在行军的第二天，彼挨尔在火边察看痛处时，觉得他的脚不能行走了；但当大家都立起时，他又跛着行走。后来，当他发暖时，他便行走无痛苦,不过晚间看脚时更为可怕。但他不看脚,却想到别的事。

彼埃尔现在才认识人类的全部活力和人类所有的改变注意的安全力,好像汽锅上的安全瓣,在气压超过某一点时,即放走多余的蒸汽。

他不看也不听他们如何枪毙了落伍的俘虏,虽然他们当中这样丧命的已过百人。他不想到卡拉他耶夫,他一天一天地病重,显然不久也要受到同样的运命。彼埃尔更少想到自己,他的地位愈困难,他的前途愈可怕,和他所处的这种地位愈无关系的是他的愉快安慰的思想、回忆与想象。

十三

二十二日中午，彼挨尔走在泞滑的山道上，看着自己的脚和道路的崎岖。他有时看四周的熟识的人群，又看自己的脚。这两样东西都同样是他的，是他所熟识的。紫色弯腿的灰狗愉快地在路边跑，有时，它表示自己的伶俐与满意，举起一条后腿，用三条腿跳动，然后又用四条腿逃走，吠着奔向臭尸上的乌鸦。灰狗比在莫斯科时更愉快，更光润。处处横陈着各种生物——从人到马的肉体在各级的腐烂中，行走的兵阻狼行近，因此灰狗可以尽量吃饱。

小雨从早下起，好像就要停止，天空就要清朗，在稍停之后，雨下得更大。落满了雨水的道路不再能容纳，水流顺着辙迹淌。

彼挨尔看着两边向前行，成三地数脚步曲手指。他心中向雨说：

"下吧，还下，还下大一点。"

他觉得他什么也不在想，但在他心中的深远处想到重要的、安慰的东西。这东西是他昨晚与卡拉他耶夫谈话的最细致的精神的结论。

昨晚在休息处将熄的火边感觉寒冷，彼挨尔站起，走到最近的较大的营火。在他所走到的火边，坐着卜拉东，他用大衣裹了头，好像袈裟一样，用他善变的、动人的，然而软弱的、带病的声音，向兵士说彼挨尔所知道的故事。已经过了子夜，这是卡拉他耶夫通常度过了热烧的时候，他特别有生气。走到火前，听见卜拉东软弱有病的声音，看见他的被火光照亮的可怜的面孔，彼挨尔觉得心中有什么东西使他痛苦。他因为自己对这人的怜悯而惊吓，他想走开，但没有别的火，于是彼挨尔坐在火边，打算不看卜拉东。

"啊，你的身体怎么样？"他问。

"身体怎么吗？对疾病流泪，上帝就不给你死。"卡拉他耶夫说，立刻又回到已开始的故事。

"……这样，我的老兄，"卜拉东瘦白的脸上带笑地说，他眼里有特别的快乐的光芒，"这样，我的老兄……"

彼挨尔早已知道这个故事，卡拉他耶夫向他一个人说过六次，总是带着特别快乐的情绪。但彼挨尔虽然很了解这个故事，他现在却也静听，好像是听什么新的故事，而卡拉他耶夫说话时所显然感觉到的那种微弱的喜悦传染了彼挨尔。这个故事是关于一个老商人，他富足地、畏神地和他的家庭生活着，有一天他和一个富商结伴去马卡利。

两个商人住在旅店里睡觉，第二天，发现了同伴被割断咽喉，被盗。有血的刀在老商人的枕下找了出来。他们审问了老商人，判决鞭答,并割开鼻孔——卡拉他耶夫说,按照次序——罚做苦工。

"这样,我的老兄(彼挨尔从这里听起),过了十年或者更多的年数,老人在苦工中生活。他能顺从,不做错事,只是向上帝求死。很好,夜晚他们集合了,那些做苦工的犯人,就同你我在这里一样,老人和他们在一起。于是谈到谁因为何事而痛苦,有什么事得罪了上帝。他们开始说,有的说他杀死了一个人,有的说杀死了两个,有的说他放火,有的说他是流氓,没有别的。他们开始问老人,他们说:'老爹爹,你为什么痛苦?'他说:'亲爱的弟兄们,我为自己,为别人的罪过而痛苦。我未杀任何人,未拿别人的东西,除了我向贫穷弟兄们施舍。亲爱的弟兄们,我是商人,我有很大的财富。'他说了这样和那样,他向他们说了事情的经过。他说:'我不为自己悲伤,上帝侦察了我。'他说:'我只为老妻和小孩们可惜。'于是老人流泪。碰巧,那个杀富商的人正在他们当中。他说:'老爹爹,这事是在哪里发生的?什么时候,哪个月?'他问了一切,他的心痛苦。他这样地走近老人——趴在他脚下。他说:'老人,你为我丧失了幸福。'他说:'这是真正的事实,诸位,这个人没有罪,凭空受苦。'他说:'我做了这件事,我把刀放在他睡觉的枕头下。'他说:'老爹爹,请你饶恕我,为了基督的缘故。'"

卡拉他耶夫沉默,愉快地笑,看着火,理着柴。

"老人说,上帝饶恕你,他说:'我们都是上帝面前的罪人,我为自己的罪过而痛苦。'他流着痛苦的眼泪。你觉得如何,亲爱的?"卡拉他耶夫说,他的喜悦的笑容变得更加明显,似乎故事的主要美处与全部意义包括在他现在所要说的话中,"你觉得如何,亲爱的,这个凶手向警察自首。他说：'我杀过六个人（他是一个大盗），但我最可怜这个老人，不要让他因为我而流泪了。'他自首了，他们写了下来，送了一纸公文到应送的地方。地方很远，于是有了审判，他们合宜地写了所有的文件，我是指当局，送到沙皇的面前。于是有了御旨：释放商人，给了他判决的那么多的补偿。文书到了，他们寻找老人。这个无罪凭空受痛苦的老人哪里去了？沙皇的御旨到了。他们寻找他。"卡拉他耶夫的下巴打战。"但上帝已经饶恕了他，他死了。这样，亲爱的。"卡拉他耶夫结束了，沉默地笑着，对前面看了很久。

不是故事本身，而是它的神秘意义，卡拉他耶夫说故事时脸上的那种狂喜的快乐，这种快乐的神秘意义现在模糊地、快乐地充满了彼挨尔的心。

十四

"站好!"声音忽然喊叫。

在俘虏与护送兵之间发生愉快的骚动和对于幸福庄严东西的希望。各方面发出命令声,从左边跑来一队穿好衣、乘好马的骑兵,绕过俘虏。在所有的面孔上都有紧张的表情,这是当有大权的人来临时人们所常有的。俘虏们拥成一团,撞出路外,护送兵排成了行列。

"皇帝! 皇帝! 将军! 公爵!"煊赫的护送兵刚刚走过,便驰过一辆灰色六马的车。彼挨尔窥见戴三角帽的人的安详、美丽、肥白的脸,这人是将军之一。将军的目光注意在彼挨尔高大显目的身体上,在将军皱眉转过脸时的表情中,彼挨尔似乎感觉到同情与遮隐同情的愿望。

指挥输送队的将军带着红色惊惶的面孔,鞭打瘦马,追赶马车。

有几个军官聚在一起,兵士们围绕着他们,都带了兴奋紧张的面孔。

"他说了什么?他说了什么?"彼挨尔听到。

在将军走过的时候,俘虏们挤成一团,彼挨尔看见了今早尚未见面的卡拉他耶夫。卡拉他耶夫披了大衣坐着,倚靠着桦树。他的脸上,除了在他昨夜说商人无辜受苦故事时的快乐情绪外,还显出了平静的庄严表情。

卡拉他耶夫用善良的,此时含泪的圆眼睛看彼挨尔,显然是要他到自己面前去,想说什么。但彼挨尔为自己觉得可怕,他做得好像没有看见他的目光,匆忙地走开。

俘虏们又动时,彼挨尔向后看了一下。卡拉他耶夫坐在路旁桦树下,有两个法国人在同他说话。彼挨尔不再看,跛着向山上走。

后边从卡拉他耶夫所坐的地方传来枪声。彼挨尔清晰地听到这枪声,但正在他听到这声音的时候,彼挨尔想起他还未数完到斯摩楞斯克还有多少站,这计数是他在将军经过之前开始的,于是他开始计算。两个法兵跑过彼挨尔身边,其中之一拿着一把冒烟的枪。两人都苍白,他们脸上的表情——其中之一羞怯地看彼挨尔——好像他在行刑时,在年轻兵士的脸上所见过的。彼挨尔看兵,想起这个兵三天前如何在火边烘烤烧了自己衬衣,如何大家笑他。

狗在后边卡拉他耶夫所坐的地方吠叫。"这样呆的东西,它为什么吠呢?"彼挨尔想。

和彼挨尔同行的兵士及同伴,与他一样地不看发出枪声的及后来狗吠的地方,但严肃的表情显露在大家的脸上。

十五

骑兵运输队、俘虏和将军的行李队停在沙姆涉佛村，都在火边挤成一团。彼挨尔走到火边，吃了烤马肉，背向火躺着，立刻睡着了。他又睡得像他于保罗既诺战役后在莫沙益司克所睡的那样。

现实的事件又和梦境混合，又有人（他自己或者别人）向他说了思想，甚至说了在莫沙益司克向他所说过的思想。

"生命是一切，生命是上帝。一切皆变化而运动，这种运动就是上帝在有生命的时候，即有认识上帝的快乐。爱生命，爱上帝。最困难、最幸福的事，是在自己的痛苦中、在无辜的痛苦中爱这个生命。"

"卡拉他耶夫！"彼挨尔想起来。

彼挨尔忽然想起如生的久忘的文雅老教师，他在瑞士教过彼挨尔地理。"等一下。"老人说。他指示彼挨尔看地球，这个地球是生动的，颤动的球，没有定型。地球的表面是由许多互相密集的点合成的。这些点子都在运动，都在变化，有时几个合成一个，有时一个分为几个。每个点子力图扩张，占有最大的空间，但别的也作同样的企图，挤压这个点子，有时将它消灭，有时与它合并。

"这是生命。"老教师曾经这么说。

"这是多么简单，多么明显，"彼挨尔想，"我怎么从前不知道。"

"上帝在当中，每个点子力图扩张，以便在最大的范围内反映上帝。它生长，被合并，被挤出，在表面上消灭，沉到深处，它又浮起。卡拉他耶夫也如此，他溢满，他消灭。"

"你懂吗，我的孩子。"教师说。

"你懂了，见鬼。"声音喊叫，彼挨尔醒转。

他爬起坐住。蹲在火边的法兵刚刚推开一个俄国兵，在枪把上烤肉。有筋的、卷袖的、多毛的、短指的红手，伶俐地转动枪托。他的棕色忧郁的有蹙眉的脸在火光中可以清楚地看见。

"这对于他都是一样，"他迅速向他身边的兵低声说……"强盗，去！"转动枪托的兵忧郁地看彼挨尔。彼挨尔转过身看着黑暗中。一个俘虏俄兵，即被法兵推动的，坐在火边，用手在拍什么。拢近了看，彼挨尔认出紫灰狗摆着尾子坐在兵旁边。

"啊，它来了？"彼挨尔说。"啊，卜拉……"他开始，却未说完。在他的想象中，忽然同时彼此地想起了卡拉他耶夫坐在树下看他时的目光，在那个地方发出的枪声，狗的吠叫，两个跑过他身边的法兵的有罪的面孔，冒烟的枪。卡拉他耶夫不在这个休息处，并且他已准备承认卡拉他耶夫死了,但同时在他心中,天晓得从哪里发生了这个回忆:有一个夏天的晚上,他和一个美丽的波兰妇人在他的基也夫屋子的阳台上。虽然未连接当天的印象,未在这些印象上作结论,彼挨尔却闭了眼,而夏晚的情景混合了洗澡与颤动的液体球的印象,他似乎沉在水中,水淹盖了他的头。

在日出之前,响亮密集的枪声与叫声将他惊醒,法兵从彼挨尔身边跑过。

"卡萨克兵!"他们当中有一个人喊叫。一分钟后,有一群俄兵围绕着彼挨尔。

彼挨尔好久不能明白他发生了什么事,他听到各方面同伴们的哭声。

"弟兄们!我的同胞们,弟兄们!"老兵搂抱卡萨克兵与骠骑兵时,哭着喊叫。骠骑兵与卡萨克兵环绕了俘虏们,忙着给他们衣服、鞋子、面包。彼挨尔坐在他们当中哭,不能说出一个字,他抱着第一个走近他的兵,哭着吻他。

道洛号夫站在一座破房子的门口,让一群解除武装的法兵从身边走过。法兵因所发生的一切而兴奋,彼此大声地说着。但当他们经过道洛号夫身边时,他用鞭子轻轻地敲靴子,用冷淡、透明、不赞成任何事的目光看他们——他们的话声沉默了。道洛号夫的卡萨克兵站在另一边计算俘虏数目,用粉笔在大门上画百数。

"多少?"道洛号夫问数俘虏的卡萨克兵。

"二百。"卡萨克兵回答。

"走开,走开。"道洛号夫从法文中选出这个词来说。当他和经过的俘虏的目光交遇时,他的眼睛射出残忍的光芒。

皆尼索夫带着忧郁的面孔,脱了高帽子,走在卡萨克兵后边,他们把罗斯托夫·彼洽的尸体抬到园中新掘的坑前。

十六

自十月二十八日严寒开始后，法军的逃亡更显得悲惨。有的人冻死或在火旁烤死，而皇帝、国王和公爵们仍然穿军皮衣，带了抢得的财宝，乘轿车跑走。但事实上，逃亡的和法军崩溃的程序自出莫斯科后毫未改变。

自莫斯科至维亚倚马，在七万三千法军中（卫队在外，他们在全部战争中，除了抢劫，未做任何事情），只剩下三万六七千人（其中死于战场的不到五千）。这是级数的第一项，以下各项决定于这个级数，它有算学般的精确。法军自莫斯科至维亚倚马，自维亚倚马至斯摩楞斯克，自斯摩楞斯克至柏来西那，自柏来西那至维尔那，皆按照这个比率而溶化、消灭，而无关于寒度的大小、追赶、阻截及所有的其他单独的情形。在维亚倚马之后,法军不成三纵队,却合成一团,他们如是直到结尾。柏提埃曾报告他的皇帝(我们知道司令官们描写军队情形是如何让他们自己远离事实)。他写道:

> 我觉得我应该向陛下报告,我于最近两三日内在各站所见的各军团的情形。他们几乎是溃散了,留在各部队旗帜下的兵不足四分之一,其余的任意走至各处,企图寻得食物,逃避纪律。他们都只想到了斯摩楞斯克去休息。近日来还发现许多兵士抛去药弹与武器。在这种情形之下,无论陛下将来的计划如何,为了陛下职务上的利益,必须在斯摩楞斯克集合大军,并去除无用之人,例如步行的骑兵、无用的行李与一部分炮兵,他们现在和步兵的数目不相称。此外,兵士们必须有数日的休息和给养,兵士为饥饿与疲倦所消耗,近来有许多兵死在路上和露营里。这种情形继续加剧,使我们担心,假使不用迅速方法加以补救,我们即不能在战斗时指挥军队。十一月九日,距斯摩楞斯克三十里。

拥入了他们心目中的福地斯摩楞斯克,法兵为了食物而互相屠杀,抢劫自己的仓库,在一切都被抢光时,又向前跑。

都向前跑,他们都不知道向何处去,为何而去。这个天才拿破仑比别人知道更少,因为没有人命令他。但他和他身边的人仍然遵守他们的旧习惯:下命令,写信,写报告,安排议事日程,彼此称呼:陛下、我兄、爱克牟克亲王、那不勒王等等。但命令与报告都只是纸上的,没有一件事得到执行,因为不能执行,虽然彼此称呼陛下、大人、仁兄,但他们都觉得他们是可怜的、可厌的人,做了许多坏事,现在为了这些坏事在付代价。虽然他们伪作挂念军队,他们却只想到各人自己,想到如何赶快逃走出险。

十七

　　从莫斯科退却到聂门时,俄军与法军的行为正似玩盲人游戏。在这种游戏里两人都蒙了眼,有一个时时摇铃,向捉捕者报告自己的地方。开始被捕者摇铃,不怕敌方,但当他处在困难中时,他企图无声地走开,离开敌方,并且常常以为是跑开了,却一直走到敌手的怀抱里。开始拿破仑军队还让人知道他们的地方——这是在卡卢加道路上初期运动中的情形——但后来选了斯摩楞斯克道路,他们便用手握着铃舌而奔跑,并且常常以为他们跑开了,却直向俄军奔跑。

　　由于法军奔跑及俄军追赶的速度,以及因此而有的马匹消耗,密切伺察敌军地位的主要工具——骑兵的巡逻——是没有的。此外由于两军地位时常迅速改变,任何情报不能适时到达。假使在二日来了情报说敌军一日在某处，则三日，在可以有所作为时，这个军队已经走了两站，而在完全不同的地位中。

一军奔跑，另一军追赶。自斯摩楞斯克，法军有许多条路可以选择，似乎在那里停留了四天，法军可以知道敌人何在，做出有利的计划，做出新的举动。但在四天的休息后，他的人群又向前跑，不向左，不向右，却没有任何策略与计划，顺着旧的最坏的道路，顺着克拉斯诺与奥尔沙——顺着踏成的道路。

以为敌人在后面不在前，法军奔跑，伸展，彼此相隔二十四小时的距离。跑在最前面的是皇帝，然后是国王，然后是公爵。俄军以为拿破仑将取德涅卜尔右边的道路——这是唯一合理的道路——也向右转，上了克拉斯诺大道。这里，好像在盲人游戏中，法军撞上了俄军的前卫。意外地看到敌人，法军混乱了，因惊恐意外而停顿，但后来又逃跑，抛弃了追随的同伴们在身后。这里，好像是穿过俄军的阵线，在三天之内，先后走过了法军分离的各部队，起初是总督的军队，其次是大富的，其次是奈伊的。他们互相抛弃，抛弃了所有自己的笨重行李、大炮、一半的兵士，向前奔跑，在夜间，从左边用半圆形绕过俄军。

奈伊走在最后，因为（不顾他们不幸的地位，或者正因为如此，他们殴打碰伤他们的地板）他忙着炸毁不妨碍任何人的斯摩楞斯克城墙——奈伊走在最后，带了一万人的军团，跑到奥尔沙见拿破仑时，只剩了一千人。他抛弃了所有其余的人、所有的炮，夜间偷偷地在森林里渡过德涅卜尔河。

自奥尔沙顺大路跑到维尔那时，他们仍然还在向追军做盲人游戏。在柏来西那又混乱了,淹死许多,投降许多,渡过河的便向前跑。他们的首领穿皮衣,坐橇车,独自奔跑,丢下同伴。能跑走的——都跑走,不能跑走的——投降或死去。

十八

　　似乎在法军的逃跑中,他们尽可能地做了一切,以便自促灭亡。自转上卡卢加道路上开始,直到首领跑开军队,这个团体的运动没一次有丝毫意义——似乎对于这个时期的战事,历史家们(他们以为群众的行动是由于个人的意志)也不能用他们的学说来描写这个退却。关于这个战事,有历史家所写的如山的书籍,处处皆描写了拿破仑的布置和他的周密的计划——指挥军队的策略,他的将军们的天才布置。

　　在拿破仑面前有道路通达富庶之区,在他面前有平行的道路(后来库图索夫顺着这条路追他),这时他自马洛－雅罗斯拉维次的退却,不需要顺荒凉道路的退却——向我们说明,是按照各种周密的考虑。他自斯摩楞斯克到奥尔沙的退却，也被描写是按照同样的周密考虑。后来又描写了他在克拉斯诺的英勇，他似乎准备在那里作战，并亲自指导，他拿着一个桦树杖走着说：

"我做皇帝做够了，现在是做将军的时候了。"虽然如此，似不久之后，他又向前跑，把后边的分散的军队丢给命运去支配。

后来，他们又向我们描写将军们的精神伟大，特别是奈伊，他的精神的伟大是：他夜晚在森林里绕道渡德涅卜尔河，没有了旗帜和炮兵，没有了十分之九的军队，跑到奥尔沙。

伟大的皇帝最后离开英勇的军队，被历史家们向我们写成伟大的天才的事件。甚至这最后的逃跑行为（在常人的言语中所谓最下流的卑鄙，它可以使每一个小孩觉得羞耻），这种行为在历史家的言语中也获得了辩证。

在历史论辩的弹性的线不能再拉长时，在事实已明明违反全体人类所谓善甚至正义时，历史家们还在伟大中找庇护的概念。似乎"伟大"不包括善恶标准。对于伟大的人——没有恶事。可以使伟人有罪的恐怖——是没有的。

"这是伟大！"历史家们说，那时已没有善恶，只有"伟大"与"不伟大"。伟大是善，不伟大是恶。在他们看来，"伟大"是某种特殊人物的特质，这些人被他们称为英雄。拿破仑穿暖和的皮大衣向回奔，不仅离开他的将死的同伴，而且离开（据他的意思）被他带到此地的人，他觉得"这是伟大"，他的心得了安慰。

"崇高与可笑之间只隔一步。"他说（他看到自己的崇高）。全世界在五十年间重述着："崇高！伟大！拿破仑！在崇高与可笑之间只隔一步。"

　　没有人想到，承认不可以善恶衡量的伟大，只是承认自己的空虚与不可衡量的渺小。

　　我们有基督给我们的善恶标准，对于我们没有不可衡量的东西，没有简、善、真的地方，没有伟大。

十九

　　俄国人读到一八一二年战争后期的叙述，不感觉到厌烦、不满与迷惑的闷人情绪，谁也不曾这么自问：全部的三大军队以优势的人数包围了法军时，饥饿、寒冷、溃乱的法军成群地投降时，而（历史告诉我们）俄军目的正是阻止、切断、擒获全部法军时，为何不擒获、不消灭全部法军？如何人数不如法军的俄军作了保罗既诺战役？如何这个军队三方面包围了法军，目的在擒获法军而不能达到目的？我们以优势的力量包围了他们，不能消灭他们，难道是法军还比我们优越吗？如何能够发生了这样的事？

　　历史（叫作历史的东西）回答这个问题说，发生了这件事，是因为库图索夫、托尔马索夫、齐哈高夫，这个人，那个人，不曾执行这个、那个计划。

但为什么他们不执行所有这些计划呢？假使预定的目标未能达到则他们有罪，为什么他们不被审判、不被处罚呢？但假使承认了俄军不成功的责任是在库图索夫、齐哈高夫等人，我们仍然不能了解，为什么在俄军于克拉斯诺及柏来西那所处的那种情形下（在这两个场合里，俄军皆有优势的兵力），在俄军目的是要擒获法军及将军们、国王们和皇帝？

要以库图索夫阻止攻击的话（俄国军史家这么说）来做这个奇怪现象的解释，是没有根据的，因为我们知道库图索夫的意志不能阻止军队在维亚倚马及塔路齐诺作攻击。

为何俄国以劣势的兵力在保罗既诺战胜全力的敌人，在克拉斯诺及柏来西那以优势兵力不能战胜无秩序的法军团体？

假使俄军的目的是要截断并掳获拿破仑及将军们，而这个目的不但未达到，且所有的要达到这个目的的企图每次都极可耻地被破坏，则战争的后期是被法国人完全正确地看作一串的胜利，而被俄国历史家们完全不正确地看作胜利。

俄国军史家遵守逻辑，被动地做了这个结论，虽然于英雄与精忠等有抒情诗的赞颂，他们却被动承认法军自莫斯科退却是拿破仑的胜利，是库图索夫的失败。

但完全丢开了民族的虚荣，我们便觉得这个结论的本身包括了一种矛盾，因为法军的一串胜利领他们到完全的覆没，而俄军的一串失败却领他们达到敌人的覆没与祖国的拯救。

这种矛盾的来源在于历史家们根据帝王及将军的文书、回忆、报告等研究事件，他们提出虚伪的，在一八一二年战争后期中从不存在的目的，这个目的，那是要切断并擒获拿破仑及其将军们与军队。

这个目的从不曾有，且不能有，因为它没有意义，而达到这个目的是完全不可能的。

这个目的没有任何意义：

第一，因为拿破仑的无秩序的军队以极可能的速度跑出俄国，即做着每一个俄国人所愿望的事。法军尽可能地跑得那么快，为什么还对他们作各种攻击呢？

第二，要在路上停止全力奔跑的人是无意义的。

第三，为了消灭法军而损失自己的军队是没有意义的，法军没有外在原因已按着那样的比率在消灭，没有任何道途的截阻，他们已不能带回人马越过边境，超过他们在十二月所带走的，即全军的百分之一。

第四，擒获皇帝、国王、公爵的愿望是没有意义的，要擒获这些人，将使俄军的行动大感困难，当时最敏捷的外交家们（如麦斯特[1]及其他）已如是承认。法军在达到克拉斯诺前，已消失了一半，为了一队俘虏要划出一师护送队，俄军自己不能每次获得充足的食粮，而被掳的俘虏已饿死许多——这时候，要掳获法军的愿望更是无意义。

一切切断并掳获拿破仑及其军队的周密计划，正如园丁的计划，

---

[1] 麦斯特（Goseph maire de maistre）是萨堤尼阿一八〇三——八一七年驻俄大使。——毛

他从园中赶走了践踏畦地的牛，却跑到门口去打牛头。园丁有一点可以辩护的，就是他很愤怒。但关于这个计划的作者，是不能说这一点的，因为他们没有畦地被践的痛苦。

切断拿破仑及其军队不但是没有意义的，而且这是不可能的。

这是不可能的：

第一，因为从经验里我们知道，在战场上纵队的五里运动，从来不与原定的计划相合，齐哈高夫、库图索夫及维特根卡泰恩按时会师于指定地点的盖然性是那么无意义，它等于不可能。库图索夫在接到计划时曾想到这一点，他说，在广大距离中的转变不能获得希望的结果。

第二，它不可能，因为要破坏拿破仑军队向回跑时的精力，需要无比的巨大军队，大于俄军所有的。

第三，它不可能，因为这个军事名词"切断"没有任何意义，他们可以切一点面包，但不能切一个军队。切断军队——阻拦道路——是不可能的，因为总是有许多绕道的地方可以通过，而且夜间什么也不能看见，仅用克拉斯诺及柏来西那的例子即可使军事学家相信这一点。假使被掳的人不同意被掳，则掳获是不可能的，正如我们不能抓住燕子，不过当它落在我们手上时，是可以抓住的。我们可以掳获这样的人，他和日耳曼人一样，按照战略与战术的原则而投降。但法军不觉得这点可取，这是完全不错的，因为在逃跑中、在被掳中等候他们的是同样饥饿与寒冷的死亡。

第四，最重要的一点，它不可能，因为自有世界以来，没有一个战争是在一八一二年发生的，是在那些可怕的情形下发生的，而俄军追赶法军时已竭尽全力,不能收得再大的效果而不损失自己。

在俄军自塔路齐诺至克拉斯诺的运动中,损失了五万病兵与落伍兵,即这个数目等于外省大城市的人口,军队人数不战而损失了一半。

在战争的这个时期中,军队没有鞋与皮衣,没有足够的粮食,没有麦酒,整月地在十五度[1]严寒的野雪上宿夜。这时,日间只有七八小时,其余时间是黑夜,在这时候不能有纪律的效力,不似在战斗中,人们只有几小时处在死的领域中,没有秩序,而是在整月之中,时刻和饥饿与寒冷的死亡作斗争。这时,在一月之间,损失了半数的军队——关于战争的这个时期,历史家们向我们说,米洛拉道维支应向某处作侧面行军,托尔马索夫应该向某处行军,齐哈高夫应该向某处推进(在过膝的雪中推进),别的人应该如何击溃,切断法军云云。

死亡及半的俄军做了一切他们所能做的、应该做的,以求对得起国人,并且没有罪过,因为别的俄国人坐在温暖的房间里向他们提议去做不可能的事。

所有这些奇怪的、现在不可解的事实与历史叙述间的矛盾,只是发生于此,就是描写这个事件的历史家们写了各位将军美丽的情绪与言语的历史,而非事实的历史。

在他们看来,米洛拉道维支的话,这个、那个将军所受的奖赏,以及他们的提议,似乎是很有意义;而五万个留在医院与坟墓中的人

---

[1] 等于零下二摄氏度。——毛

的问题,却引不起他们的兴趣,因为这不在他们研究的范围内。

同时,只要放弃报告与一般计划的研究,而深究几十万直接亲身参与战事的人的运动,则那些先前似乎不可解的问题,都可以异常容易地、简单地忽然获得无忧的解决。

切断拿破仑及其军队的目的是从未有过的,只有上十个人有这个意念。这个目的不能存在,因为它没有意义,而达到这个目的是不可能的。

人民只有一个目的:扫除国土内的侵略者。这个目的,在第一方面,自己达到了,因为法军逃走,但须不阻止这个运动。第二,这个目的因为消灭法军的人民战争而达到了。第三,因为俄国的大军追踪法军,准备在法军的运动停止时施用武力。

俄军的行动应该好像驱逐逃兽的鞭子。有经验的赶兽者知道最好的办法是举着鞭子威吓它们,而不当头鞭打逃兽。

第四部

一

　　当一个人看见将死的兽畜时，有一种恐怖支配他：那个正是他自己的东西——他的本质，在他的眼前显然消灭——不复存在。但在要死的是人，是被爱的人时，则于生命消灭时所感到的恐怖之外，还感到灵魂的碎裂与精神的伤痛，这伤痛和生理的伤痛相同，有时致命，有时减轻，但总是疼痛，害怕外界恼人的碰触。

　　在安德来郡王死后，娜塔莎和玛丽亚郡主同样地感觉到这一点。她们精神消沉，因悬在头上的可怕的死云而闭眼，不敢看生活的正面。她们小心地看护她们明显的伤痛，避免讨厌的疼痛的碾触。一切：街上快跑的马车，用膳的提示，女仆关于应该预备的衣服的问题，更坏的是，不诚恳的、浅薄的同情，这一切刺痛伤处，似乎是一种冒犯,并破坏了那必要的静穆。在这种静穆中,她们二人企图听到那在她们的想象中尚未消去的可怕而严肃的歌声,这一切妨碍她们那神秘的、在她们面前倏然显现的、不尽的远景。

只有她们二人共处时,才没有冒犯,没有痛苦。她们彼此很少说话,假使她们说话,也只说到最不重要的题目。双方皆避免提及有关将来的事情。

承认将来的可能性,在她们看来,似乎是对于他的纪念的一种侮辱。她们更小心地在她们的谈话中避免与死人有关的一切。她们似乎觉得,她们所经历过的、所感觉过的,不能用语言表现。她们觉得,关于他的生活详情的任何字句上的暗示,将破坏在她们眼前完成的那神秘事件的伟大与神圣。

不断的语言制约,继续小心地避免那可以在字句中涉及他的一切谈话。在不能说及的界限上各方面的这些停顿,将她们所感觉的,在她们的想象中,更清楚、更明白地展示出来。

但纯粹完全的悲哀,正如纯粹完全的快乐,是不可能的。玛丽亚郡主由于自己的地位——为自己命运的孤单独立的主人,为侄儿的保护人与教师——最先从她两周来所处的悲哀世界中被生活唤了出来。她接到亲戚的信,这些信必须回复;尼考卢施卡所住的房间潮湿,他开始咳嗽了。阿尔巴退支带了时务的报告来到雅罗斯拉夫,他提议并劝她回到莫斯科住在夫司德维任卡街的屋子里,这个屋子尚完好,只需稍加修葺。生活是不停止的,她必须生活。虽然玛丽亚郡主走出她一直过到现在的静思的世界是痛苦的,虽然丢下娜塔莎一个人是抱歉而似乎惭愧的——但生活的顾虑要她过问,而她被动地献身于生活顾虑。她和阿尔巴退支核算了账目,和代撒勒谈到侄儿的事,布置并准备赴莫斯科。

娜塔莎单独了,在玛丽亚郡主开始忙着准备起程时,她避开了她。

玛丽亚郡主向伯爵夫人提议,让娜塔莎和她同去莫斯科,父母都快乐地同意了这个提议,他们每天看到女儿的消瘦,以为调地方及莫斯科医生的治疗是于她有益的。

"我什么地方也不去,"娜塔莎听到这个提议时回答,"我只请你们让我一个人在这里。"她说完,跑出房间,费力地忍下了厌烦与愤怒多于悲哀的眼泪。

自从她觉得自己被玛丽亚郡主所丢弃,而独自处在悲哀中以来,娜塔莎大部分时间独自在房中盘坐在沙发的角上,用纤细紧张的手指撕着或旋扭着什么,用固执不动的目光看着眼睛所视的东西。这种孤独疲劳她、磨难她,但这是她所需要的。有谁走近她的时候,她便迅速立起,改变了她的姿势与面情,拿起书或针黹,显然是不耐烦地等候打搅她的人走开。

她总是觉得她立刻便要了解并透达那个神秘,她的精神的注意力,带着可怕的、她所难堪的问题,集中在这个神秘的东西上。

在十二月末,瘦白的娜塔莎穿了黑色羊毛衣,头发粗心地扎成结子,盘坐在沙发的角上,用力地揉皱又理直她的带端,看着门角。

她看着他走出去的地方,他走到生活的彼岸。生活的彼岸,她从来没有想到过,她从前觉得那么遥远而不可信,现在却接近她,较之生活此岸,更是她自己的,更是可了解的。在生活此岸,一切是空虚与残破,或痛苦与侮辱。

她看着她知道他所在的地方,但她只能看见他如同他在这里时的样子。她又看他,好像他是在梅济施支、在雅罗斯拉夫时的样子。

她看见了他的脸,听到他的声音,并重复了他的话和自己向他所说的话,有时她自己为他设想出那时可以说出的话。

他躺在那里的椅子上,穿了天鹅绒的皮衣,用瘦白的手支着头。他的胸口低得可怕,他的肩膀高耸,嘴唇紧闭,眼睛发光,在他的白额上出现了一道皱纹,又消失。他一双眼极微地、迅速地颤抖着。娜塔莎知道他在和剧烈的痛苦挣扎。"这个痛苦是怎样的?为什么有痛苦?他感觉到什么?他如何疼痛?"娜塔莎想。他感觉到她的注意,抬起眼睛,他不笑,他开始说话。

"有一件事可怕,"他说,"这就是把自己永远和一个受苦的人连在一起。这是永久的痛苦。"他用搜索的目光看她。娜塔莎与平常一样,还未想到她要回答的,便作了回答,她说:"不能这样下去的,不会如此的,你会好的,完全好。"

她现在重新看见了他,并且她现在回想到她那时所感觉的一切。她想起他对于这些话的长久、忧郁而严厉的目光,并了解这个长久注视中谴责与失望的意义。

"我同意了,"娜塔莎现在向自己说,"假使他永久受苦,这是可怕的。我那时说这话,只是因为这对于他是可怕的,但他却不是这么了解的。他以为这对于我是可怕的。他那时还想活——怕死。我那么呆、那么蠢地向他说了,我没有想到这一点,我完全想着别的事。假使我要说了我所想的,我便说:让他死吧,在我眼前永久地死掉吧,我要比现在这样更幸福一点。现在……没有东西，没有人。他知道这一点吗？不知道，他不曾知道，也永远不会知道。现在，永远永远不能补救这个了。"

他又向她说了同样的话，但现在娜塔莎在自己的想象中是另一种回答。她止住他，并且说："对于你可怕，不是对于我。你知道，没有了你，我生活中便没有了一切，和你一同受苦是我最大的幸福。"他抓住她的手紧握，正如他在死前四天那个可怕的晚上紧握她的手。在自己的想象中她还向他说了别的温柔恩爱的话，这些话是她在那时可以说的。"我爱你……你……我爱……爱……"她说，痉挛地紧握着手，用凶狠的力量咬紧牙齿。

一种甜蜜的烦恼支配了她，眼里已经流出泪，但忽然她问自己：她向谁在说这话？他在何处，并且他现在是谁？于是一切又蒙上了干燥严酷的怀疑，她又用力地皱眉，看着他所在的地方。如是地，她觉得，她深入了神秘……但在这时候，在神秘已向她显现时，似乎是一种不可解的巨大的门柄的声音痛苦地震动了她的听觉。女仆杜妮亚莎迅速地、粗心地，带着惊恐的不注意她的面情，走进房来。

"请你到老爷那里去，赶快，"杜妮亚莎带着异常的兴奋的表情说，"凶事，彼得·依理支……一封信。"她啜泣而说。

二

在对于一切人的一般的疏远感觉外，这时娜塔莎对于家里人感觉到特别疏远。所有的人：父、母、索尼亚，他们是那么寻常逐日接近她，他们所有的言语与感情，在她看来，好像是对于她近来所处的世界一种侮辱，她不但漠然，而且仇视他们。她听杜妮亚莎说到彼得·依理支，凶事，但不懂这话的意思。

"他们有什么凶事，能发生什么凶事！他们一切都是如旧的、习惯的、安静的。"娜塔莎心里说。

当她进大厅时，她父亲迅速走出了夫人的房。他的脸愁蹙，有泪痕。显然他走出房间，是要排泄那压迫他的泣咽。看见了娜塔莎，他失望地摇手，痛苦地发出那改变他的柔和圆脸的痉挛的呜咽声。

"彼……彼洽……去……她……她……在叫……"他啼哭如小孩,迅速地踉跄着无力的腿,走到椅前,几乎是跌倒在椅子上,他用手遮了脸。

忽然好像电力震动通过了娜塔莎全身,可怕的东西刺痛了她的心,她感觉到可怕的痛苦。她似乎觉得有什么东西自她身上裂开,她要死。但随着痛苦,她顷刻之间感觉到她心中生活封禁的解放。看见了父亲,听到门那边母亲可怕的粗哑的叫声,她顷刻之间忘了自己及自己的烦恼。她跑到父亲面前,但他无力地摇手,指示母亲的门。玛丽亚郡主面色发白,脚在打战,从房中走出,抓住娜塔莎胳膊,向她说了些话。娜塔莎未看见她,未听见她的话。她快步走进门,站了一下,似乎在同自己争斗,然后跑到母亲身边。

伯爵夫人躺在椅子上,异常难看地伸着身体,用头碰墙。索尼亚及女仆抓住她的胳膊。

"娜塔莎,娜塔莎!"伯爵夫人喊叫。"不是真的,不是真的,他说谎……娜塔莎!"她喊叫,推开身边的人,"都走开,不是真的!杀死了……哈哈哈……不是真的!"

娜塔莎跪在椅子上,向母亲弯下了身体,抱住母亲,用意外的力量将她抱起,把她的头转向自己,紧贴着她。

"妈妈……亲爱的……我在这里,我亲爱的妈妈,妈妈!"她向她低声说话,一秒钟也不停。

她不放开母亲,温柔地和她争执着,要了枕头、水,将母亲的衣服解开、撕去。

"我亲爱的……亲爱的……妈妈……心爱的。"她不停地向她低语，吻她的头、手、脸，觉得自己的眼泪好像不能约制的河流，滴在鼻和腮上。

伯爵夫人握紧了女儿的手，闭了眼，安静了一会儿。她忽然异常迅速地立起，无意义地四顾，看见了娜塔莎，开始尽力搂抱她的头。然后，她将她的因痛苦而愁蹙的面孔转向自己，在她脸上看了很久。

"娜塔莎，你爱我，"她用柔和的信任的低声说，"娜塔莎，你不骗我？你向我说真话？"

娜塔莎用含泪的眼睛看她，在她的眼睛与面孔上只有恕与爱的请求。

"我亲爱的，妈妈。"她又说，集中了全部的爱力，以便将压迫她的悲哀的多余移在自己身上。

在她和现实的无力的斗争中，母亲不相信她的在青春中的爱儿死去时她还能活着，她又在癫狂的世界中躲避现实。

娜塔莎记不清这天、这晚、翌日、翌晚是怎么过去的。她没有睡觉，没有离开母亲。娜塔莎的固执忍耐的爱，好像每一秒钟都在各方面搂抱了伯爵夫人。这爱不像解释，不像慰藉，却像回生的呼唤。第三天晚上，伯爵夫人安静了几分，娜塔莎闭了眼，把头支在椅子的扶手上。床响了一下，娜塔莎睁开眼睛。伯爵夫人坐在床上低声说话。

"你来了，我多么高兴。你倦了，要茶吗？"娜塔莎走近她。"你长好了，有男子气了。"伯爵夫人握住女儿的手，继续说。

"妈妈，你说什么……"

"娜塔莎，他没有了，不在了！"于是抱着女儿，伯爵夫人第一次开始流泪。

三

　　玛丽亚郡主延迟了行期。索尼亚和伯爵想代替娜塔莎，却不能够。他们看到只有她可以使母亲离开癫狂的失望。娜塔莎不休息地守在母亲身边三个星期，睡在她房里的躺椅上，给她水，给她饭，不停地和她说话，她说，因为只有她的温柔亲爱的声音可以安慰伯爵夫人。

　　母亲的心病不能痊愈。彼洽的死夺去了她一半的生命。彼洽死讯传来时，她是一个活泼愉快的、五十岁的妇人。一个月后出房时，她已成为半死的，对生活无兴趣的老妇。但正是这个伤痛，它把伯爵夫人弄得半死；这个新的伤痛，它使娜塔莎回生。

　　因精神破裂而有的精神伤痛，很奇怪地，正和身体伤痛一样，渐渐地结瘢。虽然重伤恢复后,伤口愈合,但精神伤痛和身体伤痛相同,只有用内心涌出的生命力才可以复原。

娜塔莎的伤是这么复原的。她以为她的生命完结了,但忽然她对母亲的爱向她表示,她生命的本质——爱——还在她心中生活着。爱醒转,生命醒转。

安德来郡王的末日把娜塔莎和玛丽亚郡主联合在一起,新的凶事更使她们接近。玛丽亚郡主延迟了行期,在过去三星期中看护娜塔莎好像是看护生病的小孩。娜塔莎在母亲房中所过的那几周,破坏了她的健康。

有一天中午,玛丽亚郡主注意到娜塔莎因为发寒热而打战,把她带到自己房里,放在自己床上。娜塔莎躺着,但当玛丽亚郡主放下窗帘预备出去时,娜塔莎把她叫到自己面前。

"我不想睡,玛丽亚,和我坐一起。"

"你倦了,睡睡看吧。"

"不,不,你为什么把我带走?她要问我的。"

"她很好了,她今天说话很好。"玛丽亚郡主说。

娜塔莎躺在床上,在房间的暗光里看玛丽亚郡主的脸。

"她像他吗?"娜塔莎想,"是的,像又不像。但她是特殊的、不同的、全新的、不为人知的。她爱我。她心中是什么?一切善良。但是怎么样的?她怎么想?她怎么看我?是的,她美丽。"

"玛莎,"她说,羞怯地把玛丽亚郡主的手拉到自己面前,"玛莎,你不以为我坏,不吗?玛莎,亲爱的,我多么爱你。让我们做很好的朋友。"

于是，娜塔莎抱了她，开始吻玛丽亚郡主的手和脸。玛丽亚郡主羞涩并高兴娜塔莎这种情感表现。

自那天起，玛丽亚郡主与娜塔莎之间有了那种热情的、温柔的友谊，这只有妇女之间才有的——她们不断地接吻，互相说温柔的话，并且大部分时间住在一起。假如有一个出去了，另一个便不安，并赶快地去找她。她们俩在一起的时候，较之分开各自独处时，感觉到更大的和谐。她们之间有了一种比友谊还强的感情，那是只有彼此在一起时才有生活可能的一种异常感情。

有时她们几小时不说话；有时已经上床了，她们才开始说话，说到早晨。她们大都说到遥远的过去。玛丽亚郡主说到她的童年、她的母亲、她的父亲、她的幻想。而娜塔莎从前不了解并否认这种信仰与顺从的生活及基督徒自我牺牲的诗情，现在觉得自己和玛丽亚郡主被爱所联系，她爱玛丽亚郡主的过去，并且了解她从前所不解的生活另一面。她不想在自己的生活中采取顺从与自我牺牲，因为她惯于寻找另种快乐，但她了解并爱别人的这种为她从前所不解的美德。玛丽亚郡主听娜塔莎说到她的童年和少女时代时，也看见了她从前所不解的生活另一面，对生活及生活快乐的信仰。

她们仍旧不说到他，她们觉得这样便可不让语言破坏了她们当中的崇高情感，而对于他的这种沉默弄得她们不能相信地、渐渐地忘掉他。

娜塔莎消瘦、苍白，身体那么软弱，以致大家都不断地说到她的健康，而这也使她愿意。但有时她不仅意外地感到死亡的恐怖，而且感觉到疾病、虚弱及美色凋萎的恐怖。她不禁有时注意地看着自己的光胳膊，诧异自己的消瘦，或者早晨在镜中看自己憔悴的、可怜的面孔。她觉得这是当然的，同时觉得可怕而可悲。

有一次她快步登楼，费力地喘气，不禁立刻借口下楼，从下面又跑上楼，试验气力，观察自己。

又有一次，她叫杜妮亚莎，她的声音打战。虽然听到了她的脚步声，她又叫了一声——她用另一种她唱歌时的胸音喊叫，并听这个声音。

她不知道这个，她也不相信，但在那似乎不可穿破的遮盖她心灵的土层中，已经长出了纤细温柔小草芽，它一定要生根，并且用它的生气的芽遮蔽那压迫她的悲哀，这悲哀即将不可见而遗忘。伤痛由内而外都在复原。

一月末，玛丽亚郡主赴莫斯科，伯爵主张娜塔莎和她同去，以便找医生治疗。

四

在维亚倚马（库图索夫在这里不能约制他的军队不去击破、切断法军等等）战役之后，逃跑的法军及追赶的俄军一直运动到克拉斯诺而无战事。这个逃跑是那么迅速，追赶法军的俄军不能赶上，他们骑兵及炮兵的马匹都用尽了，关于法军运动的消息总是不正确。

俄军的兵士也因为不断的运动而困倦，一昼夜走四十里，不能走得再快。

要了解俄军劳顿的程度，只需明白地了解这个事实的意义，即俄军在塔路齐诺战役后，死伤损失不过五千人，损失俘虏不足百人，俄军离塔路齐诺时为十万人，到克拉斯诺时则为五万人。

俄军追赶法军的迅速运动给予俄军的损失，正如逃跑给予法军的损失。而不同之处只在俄军的运动是自动的，没有悬在法军头上的那种灭亡的威胁，而法军中落伍的病兵——落在敌人的手中，落伍的俄军却是留在自己的家里。拿破仑军队减少的主因是迅速运动，它的无疑的证明便是俄军同样的减少。

如同在塔路齐诺及维亚倚马，库图索夫全部的活动只注意在这一点，就是尽他权力，不要阻止法军的致命的运动（如彼得堡及军中的俄国将领们所希望的），并且促成这个运动，而减缓自己军队的运动。

在军队因运动的迅速而有的疲倦与巨大损失外，还有另外一个原因使库图索夫要减缓军队的运动并等待。俄军的目的是追赶法军。法军的路线是不明白的，因此，俄军追随法军的踪迹愈近，要走的路则愈多。只有保持相当距离，才能由捷径切穿法军的曲折路线。将军们提出的所有的精巧策略都表现于军队运动、行军的加速，而唯一合理的目的却在减缓这种行军。自莫斯科到维尔那的全部战争中，库图索夫的活动总是注集在这个目标上——不是偶然地，不是一时地，而是继续地，他从不改变这个目标。

库图索夫不是由于理性或科学，而是由于自己所有的俄国的心灵，知道并感觉到每个俄兵所感觉的，感到法军已失败，感到敌人在逃跑，而应该送出他们。但同时，他和兵士们一样地感觉到这种在速度上及季节上空前的行军的困难。

但将军们，特别是外籍将军们，希望立功，惊吓别人，为了某种原因而去掳获什么公爵或国王——这些将军们，现在，当任何战役都是可怕而无意义的时候，似乎觉得现在正是作战并征服某某的时候。

当他们先后向库图索夫提出了对于衣履不全而半受饥饿的兵士们所做的调遣计划时,他只耸耸肩膀;这些兵士们在一月之间未作战即消失了一半,他们在最好的继续行军的条件下,如要到达边境,还要走比他们已走过的路程更远的距离。

这种立功、调遣、击破、切断的愿望,在俄军与法军接触时,特别明显。

在克拉斯诺曾经如此,他们希望找得法军的三个纵队之一,攻击率领一万六千人的拿破仑本人。虽然库图索夫用了许多办法来避免这个危险的战斗,而保护自己的军队,在克拉斯诺却有了俄军困倦的兵士对于法军乱兵的三天屠杀。

托尔写了作战命令:第一纵队向某处前进等等。但和寻常一样,一切都不合乎作战命令。孚泰姆堡的欧根亲王在山上射击逃跑经过的法兵,并要求增援,增援未至。法军夜间散开,绕过俄军,藏在林中,能向前行的都向前奔。

米洛拉道维支说过,他不想知道任何关于军队中军需的事情。在需要他的时候,总是找不到他,"无畏无过的骑士",他这么自称。他爱和法国人说话,他派军使要求敌人投降,他浪费了时间,他没有做出他奉命要做的。

"给你们,儿郎们,那个纵队。"他走到军前,向骑兵指着法军说。骑兵们在几乎不能运动的马匹上,用马刺及刀剑打马奔跑,在费力的紧张后,跑到指定的纵队前,即跑到受冻、麻木、饥饿的法兵团体前;被攻击的纵队抛下武器投降,这是他们早已希望的。

在克拉斯诺,他们掳获了二万六千俘虏、一百门大炮和一根叫作

"将军指挥杖"的棍子,他们讨论谁在那里立了功,并对于这个战事满意,但他们很可惜没有抓住拿破仑或者是任何别的英雄、将军,他们为这事互相责备,特别是责备库图索夫。

这些人被自己的热情所吸引,只是沦为最不幸的必然律的盲目工具。但他们认为自己是英雄,以为他们所做的是最有价值、最光荣的事。他们责备库图索夫,说他从战争的开始即阻止他们战胜拿破仑,说他只想到自己情感的满足而不走出麻布工厂,因为他在那里舒服,说他在克拉斯诺阻止运动,因他知道拿破仑来到时便完全失了理性,说我们可以假定他和拿破仑之间有勾结,说他被拿破仑所收买,[1]云云,云云。

不仅当时为情感所支配的全这么说,后代和历史也认为拿破仑伟大。而库图索夫(外国作家说)是狡猾、腐化、衰弱、虚伪的老人;俄国人认为他是不可形容的人,好像一个傀儡,只是因为他的俄国名字而有用……

---

[1] 《威尔逊日记》。[毛德附注:R. T. Wilson(1774—1849)是英国在俄军司令部中的军事委员(1812—1814)。其日记出版于一八六一年。]

五

在一八一二年和一八一三年他们公然指责库图索夫的过错,皇帝不满意他。在一本新近奉上峰授意而著作的历史里[1]说库图索夫是一个狡猾的在朝的说谎者,说他害怕拿破仑的名字,因为他在克拉斯诺及柏来西那的错误而夺去俄军完全战胜法军的光荣。

还是那些不为俄国知识界所承认的非伟人的命运,是那些稀有的总是孤独的人的命运,他们解知天意,即使个人的意志服从天意。群众的仇恨与轻视,因为他们透达崇高的法则而处罚他们。

俄国历史家们(说来奇怪而可怕)以为拿破仑——这个毫不重

---

[1] 保格大诺维支的一八一二年的历史:库图索夫性格及其作战恶劣结果的批评。

要的历史工具,他无时无刻不表现了人类的美德,甚至在放逐中亦然——这个拿破仑是赞扬与热情的对象,以为他伟大。库图索夫这个人,他在一八一二年的活动中从头至末,从保罗既诺到维尔那,没有一次在行为上、在言语上改变他自己,他是历史上少有的自我牺牲与在现在认识事件未来意义的榜样——库图索夫被他们写作一个不伦不类的可怜的人,说到一八一二年和库图索夫,他们总觉得有点可耻。

同时我们难以表现一个历史人物,他的活动是那么不变地继续注在同一目标上。我们难以想象一个目标更有价值,更和全民的意志相合。我们更难在历史上找到别的例子,历史人物为自己所定的目标曾那么完全达到,如同库图索夫在一八一二年全力以赴的那个目标。

库图索夫从未说到"四十个世纪在金字塔上向下看",说到他为祖国而受的牺牲,说到他要做的及已做的。他总是不说到自己的任何事件,不扮演任何角色,总显得是最简单、最寻常的人,说最简单、最寻常的话。他写信给自己的女儿及斯塔叶夫人,读小说,爱与美妇相处,和将军们、军官们及士兵们说笑话,从来不反对那些要向他证明什么的人。拉斯托卜卿伯爵骑马到雅乌萨桥上见库图索夫,亲自责备他应负莫斯科损失之责,并说:"你不是许诺过不打仗即不放弃莫斯科吗?"然莫斯科已经放弃了,当阿拉克捷夫奉皇帝命来说应该任命叶尔莫洛夫为炮兵指挥时,库图索夫回答说"是的,我自己也正说了这话",虽然他刚才所说的是完全不同。在环绕他的愚笨人群之中,他是当时唯一了解事件全部重大意义的人,拉斯托卜卿伯爵把莫斯科的不幸放在自己身上或推在他身上,这与他有何关系?更不能令他注意的是,任命谁为炮兵指挥。

这个老人由于生活的经验而达到这个信念，就是思想及表现思想的言语不是人类的动力——他不仅在这种场合，而且是不断地说出完全没有意义的话——心中最先想到的话。

但这个不注意自己言语的人，在他全部活动中，从未说过一个字违反他唯一的目标，他在全部战争时期中向着这个目标前进。有着不为人了解的痛苦信念，他显然不觉地屡次在最不相同的环境中表现自己的思想。从保罗既诺战役时开始，他的意见即与周围的人不同，只有他一个人说保罗既诺战役的胜利，他在口头上、文字上、报告上重复这话，一直到死。只有他一个人说，莫斯科的损失不是俄罗斯的损失。他对于劳理斯顿的和平提议回答说，和平是不可能的，因为这是人民的意志；只有他在法军退却时说，我们所有的策略是不需要的，说一切都自己完成得比我们所希望的更好，说应该给敌人一座"金桥"，说塔路齐诺、维亚倚马及克拉斯诺战役皆是不需要的，说应该有点兵力到边境，说他不愿用一个俄国人换十个法国人。

只有他，如别人向我们所说的，这个宫臣，他向阿拉克捷夫说谎，为了邀宠皇上——只有他这个宫臣在维尔那讨皇上的不欢，说远越国境的战争是有害而无益的。

但并不是语言证明他那时了解事件的意义。他的行为——全没有丝毫背离，全注在同一目标上，这个目标有三方面：（一）集中全部力量与法军战斗；（二）打败法军；（三）把他们赶出俄罗斯，在可能范围内，减轻人民与军队的痛苦。

他，这个迟疑者库图索夫，他的格言是"忍耐与时间"，他是决定的战斗的敌人，他作了保罗既诺战役，他以罕有的严肃准备这个战役。他，这个库图索夫，在奥斯特里兹战役之前，他说这个战役将失败，在保罗既诺虽然将军们相信这个战役是失败的，虽然历史上没有前例，在胜利的战役后，他的军队还必须退却，只有他一个人和大家相反，直至临死尚相信保罗既诺战役是——胜利。只有他一个人在法军退却的全部时间，主张不作现在无益的战斗，不开始新的战争，不越过俄国的国境。

现在，只要不将十余人心中的目的归诸大众的活动，即可容易地了解事件的意义，因为所有的事件及其后果皆横陈在我们眼前。

但这个独自违反众意的老人，那时如何能够如此确定地认识事件之全民性的意义，而在全部活动中从不改变呢？

对于当时事件意义的这种异常观察力的来源，是在他所有的纯洁有力的民众情绪中。

只是对于他这种情绪的承认，使得人民用那样奇怪的方式，违反沙皇意志，选出他这个失宠的老人做民族战争的代表。只是这种情绪使他处在崇高的人类地位上，在这里，他，总司令，不把他的全部力量用于杀人、灭人，而用于救人、怜人。

这个简单的、知礼的，因而真正伟大的人，不能放在欧洲英雄虚伪模型中，他是历史发明的，假定指挥人们的。

对于仆役们不能有伟大的人，因为仆役们有他们自己对于伟大的概念。

六

十一月五日是所谓克拉斯诺战役的第一天。傍晚的时候，将军们已经有了许多争执与错误，他们没有到达应到的地方；副官已送出许多矛盾的命令，这时已经明白敌人向各处奔跑，而战斗已不可能且不会有，这时库图索夫离开克拉斯诺到达了道不罗叶，总司令部今天移来此地。

天气明朗而酷寒。库图索夫乘了肥白的马，和一大群不满意他的、在他背后低语的将军们来到道不罗叶。一路上拥挤着在火边取暖的、当天被擒的法国俘虏（这天他们被掳了七千人）。离道不罗叶不远，一大群褴褛的、扎绷带的、裹各种碎布的俘虏在说话，立在路旁，靠近一长列解卸的法国大炮。在总司令临近时，话声停止，所有眼睛注视库图索夫。他戴着有红带的白帽，填絮的大衣在他的圆肩上隆起，他在路上迟缓地前进。将军之中有一个人向他报告大炮和俘虏是在何处夺得的。

库图索夫似乎在挂念什么，未听到将军的话。他不快地眯着眼，注意地、不移地看那些显得特别可怜的俘虏们。大部分法兵的脸因为冻肿的鼻子和腮而改样，几乎所有的人都有红肿、生眼屎的眼睛。

一群法兵站在路旁，有两个兵——其中之一脸上有伤——用手在撕生肉。在他们注视行人的急遽目光中，在脸上有伤的兵的凶狠表情中，有点可怕的兽性的东西，那个兵看了看库图索夫，又继续自己的工作。

库图索夫注意地久看这两个兵，他更加皱眉，眯了眼，思索地摇头。在另一处他看见一个俄兵，他笑着拍法兵肩膀，亲善地向他说话。库图索夫带着同样的表情摇头。

"你说什么？"他问将军。这将军继续在报告，并引总司令注意卜来阿不拉任斯克团前的法国军旗。

"啊，旗子！"库图索夫说，显然难以放弃他心中注意的事情。他无心地四顾，成千的眼睛在各方面看他，等候他的话。

他停在卜来阿不拉任斯克团前，深深叹气，闭了眼。侍从中有人招手，要执旗的兵走来，把旗杆插在总司令的四周。库图索夫沉默了一会儿，显然是不高兴，他服从自己地位的需要，抬起头，开始说话。成群的军官们环绕了他，他用注意的目光看成圈的军官们，认识他们当中的几个人。

"谢谢大家！"他说，先对着兵士，后对着军官。在他四周的静穆中,可以清晰地听到他迟缓地说出的言语:"谢谢大家困难忠实的服务,胜利是完成了,俄罗斯不忘记你们。你们的光荣是永远的!"他沉默,环顾了一下。他向一个兵说:"低下来,把他的头低下来。"这个兵执着一面法国鹰旗,偶然地把它在卜来阿不拉任斯克旗执前放低。"再低一点,再低一点,就是这样。乌拉!儿郎们!"他说,他的下颔迅速地向兵士们动着。

"乌拉——拉——拉!"几千个声音吼着。

兵士们呼喊,库图索夫在鞍上弓着身体,垂着头,他的眼睛发出温和的好像是嘲讽的光芒。

"那么现在,弟兄们。"声音平静时,他说……

忽然他的声音与颜色都改变了,不是总司令在说话,而是一个简单、年老的人在说话,显然是他现在希望向他的同伴们说一点最重要的事。

在军官与兵士之间有了动静,以便更清楚地听到他现在所说的。

"那么现在,弟兄们,我知道,你们困难,但是没有办法!忍耐一会儿,不会很久的。我们送出了客人,那时候就休息。沙皇不会忘记你们的尽职。你们困难,但你们仍然是在家里。他们呢——你们看见了他们弄到什么样子,"他指俘虏说,"他们比最可怜的乞丐还坏。当他们有力量的时候,我们不可怜他们,但现在可以可怜他们了。他们也是人。是吗,儿郎们?"

他看四周,在固执的、恭敬的、惊异的、向他注视的目光中,他看出他们对于他的言语的同情。他的脸因为老年和善的笑容而渐渐地更加明亮,笑容在嘴角和眼睛上打皱如星芒。他沉默,好像是怀疑地垂了头。

"照这么说，谁叫他们到我们这里来的？他们应得的，这……这……"他忽然抬起头说。他挥鞭奔跑，在全部战争中，他第一次在行列散乱的、喜笑的、呼吼"乌拉"的兵士前乘马走去。

库图索夫所说的话不为兵士所了解。没有人能够重述总司令的开始严肃而结尾简单的老年的演说内容。但这个演说的中心思想不仅被了解，而且伟大胜利的情绪，以及对于敌人的同情，对于自己行为正当的意识——同样地由这种老人的简单的粗话所表现的——这种情绪，也横在每个兵士的心中，并表现在快乐的、好久不停的叫声中。之后，有一个将军问总司令是否要坐马车，库图索夫回答时，意外地啜泣起来，显然他是在剧烈的兴奋中。

七

十一月八日，克拉斯诺战役的最后一天，兵士到夜宿处的时候，已经天黑。全日平静，严寒，偶落薄雪。傍晚时，天色明朗。在雪花中可见暗紫色的星空，寒凛加剧。

有一个步枪团——离塔路齐诺时是三千人，现在是九百人——是最先到达指定夜宿地点（大路上的一个村庄）的部队之一。军需们遇到队伍，报告说所有的农家都被生病的已死的法兵、骑兵及司令官们占据了，只有一个村舍给团长。

团长到了村舍。军队走过村庄，在路边最末的村舍旁架了枪。

好像一只高大多肢的怪兽，这团兵着手预备住处及食物。一部分的兵在及膝的雪中，散入村右桦树林中，立刻在森林中发出斧伐声、刀斩声、折枝声与愉快的话声；另一部分聚集在团部车辆与马匹的当中工作着，取锅及饼干，喂马食料；第三部分分散在村庄里，为司令官们布置住处，抬出村舍内的法兵死尸，拖出木板、干柴及屋草作生火之用，拖出编篱作遮拦。

在村边一家村舍的后面，有十五个兵，带着愉快的叫声，拆除仓屋的高篱墙，仓顶早已取下了。

"来，一齐，推？"声音喊着，在黑暗中，沾雪的大墙壁带着冰冻的声音动摇了。下面的柱桩响声更多，最后墙壁和推墙的兵士一同倒下来了，发出了高大的、粗的快乐叫声及笑声。

"两个一起拿！这里拿一根杠子来！就是这样。你向哪里推？"

"来，一齐……等一下，弟兄们……唱一声！"

大家沉默，一个低微的天鹅绒般悦耳的声音在唱歌。在第三句的末尾，随同最后的音，二十人的声音和谐地喊出："呜呜呜呜！来了！一齐！上劲，孩子们……"虽然有一致的努力，墙却不动，在接连的沉默中可以听到用力的喘气声。

"哎，你，第六连的！鬼，魔鬼！帮一把力……我们也帮忙。"

第六连的二十人走进村庄，帮同拖拆。于是五沙绳长、一沙绳（约合六华尺——译）宽的墙弯曲，倒下，打在喘气的兵士的肩膀上，被他们在街上向前拖。

"再来……倒下来，你在那里……为什么停？哎，哎……"愉快的、无意义的粗话说着不停。

"你干什么？"忽然一个跑近他们的兵士命令地叫。

"绅士在这里，将军也在屋里，你们这些鬼，鬼东西，恶棍。我告诉你们!"曹长喊叫,举手打在第一个走近的兵士背上,"不能安静下来吗?"

兵士们沉默。被曹长所打的兵士低嚷着擦脸,他碰墙的时候把脸上碰出了血。

"看,鬼,他那样打!满脸打淌血了。"曹长走去时,他畏怯地、低声地说。

"你不喜欢吗?"嘲笑的声音说,兵士们抑制了声音向前走。出了村庄,他们又大声说话,在话中夹着同样的无意义的粗话。

在兵士们走过的村舍里聚集了高级指挥官,他们在吃茶时热烈地谈到日间的事情及提出的将来策略,提出了左向的侧翼行军,切断"副王"并擒捕他。

当兵士挖来篱墙时,各方面已经燃起灶火。柴炸爆,雪消融,兵士们的黑影子在雪中踏平的地方各处行动着。

斧头和刀在各方面做完了工作。不待命令而做了一切事情:夜间需用的柴已拖齐,长官的棚子已搭起,锅已煮滚,枪及弹药皆处理完好。

第八连拖来的篱墙放在北边呈半圆形,用枪架撑着,在它前面生了营火。击了归营鼓,点了名,吃了晚饭,散在火边宿夜——有的在擦鞋,有的在吸烟斗,有的脱光了衣服熏虱子。

八

　　似乎在那些几乎不可想象的、当时俄军所处的困难环境里——没有厚鞋,没有皮衣,头上没有屋顶,在十八度[1]严重的雪中,甚至没有足够的食粮(因为运输常常赶不上军队)——兵士们一定表现了最悲惨、最丧气的见解。

　　相反,在最好的物质环境中,军队从未表现过更愉快、更活泼的见解。这是由于每天从军队里去除了一切丧气的、衰弱的分子。身体上及精神上衰弱的人早已丢在后边,只留下了军队的精华——在精神力量及身体力量两方面。

---

[1] 相当于零下八华氏度。——毛

在靠近篱墙的第八连里，聚集了最多的人。两个曹长坐近他们，他们的火光比别的都明亮。他们主张以搬柴为坐在篱墙下的权利。

"哎，马凯夫，你怎么……丢啦？是狼把你吃了吗？搬柴呀。"一个红脸、红发的兵喊叫，因为烟而迷眼、眨眼，但他眼不离开火边。

"你去，乌鸦，搬点柴来。"这个兵向另一个人说。这个红发的人不是军曹，不是上等兵，而是一个康健的兵，因此他命令比他弱的人。一个瘦、小、尖鼻子，被称为乌鸦的兵顺从地立起，正要去执行他的命令，但在这时候，一个细瘦美丽的青年兵士已经带了一担柴走近火光里。

"放这里来，好极了！"

他们折断木柴，抛入火中，用嘴吹，用衣襟扇，于是火焰发咝咝声，发爆裂声。兵士们凑近，吸烟斗。搬柴的年轻美丽的兵把手叉在腰旁，开始把冻僵的腿迅速灵活地在地上踏动。

"啊，妈呀，露冷，但是好，在枪上……"他唱，好像在每个音节上打呃。

"哎，鞋跟飞走了！"红发的兵喊叫，看到跳舞者的鞋跟松脱，"他是一个跳舞鬼！"

跳舞者停止，撕掉松脱的皮，抛入火中。

"好，老兄。"他说。他坐下，从背囊中取出了一块法国蓝布，开始裹到脚上。"用水气弄坏的。"他说，把脚伸向火。

"他们马上就要丢下新的。据说，我们杀尽了他们，那时什么都是双份。"

"你看，那个婊子儿彼得罗夫，仍然丢下了。"曹长说。

"我早就注意到他了。"另一个说。

"啊，可怜的兵……"

"他们说，第三连昨天点数少了九个人。"

"啊，总之，脚冻了，往哪里走呢？"

"哎，废话！"曹长说。

"你也希望这个吗？"一个老兵说，他谴责地看着那个说脚冻的人。

"你觉得如何呢？"那个被人叫作乌鸦的尖鼻子的兵从火边忽然坐起，用尖锐打战的声音说。"谁胖，便这样变瘦，瘦的便死了。把我送走吧，我没有力了，"他忽然坚决地向曹长说，"下令送进医院吧，害了风湿，只落得这个样子了……"

"够了，够了。"曹长安静地说。

这个兵沉默，而谈话仍继续。

"今天抓住的法国人不少，老实说，他们没有一个人有好鞋子，值不上提。"一个兵开始了新题目。

"卡萨克兵把什么都抢去了。他们替上校打扫屋子，把他们抬出。看起来可怜，孩子们，"跳舞的兵说，"他们转动他们，有一个活的，你相信吧，向自己小声地说什么。"

"但他们是纯洁的人，孩子们，"第一个兵说，"白的，啊，像桦树那样白，他们有勇敢的，他们有尊贵的。"

"你觉得怎样呢？他们是从各种职业里选出的。"

"他们一点也不懂我们的话，"跳舞的兵带着怀疑的笑声说，"我向他说：'你是哪一个皇帝的？'但他只是低声说话。奇怪的人！"

"是奇怪的事情，弟兄们，"这个惊异他们白色的兵继续说，"农人说，在莫沙益司克战场上，收拾死尸的时候，啊，他们的死尸在那里躺了一个多月了。他说，躺在那里，白，干净，同白纸一样，没有一点臭味。"

"那么，是冻死的吗？"有一个兵问。

"你这样聪明！冻死的！天气是暖和的。假使要是因为冷，我们的人也不腐烂了。但是他们说，你走近了我们的人，他们都腐烂生蛆了。他们说，这样地用手巾扎着鼻子，歪着头，拖开，没有办法。但他们同纸一样白，没有一点臭味。"

大家无言。

"一定是因为食物，"曹长说，"他们吃绅士的食物。"

无人回辩。

"这个农民说，在莫沙益司克战场上，把他们从十个村庄上召来，做了二十天，不能埋完所有的死尸。那些狼，他们说……"

"那才是真正的战争，"老兵说，"只有这是可提的，后来的一切……只是劳民。"

"啊，老伯，前天我们攻打，怎么办呢，他们不让我们近身。他们快快地丢了枪，跪下，他们说……饶命。这只是一个例子。他们说卜拉托夫抓住了波利昂[1]两次。不知道什么话，抓住，抓住，不是他，在手里变成了雀子飞走了，飞走了。要杀他又没有方法。"

---

[1] 兵士口中拿破仑之讹。——译

"基塞列夫，你很会说谎，我看着你。"

"怎么说谎，是真正的事实。"

"假使落在我手里，我便把他抓住，埋在土里。用白杨的棍子，他弄死了那么多人。"

"都是一样，我们要完结他，他不会来的。"老兵哈欠地说。

话声沉默，兵士们开始睡下。

"看星星，多么明亮！好像老妇放开了麻布。"一个兵注视着天河说。

"孩子们，这是表示有好年稔。"

"还要加一点柴。"

"背上发火，肚子结冰，奇怪。"

"主啊！"

"推什么——火只为你一个人的？看……他伸腿睡。"

在静穆中可以听到几个睡着人的鼾声，其余的转身烤火，有时交谈。远处百步外的火边传来快乐笑声。

"第五连的人在笑，"一个兵说，"多少人？"

一个兵立起，走到第五连。

"那些笑声，"他回转时说，"来了法国人。一个冻狠了，另一个那样勇敢，在唱歌。"

"啊——啊！去看看……"有几个兵往第五连去。

九

第五连扎在森林旁边。在雪中明亮地燃烧着巨大的营火,照亮了被雪压曲的树枝。

第五连兵士半夜听到森林里的足音与树枝声。

"儿郎们,熊!"一个兵说。大家都抬头听,从森林里有两个服装奇怪的人互相扶持着走进明亮的火光中。

这是两个藏在林中的法国人。他们粗声地用兵士们听不懂的语言说着什么,走到火前。一个身材较高,戴军官帽子,似乎很疲倦。到了火边,他想坐下,却跌倒在地上。另一个矮粗的、头上扎手巾的兵较强,他扶起他的同伴,指着自己的嘴,说了什么。兵士们围绕着法兵,替生病的垫了大衣,为他们拿来了粥与麦酒。

软弱的法国军官是拉姆巴,扎手巾的是他的侍从兵莫来。

莫来饮完麦酒、吃完一碗粥时,忽然反常地快活起来,不停地向不懂他话的兵士们说着什么。拉姆巴拒绝了食物,沉默地支着胛膊躺在火边,用无意义的红眼看俄国兵。有时他发出冗长的呻吟,然后又沉默。莫来指着肩膀,示意兵士们,他是一个军官,他需要烤火。一个走到火前的俄国军官,派人去问上校,是否要把法国军官带到自己屋里取暖。去的人回来说上校命令带去军官时,他们告诉了拉姆巴要他去。他立起想走,但他晃荡着,若不是附近的兵扶住他,他便倒了下来。

"怎么?不够吗?"一个兵嘲笑地眨眼向拉姆巴说。

"哎,呆子!不要说无聊的话!是个农人,真正的农人。"各方面在谴责说笑的兵。他们围住拉姆巴,把他放在两个兵的交叉的胛膊上,抬进了村舍。拉姆巴抱住兵士的颈子,当他们抬起他,他可怜地说:

"啊,我的勇士们,噢,我的好朋友,我的好朋友!这里是人!我的勇士们,我的好朋友!"好像小孩一样,他把头靠在一个兵士的肩膀上。

这时,莫来坐在最好的地方,围绕着兵士们。

莫来,这个有肿而流泪的眼睛的、矮胖的法国人,照农妇的样子用手巾扎着尖顶帽子,穿了一件女外衣。他显然是吃醉了酒,用手抱住一个坐在身边的兵,用粗糙破碎的声音唱法国歌。兵士叉腰看他。"好,好,教我,怎么唱?我马上就会。怎么唱……"会唱歌的、爱说笑话的、被莫来所抱的兵士说。

亨利四世万岁,

勇敢的王万岁!

莫来瞎着眼睛唱。

这个四足的怪兽……

"四万岁!王万岁!这个四足怪兽……"这个兵重复着,摇着手,果然会唱。

"好哇!号——号——号——号!"各方面发出粗糙快乐的笑声,莫来皱眉,也笑。

"好,再唱,再唱!"

谁有此三长,

饮酒,打仗,

做情郎……

"这个也好。来,来,萨列他耶夫!……"

"谁……"萨列他耶夫费力地重复。"谁有……"他唱,用力地翘起嘴唇,"此三长,饮酒、打仗、做情郎。"

"啊,好极了!这才像法国人!噢……号号号号!那么还想吃吗?"

"给他粥,他不能马上解饿的。"

他们又给他粥,莫来笑着接了第三碗。快乐的笑容留在所有看莫来的年轻兵士的脸上。老兵以为不宜注意这种琐事,躺在火的另一边,但有时用胳肘支起身体,笑着看莫来。

"他们也是人,"他们当中一个用大衣裹身体的人说,"就是艾也在根上生长。"

"啊!主啊!多么好的星,要冷……"大家都沉默。

星星似乎知道现在没有人看他们,在黑夜中发着光芒。时而发亮,时而昏暗,时而闪动,它们彼此之间匆忙地低谈着什么快乐的、神秘的事情。

十

　　法军规律地按照数学级数而溶化。渡柏来西那河（关于这事有很多著作），只是法军消灭的中间阶段之一，绝非这个战争中决定的插曲。法国人方面关于柏来西那写过很多著作，只是因为在柏来西那破桥上，法军先前所遭受的灾难是渐渐的，在这里却忽然集合在一时之间，在一个悲剧的背景上，这背景留在所有人的记忆中。俄国方面关于柏来西那也同样写过、说过很多，只是因为在远离战争舞台的彼得堡做了一个在柏来西那战略圈套中擒获拿破仑的计划（是卜富尔作的）。大家相信战事中的一切将和计划中的一样，因此主张正是柏来西那河的横渡消灭了法军。事实上，柏来西那河横渡的结果对于法军武器及俘虏的损失，远不如克拉斯诺战役严重，如统计所证明。

柏来西那横渡的唯一意义是在此,就是这个横渡显然无疑地证明了一切断敌归路计划的错误与库图索夫所要求的唯一可能的战略的正确——只追赶敌人。法军以继续增加的速度而逃跑,用所有的力量向着这个目标前进。他们奔跑如受伤的野兽,不能在路上停住,这由于渡河的布置所证明者少,而由于在桥上的运动所证明者多。在桥已破坏时,无枪的兵、莫斯科居民、在法军车辆上的妇女与小孩,在惰力的支配下都不投降,而向前跑着上船,跑入冰水中。

这种冲动是有理的。跑者及追者的地位都是同样的不利。逃跑中的每个人留在自己的同伴之中,希望得到同伴的帮助,希望在同伴之间得到自己的确定地位。投降俄军,他是在同样的不幸地位中,但在生活需要的满足方面处于下层的地位。法国人不需知道关于半数俘虏的真实消息,对于他们,俄国人不知如何是好,虽然极希望救他们,他们却死于饥饿与寒冷,他们觉得还是不得不然的。最有怜悯心的俄国军官及爱好法国人的人,在俄军中服务的法国人,对于俘虏们没有任何办法。法国人死于灾难,俄军也处在这种灾难中。不能夺了饥饿贫乏兵士们的面包及衣服去给无害、不被恨、无罪,但只是多余的法兵。有的人甚至这么做,但还只是例外。

后面是确实的灭亡,前面是希望。船已被烧,除了一同逃跑,没有别的安全,法军全部的力量都集中在这同一阵逃跑上。

法军跑得愈远,落伍的愈可怜(特别是在渡过柏来西那以后,由于彼得堡的计划,在这里寄托了特别的希望),俄国将领们彼此归罪的情绪愈烈,特别是对于库图索夫。他们假定彼得堡的柏来西那计划的失败是由于他,因此对他的不满、轻视与嘲笑显得更加剧烈。嘲笑与轻视，没有问题，是表现在恭敬的形式中，在那种形式中，甚至库图索夫也不能问为什么他们要责备他。他们没有和他严肃地说；他们向他报告、请他下令时，做出执行不幸礼节的神情，在他背后瞎眼，在每一步骤上企图欺骗他。

这些人，只是因为不了解他，便承认同老人没有什么可说的；承认他永远不了解他们计划的深意；承认他将用关于金桥的词句（他们觉得这只是词句）回答他们，他将说到带成群的流氓越过国境是不可能的，云云。这都是他们听到他说的。他说的一切，例如，必须等候粮食，兵士无鞋，这一切是那么简单，而他们所提出的一切是那么复杂而聪明，显然他们觉得他笨而老，而他们是无权的天才的将领。

尤其是在光荣的海军大将彼得堡英雄维特根卡泰恩的入军之后，这种态度和参谋部的怨言达到最高的限度。库图索夫看到这一样，只叹气，耸肩。只有一次，在柏来西那之后，他发了脾气，写给私与皇上通信的别尼格生如下的信：

"由于你的疾病发作，请阁下接得此信，即赴卡卢加，在那里候皇帝陛下的命令与指令。"

在别尼格生被免职后，康斯丹清·巴夫洛维支太子来至军中，他曾参与战争的初端，而被库图索夫自军中调出。现在太子来至军中，向库图索夫说到皇帝不满意俄军的少胜及运动的迟缓，皇帝自己打算日内来到军中。

这个老人对于朝事及战事是同样有经验。这个库图索夫在本年八月不合皇帝意志而被选为总司令，他把嗣位太子从军中调出，他凭自己的权力,违反皇帝意志,下令放弃莫斯科。这个库图索夫现在立刻懂得他的时间已经完结,他的任务已经完毕,而他的假定的权力已不再有。他不是单凭朝廷的态度而懂得这一点。一方面他看到他所参与的战争已完结,觉得他的任务已完成。另一方面,他同时感觉到老迈身躯的体力衰弱和身体休息的必要。

十一月二十九日,库图索夫到了维尔那——他心爱的维尔那,如他所说的。在他的服务期间,库图索夫曾两次做维尔那总督。在富庶完整的维尔那,在他久不享受的生活安逸外,库图索夫还找到了旧友与回忆。他忽然离开了一切军政事务,按他身周澎湃的情绪许给他的限度,沉浸在平静习惯的生活中,似乎历史上已发生的及将发生的一切皆与他无关。

齐哈高夫,最主张切断与击破法军者之一;齐哈高夫,他起初曾希望调至希腊,后来希望调至华沙,但他不希望到达命他前往的地方;齐哈高夫,以他与皇帝谈话的勇敢而著名;齐哈高夫,他认为库图索夫是他的受恩者,因为他在一八一一年被派越过库图索夫而与土耳其订和约时,他知道和约已订,他在皇帝面前承认讲和的功荣应归库图索夫,这个齐哈高夫在库图索夫所要住的维尔那的城堡中最先遇见了库图索夫。齐哈高夫穿海军服,佩短剑,把帽子夹在腋下,把军事报告及城市的钥匙递给了库图索夫。那种青年对于龙钟老人的轻视而恭敬的态度,极度地表现在齐哈高夫所有的举动上,他已经知道了库图索夫所受的谴责。

和齐哈高夫谈话时,库图索夫顺便提到他的在保锐索佛被夺的瓷器的车辆尚完好,并且得交还给他。

"这是说我没有吃饭的器具……但相反,我能为你预备一切的餐具,甚至假使你要举行宴会。"齐哈高夫发火地说,希望用每一个字证明自己的正直,因此以为库图索夫也烦虑同样的事情。库图索夫露出细微的、透达的笑容,耸肩说:

"这只是向你说我要向你说的。"

库图索夫违反皇帝意志,把大部分军队驻扎在维尔那。据他身边的人说,库图索夫住在维尔那时,是异常不振,而且身体衰弱,他无心注意军事,把一切交付给将军们,过着消遣的生活,等候皇帝。

皇帝于十二月七日带了随从——托尔斯泰伯爵、福尔康斯基郡王、阿拉克捷夫及其他——离彼得堡,于十二月十一日到达维尔那,坐着旅行橇车,直抵城堡。城堡中虽然严密,却立着上百的穿全副军装的将军们及校官们和塞米诺夫团的荣誉卫队。

专使在皇帝之前到达城堡,喊叫:"驾到!"考诺夫尼村跑到门廊去报告库图索夫,他等在守门人的小房间里。

一分钟后,穿全副军装、胸前佩戴勋章、腰上系紧布巾的老人的胖大身躯蹒跚地走上台阶。他把帽子正面地戴在头上,手执手套,困难地斜步走下阶层,和他们走在一起,手中拿着预备呈递皇帝的报告。

纷忙,低语,又一辆飞奔的三马车,大家的眼睛皆注视在一辆奔来的橇车上,已经可以看见车上皇帝及福尔康斯基的身影。

这一切由于五十年的习惯,生理地、兴奋地感动了老将军。他顾虑地、匆忙地摸自己,戴正帽子,在皇帝下车看他的时候,他振起精神,伸直身躯,递了报告,用规律的奉承的声音说话。

皇帝用迅速目光自头到脚看库图索夫，皱眉顷刻，但立刻又压制了自己，走上看，伸开胳臂，抱老将军。由于旧习惯，由于他的兴奋的思想，这搂抱又如常地感动了库图索夫，他哭泣。

皇帝问候了军官们及塞米诺夫团的卫队，又和老人握了一次手，和他一同走入城堡。

和总司令单独相处时，皇帝向他表示了自己不满意追赶的迟缓，在克拉斯诺和柏来西那的错误，并表示了自己对于未来出国远征的意见。库图索夫未作反驳，未表示意见。七年前在奥斯特里兹战场上听皇帝命令时的同样的顺从与无意义表情，现在又露在他脸上。

当库图索夫走出房而用艰重摇摆的步伐垂头走过客厅时，有谁的声音止住了他。

"大人。"有人说。

库图索夫举头久视托尔斯泰伯爵，他用银碟子托着一件小东西，站在他面前。库图索夫似乎不明白需要他做什么。

忽然他似乎想了起来，一抹几乎不可见的笑容在他的胖脸上闪过，他低低地、恭敬地鞠躬，拿起碟上的物件。这是一等圣乔治勋章。

十一

第二天,总司令举行宴会及跳舞会,皇帝惠然光临。库图索夫被奖了一等圣乔治勋章。皇帝向他表示了最高的尊敬,但皇帝对总司令的不满是人人共知的。尊重了礼节,皇帝做了第一个例子,但大家知道这个老人有过失,他没有一点用处。在跳舞会中,当库图索夫按叶卡切锐娜朝的旧习,于皇帝进舞厅时命人把夺得的敌旗置于皇帝足下的时候,皇帝不悦地皱眉,并说了一句话,有人听到是:"老喜剧家。"

皇帝对于库图索夫的不满在维尔那增加了,特别是因为库图索夫显然不希望或者不能了解当前战争的意义。

第二天早晨,皇帝向聚集在他身边的军官们说:"你们不但救了俄国,而且救了欧洲。"这时,大家都已知道战争尚未完结。

只有库图索夫不希望了解这一点,且公然表示自己的意见,说新的战争不能改善俄国的地位,不能增加俄国的光荣,只损坏它的地位,减少它现在所处的(在库图索夫看来)最上的光荣。他企图向皇帝证明征集新军队的不可能,说到人民的艰难地位、失败的可能等等。

在这种态度之下,总司令自然地只显得是目前战争的阻碍与拖累。

为避免与老人冲突,自动地出现了办法,就是和在奥斯特里兹,和在战争开始时对于巴克拉一样,不惊动他,不向他说明,夺去总司令的实权,交给皇帝自己。

按照这个目标,司令部渐渐改组,库图索夫司令部的实权全部消失,转给了皇帝。考诺夫尼村、叶尔莫洛夫受了别人的任命。大家都大声地说总司令很衰老和健康欠佳。

他必须衰弱,以便把自己的地位让给后继者。确实,他的健康衰败了。

如同库图索夫离土耳其而在彼得堡的财政部征集民团,然后在需要他的时候指挥军队一样地自然、简单、渐进,现在同样地自然、简单、渐进,当库图索夫任务完毕时,在他的地位上有了一个新的必要的人物。

一八一二年的战争,在它的为俄国人心所重视的国家意义外,还有别的——欧洲的意义。

在从西到东的人群运动之后,将有自东到西的人群运动,为了这个新战争,必须有新的人物,他有与库图索夫不同的才能、目光,并为别的动机所推动。

为了自东到西的人群运动,为了恢复国境,亚历山大一世是必要的,正如同为了俄国的拯救与光荣,库图索夫是必要的。

库图索夫不了解欧洲、均势及拿破仑的意义,他不能懂这个。在敌人被消灭、俄国获得自由并处于最上光荣地位时,对于俄国人民代表、俄国人民之一,无事可做了。对于民族战争的代表,除死,没有别的,于是他死。

十二

　　这情形是常有的,彼挨尔在事后才感觉到在囚禁期中的身体的折磨与吃力。在他被释放之后,他去到奥来尔。在他到达的第三天,当他准备去基也夫,他生了病,在奥来尔躺了三个月。据医生们说,他是患胆热病。虽然医生治疗他,放了血,给他吃药水,他却复原了。

　　彼挨尔自释放时至生病时所发生的一切,在他心中几乎未留任何印象。他只记得灰暗的、时雨时雪的天气,内部的生理痛苦,脚上与腰上的疼痛;记得人们不幸与痛苦的一般印象;记得审问他的将军们与军官们令他不安的好奇心,自己寻觅车马的奔忙,尤其是,记得自己在那时思想与感觉的麻木。在他释放的那天,他看见了罗斯托夫·彼洽的尸身。他同日知道安德来郡王在保罗既诺战役之后还活了一个多月，只是不久之前在雅罗斯拉夫死于罗斯托夫家里。当天皆尼索夫向彼挨尔说这个消息时，顺便提到爱仑的死，以为彼挨尔早已知道了这个消息。当时彼挨尔只觉得这一切都奇怪，他觉得他不能了解这一切消息的意义。他那时只忙着赶快离开这些人类互相屠杀的地方，到一个安静的躲避处，在那里回忆、休息并思索他在这时所知道的一切奇怪新鲜的东西。但他刚到奥来尔，便生病。病好后，彼挨尔看到身边有两个从莫斯科来的什人——切任齐与发西卡，与住在他的叶尔次田庄的老郡主，她听到他的释放与生病，特来侍候他。

在健康恢复的时候，彼挨尔只渐渐从数月来他所习惯的印象中脱离出来，并觉得明天没有人再将他向什么地方赶，没有人夺取他的暖床，他可以得到确实的午饭、茶及夜饭。但在梦中，他仍然好久觉得自己是处在那样的囚禁生活中。彼挨尔同样地渐渐懂得了他在释放后所知道的消息：安德来郡王之死，妻之死，法军的覆没。

快乐的自由感觉——那种充实的、不可少的、人类与生俱有的自由，他在莫斯科城的第一个休息初次感觉到它的意义——在他康复期间充满了彼挨尔的心。他诧异这种与外在环境无关的内心自由，现在似乎多余地、奢华地因外在的自由而增加了。他是独自在陌生的城中，没有朋友，没有人告诉他什么，没有人送他到什么地方去。他所希望的都有了，从前不断地使他苦恼的关于妻的虑念不再有了，因为她已经没有了。

"啊，多么舒服！多么好！"当别人移近铺了清洁台布的桌子和喷香的肉汤时，当他夜间躺在柔软清洁的床上时，或者当他想起妻及法军都不在时，他便这么同自己说，"啊，多么舒服，多么好！"他按照旧习惯,向自己发问:"那么以后的是什么?我要做什么?"他立刻回答自己:"没有什么,我要生活。啊,多么好!"

从前使他苦恼的、他所继续寻找的生活目标,现在对于他已不存在。那个被寻找的生活目标现在不是偶然地不存在,不是一时不存在。他觉得这个目标是没有的,是不能有的。这种目标的无有给了他充分的快乐的自由感觉,现在这感觉造成了他的幸福。

他不能有目的,因为他现在有信仰——不是信仰任何原理、文字或思想,而是信仰活的、永远可以觉得的上帝。从前他在自己所定的目标中寻求上帝,这个目标的寻求只是寻求上帝。在他的囚禁期间,他不凭文字,不凭理论,而凭他的直接感觉,忽然知道了他的老保姆从前向他所说的,上帝在这里、在那里、在各处。在俘虏期中,他知道卡拉他耶夫的上帝较之共济会员们所承认的宇宙建筑中的上帝是更伟大、更无限、更不可测。他有过那种感想,好像一个人在集中目力注视远处的时候,却在自己的脚下找到了所要寻求的。他在全部生活中,从四周的人头上看着别的地方,但他不需集中目力,只要看自己面前。

他从前不能在任何事物之中看到伟大的、不可测的、无限的东西。他只觉得那东西一定在什么地方,而寻找这东西。在一切近处的可解的现象中,他只看见一个有限的、渺小的、日常的、无意义的东西。他利用智慧的望远镜,视察远方,他似觉得藏在远处雾气中的那种渺小的、日常的东西是伟大无限的,只因为他不能看得清楚。他觉得欧洲生活、政治、共济主义、哲学、慈善是如此的。但甚至在那时,在他认为是自己软弱的时候,他的智慧透达了这个远处,在那里他看到同样渺小、日常、无意义的东西。现在他学会了在一切之中去看伟大的、永久的、无限的东西，因此，自然地，为了看到这个，为了享受这种思索，他抛弃了以前在人头上观察远方的望远镜，而快乐地观察他身边的永久变化的、永久伟大的、不可测的、无限的生活。他愈近看，他愈安心、愈快乐。从前破坏他一切智力建筑的、可怕的问题"为什么"，现在对于他不存在了。现在，对于这个问题——为什么？在他心中总是预备了这个简单的回答：因为有上帝，这个上帝没有他的意志，人头上不落一根发。

十三

彼挨尔在外表举止上几乎没有改变,在态度上他还是和从前一样。和从前一样,他精神涣散,似乎不注意眼前的事情,只注意自己的事情。他从前的和现在的态度之间的差别在此:从前当他忘记目前的事情或所听的话时,他便痛苦地皱眉,好像是企图而又不能看出离他很远的东西。现在他同样地忘记他所听到的及他面前的东西,但现在他带着几不可见的,好像是嘲讽的笑容,看着他面前的东西,听着他所听的,虽显然他看见、他听到的东西全然是别的。从前他似乎是善良而不快乐的人,因此人们不禁地疏远他。现在,生活喜悦的笑容不断地挂在他嘴边,他的眼睛里发出对人们的同情——这个问题:别人和他一样地满足吗?人们在他面前觉得舒服。

从前他说话很多，当他说话而很少听人说话的时候他便急躁，现在他很少说话不休，并知道如何听人说，所以人们愿意向他说出最肺腑的秘密。

郡主从来不喜欢彼挨尔，并对他怀着特别的反感。在老伯爵死后，她觉得自己对彼挨尔负着责任，她来此的意旨是要向彼挨尔证明虽然他忘恩，她却觉得自己应该来看护他。在奥来尔小住后，使自己烦恼而惊异的是，郡主迅速地觉得自己喜欢他。彼挨尔未用任何方法去求郡主的好感，他只好奇地看她。从前郡主觉得，在他对于她的目光中是淡漠与嘲笑，而她在他面前，如同在别人面前一样，觉得畏缩，只显出她的生活的战斗方面。现在，相反，她觉得他似乎探索到她的生活的最神秘的方面，于是她先怀疑地后感激地向他表示她性格中深藏的善良的方面。

最狡猾的人不能更巧妙地偷入郡主的信仰，唤起她幼年最好时代的回忆，并对这些回忆表示同情。同时，彼挨尔所有的狡猾只是在寻找自己的满足，从凶暴的、无情的、孤傲的郡主身上找出人性的感觉。

"是的，当他不处在坏人影响之下，而在我这样的人影响之下时，他是很好的人。"郡主向自己说。

彼挨尔所发生的改变也被他的仆人们——切任齐及发西卡——凭自己感觉所注意到。他们发现他变得很简单了。[1]切任齐常常脱过了主人衣服，拿着鞋子及衣服在手里，道过夜安，迟迟不去，等着看主

---

[1] "简单"在俄文中通常意义是不作假、自然。——毛

人是否要谈话。彼埃尔常常留住切任齐,知道他想说话。

"来告诉我……你怎么弄到了食物!"他问。于是切任齐开始说到莫斯科的破坏、逝世的伯爵,拿着衣服站立很久,说着话或有时听彼埃尔说话,然后带着主人接近自己及对他友善的快乐意识,走到前厅。

虽然按照医生的习惯,医生觉得自己应该有那种人的神情,好像他的每一分钟对于痛苦的人类是宝贵的。但治疗过彼埃尔并每天来看他的这个医生,常常在彼埃尔这里坐数小时,说他自己的心爱的故事,以及对于一般病人,特别对于妇女性格的观察。

"是的,和这种人说话才舒服,不是我们在外省常有的。"他说。

在奥来尔住了几个俘虏的法国军官,医生带来个年轻的意大利军官。

这个军官常来看彼埃尔,郡主常嘲笑意大利人对彼埃尔所表示的那种温柔情绪。

意大利人显然只在他能来看彼埃尔,和他说话,向他说自己的过去、自己家庭生活、自己恋爱,并向他倾吐自己对法国人,特别是对拿破仑的不满时,才快乐。

"假使所有的俄国人都有点像你,"他向彼埃尔说,"那么,和你这样的人民打仗是渎神的事。你受了法国人很多痛困,你对他们连仇恨也没有。"

彼埃尔现在获得意大利人的热爱,只是因为他唤起了他心灵中最好的方面,并爱如此。

在彼埃尔住奥来尔的最后期间,他的旧友共济会会员维拉尔斯基伯爵曾来看他,这人就是一八〇七年介绍他入会的人。维拉尔斯基娶了一个殷富的在奥来尔省有巨大财产的俄国女子,他在城中军需处担任一项临时职务。

知道了彼挨尔在奥来尔,维拉尔斯基虽然从来不和他亲密,却带了那样的友谊亲密的表情来看他,这表情是人们在沙漠中相遇时所通常表现的。维拉尔斯基在奥来尔觉得乏味,乐意遇到一个自己圈子中和他有同样趣味的人。

但令他惊奇的是,维拉尔斯基立刻发现彼挨尔远落在现实生活的后面,并且他向自己断定,他陷在无情与自私之中。

"你不振作,我的亲爱的。"他向他说。虽然如此,维拉尔斯基现在对于彼挨尔却比从前更和易,他每天来看他。彼挨尔现在看见维拉尔斯基,听到他说话,奇怪地、怀疑地觉得他自己不久之前还是那样的。

维拉尔斯基是结婚的、有家庭的人,忙于妻的产业、职务及家事。他认为这一切是生活的阻碍,这一切是可鄙的,因为这一切的目标是他个人及家庭的幸福。军事、行政、政治及共济会的问题不断地吸引他的注意力。彼挨尔不想改变他的观点,不批评他,却以他现在所常有的文雅的、快乐的嘲笑,观察这个奇怪的他所熟悉的现象。

在彼挨尔和维拉尔斯基、郡主、医生,以及和他现在遇到的一切人的关系之中,有了新的特点,使他获得了所有人的好感:这是承认每个人有按照自己意思而思想、感觉、观察事物的可能,用文字唤醒人的不可能。这种每一个人的合法个性从前扰乱并激动彼挨尔,现在却成为他对于人们的同情与兴趣的基础。差异,有时人们的见解与自己生活间的或彼此间的完全矛盾——使彼挨尔高兴,并引起他的嘲笑的、文雅的笑容。

在现实的事件中，彼埃尔现在意外地觉得，他有了从前所没有的重心。从前，每个金钱问题，特别是金钱——这是他这样很富的人所常有的——使他处于无助的兴奋与怀疑中。"给或是不给？"他自问，"我有，他需要。但别人更需要。谁更需要？也许两个都是骗子？"在所有这些假定中，他从前找不到任何解答，在他有东西给人时，他给予一切的人。从前对于他的财产的每个问题，他是处于同样的疑惑中，那时有人说应该这么做，别的又说应该那么做。

现在使他惊异的是，他发现他对于所有这些问题不再怀疑与疑惑。现在他心中有了一个裁判者，按照他自己所不了解的法律，决定什么应该去做，什么不应该去做。

他和从前一样，对于金钱问题，漠不关心；但现在，他无疑地知道什么应该做，什么不应该做。这个新裁判权的第一次应用是一个被掳的法国上校的请求，他来看他，说了许多自己的功绩，最后说出近于要求的请求，求彼埃尔给他四千法郎寄给女人和孩子。彼埃尔没有丝毫困难与费力，拒绝了他。后来他诧异，从前觉得不可解决的困难是多么简单而容易。拒绝了法国上校，同时他决定他必须用一点手腕，以便于离开奥来尔时，使意大利军官接受他所显然需要的金钱。关于彼埃尔对于现实人事有了肯定见解的新证明，是他对于妻债问题以及莫斯科房屋及别墅是否重建问题的解决。

他的总管家来到奥来尔，彼埃尔和他作了变动的收入的概算。据总管家的计算，莫斯科火灾使彼埃尔损失在二百万左右。

总管家为对于这些损失表示安慰，向彼埃尔提出一个计算，就是，虽然有这些损失,他的收入却不但不减少,且反增加,假使他拒绝偿还伯爵夫人所遗留的债务(他没有偿还的责任),假使他不重建莫斯科及莫斯科郊外的房子,这些房子每年要耗费八万,而毫无收入。

"是的,是的,这是真的,"彼挨尔愉快地笑着说,"是的,是的,我不需要这些东西。在破坏中我更富了。"

但一月里,萨维也利支来自莫斯科,谈到莫斯科的情形,谈到建筑师关于重建莫斯科及莫斯科郊外房屋的估计,他说这件事好像是已决定的事情。同时彼挨尔接到发西利郡王及其他友人自彼得堡发来的信,在信中说到亡妻的债务。彼挨尔断定了管家使他那么满意的计划不是正当的,他应该去彼得堡了结亡妻的债务,在莫斯科盖房子。为什么必须如此,他不知道,但他无疑地知道这是必需的,他的收入因为这个决定而减为了四分之三。但这是必需的,他觉得如此。

维拉尔斯基去莫斯科,他准备同去。

在他居奥来尔的全部康复期间,彼挨尔感觉到快乐、自由与生命之情绪。但当他在途中发觉自己在自由世界中的时候,他看到成百的新面孔,这种情绪更增强。他在全部旅行中,感觉到小学生在假期中的所有快乐。所有的人——车夫、站守、路及村中的农民——都对于他有新的意义。维拉尔斯基的在侧及意见(他不断地怨诉俄国的贫穷,在欧洲的落后及无知)只是提起彼挨尔的快乐。在维拉尔斯基看见死的地方,彼挨尔看到非常强大的生活力,这力在雪上、在这个空间上,维持了这个完整、特卓、一致的人民的生活。他不反对维拉尔斯基,好像同意他(因为假同意是避免无结果的争论的捷径),快乐地笑着,听他说。

十四

　　正如同难以解释蚂蚁从破穴中忙着向何处跑，为什么跑了，有的从破穴中把废物、卵子及死尸拖往别处，有的回到破穴；为什么它们互相拥挤、追赶、殴斗——同样地难以解释那些理由，它们使俄国人在法军离开后，拥挤到那个从前叫作莫斯科的地方。但正似观看散在破穴四周的蚂蚁，虽然窝穴完全破坏，却可以凭着掘土的蚂蚁的固执、精力与数众，看到一切都破坏了，只除了一种未破坏的、非物质的、造成群体全部力量的东西——同样地，莫斯科，在十月间，虽然没有长官，没有教堂，没有神庙，没有财富，没有房子，却仍是和八月间一样的那个莫斯科。一切都破坏了，只除了一些非物质的但有力而不可破坏的东西。

在敌人撤退后,从各方面涌往莫斯科的人们的动机是极不相同的——个人的,在最初大部分是野蛮的、兽性的,只有一个动机是共同的——去到从前叫作莫斯科的那个地方,把他的活动力放在那里。

在一星期内莫斯科有了一万五千人,在两星期内莫斯科有了两万五千人,如是地下去,人数逐渐地增加着,到一八一三秋天,所达到的数目超过了一八一二年的人口。

最先入莫斯科的俄国人,是文村盖罗德支队的卡萨克兵,附近乡村的及跑出莫斯科而藏在近郊的居民。进了荒凉的莫斯科的俄国人看到莫斯科被抢,他们也抢。他们继续做了法国人所做的事情。农民的车辆来到莫斯科,为了把一切抛弃在破碎的莫斯科房屋里及街道中的东西运回乡村。卡萨克兵把能带走的都带到他们的营帐里。屋主们收集了他们在别家找到的一切,借口这是他们的财产,把东西运到自己的家里。

但在第一批的抢劫者之后有第二批的、第三批的,因抢劫者的增多,抢劫变得更加困难,并取了更确定的形式。

法国人虽然发现莫斯科是空城,但它具有有机的正常的活城的各种形式,有各行商业、工艺、奢华、政府机关及宗教。这些形式是没有生命的,但它们仍然存在。有市场、商店、货栈、粮食店、商场——大都有物品,有工厂,有作坊,有宫殿,有充满奢侈品的富家房屋,有病院、监狱、法庭、礼拜堂、大教堂。法国人留得愈久,这些城市生活的形式愈消灭,最后一切都化合在一场混乱的没有生气的抢劫中。

法军的抢劫愈长久,莫斯科的财富及抢劫者的力量损失愈大。俄军进莫斯科后所开始的抢劫愈长久,参加的人愈多,莫斯科的财富及正常的城市生活恢复愈快。

在抢劫者之外,有各种不同的,或被好奇心,或被职务的责任,或被私利所吸引的人——屋主、教士、大小官吏、商人、工人、农人——从各方面回到莫斯科,如血脉归心。

在一星期之内,赶空车进城预备运走物品的农民们,被官吏所留阻,并被强迫从城里运出尸体。别的农民们听到同伴们的失败,带了麦子、燕麦、草秸进城,互相把价钱跌得比从前更低。成群的木匠希望得到高工资,每天来到莫斯科,各方面伐木造新屋,修补被烧的旧屋。商人在棚子里陈列物品。食店和旅店开设在焦糊的房屋。神甫在许多未被烧的教堂里恢复了祈祷,赠予者送还了教堂被抢的财物。官吏们把有布的桌子和有公文的架子放在小房间里,高级官吏及警察处理了法军遗留的物品。有许多屋子里留下了自别家抢出的物品的屋主们,抱怨说将一切物品运到多面宫是不公平的。别的人主张这一点,说法国人从各家把东西聚在一处,因此把在这里所发现的物品给予那个屋主是不公平的。他们骂警察,贿赂警察。关于被烧的公家财物,他们写了十倍的估计,他们要求了救济。拉斯托卜卿伯爵又写他的布告。

十五

一月底，彼挨尔来到莫斯科，住在完好的厢房里。他去看拉斯托卜卿伯爵，看几个回莫斯科的朋友，准备在三日内赴彼得堡。大家庆祝胜利，在荒凉的复苏的城市里的一切都生气沸腾。大家对于彼挨尔都快乐，大家都愿意见他，大家都探问他所看见的事情。彼挨尔觉得自己对于一切他所遇到的人有特别的友好感觉。但现在，他不禁地防备着所有的人们，以免受到任何牵累。对于别人问他的一切问题——重要的或最琐碎的，无论是他们问他，他将住在何处？他是否要盖房子？他何时去彼得堡以及是否能够带箱子？他回答"是的，也许，我想"，云云。

关于罗斯托夫家，他听说他们在考斯特罗马，关于娜塔莎的思想却很少来到他的心中。即使它来到,它也只像是遥远过去的愉快回忆。他觉得自己不仅摆脱了日常生活的环境,而且摆脱了那种思想,这思想他觉得是他有意地让自己想到的。

在他到莫斯科后的第三天,他从德路别兹考家知道玛丽亚郡主在莫斯科。安德来郡王的死,痛苦与最后的日子,常常使彼挨尔挂念,现在又新鲜生动地来到他的脑中。在吃饭的时候知道了玛丽亚郡主住在夫司德维任卡街自己的未被烧的屋子里,他当晚即去看她。

在赴玛丽亚郡主住地的途中,彼挨尔不断地想到安德来郡王、自己和他的友谊、和他各次的相会,特别是最后在保罗既诺的相会。

"难道他是死于那时候的那种愤怒心情中吗?难道生命的意义在死前没有展示给他吗?"彼挨尔想。他想起卡拉他耶夫、他的死,不觉地开始比较这两个人,他们是那样地相异,同时在他对于两人的爱中是那样地相同,因为两人都活过,都死了。

在最严肃的心情中,彼挨尔到了老郡王的宅第。这个屋子是完好的,在屋子里可以看到破坏的痕迹,但屋子的性质还是如旧。老用人带着严肃的面情迎接彼挨尔,似乎要让客人觉得老郡王的不在并未破坏家庭秩序,他说郡主住在自己的房间里,在星期日见客。

"你去通报,也许接见。"彼挨尔说。

"就是,"用人回答,"请你到像室。"

几分钟后,用人和代撒勒来见彼挨尔。代撒勒将郡主的意思转达了彼挨尔,说她很高兴见他,并请他恕她无礼,上楼到她房里去。

在一间不高的、点着一支蜡烛的房间里,坐着郡主和一个穿黑衣的人。彼挨尔想起郡主总是有女伴,但这些女伴是谁,是什么样的,彼挨尔不知道也想不起。"这是她的女伴之一。"他看着穿黑衣的人这么想。

郡主迅速立起迎他，并伸出手。

"是的，"在他吻过她的手之后，她看着他的改变的面孔时说，"我们就是这样相会了，他在最后的时候常常说到你。"她说时把目光从彼挨尔身上羞缩地移到女伴的身上，这神情在顷刻之间感动了彼挨尔。

"我是那样高兴，知道了你的安全。这是我们好久以来所得到的唯一快乐的消息。"郡主又更加不安地看女伴，想说什么，但彼挨尔打断了她的话。

"你可以想想看，我一点也不知道他的事，"他说，"我以为他打死了。我所知道的一切都是从别人那里知道的，转了三次手。我只知道他落在罗斯托夫家……多么奇怪的命运！"

彼挨尔迅速热情地说。他看了一下女伴的脸，看见注意的、亲善的、好奇的目光看着他，在谈话的时候这种情形是常有的。由于某种原因，他觉得这个穿黑衣女伴——是一个可爱的、善良的、美丽的人，不阻碍他和玛丽亚郡主的亲密谈话。

但当他说到关于罗斯托夫家的最后的话时，玛丽亚郡主脸上的窘困更为显著。她又将目光自彼挨尔的脸上移到黑衣女子的脸上，她说：

"你当真不认识吗？"

彼挨尔又看了一次女伴的苍白、消瘦、有黑眼睛和奇怪嘴唇的面孔，一种亲近的、久忘的，甚于可爱的目光，从那双注意的眼睛里看着他。

"但不是,这是不可能的,"他想,"这个严肃的、消瘦的、苍白的、变老的面孔吗?这不会是她,只是回忆。"但在这时,玛丽亚郡主说了:"娜塔莎。"有注意的眼睛的面孔,痛苦地、费力地好像打开锈门——笑了,从这道打开的门中忽然彼挨尔发出并冲来那久忘的幸福,这幸福特别是他现在没有想到的。它发出、包围并全部吞没了他。当她笑时,已不能再有怀疑:这是娜塔莎,而他爱她。

在最初的时候,彼挨尔不禁问她,问玛丽亚郡主,尤其是向自己说出了自己所不觉得的秘密。他快乐而痛苦地脸红,他想隐藏自己的兴奋,但他愈想隐藏,反愈明显——比最确定的话还明显——他向自己,向她和玛丽亚郡主说了他爱她。

"不,是这样的,是意外的。"彼挨尔想。但他刚要继续他和玛丽亚郡主已开始的谈话时,他又看娜塔莎,他的脸显得更红——快乐与恐怖的情绪更强力地笼罩了他的心。他言语吃讷,在话中停顿。

彼挨尔未注意到娜塔莎,因为他从未希望在这里看见她;但他不认识她,因为自他们分别以来,她所发生的变化很大。她消瘦了,苍白了。但不是这个使她难认识,在他进门的时候,她不能够被人认识,因为这个面孔上的眼睛从前总是发出生命喜悦的潜藏的笑容,现在,当他进来初看她的时候,没有了笑迹,只有注意的、善良的、忧郁疑问的眼睛。

彼挨尔的窘态没有在她的脸上反映出窘态,而只是淡薄地映在她整脸上的乐趣。

十六

"她到我这里做客,"玛丽亚郡主说,"伯爵和夫人几天内就要来,伯爵夫人是在可怕的情形中。但娜塔莎自己必须看医生,他们硬要她同我来。"

"是的,没有苦恼的家庭,是有的吗?"彼挨尔向着娜塔莎说,"你知道,这事正是在我们被释放的那天发生的,我看见了他。他是多么美丽的少年!"

娜塔莎看他,只把她的眼睛睁得更大更亮,作为回答他的话。

"在给人安慰时,能够说什么,想什么呢!"彼挨尔说,"什么也没有。为什么这样高贵的充满生命的少年要死呢?"

"是的,在我们这个时代,没有信仰是难以生活的……"玛丽亚郡主说。

"是的，是的，这是真理。"彼挨尔赶快地插言。

"为什么?"娜塔莎问，注意地看彼挨尔。

"为什么?"玛丽亚郡主说，"只是什么东西在那里等待我们……"

娜塔莎未听完玛丽亚郡主的话，又疑问地看彼挨尔。

"因为，"彼挨尔继续说，"只有相信上帝在领导我们的人，才能忍受像她的……像你的这种损失。"

娜塔莎已经张口想说什么，但忽然中止。彼挨尔赶快自她面前转过去，又向玛丽亚郡主探问他的友人的最后日子的生活。彼挨尔的窘态现在几乎消失了，但同时他先前的自由全消失了。他觉得对于他的每一言语、行为，现在有了一个裁判者，他的裁判对于他比全世界人们的裁判还要宝贵。他现在说话，但同时他考虑他的话对于娜塔莎所发生的影响。他不有意地说那可以使她高兴的，但无论他说了什么，他用她的观点裁判了自己。

玛丽亚郡主勉强地（在这种情形中总是如此的）开始说到她所看见安德来郡王的情形。但彼挨尔的问题、他的急切不安的目光、他的兴奋打战的面孔渐渐使她做详细叙述，这是她为了自己而怕在想象中回忆的。

"是的，是的，这样，这样……"彼挨尔说，把整个的身体朝前向着玛丽亚郡主，并热心地听她的说话。"是的，是的，那么他心安了吗? 缓和了吗? 他总是那样地用他的全部心力去寻找一件东西: 成为完好的好人，所以他不能怕死。他所有的缺点，假使他有，不是发生于他自己。那么他缓和了吗?"彼挨尔说。"他看见了你,这是多么快乐的事啊!"他忽然地转向娜塔莎说,用满含泪水的眼睛看她。

娜塔莎的脸打战,她皱眉,眼睛垂了一会儿。她迟疑了一下,说还是不说?

"是的,这是一件乐事,"她用低弱的胸部的声音说,"对于我这确是一件乐事。"她停住,"他……他……他说,在我走到他面前的时候,他希望这个……"娜塔莎的声音破碎了。她脸红,用手压膝,显然是用力控制了自己,忽然抬起头,迅速地开始。

"我们出莫斯科的时候,一点也不知道,我不敢问到他。忽然索尼亚告诉我,他和我们在一起。我什么也没有想,不能设想他是在什么情形中,我只要看见他,和他在一起。"她打战而喘息地说。她没有让自己被打断,她说了她从未向任何人说过的话:她在他们的三星期的旅途生活及雅罗斯拉夫生活中所经历的一切。

彼挨尔张着嘴听她说,满含泪水的眼睛没有离开她。听她说话时,他不想到安德来郡王,不想到死,不想到她所说的。他听她说话,只怜惜她现在说话时所受的痛苦。

郡主为了想约制眼泪而皱眉,坐在娜塔莎旁边,第一次听到她哥哥与娜塔莎在最后时日中恋爱的故事。

这个苦恼而快乐的叙述,显然对于娜塔莎是必要的。

她说着,把最肺腑的秘密交杂在最微末的细节中,似乎她永远说不完。她几次重述一件事。

代撒勒的声音在门外问尼考卢施卡可否进房来道晚安。

"这就是一切,一切……"娜塔莎说。在尼考卢施卡进房时,她迅速立起，几乎是跑到门边，头碰在门帘后边的门上，发出既非疼痛又非悲哀的嚷声，冲出了房。

彼挨尔看着她所走出的门，不明白为什么他忽然在全世界上显得孤独。

玛丽亚郡主把他从神散中唤起，把他的注意力移在进房的侄儿身上。

尼考卢施卡的脸像他的父亲，在彼挨尔此刻心情镇静时，那样地感动了他，他吻了尼考卢施卡，赶快立起，取出手帕，走到窗前。他想与玛丽亚郡主道别，但她留住了他。

"不要走，我和娜塔莎常常不过两点钟是睡不着的，请坐一会儿吧，我叫人开夜饭。下楼去吧，我们马上就到。"

在彼挨尔出房之前，郡主向他说：

"这是她第一次这样地说到他。"

十七

彼埃尔被引到明亮的大餐室。几分钟后,听到了足音,郡主与娜塔莎走进了房。娜塔莎安静了,但严肃的无笑容的表情现在又回到她的脸上。玛丽亚郡主、娜塔莎和彼埃尔同样地感觉到那种不自如的情绪,这是在严肃的知己的谈话结束后所常有的。继续先前的谈话是不可能的,说琐事未免无聊,沉默又不舒服,因为有人想说话,而这种沉默好像是虚伪的。他们沉默地走到桌前。用人拉开又凑近椅子。彼埃尔打开冷的餐布,看了看娜塔莎和玛丽亚郡主,决定打破沉默。她们二人显然这时也决定了同样的事:两人眼睛里闪出生活的满足,并承认在悲哀之外还有快乐。

"你吃麦酒吗,伯爵?"玛丽亚郡主说,这些话忽赶走了过去的阴影。"你自己的事吧,"玛丽亚郡主说,"关于你,他们说了那些不可信的奇闻。"

"是,"彼挨尔带着他现在所习惯的笑容的淡泊的嘲讽回答,"我自己也听到过那些我梦想不到的奇闻。玛丽亚·阿不拉摩夫娜请我到她那里,向我说了一切我所发生的或者应该发生的。斯切班·斯切班诺维支教我如何说。总之我看到,做一个有趣的人是很舒服的(我现在是一个有趣的人);他们叫我去,向我说。"

娜塔莎笑,想说什么。

"我们听说,"玛丽亚郡主抢先说,"你在莫斯科损失了二百万。这是真的吗?"

"但我富了三倍。"彼挨尔说。虽然亡妻的债务和盖屋的费用改变了他的家业,彼挨尔却继续说他富了三倍。

"我所确实获得的,"他说,"是自由……"他开始严肃地说,但他无意继续,他注意到这是太自私的话题。

"你要盖房子吗?"

"是的,萨维也利支说一定要。"

"你说吧,你留在莫斯科了,还不知道伯爵夫人的去世吗?"玛丽亚郡主说,立即脸红。她看到在他说到他自由了这话以后,她发现这个问题,她是在他的话上加了话中也许没有的意义。

"没有。"彼挨尔回答,显然不觉得玛丽亚郡主关于他的话不得体。"我在奥来尔知道这件事,你们不能设想它是如何地惊动我。我们不是模范的夫妇。"他迅速地说,看了看娜塔莎,在她的脸上看到她的好奇心:他将如何说到他的夫人。"但她的死极感动我。两个人争吵的时候,总是两个人都有错。对于不复存在的人,一个人的过错忽然要变得异常沉重。后来这种死……没有朋友,没有安慰。我很,很可怜她。"他结束,满意地看到娜塔莎脸上快乐的赞许。

"是的,所以你又是单身汉,可以结婚了。"玛丽亚郡主说。

彼挨尔忽然脸色绯红,好久不想看娜塔莎。当他决定看她时,她的脸显得冷淡,更严肃,他甚至觉得轻蔑。

"我们听说你看见拿破仑,同他说话,是真的吗?"玛丽亚郡主问。

彼挨尔笑。

"没有过,从来没有过。大家总是以为做俘虏便是在拿破仑那里作客。我不但没有看见他,也没有听到他的事。我是在极坏的团体中。"

夜饭完毕,彼挨尔起初不愿说自己的被掳,渐渐地被引到这个题目里。

"但是你留下来,要杀拿破仑,是真的吗?"娜塔莎微笑地问他,"我们在苏哈来夫塔下见面的时候,我猜的,你记得吗?"

彼挨尔承认了这件是真的,从这个问题开始,渐渐地被玛丽亚郡主的,特别是娜塔莎的问题所领导他关于自己的冒险做着详细的叙述。

开始他带着讽刺的、温和的见解说,这见解是他现在对于一切的人,特别是对于他自己所有的。但后来,当他说到他所见的恐怖与痛苦时,他不自觉地被吸引,并开始带着压制的兴奋,这是在回忆中回想强烈印象时所有的。

玛丽亚郡主带着微微的笑容,看看彼挨尔,又看看娜塔莎。她在全部的叙述时间,只看着彼挨尔和他的好处。娜塔莎用手支头,带着脸上随着故事不断变化的表情,一刻也不离开地注意着彼挨尔,显然是和他一同在感觉他所说的一切。不仅是她的目光,而且她的惊异,以及她所发的短问,也向彼挨尔表示,在他所说的话中,她正了解他所想表达的。显然她不仅了解他所说的,并且了解他想表达而不能用语言表达的。关于他和小孩及妇人——他为了保护他们而被捕——的奇遇,他这么说:

"这是一个可怕的情景,小孩们被抛弃,有几个人在火里……在我面前他们拖出一个小孩……妇女,她们的东西被抢走,耳饰被扯下……"

彼挨尔脸红而迟疑。

"来了一个巡逻队,那些未抢劫的人都被抓了,我也在内。"

"你一定没有说出一切,你一定做了什么事……"娜塔莎说,停了一下,"更好的。"

彼挨尔继续向下说。当他说到行刑时,他想放过可怕的详情,但娜塔莎要求他什么也不要遗漏。

彼挨尔开始说到卡拉他耶夫(他已经在桌边立起,来回走动,娜塔莎的眼睛跟随着他),又停止。

"不,你们不能了解我从这个不识字的人所学到的东西——他是个简单的人。"

"不,不,你说,"娜塔莎说,"他在哪里?"

"他们把他几乎当我的面打死了。"于是彼挨尔开始说他们退却的最后情形、卡拉他耶夫的疾病（他的声音不断地打战）及他的死。

彼挨尔那样地说，他的历险好像他从来不曾回想过。他现在似乎在他所经历的一切之中看到新的意义。现在，当他向娜塔莎说这一切时，他感到那种少有的喜悦，这喜悦是妇女听男子说话时给男子的——不是聪明的妇女们所给的。她们听话时，或者企图记住她们所听的，以便增加她们的智慧，并在适当机会中重述它，或者使所说的适于她们自己的观念，并迅速说出她们小小智慧作坊中所制出的聪明言语。但这种喜悦是真正的妇女所给的，她们禀赋了选择并吸收男性表现中最好部分的本领。娜塔莎自己不知道她是全部的注意，她不放弃只字、声音的每一震颤、每一目光、面部肌肉的每一皱动、彼挨尔的每一姿势。她迅速地预先抓住未说的字，直接带到自己开放的心中，猜测彼挨尔全部精神工作的秘密意义。

玛丽亚郡主懂得他的故事，同情他，但她现在看到别的吸引她全部注意的东西，她看到娜塔莎与彼挨尔之间爱情与幸福的可能。这个第一次来到她心中的思想，使她心中充满了快乐。

已是凌晨三点钟。用人们带着忧郁的、严肃的脸来换蜡烛，但没有人注意他们。

彼挨尔说完了自己的故事。娜塔莎用明亮兴奋的眼睛继续固执地注意看彼挨尔，好像是希望了解其余的，他也许未说的。彼挨尔在羞涩而快乐的窘态中时时看她，想着现在要说的，以便把谈话调换一个题目。玛丽亚郡主无言。谁也没有想到现在已是凌晨三点钟，已是睡觉的时候。

"他们说，不幸，痛苦？"彼挨尔说，"但假使现在，马上有人问我：你愿意像在被囚禁之前那样,还是愿意再从头经过一切?谢谢上帝,再囚禁一次,再吃马肉吧。我们以为,我们一脱离了习惯的道路,一切都完了,但这里只是开始了新的更好的。有生命的时候,即有幸福。在我们前面有许多,许多东西。我向你说这个。"他向娜塔莎说。

"是,是,"她说,回答全然不同的事,"我什么也不想,只想再从头经历一切。"

彼挨尔注意地看她。

"是的,没有别的了。"娜塔莎肯定地说。

"不对,不对,"彼挨尔喊叫,"我活着,我想活,是无罪的;你也是如此。"

娜塔莎忽然把头垂到手里哭。

"你怎么,娜塔莎?"玛丽亚郡主说。

"没有什么,没有什么。"她含着眼泪向彼挨尔笑,"再会,是睡觉的时候了。"

彼挨尔立起告别。

* * *

玛丽亚郡主与娜塔莎和平常一样,在卧室相会。她们说到彼挨尔所说的。玛丽亚郡主不说自己对于彼挨尔的意见。娜塔莎也不说到他。

"好,再见,玛丽,"娜塔莎说,"你知道,我常常怕,我们不说到他(安德来郡王),好像我们怕侮辱了我们的情感,而把他忘记了。"

玛丽亚郡主深深叹气，用这个叹气承认娜塔莎的话正确，但在语言上她不和她同意。

"能够忘记吗？"她问。

"我今天那么高兴地说了一切，这是困难的、痛苦的，好的，很好。"娜塔莎说。"我相信他是确实爱他。因此我向他说……我告诉他，没有关系吗？"她忽然脸红着问。

"彼挨尔吗？啊，不！他是多么美丽。"玛丽亚郡主说。

"你知道，玛丽，"娜塔莎忽然说，带着玛丽亚郡主在她脸上久不见到的顽皮的笑容，"他弄得这样清洁、光滑、新鲜，好像是刚出浴。你懂吗？——精神上的出浴。是吗？"

"是的，"玛丽亚郡主说，"他获得了很多。"

"他的短外衣和短发，正像，正像出浴……爸爸常……"

"我懂得，为什么他（安德来郡王）没有爱过任何人，像爱他这样。"玛丽亚郡主说。

"是的，他和他不同。他们说，男子极不相同的时候便是好朋友。这一定是真的。真的，他没有任何地方和他丝毫相同吗？"

"是的，他是这样奇怪的人。"

"好，再见。"娜塔莎回答。那个顽皮的笑容好像是遗忘了，在她脸上留了很久。

十八

  这天夜里彼埃尔好久睡不着,他来回地在房中徘徊,有时皱眉,深思着什么困难的事情,有时忽然耸肩,摆动身体,有时幸福地笑。

  他想到安德来郡王、娜塔莎、他们的爱情,有时他嫉妒她的过去,有时因此而责备又宽恕自己。已是上午六点钟,他还在房中走动。

  "假使不能不如此,那么,怎么办呢?怎么办呢?!意思是一定如此。"他向自己说,赶快地解衣,躺到床上,幸福而兴奋,却没有怀疑与不决。

  "这种幸福无论是多么奇怪,多么不可能,一定,一定要做一切,让我和她做夫妇。"他向自己说。

彼挨尔在几天之前即规定了星期五赴彼得堡。当他星期四醒来时,萨维也利支来请示关于收拾旅途的东西。

"怎么,去彼得堡?什么事去彼得堡?谁在彼得堡?"他不觉地问自己。"是的,这是很早以前,在这件事发生之前的事情,我为了什么而准备去彼得堡。"他想起。"为什么?我也许要去。他是多么善良、注意,他如何记住一切!"他想,看着萨维也利支的老脸。"多么好看的笑容!"他想。

"怎么,还不希望自由吗,萨维也利支?"彼挨尔问。

"大人,为什么我要自由?在过去的伯爵手下,他在天国里,我们活着,在你手下,没有看到损害。"

"好,但是孩子们呢?"

"孩子们也要过活,大人,在这样的主人手下,是能够生活的。"

"好,但我的后人呢?"彼挨尔说。"我若马上结婚……这是会有的事。"他又带着不觉的笑容说。

"我敢说,大人,这是好事。"

"他以为这事多么轻易,"彼挨尔想,"他不知道,这是多么可怕,多么危险,太早或者太迟……可怕!"

"有什么吩咐吗?明天要走吗?"萨维也利支问。

"不走,我要迟几天,我到时再说,你原谅我麻烦。"彼挨尔说,看着萨维也利支的笑容。他想:"但这是多么奇怪,他不知道现在我没有任何彼得堡,在万事之前,要决定这件事。或者,他真知道,但他只是作假。和他说吗?他觉得如何?"彼挨尔想:"不,迟一迟吧。"

在早餐时，彼埃尔告诉郡主说他昨天在玛丽亚郡主家，在那里看见——可以向自己想想看是谁——娜塔莎·罗斯托夫！

郡主的神情表示她在这个消息里，好像在彼埃尔看见安娜·塞米诺夫娜这回事里，看不到任何非常的东西。

"你知道她吗？"彼埃尔问。

"我看过郡主，"她回答，"我听说有人替她和小罗斯托夫做媒。对于罗斯托夫家，这是很好的，据说，他们完全倾家了。"

"不，你知道罗斯托夫小姐吗？"

"我那时只听到这个故事，很可怜。"

"不，她不懂或者作假，"彼埃尔想，"最好，不向她说。"

郡主也为彼埃尔预备了上路的食物。

"他们都是多么善良，"彼埃尔想，"在这已确实对于他们不能再有兴趣时，他们现在还注意这一切，一切是为我，这是奇怪的事情。"

同日，一个警官来向彼埃尔报告，要他派一个亲信的人去多面宫接收今天发还原主的财物。

"还有这个人，"彼埃尔想，看着警官的面孔，"多么和善、美丽的警官，又多么善良！现在他忙着这种琐事，他们还说他不诚实、受贿，多么无聊的话！还有，他为什么不受贿？他是受过那种教养的，大家都做那样的事。但这样好看的、善良的面孔，看着我笑了。"

彼埃尔去玛丽亚郡主那里吃午饭。

在街上被焚的房屋之间走过时，他惊异这种废墟的美丽。房子的烟、颓墙在火场上展开，互相遮盖，令人生动地想起来因与考利西。

所遇的车夫、乘客、砍柱子的木匠、女贩、店员都带着愉快明亮的面孔——看彼挨尔,似乎在说:"啊,他在这里!看,这要发生什么。"

进玛丽亚郡主的家时,彼挨尔怀疑他是否果真昨晚在这里看见了娜塔莎,和她说了话。"也许这是我设想的,也许我进去了看不见任何人。"但他还未进房,便由于一时的自由消失,他在全部身心上感觉她的在场。她仍旧穿了有软褶的黑衣,梳着和昨天同样的头,但她已全然不同。假使她在他昨天进房时是那样,他便不至于不能立刻认出她。

她还是如他所知道的,在她几乎是小孩时那样,在她与安德来郡王订婚后那样。愉快的、疑问的目光闪耀在她的眼睛里,在脸上是和善的、异常顽皮的表情。

彼挨尔吃了饭,打算坐一整晚,但玛丽亚郡主要去做晚祷,于是彼挨尔和她们同去。

第二天彼挨尔来得早,吃了饭,坐了一晚。虽然玛丽亚郡主与娜塔莎显然很高兴客人,虽然彼挨尔的全部生活兴趣现在集中在这个房子里,傍晚的时候,她们便已说完一切,而谈话不断地从这个琐屑的题目上转到另一个琐屑的题目上,且常常中断。彼挨尔这天晚上坐得那么迟,玛丽亚郡主与娜塔莎彼此交换目光,显然是期待着他是否就要走。彼挨尔看到这一点,他不能走。他觉得窘迫、不自然,但他仍然坐着,因为他不能起身走去。

玛丽亚郡主看不到完结,最先立起,申述头痛,开始说再会。

"那么你明天去彼得堡吗?"她说。

"不,我不去,"彼挨尔赶快地、惊异地说,似乎愤慨,"但不,去彼得堡吗？明天，但我不说再会。我要来看有什么托付的事情。"他站在玛丽亚郡主面前，脸发红却不走开。

娜塔莎把手伸给了他，并走出。反之，玛丽亚郡主不走开，却坐到椅子里，用明亮深沉的目光严肃而注意地看彼挨尔。她刚才显然表现的疲倦，现在全然消失。她深深地、长长地叹气，好像是准备作长谈。

彼挨尔所有的窘态与不自然在娜塔莎离去时忽然消失，并变为兴奋的热情。他迅速把椅子移近玛丽亚郡主。

"是的，我想告诉你，"他说，回答她的目光，好像是回答她的话，"郡主，帮助我。我怎么办呢？我能希望吗？郡主，我的朋友，你听我说。我知道一切，我知道我配不上她，我知道现在不能说这事。但我想做她的哥哥，不是，这个我不……不希望，不能……"

他止住，用手拭脸和眼睛。

"那么，这样。"他继续说，显然是在努力要自己说得有线索。"我不知道，我从什么时候爱上她。但我只爱她，在我全部生活中只爱她，我是这样爱她，没有她，我就不能为自己设想生活。现在去向她求婚，我没有决定；但这个思想，就是也许可以做我的夫人，我失掉这个机会……机会……是可怕的。告诉我，我能希望吗？你说，我怎么办？亲爱的郡主。"他说，停了一会儿，因为她不回答而触她的手。

"我在想你向我所说的，"玛丽亚郡主回答，"这是我要向你说的。你是对的，现在向她说到爱情……"郡主停止。她想说，现在向她说到爱情是不可能的，但她止住，因为她在这三天，从娜塔莎的忽然改变上,看到不仅假使彼挨尔向她说自己的爱情,娜塔莎不至于愤怒,而且她也希望同一的事情。

"现在向她说……不可能。"玛丽亚郡主仍然说。

"但我怎么办呢?"

"把这件事信托我吧,"玛丽亚郡主说,"我知道……"

彼挨尔看玛丽亚郡主的眼睛。"那么,那么……"他说。

"我知道她爱……爱你。"玛丽亚郡主纠正了自己。

她还未及说这话,彼挨尔已跳起,带着惊悸的面孔抓住玛丽亚郡主的手。

"你为什么这么想?你以为我能希望吗?你以为?!"

"是的,我以为,"玛丽亚郡主笑着说,"你写信给她父母。信托我,我在能说的时候向她说。我希望这件事,我心里觉得这事将成功。"

"不,这是不能够的!我多么快乐!但这不可能……我多么快乐!不,不可能!"彼挨尔说,吻玛丽亚郡主的手。

"你去彼得堡,这更好。我写信给你。"她说。

"到彼得堡?去?是,很好,去。但我明天可以来看你吗?"

次日,彼挨尔来告别。娜塔莎不如前几天活泼。但这天,彼挨尔偶尔看她的眼睛,觉得他消失了,他和她都没有了,只有一个幸福的感觉。"果真吗?不,不可能。"他当那使他心中充满快乐的她的每一目光、每一姿势、每一个字这么说。

当他向她告别,握住她的纤细瘦弱的手时,他不禁把她的手握得稍久。

"这只手，这个脸，这双眼睛，我觉得生疏的这全部的妇女美丽，能够，这一切能够永远是我的。对于我如同我对自己一样的熟悉吗？不，这不可能……"

"再见，伯爵。"她大声向他说。"我很盼望你。"她低声说。

这句简单的话、目光和随同目光的面情，在两个月中，成了彼挨尔不尽的回忆、解释与幸福的幻想的题目。"我很盼望你……是，是，她怎么说的？是，我很盼望你。啊，我多么幸福！我怎么会这样幸福！"彼挨尔向自己说。

十九

彼挨尔现在的心情,没有任何地方和他与爱仑订婚时在同一情形中的心情相似。

他不重复那时候带着痛苦的羞耻所说的话,不向自己说:"啊,为什么我不说这个,为什么,为什么我那时说:我爱你?"现在,相反,他将她的和他的每一个字,连同所有面情与笑容的细节,在心中重复着,他不想减少,也不想增加,只想重复。这个怀疑——他要做的事是好还是坏——现在毫无痕迹。只有一个可怕的怀疑偶尔来到他的心中。这一切不全是梦境吗?玛丽亚郡主没有弄错吗?我不太骄傲、太自信吗?我相信,但忽然,这一定要发生的,玛丽亚郡主告诉了她,而她笑着回答:"多么奇怪!他一定弄错了。他难道不知道他是一个人,只是人,而我……吗?我是完全不同的,更高的。"

只有这个怀疑常常来到彼埃尔心中。他现在也不做任何计划,他觉得当前的幸福是那么不可信,假使它来到了,则别的事是不可能了。一切都完了。

一种快乐的、意外的、彼埃尔觉得受不了的疯狂支配了他。全部生活意义(不仅是对于他的,而且是对于全世界的)在他看来只限于他的爱情和她爱他的可能性。有时他觉得所有的人只注意一件事情——他的未来幸福。他有时觉得所有的人都和他一样快乐,只是企图遮隐这种快乐,伪作注意别的兴趣。在每个字和动作上,他看到自己幸福的暗示。他常常以他的严肃的、表现内心同意的、幸福的目光与笑容,使他所遇到的人们惊奇。但当他明白了人们不能了解他的幸福时,他一心一意地可怜他们,并感觉到一种愿望——要向他们说明,他们所注意的一切是完全无意义的、无用的、不值得注意的。

当别人向他提议去服务时,或者当他们批评什么一般的政治问题与战争,并假定全体人民的幸福取决于这个或那个事件结果时,他带着微微的同情的笑容听,并以他的奇怪意见惊异和他说话的人。但那些人,彼埃尔觉得他们懂得真正的生活意义,即懂得他的情绪的人们,和那些不幸的,显然不了解这一点的人们——所有的这些人,在彼埃尔看来,这时都在他那热烈情绪的鲜明光辉中,他无论遇到什么人,不用丝毫费力,立刻就可看见他的一切良好与可爱的地方。

处理他的亡妻的遗物与文件时,他对于她的印象没有任何感觉,只可惜她不知道他现在所知道的幸福。发西利郡王现在因为得到新的位置与星章而特别骄傲,在他看来,他是一个动人的、善良的、可怜的人。

彼挨尔后来常常想起这个幸福的疯狂时期。所有他在这时对于人们及环境所下的批评，对于他是永远真实的。他后来不仅不否认他对于人们与事物的这些见解，且反之，他在内心的怀疑与矛盾中，回返到他在这个疯狂时期所有的见解中，这个见解永远是真实的。

"也许，"他想，"我那时显得奇怪、可笑；但我那时并不如所显得的那么疯狂。相反，我那时比较任何时候更聪明、更洞达，并了解生活中值得了解的一切，因为……我那时是幸福的。"

彼挨尔的疯狂是由于此，就是他为了爱人们，而不像从前那样，等候他所赞人们美德的个人理由，但爱充满了他的心，他无理由地爱人们，总是找到无疑的理由，为这些理由值得去爱他们。

二十

自从第一天晚上,娜塔莎在彼挨尔走后,带着快乐嘲讽的笑容,向玛丽亚郡主说他正似,正似出浴,短外衣,短发——自从那时起,便有了一种潜隐的、她自己不知道的但不可抵抗的东西,醒觉在娜塔莎的心中。

一切:脸、步态、目光、声音——她的一切都忽然变了。她自己觉得意外的生活力、幸福的希望——浮出表面,要求满足。自从第一天晚上,娜塔莎似乎忘了她所发生的一切。她自那时起从不怨诉自己的境况,一个字也不说到过去,已不怕对将来做愉快计划。她很少说到彼挨尔,但当玛丽亚郡主提到他时,久熄的光辉又在她眼中燃起,她的嘴唇皱出奇怪的笑容。

娜塔莎发生的改变在先惊吓了玛丽亚郡主,但当她知道它的意义时,这个改变使她悲伤。"她能够这样薄地爱我哥哥,这样快地把他忘记吗?"玛丽亚郡主独自思索这个改变时,这么想。但她和娜塔莎在一起时,她不气她,不责备她。支配娜塔莎的醒觉的生命力是显然那么不可约制,那么出乎她自己意料,玛丽亚郡主在娜塔莎面前觉得她甚至在自己心中也无权责备她。

娜塔莎那么充分地、诚恳地顺从了新的情绪,她不试图遮隐,她现在不悲伤,却欢喜而快乐。

与彼埃尔夜谈后,玛丽亚郡主回到自己房里,娜塔莎在门口迎她。

"他说了吗?是吗?他说了吗?"她再说,娜塔莎脸上同时显出快乐的和因快乐而求恕的可怜的表情。

"我想在门口听,但我知道,你要告诉我的。"

娜塔莎看她时的目光,对于玛丽亚郡主,无论是多么明白而动人;看着娜塔莎的兴奋,无论是多样可怜,但娜塔莎的话在最初的时候冒犯了玛丽亚郡主。她想起哥哥和他的爱。

"但怎么办呢?她不能不这样。"玛丽亚郡主想。她带着忧郁的、几分严肃的面孔向娜塔莎说了彼埃尔所说的一切。听到他要去彼得堡,娜塔莎发呆了。

"去彼得堡!"她重述,似乎不懂。但看到玛丽亚郡主脸上忧郁的表情,她猜中她的悲伤原因,忽然哭了。"玛丽,"她说,"你教我,怎么办?我怕做错。你怎么说,我就怎么做,你教我……"

"你爱他吗?"

"是的。"娜塔莎低声说。

"你为什么哭?我为你欢喜。"玛丽亚郡主说,因为这些眼泪而完全宽恕了娜塔莎的喜悦。

"这不会很快的,有一天,你想,我做了他的夫人,你嫁了尼考拉,那时候多么幸福。"

"娜塔莎,我请求过你不要说这个。让我们说你的事吧。"

两人沉默了一下。

"只是为什么要去彼得堡呢!"娜塔莎忽然说。她又赶快回答自己:"不,不,应该这样……是吗?玛丽?该这样……"

尾　声

第一部

一

在一八一二年之后,过去了七年。欧洲的风涛的历史的海洋,在它自己的岸际之内平静了。它似乎是安静了,但推动人类的神秘力量(神秘,因为决定人们运动的法则是我们不知道的)仍继续在活动。

虽然历史海洋的表面似乎不在运动,人类却不断地在运动,有如时间的运动。各种人类的团体,集合又分散。帝国形成与瓦解的原因,人民迁移的原因,形成起来了。

历史的海洋现在不像以前那样凶猛地从此一岸向另一岸涌卷,它在自己的深处澎湃。历史人物们不像从前那样被波涛从此岸卷至彼岸,现在他们似乎在一个地方打旋。历史人物们从前在军队的上层,以战争、行军及战役的指挥而反映群众的运动,现在却以政治及外交的考虑、法则及条约而反映澎湃的运动。

历史人物们的这种活动,历史家们称为反动。

描写这些历史人物们的活动时,历史家严格地批评他们,以为他们是反动的原因。当时一切有名的人,自亚历山大及拿破仑以至斯塔叶夫人、福提[1]、涉林[2]、斐希特[3]、沙托不利昂[4]及其他,皆受到他们严格的批评,视他们的活动是为进步或为反动而被免罪或被定罪。

按照他们的著作,俄国在这个时期也发生了反动,这个反动的首领有亚历山大一世——这个亚历山大一世,据他们的著作,是他治国初期的自由设施及俄国得救的主动人。

在现代的俄国文献中,自学童以至博学的史家,没有一个人不因为亚历山大一世在这一段治国时期的错误行为而向他攻击。

"他应该这么这么做。这件事他做得好,那件事不好。在他治国的初期以及在一八一二年,他做得很好;但他给波兰制订宪法,成立神圣同盟,把权力给阿拉克捷夫、高里村[5]及神秘主义,赞许锡施考夫[6]及福提,他是错了。他干预前线的军队,是做错了;他解散

---

[1] 福提(一七九二一一八三八)为道院之主持,在朝廷有势力,为共济会的有名的迫害者。
[2] 涉林(F. W. G. Schelling, 1775—1854)为日耳曼哲学家,与斐希特相反对。
[3] 斐希特(J. B. Ficte, 1742—1814)为日耳曼哲学家。曾主张在教育系统上复兴民族。
[4] 沙托不利昂(Francois Rene Vicomto de Chateanbriand, 1768—1848)为法国著作家、政治家。政治主张常变动。——毛德
[5] 高里村(1773—1844)是宗教会议的代表,教育部长。他不承认教育上的新东西,相信经文可以代替一切科学。
[6] 锡施考夫(1754—1841)是著作家、政治家,曾任各项要职,一八一二年,任亚历山大之秘书,认为农民受教育是害多利少。

塞来诺夫卫兵团[1]等事，是做错了。"

历史家们就他们所有的人类福利的知识，对于他的一切责备，如要列举，需写满十页纸。

这些责备有什么意义?

历史家们所称赞的亚历山大一世的这些行为是：治国初期的自由设施，与拿破仑的斗争，一八一二年所表现的坚决，一八一三年的征战——不也是从这些同样来源中发生的吗？这些来源是：造成亚历山大一世个性的血统、教育、生活等条件——由这些同样的来源中发生了历史家们所责备的他的那些行为：神圣同盟、波兰光复、二十诸年的反动。

这些责备的要点何在?

在此，就是亚历山大一世这样的历史人物，他立在人类权力最高的可能的顶点上，好像是在一切集中于他的历史光芒的炫目光线的焦点上；他也受到世界上最强力的阴谋、欺诈、阿谀、欺骗的影响，这些都是与权力不可分离的；他在自己生活的每一分钟，感觉到自己对于一切发生于欧洲的事件的责任；他不是想象的人物，而是有生命的，和每一个人相同，有他的个人习惯、情感，对于善、美、真的冲动。他这个人，五十年前[2]不是不优善（史家不责备他这一点），而是没有现在的教授（他从小即从事学问，即读书，听讲演，并在笔记本中记录这些书本与讲演）所有的对于人类福利的那些见解。

---

[1] 塞米诺夫卫兵团一八二〇年不服从严格的司令官施发尔兹，因此官兵分发到前线各部队，该团直到一八二三年始恢复组织。——毛德
[2]《战争与和平》于一八六九年完篇。——毛

但即使我们假定，亚历山大一世在五十年前对于人类福利的见解是错了，我们一定不觉地要假定，批评亚历山大的历史家，同样地过了若干时间之后，也要显得他们对于人类福利的见解是不正确的。这个假定更自然，更不可少。因为我们注意历史的发展，看到对于人类福利的见解是每年地随着每一个新著作家而改变。因此，好像是福利的东西，过了十年，便显得是损害，反之亦然。此外，我们同时在历史中找到关于什么是损害、什么是福利的完全矛盾的见解：有的人以为给予波兰的宪法及神圣同盟是他的功绩，而别的人又以为是亚历山大的过失。

关于亚历山大及拿破仑的活动，我们不能说它是有利或有害，因为我们不能说它为什么有利，为什么有害。假使这种活动不使人欢喜，则它不使他欢喜，只是因它和他对于什么是福利的有限的见解不相符合。即使我觉得一八一二年莫斯科我父亲房屋的保存，或俄军的光荣，或彼得堡或其他大学校的发达，或波兰的自由，或俄国的强大，或欧洲的均势，或某种的欧洲文化——进步，是福利，我还得承认，每个历史人物的活动，在这些目的之外，尚有其他更普通的、我所不解的目的。

但让我们假定，所谓科学有调和一切矛盾的可能性，有测量历史人物及事件的不变的善恶标准。

我们假定，亚历山大可以做得全然不同。我们假定，依从那些责备他的、专门研究人类运动最后目的这种学问的人们的主张，他可以按照国家主义、自由、平等及进步的计划（似乎没有其他新的）而处事（这些都是现在责备他的人们给他的）。我们假定，这个计划是可能的，并已做出，亚历山大可以按照它行事。那么，那些反对当时政府政策的一切人们的活动，历史家认为良好而有益的活动，将变成什么样子？这种活动不会有，生命不会有，一切不会有。

假使我们承认人类生活可以由理性支配——则生命的可能将消灭。

二

假使我们像历史家们那样，承认伟人们领导人类去达到某种目的——或是俄国或法国的光大，或是欧洲均势，或是革命主义的传播，或是一般的进步，或是任何别的，则我们没有"机会"与"天才"的概念即不能说明历史现象。

假使十九世纪初叶欧洲各战争的目的是俄国的光大，则这个目的没有一切以前的战争，没有侵略即可达到；假使目的是法国的光大，则这个目的没有各国、没有帝国即可达到；假使目的是主义的传播，则书籍的印刷可以达到这个目的，远胜于军队；假使目的是文化传播，则我们极容易假定，在人民及他们财产的损失外，尚有别的更完善的文化传播的途径。

为何这件事是这样发生的,而不是别样?

因为它是这样发生的。历史说:"机会造成局面,天才利用局面。"

但什么是"机会"?什么是"天才"?

"机会"与"天才"这两个名词,是指实际上并不存在的东西,因此不能下定义。这两个名词只是表示某种程度的现象了解。我不知道为什么发生了这种现象。我以为,我不能知道,因此我不想知道,并说:机会。我看见一种力量产生了一种与一般人类性能不相称的效果,我不懂为什么发生了这件事,并说:天才。

有一只羊,每晚被牧羊人赶到特别的栅子里去喂食,长得比别的羊肥一倍,这只羊对于羊群一定似乎是天才。每天晚上这只羊不来到公共的羊圈里,而是在特别的栅子里喂燕麦,并且这只羊长肥了要被宰取肉,这个现象一定显得天才与整串非常的机会的惊人相像。

但群羊不要以为对于它们所发生的一切,只是为了达到它们的目的;应该承认它们所发生的事件,可以有它们所不了解的目的,这样它们便立刻看到肥羊所发生的事件的统一性与前后关系。假使它们不知道为了什么目的它被喂肥,至少它们得知道那只羊所发生的一切不是偶然发生的,它们已无须"机会"与"天才"这些概念。

只有否认了我们知道接近的可解的目的,并承认最后的目的是我们不了解的,我们才能看到历史人物生活中的因果性与合乎目的。我们将明白他们所发生的、与一般人类性能不相称的行为的原因,我们也无需"机会"与"天才"这些字眼。

只需承认欧洲各国激动的目的是我们不了解的,我们只明白开始在法国，然后在意大利、非洲、普鲁士、奥地利、西班牙、俄罗斯的各屠杀的事实，而自西向东及自东向西的运动是这些事件的共同本质，则我们不仅不需在拿破仑与亚历山大身上去看例外与天才，且不能把这些人看得和其余的人不同；不仅不需将那些"使人们成为那样人们"的小事件解释的机会，且将明白所有这些小事件为不可少。

否认了我们知道最后目的，我们便明白地懂得，正如我们对于一种植物不能发明比它自己产生的更适合它的花及种子，我们同样地不能设想任何两个人（具有他们全部的过去）在最细小的枝节上那样地适合他们注定了要完成的目的。

三

十九世纪初叶，欧洲事件的基本重要的现象，是欧洲各国人民自西向东以及后来自东向西的军事运动。这个运动的开始是自西向东的运动。为了西方人民能够完成他们向莫斯科的军事运动，必须：（一）他们在军事团体中容纳众多的人数，以便能够克服东方军事团体的抵抗；（二）他们否认一切已有的传统与习惯；（三）在完成这个军事运动时，他们要在顶上有一个人，这个人为了自己及他们，要能够辩护这个运动中所发生的欺骗、抢劫与屠杀。

自法国革命的开始，旧的不够伟大的团体破坏了，旧习惯与新传统消灭了，新范围的团体、新习惯与新传统逐步地产生了，这样的人准备起来了，这个人要立在未来运动的顶端，并负起将发生的事件的全部责任。

一个没有信仰、没有习惯、没有传统、没有名望的人,甚至不是法国人,似乎是由于最奇怪的机会,在激荡的法国各党派之间向前进,而不加入其中任何一个党派,升到显著的地位。

同僚的无知,反对者的软弱与不重要,说谎的诚恳以及这个人的光荣与自信的限制,使他升到军队的顶峰。在意大利的军队中,兵士们的光荣性质,敌方的不愿战斗,孩子般的勇敢和自信,使他获得军事的威名。无数的所谓机会处处伴随他。法国执政者对他的不满,对于他是有利的。他要改变注定给他的路线,这个企图失败了;他们不接受他在俄国服务,他未能在土耳其获得职务。[1] 在意大利的战争期间,他几次临危,每次都意外地得救。俄军,就是可以毁坏他的光荣的俄军[2] 由于各项外交的考虑,直到他在欧洲出现时才进入欧洲。

他自意大利回来时,看到巴黎的政府是处在那样的瓦解过程中,在这个政府中的人们不可免地被排斥、被消灭。使他脱离这个危险地位的机会自动出现了,就是无意义的、无理由的非洲远征。这样的所谓机会又伴随了他,不可攻的马尔太岛不放一枪便投降了,最粗心的计划获得了胜利。后来不放过船只的敌方舰队,放过了全军。在非洲,对于几乎没有武器的人民,做了整串的恶事。做这些恶事的人民,尤其是他们的首领,使他们自己相信这是很好的,这是光荣的,这好像是恺撒和马其顿的亚历山大。

---

[1] 一七九五年八月,拿破仑曾请求派赴土耳其改组炮兵。——毛
[2] 拿破仑一七九八年航赴埃及。苏佛罗夫于一七九九年率军入意大利,在 Cassano 击败 Moreav,在 Trebbia 击败 Macdonald,在 Novi 击败 Joutert。——毛

那个光荣与伟大的观念,便是不仅不认为自己的任何事件是错,且骄傲自己的每个罪恶,对它附丽不可解的超自然的价值——这个观念,它应该领导这个人以及与他们有关的人,它在非洲充分地形成了。他做的一切都得成功,灾难不临到他。屠杀俘虏的残忍不使他觉得有罪。小孩般粗心地、无原因地、不名誉地离开非洲,离开不幸中的同伴,变成了他的功劳。敌人的舰队又放过了他两次。当他已完全迷于他所做的侥幸的罪恶,准备担起自己的任务时,他没有目的地来到巴黎。共和政府在一年之前可以使他灭亡,他的崩溃现在达到了最大的限度,一个与政党无关的人——他的来临,现在只能提高他的地位。

他没有任何计划,他怕一切,但各政党拉拢他,要求他加入。

只有他一个人,带着他在意大利与埃及养成的光荣与伟大观念,自我崇拜的狂想,犯罪的勇敢,说谎的诚恳——只有他一个人能够辩证要做的事。

那个地位——等待着他的——需要他,因此,几乎与他的意志无关的,不管他的无决断、无计划与他所做的一切错误,他卷入了共谋,其目的在获得权力,而这种共谋获得了成功。

他被拉入执政委员会中。他恐惧着想逃走,认为自己危险;他伪装昏厥,说出足以致命的无意义的话。但先前智慧而骄傲的法国执政委员们,现在觉得任务已毕,比他更苦恼,他们不说那些应该说的话,以便保持权力并消灭他。

机会,几百万的机会给了他权力,所有的人们好像是共谋,助成了这种权力的证实。机会造成了当时法国执政委员们那样的人物们,他们服从他；机会造成巴弗尔（或译保罗）一世这样的人物，他承认他的权力；机会造成一个反对的共谋，这共谋不但不损害他且肯定他的权力。机会把翁歧安公爵送到他的手中，并偶然地使他杀死他，并且比一切的方法都强，借此使群众相信他有权，因为他有力量。机会造成了这个，就是他集中全力于英吉利的远征（这显然要使他失败），他却从来不曾实现这个意向，而偶然地攻击马克和奥地利人，他们不战而降。机会与天才给了他在奥斯特里兹的胜利，并由于机会，所有的人，不仅法国人，而且全欧洲的人，只除了英国（它不参加那些要发生的事）所有的人，忘记了先前对于他的罪恶所生的恐怖与憎恶，现在都承认他的权力。他给予自己的头衔，他的伟大与光荣观念，这观念对于所有的人好像是良好而合理的。

好像是对于当前的运动做练习、做准备，在一八〇五年、一八〇六年、一八〇七年、一八〇九年，西欧的兵力加强着并加大着向东方进了几次。一八一一年，在法国组织的一个人群和中欧的各国人民合成一个大群体，随同扩大的群体，立在运动顶上的人的辩护力也加大了。在这个大运动前的十年预备期间，这个人结交了所有的欧洲君王。世界上无权的君王们不能用任何合理的观念，反对拿破仑的无意义的光荣与伟大观念。他们彼此争着向他表示自己的轻微。普鲁士王派自己的皇后去，求这个伟人的恩惠；奥地利皇帝认为这个人把恺撒的女儿带上自己的床上是一种宠惠；教皇，各国人民信仰的监督者，用他的宗教帮助这个伟人提高地位。拿破仑自己对于执行自己任务的准备，尚不如他四周的人，他们为他准备了担负所发生及将发生的事情的责任。没有任何他所做的行为、恶过或小欺骗，不立刻在他四周人们的嘴唇上显得是伟大事迹。日耳曼人能够为他所想的最好庆祝是耶拿与奥扼尔斯泰特的庆祝。不仅他伟大，而且他的先人、他的兄弟、他的义子、他的妹丈都伟大。一切事情的发生，是为了夺去最后的理性力，为他准备可怕的任务。他准备好了，兵力也准备好了。

侵略军向东推进到达最后的目的——莫斯科。首城被占，俄军所受的损失大于敌军以前在奥斯特里兹至发格拉姆各战争中所受的损失。但忽然，没有了机会与那种天才（他们直到此时以不断的成功，将他领至注定的目标），却出现了无数的相反的机会，自保罗既诺的受凉，以至严寒及燃烧莫斯科的火星；而代替天才的，出现了空前的愚笨与卑鄙。

侵略的军队逃跑，转回又逃跑，而所有的机会现已继续地不赞助他，却反对他。

发生了自东向西的相反运动，它和先前自西向东的运动有显然相同处。在这个大运动之前，在一八〇五年七至九月，有过同样的自东向西运动的企图，有同样的巨大团体的结合，同样的中欧人民加入这个运动，中途同样的动摇和接近目标时同样的加速度。

巴黎——极远的目标——达到了。拿破仑的政府与军队瓦解了。拿破仑本人不再有任何意义，他所有的行为显然是可怜而可憎的，但又有了不可解的机会。联盟国仇恨拿破仑，认为他是一切不幸的原因。被剥夺了实力与权柄，被暴露了欺骗与奸诈的罪，他应该在他们眼中有如十年前在他们眼中一样，而一年以后，他成了法律外的强盗。但由于某种奇怪的机会，没有人看到这个，他的任务尚未完成。

他们十年前和一年后把他看作不法的强盗,把他送到离法国两日航程的岛上,这岛给了他作领土,并有卫队与几百万金钱。这是为了某种缘故而偿付他的。

四

　　各国人民的运动在自己的岸际内平息了。大运动的波涛低落了，在平静的海面上发生了旋涡，牵入了外交家们，他们以为是他们造成了运动的平静。

　　但平静的海忽然起浪了。外交家们以为，他们的不和是新的力量冲突的原因。他们等待自己国家之间的战争，他们觉得这个形式是不可解决的。但他们觉得在翻腾的这个波涛，并不是从他们所期待的方向发生的。那个同样的波浪从那个同样的运动起点——巴黎兴起了。从西方发生了运动的最后返潮，这个返潮将解决那似不可解的外交困难，并结束了这时期的军事运动。

　　那个蹂躏法国的人没有共谋，没有兵，独自回到法国。任何警察可以逮捕他。但由于奇怪的机会，不但没有人抓他，而且大家都热烈地欢迎他——他们在一天之前还咒骂他，一个月后又要咒骂他。

为了辩护这最后的总和的一幕，这个人又被需要了。

这一幕表演了，最后的角色扮演了。戏子奉命卸妆，洗去铅粉及胭脂——他不再被需要。

经过了好几年，这个人孤独地在他的岛上，向自己表演可怜的喜剧，欺诈而说谎，在辩护已不需要的时候，他辩护自己的行为，并向世界说明，人们被不可见的手所领导时，把什么当作权力。

舞台监督完结了戏剧，脱卸了演员衣服，把他指示给了我们。

"看吧，你们相信的是什么！他在这里！你们现在看到，不是他，而是我感动了你们吗？"

但被运动力量弄盲瞎的人们，很久不解这一点。

亚历山大一世的生活显出更大的因果性与必然性，他站立在自东向西相反运动的峰点。

对于那个遮隐别人的，立在自东向西这个运动顶上的人，需要什么呢？

需要正义的感觉，对于欧洲事件的同情，但要是远大而不被微小兴趣所蒙蔽的同情；需要对于同伴——当时帝王们——有高尚道德的优越；需要温良的、动人的个性；需要反对拿破仑的个人激怒。亚历山大一世有这一切，这一切是他全部过去生活中无数的所谓机会预先准备的：教育、自由的设施、周围的参谋、奥斯特里兹、提尔西特及厄尔孚特。

在民族战争时期，这个人不活动，因为不需要他。但在普遍的欧洲战争显出了它的必要时，这个人在指定的时间出现在他自己的地位上，并联合欧洲的人民，领他们去达目的。

目的达到了。在一八一五年的最后战争之后，亚历山大立在可能的人类权力的峰点。他如何用它？

亚历山大一世，欧洲的和解人，他自幼即只为他的人民的幸福而努力，是祖国中自由改革的发始人。现在，当他似乎有了最大的权力，因而有了造福人民的可能时，当拿破仑在放逐中做儿童的说谎的计划说，假使他有了权力他将如何造福人类时，亚历山大一世完成了自己的任务，觉得上帝的手在他头上，他忽然认识了这个假定权力的不重要，放弃了这种权力，把它交给被他轻视的、可鄙的人们，他只说：

"不是我们，不是我们，而是由于你的名！"

"我是一个人，和你们一样，让我像一个人那样地活着，想到自己的灵魂和上帝[1]。"好像太阳和以太阳的每一原子是一个球，它本身完全，同时又只是整体的一个原子，这整体因为巨大而不为人不解——同样地，每一个人自身有各种目的，同时他具有这些目的，是为了服务人类所不了解的一般目的。

坐在花上的蜂子蜇了小孩，小孩怕蜂子，说蜂子的目的是蜇人。诗人爱慕蜂子在花房吸蜜，说蜂子的目的是吸取花蜜。养蜂人看到蜂子收集花粉与甜汁，带到蜂巢，说蜂子的目的是集蜜。另一种养蜂人

---

[1] 托尔斯泰在这里也许是采用了流传在俄国多年的一种信念，即亚历山大一世不是死于一八二五年，而是秘密隐居在西伯利亚。——毛

更接近地研究了蜂群生活，说蜂子收集花粉与汁是为饲养小蜂，供应后蜂，它的目的是种族的延绵。植物学家看到蜂子从雄花上带了花粉飞到雌蕊上，使雌蕊受孕，植物学家认为蜂子的目的在此。另一个人研究植物移种，看到蜂子助成这个移种，于是这个新的观察者可以说蜂子的目的不是人类智慧所能发现的这个、那个或第三个目的可以说完的。在这些目的的发现中，人类的智慧愈升高，愈显得最后目的不可达到。

而人类所能观察的，只是蜂子的生命与他种生命现象的关系。关于历史人物及民族的目的，也是如此。

五

一八一三年娜塔莎嫁别素号夫,这是老罗斯托夫家中最后的一件喜事。同年,依利亚·安德来维支伯爵逝世。这是常有的事,随同他的逝世,老家庭破散。

上年的事件:莫斯科火灾与逃出莫斯科、安德来郡王的死与娜塔莎的失望、彼洽的死、伯爵夫人的怨哀,这一切好像相连的打击,都落在老伯爵的头上。他似乎不懂,并觉得无力懂这一切事件的意义,他在精神上低垂了自己老年的头,好像等待并祈求新的打击来结束他的生命。他有时显得恐怖而恍惚,有时显得不自然地活泼与生动。

娜塔莎的结婚曾一度支配他外表的生活。他布置午饭晚宴,显然希望显得愉快;但他的愉快令人觉得不像从前那样,却反之引起知他爱他的人们的同情。

在彼挨尔和夫人离去后，他安静下来，并开始抱怨厌烦。数日后，他生病着床。自生病日起，虽有医生的安慰，他知道自己不会起来了。伯爵夫人不解衣服在他枕边椅子上过了两星期。每次她给他药品时，他啜泣，沉默地吻她的手。在最后一天，他哭着向夫人、向不在面前的儿子求恕——因为浪费了家产，他觉得这是自己最大的罪过。受了赦罪礼与涂膏礼，他安静死去。第二天，成群的知交来向死者致最后的敬念，充满了罗斯托夫家祖住的屋子。所有的这些人在他家吃饭、跳舞过那么多次，嘲笑过他那么多次，现在都带了同样的内心责备与感动，似乎是在谁面前辩护自己，说："是的，无论他是怎么样的人，他是一个最好的人。这种人现在已经遇不着了……谁没有自己的弱点……"

正在伯爵的家境如此纷乱，而不能设想假使再过一年将如何了结时，他意外地死去。

尼考拉接到父亲逝世消息时，正随军在巴黎。他立即要求解职，也不等待，便请假来到莫斯科。在伯爵逝世后的一个月内，金钱的情形完全明了了，各项小债务的总和令人惊异，这些小债务无人怀疑。债务比财产的价值大一倍。

亲友们劝尼考拉拒绝继承。但尼考拉认为拒绝遗产是污辱父亲的神圣纪念，因此不听从这个意见，并接受了遗产及偿债的义务。

债主们由于老伯爵生前无限的好心对于他们所生的空洞而有力的影响，沉默了很久，现在都来勒索了。这是常有的事，发生了斗争——谁先得钱？而这些人如同德米特锐及别人（他们持有无现款的支票——礼物),现在成了最催迫的债主,他们不给尼考拉时限,不给他安静。那些似乎可怜老伯爵(他要负他们损失的责任,假使有损失的话)的人,现在凶狠地逼迫那个显然在他们面前无罪的青年继承人,他自动地承认付债。

尼考拉所提议的周转没有一件成功,财产拍卖了半价,而一半的债务仍然未偿付。尼考拉接受了妹丈别素号夫借给他的三万卢布,偿付了那部分他认为是现款的真正的债务。为了不因为其余的债务而坐牢(债主们如此恐吓他),他又去服务。

在军中他可以最先补升团长,但从军是不可能的,因为母亲现在抓住儿子,好像是生命的最后的寄托物。因此,虽然不希望留在莫斯科从前相识的人群之中,虽然他厌恶文职,他却在莫斯科接受了一个文职,脱下他心爱的军服,和母亲及索尼亚住在谢夫采夫·夫拉饶克街的小屋里。

娜塔莎和彼挨尔此时住在彼得堡,关于尼考拉的情形没有明白的了解。尼考拉借了妹丈的钱,极力对他隐瞒自己的贫困情形。尼考拉的地位是特别困难,因为他不仅要用一千二百卢布的薪水维持自己、索尼亚和母亲,而且要那样地供养母亲,不让她注意到他的贫困。伯爵夫人不能懂得没有她从小习惯的奢华环境也可以生活,并且不明白对于儿子是多么困难,她继续地要求他们所没有的马车去访友,要求为自己的贵重食品以及为儿子的酒要钱,对娜塔莎、索尼亚及尼考拉自己送意外礼品。

索尼亚主持家事,服侍舅母,大声向她读书,忍受她的任性和内心的不满,并帮同尼考拉瞒住老伯爵夫人他们的贫困地位。尼考拉为了她对于母亲所做的一切,觉得自己对于索尼亚负了不可偿付的感激,他称赞她的忍耐与忠顺,但力图疏远她。

他心中似乎责备她,因为她太完美,因为没有地方可以责备她。她有人们所看重的一切美德,但很少的地方使他爱她。他觉得他愈看重她,愈不爱她。他根据她信中的话对待她,她给了她自己,他现在是那样地对待她,好像他们之间所有过的一切是早已忘记了,且没有任何机会可以恢复。

尼考拉的地位逐渐地变坏。抽出薪俸的意念,好像是幻想。他不但不抽出,且借了小债务,满足母亲的要求。摆脱这种地位,在他看来是不可能的。娶富家女子的意思(他的女戚曾经提议过),是他所不愿意的。另一个摆脱这种地位的出路——母亲的逝世——从来不曾来到他的心中。他不需要任何东西,不希望任何东西;他心中对于自己地位的无怨言的忍受,感觉到苦恼而严肃的喜悦。他企图躲避从前的熟人,以及他们的同情和侮辱的帮助的提议。他避免了一切的消遣和娱乐,甚至在家里什么也不做,除了和母亲玩牌,在屋中沉默地徘徊,一袋一袋地吸烟。他似乎是注意地在自己心中保持着那种忧郁的心情,只有在这种心情中他才觉得可以忍受自己的地位。

六

冬初,玛丽亚郡主到了莫斯科。从城市的传闻中她知道了罗斯托夫家的情形,知道如何"儿子为了母亲而牺牲自己"——城里这么说。"我不希望他别的。"玛丽亚郡主向自己说,感觉到自己对他爱情的喜悦的证实。想起了自己对他全家的友谊和近于亲属般的关系,她觉得自己应该去看他们。但想起自己和尼考拉在福罗涅示的关系,她又怕这个。在自己来到莫斯科数周之后,经过了极大的自制,她仍然去看罗斯托夫家。

尼考拉最先遇见她,因为到伯爵夫人房里必须经过他的房。在初见她的时候,尼考拉脸上没有玛丽亚郡主所期待在他脸上看到的快乐表情,却有了郡主从前未见过的冷淡、无情与骄傲的表情。尼考拉问了她的健康,陪她去见母亲,坐了五分钟,即走出房。

当玛丽亚郡主走出伯爵夫人房间时,尼考拉又遇见她,特别庄重地、无情地送到外室。关于她对伯爵夫人健康的探询,他未答只字。"与你何关?让我安静吧。"他的目光这么说。

"为什么游行到此?她需要什么?我不能忍受这些小姐们和这些礼节!"当郡主的马车离开屋前时,他大声当索尼亚的面说,显然不能压制自己的厌烦。

"啊,怎么能说这话,尼考拉!"索尼亚说,不能隐藏自己的快乐,"她是那么善良,妈妈那么喜欢她。"

尼考拉未作回答,只想不再说到郡主。但自她来访后,老伯爵夫人每天提到她几次。

伯爵夫人称赞她,要求儿子去看她,表示希望常常看见她;但同时,每次说到她时,便有脾气。

在母亲说到郡主时,尼考拉企图沉默,但他的沉默激怒了伯爵夫人。

"她是很高贵,很好的女孩子,"她说,"你应该去看她。你仍然是要看什么人的,我看,你单是看我们也厌烦了。"

"但我一点也不这样,妈妈。"

"有时你想看人,现在又不想了。我亲爱的,我真不了解你。有时你烦闷,有时你什么人也不想看。"

"但我没有说过我烦闷。"

"真的,你自己说的,你不想见她。她是很高贵的女孩子,总会使你欢喜,现在忽然有了什么理由,一切都瞒我。"

"但一点也没有，妈妈。"

"假使我要求过你做什么不快意的事，那是我求你去看她。似乎礼应——我求过你。现在不再麻烦你了，你对母亲有秘密。"

"但假使你想，我就去。"

"一切对我都是一样，我为你而希望。"

尼考拉叹气，咬胡子，摆纸牌，企图引开母亲的注意而想到别的问题上。

第二天、第三天、第四天，重复了同样的话。

在她拜访了罗斯托夫家和尼考拉对她意外冷淡的接待之后，玛丽亚郡主承认自己不想先去看罗斯托夫家是对的。

"我一点也不期待别的，"她向自己说，求助于自己的骄傲，"我与他毫无关系，我只想去看老太太，她一向待我好，我有许多地方感谢她。"

但她不能用这种考虑使自己平静：当她想起自己的拜访时，一种近似懊悔的情绪苦恼她。虽然她坚毅地决定不再去罗斯托夫家，并忘掉一切，她却觉得自己不断地处在不定的地位中。当她自问苦恼她的东西是什么时，她一定要承认这是她和罗斯托夫的关系。他的冷淡的、恭敬的语气不是出自他对她的情感（她知道这一点），但这个语气遮藏了什么，她需要明白这个什么。直到那时，她才会觉得自己是安静了。

仲冬时，她坐在课室里考核侄儿的功课，这时仆人来通报说，罗斯托夫来访。带了固执的决定，不宣露自己的秘密，不表示任何烦闷，她邀了部锐昂小姐一同来到客厅。

初见尼考拉的面孔,她看出他来此只是为了尽礼节,她决定要坚决地保持她那种同样的语气。

他们说到伯爵夫人的健康,说到共同的朋友,说到最近的战事新闻,在礼节所要求的十分钟过去时(这时客人可以立起),尼考拉起身告辞。

郡主借部锐昂小姐的帮助,使谈话经过很好,但在最后的时间、在他立起的时间,她那样厌倦说到与她无关的事情,而这种思想——为何只给她那么少的生活的快乐——那样地占据了她,以致她在茫然的情形,把明亮的眼睛直看前方,坐着不动,没有注意到他立起。

尼考拉看她,并想做出不打搅她的凝思的样子,和部锐昂小姐说了几句话,又看郡主。她仍然坐着不动,她的温柔的脸上显出了痛苦。他忽然觉得对她抱歉,模糊地觉得也许他便是她脸上所表现的悲哀的原因。他想帮助她,向她说点快意的话,但他不能想出要向她说的。

"再见,郡主。"他说。

她明白过来,脸红,并深深叹气。

"啊,对不起,"她说,好像是睡觉醒来,"你已经要走了,伯爵;好,再见!但伯爵夫人的垫子呢?"

"等一下,我马上拿来。"部锐昂小姐说完,走出房。

两人无言,偶尔互相地看。

"是的,郡主,"尼考拉最后忧郁地笑着说,"自从我们第一次在保古洽罗佛会面以后,好像不久,但已经发生了许多事情了。那时我们好像都在不幸中,我宁愿付巨大的代价,只要那个时间回转……但是不回转了。"

当他说这话时，郡主用明亮的目光注意地看他的眼，她似乎企图了解他话中的秘密意义，他将向她说明他对她的感觉。

"是，是，"她说，"但你不要可惜过去，伯爵。按照我现在对生活的了解，你将永远快乐地想到它，因为你现在所受的自我牺牲……"

"我不能接受你的恭维，"他赶快地插言，"相反，我不断地责备自己，但这是完全无趣的、不快的话题。"

他的目光又有先前无情冷淡的表情。但郡主又已经在他身上看出了那个她所知道、所爱的人，她现在只是在和这个人说话。

"我想你会让我说这个，"她说，"我们和你……和你府上那么接近，我觉得你不至于以为我的同情不当，但我弄错了。"她的声音忽然打战。"我不知道为什么，"她继续说，振作起来，"你从前是不同的，而……"

"有成千的理由为什么（他特别加强这个名词为什么）。谢谢你，郡主，"他低声说，"有时困难。"

"这就是为什么，这就是为什么！"内在的声音在玛丽亚郡主的心里说。"不！我不是只爱他的愉快、善良与坦白的神情，他的美丽仪表，我还看到了他的高贵、坚毅而自我牺牲的心理。"她向自己说，"是的，他现在穷，我有钱……是的，因此……是的，假使不是这个……"想起了他从前的温柔，她现在看着他的善良而忧郁的面孔，忽然想起他冷淡的原因。

"为什么，伯爵，为什么？"忽然她几乎喊出来，不觉地走近他，

"为什么，告诉我。你一定要说。"他无言。"伯爵，我不知道你为什么，"她继续说，"但是我觉得难受，我……我向你承认这个。你是为什么缘故，想夺去我的从前友谊，这使我痛苦。"她的眼睛里和声音里有了眼泪。"我的生活有很少的幸福，任何损失使我痛苦……原谅我，再见。"她忽然流泪，走出房。

"郡主！等一下，为了上帝的缘故。"他喊叫，企图止住她，"郡主！"

她回头。他们沉默地彼此对着眼睛看了几秒钟，于是遥远的、不可能的，忽然变为接近的、可能的、不可免的。

七

一八一四年秋，尼考拉娶了玛丽亚郡主，带了夫人、母亲和索尼亚移居童山。

在三年之内，他未卖夫人的财产，即偿还了其余的债务，并在表兄死后接受了一小额遗产，还偿还了彼挨尔的债。

又过了三年，约一八二〇年，尼考拉那样改善了自己的金钱事务，他买了童山附近的一小块田庄，并开始谈判关于奥特拉德诺祖产的买回，这是他最心爱的幻想。

因为必要而开始管理田事，他不久便对于农事发生了热情，它成了他心爱的几乎是唯一的事务。

尼考拉是简单的农民，不善改良，特别是不喜欢当时流行的英国式的改良。他嘲笑关于农事的理论文章，不欢喜工厂、贵重产物、贵重谷物的种植，总之他不单独地注意任何一部分农务。在他眼前的总只是一个完整的田庄，而不是他的任何单独部分。田庄上主要的事物不是土地与空气中的氮与氧，不是特殊的犁与肥料，而是使氮、氧、肥料、犁等等发生工作的主要工具——农工。当尼考拉管理农事并开始深入农事各部门时，农民特别吸引他的注意。他觉得农民不仅是工具，而且是目的，是批判者。他起初注意农民，企图懂得农夫需要什么，以为什么是坏，什么是好，他只装作管理发令，在事实上只是从农民学习方法、言语以及什么是好、什么是坏的批评。只在他懂得了农民的趣味与热情时，学会了说农民的言语，并懂得农民言语中的秘密意义时，觉得自己与农民同化时，他才开始勇敢地管理他们，即执行对于农民们的义务，这义务是要他执行的。尼考拉的管理产生了最显赫的结果。

担任了田庄的管理，尼考拉由于透视的禀赋，立刻无错地任命了那些人为执行吏、村老及代表。这些人，假使农民能选，便正是他们所要选的，他的命令从不改变。在研究肥料的化学成分之前，在研究"借方与贷方"（他爱这样嘲笑地说）之前，他知道了农民的牛畜头数，用一切可能方法增加了这个数目。他将农民们的家庭维持在最大的范围内，不许分开。他同样地注意懒惰的、放荡的和无能的，并企图把他们赶出社会。

在播种及草秸与粮食的收割时，他完全同样地注意自己的和农民的田地。很少的地主的田地播种、收割得那么早，那么好，并且有那么的收成，像尼考拉的田地那样。

他不喜与奴仆们发生任何关系，叫他们寄生物。大家都说他放纵并姑息了他们。在必须对于奴仆们有何处置时，特别是在必须处罚时，他总是犹豫，并咨询家里所有的人。在能够派奴仆去代农民当兵时，他没有丝毫犹豫地这么做。在关于农民的一切命令中，他从来没有过丝毫犹疑。他的每一命令——他知道这个——将被全体所赞同，只有一个或数个人反对。

他同样地不许自己只凭自己的意思而磨难或处罚人，不许自己因为自己的愿望而奖赏人或减轻其工作。他不能说出什么是何者该做何者不应做的标准，但在他心中这个标准是坚决而确定的。

他常常厌烦地说到某种失败与无秩序："对于我们俄国的农民真没办法。"他并以为他不能忍受农奴。但他以整个的心灵爱这个"我们俄国的农奴"和农奴风习，只是因此他懂得了，并采用了那个唯一的可以产生好结果的农事办理法。

玛丽亚伯爵夫人妒忌丈夫的这种爱好，并可惜说她不能分受。但她不了解那个另外的她觉得生疏的世界给予她丈夫的那种快乐与苦恼。她不能明白，他为什么这样特别的热心快乐，他天亮即起，在田地上或打场上花去整个上午，从播种、刈割或收获中回来吃茶。她不懂，为什么他和她热情地说到富足的、勤劳的农民马特未·叶尔米升时，他那么高兴，这个农民和他的家庭整夜地载运禾捆。或者说到当别人的谷物尚未收获时，他的农产已经收就了，她不懂得为什么当暖和的时雨落在干萎的燕麦茎芽上的时候，他那么快乐，从窗口走向廊台，胡下含笑，并眯眼。或者为什么在播种或收割时风吹来威胁的云，他便带着发红的、晒黑的脸，淌着汗，头发里发出艾与龙胆气味,从打场上走来,快乐地用手拭脸,说:"那么再有一天,我的和农民的一切都要上打场了。"

她更不了解为什么,他有善良的心,永远准备预料她的希望,他当她转达他某某找她的农妇的要求,或农民免除工作的要求时,便几乎处于失望之中,为什么他,善良的尼考拉,固执地拒绝她,愤怒地求她莫干涉自己的事。她觉得他有一个特殊的世界,为她所至爱,并有某种她不了解的法则。

她有时企图了解他,向他说到他为他的奴仆们所做的服务,这时他便愤怒地回答说:"一点也说不上,我心里从来没有想到过。为了他们的福利,我不要做那个。这都是幻想和老妇的闲谈——这一切是邻人的福利。我需要我们的小孩不行乞,我必须在我活着的时候改善我们的境遇,这是一切。因此需要秩序,需要严格……就是这个!"他说,握着血性的拳头。"还有正义,当然的,"他又说,"因为假使农民无衣而饥饿,只有一匹马,则他不能为自己也不能为我工作。"

似乎正因为尼考拉不让自己想到他是为了别人,为了德行而做了什么——他所做的一切都有结果,他的财产迅速增加,邻近的农民来请求他收买他们。在他死后很久,农民们关于他的治理,还保存着尊敬的记忆。"他是一个主人……农民的事情在先,自己的事情在后。他不纵容人。一句话——好主人。"

八

在他的农事管理方面只有一件事有时令他苦恼，这便是他的暴躁脾气和他的好用拳头的骑兵的旧习惯。在起初的时候，他看不出其中有任何可议之处，但在结婚的第二年，他对于这种纠正的见解忽然变了。

有一个夏天，他从保古洽罗佛召来了代替逝世的德隆的村老，他被控了各种欺骗及疏忽之罪。尼考拉到台阶上去见他，在村老作了一个回答时，便从门廊里传来喊叫声和打击声。回到屋内吃饭时，尼考拉走到夫人面前，她坐着低头在绣花，他习惯地向她说了他早上所做的一切，顺便说到保古洽罗佛的村老。玛丽亚伯爵夫人脸发红，又发白，并咬嘴唇，仍然低头而坐，对于丈夫的话未作回答。

"这个胆大的混蛋,"他说,一回想便发火,"好,假若他向我说他吃醉了酒,他没有看见……是你怎么啦,玛丽?"他忽然问。

玛丽亚伯爵夫人抬起头,想说什么,但又赶快地低头,并收拢嘴唇。

"你怎么啦?你有什么事?亲爱的……"不美的玛丽亚伯爵夫人在哭的时候总是很美。她从不因为痛苦与恼闷而哭,却总是因为忧郁与怜悯而哭。而当她哭的时候,她的明亮的眼睛便有了不可抵抗的魔力。

尼考拉刚抓住她的手,她不能约制而流泪。

"尼考拉,我看到……他有错,但你,为什么你?尼考拉……"她用手遮了脸。

尼考拉无言,脸也赤红,离开了她,无言地开始在房中走动。他明白了她为什么哭,但他不能忽然在自己心中同意她,就是,他从小习惯的事,他认为最寻常的事——是错。

"这是礼貌,是老妇的言谈,还是她有理?"他问自己。不能自己决定这个问题,他又看她的痛苦而可爱的脸,忽然懂得是她有理,而他早已是自己有错。

"玛丽,"他低声说,走近她,"这事绝不再发生了,我向你发誓,绝不。"他用颤抖的声音说,好像小孩求恕。

泪水已经更快地从伯爵夫人的眼中流出。她抓住丈夫的手,吻他。

"尼考拉,你什么时候弄破了浮雕戒指?"为了变换话题,她看着他的手说,他手上有一个拉奥孔人头像的戒指。

"今天，是同样的事。啊，玛丽，不要向我提到这个。"他又脸红。"我向你发誓，绝不再做这事。让这个做我的永久纪念。"他指着破戒指说。

自那时起，当他和村老们及管家们见面，他的血涌上脸而手握成拳时，尼考拉便转动手指上的破戒指，在令他发怒的人面前垂下眼睛。但一年之中，仍然有两次忘却，那时他便走到夫人面前认错，又做许诺，说这确是最后的一次。

"玛丽，你当真轻视我吗？"他向她说，"我应得的。"

"假使你觉得自己无力约制的时候，你便走开，赶快走开。"玛丽亚伯爵夫人忧郁地说，企图安慰丈夫。

在本省的贵族社会中，尼考拉被尊敬，但不被喜欢。贵族的兴趣不引起他注意。因此有些人认为他骄傲，有些人认为他是笨人。整个的夏天，自春播至收获，都用在农事管理上。秋间，他带着用于农事上的商业般的严肃去打猎，带了他的猎队出门一两个月。冬天，他到别的乡村去读书。他阅读的书主要的是历史，他每年要用一定的钱去购买。如他所说，他为自己组织一个严肃的图书馆，并定上规则，读完他所购买的一切书籍。他带着严重的神情坐在书房中阅读，这最初对于自己好像是责任，后来变为习惯的事务，给了他一种特别的满意以及他在做严肃工作的意识。除了因事外出，冬天大部分时间他是在家里，和家人坐一起，过问母亲及小孩间的琐事。他和夫人更加接近，每天发现她的新的精神食物。

索尼亚自尼考拉结婚后，便住在他家里。在他结婚前，尼考拉已向夫人说过他与索尼亚之间所发生的一切，谴责自己，称赞她。他要求夫人对待他的表妹和善而仁爱。玛丽亚夫人充分地觉得自己丈夫的过错，也觉得自己对索尼亚的过错。她觉得她的财产影响了尼考拉的择配，没有任何地方可以责备索尼亚。她希望爱索尼亚，但她不仅不爱她，且常常发现自己心中对她的恶感而不能克制。

有一天她和自己的朋友娜塔莎说到索尼亚以及自己对她的不公平。

"你知道为什么，"娜塔莎说，"常常读福音书，那里有一个地方正是说到索尼亚的。"

"什么？"玛丽亚伯爵夫人惊异地问。

"有者被给，而没有者被夺，你懂吗？她是——没有者。为什么？我不知道。也许她没有自私——我不知道，但她被夺，被夺去一切。我有时异常可怜她，从前我极希望尼考拉娶她，但我总是好像预感到这件事不可能。她是一朵不结实的花，你知道，好像是家莓上开的。有时我可怜她，但有时我想，她对于这个所感觉的不像我们所感觉的。"

虽然玛丽亚伯爵夫人向娜塔莎说，福音书上这些话应该做别样的解释——但看到索尼亚她便又同意娜塔莎的解释。确实，似乎索尼亚不厌倦自己的地位，而完全安于不结实花朵的运命。似乎她对于人，不如她对于家庭那么喜欢。她好像一只猫，不接近人，却接近房屋。她侍候老伯爵夫人，喜爱姑息小孩，永久准备去做小的服务，这是她特别擅长的。但这一切不觉地被接受而只有很少的感激……

童山的房屋重新建造，但已不是按照故世郡王时候的规模。

在拮据时所开始建造的屋子，是十分简单的。在旧石基上的大屋是木料的，只内部有涂刷。地板未涂漆的宽大房屋只布置了最简单的硬沙发和低椅、桌子与座椅，这都是自己的木工用自己的桦树做成的。屋子很大，有什么人的下房及客房。罗斯托夫家及保尔康斯基家的亲戚有时来童山作客，带了家庭，十六匹马，上十个仆人，居住数月。此外，一年中有四次，在主人夫妇的命名日与生日，有上百的客人来过一两日。一年的其余时间都过着不间断的规律生活，有日常工作、茶和用自己物产所预备的早餐、午饭、晚餐。

九

到了冬季尼考拉节日的前夜，一八二〇年十二月五日。这年，娜塔莎和小孩、丈夫自秋初即在哥哥家作客。彼挨尔在彼得堡，如他所说，他为了自己特别的事情去那里过三周，而他已经在那里过了六星期。他们时刻都在盼望他。

十二月五日，除了别素号夫的家庭，尚有尼考拉的朋友、退休的发西利·德米锐特支·皆尼索夫将军在罗斯托夫家作客。

六日，在客人要来的庆祝日，尼考拉知道他要脱下宽短衣，穿上礼服、尖头的紧鞋，走到他新建的教堂，然后受贺，并宴客，说到贵族的选举[1]及收成；但在前一天，他仍然觉得自己应该生活如常。

---

[1] 各省贵族有一组织，按期集会选举，在地方行政上有相当势力。——毛

在午饭前，尼考拉核算了锐阿桑乡村管事的账目，这是他内侄的财产。他写了两封公事信，视察了谷仓、牛圈、马厩。他定了办法限制他所预料的明天庆祝中农民的大醉，然后来吃午饭，没有工夫和夫人对面说话，他坐在有二十套食具的长桌上，全家的人都在这里。桌上有他的母亲和她同住的老女伴别洛发、他的夫人、三个小孩、保姆、教师、内侄和他的教师、索尼亚、皆尼索夫、娜塔莎、她的三个小孩、他们的保姆和安居在童山的郡王的建筑师——老人米哈伊·依发诺维支。

玛丽亚伯爵夫人坐在桌子的另一端。在丈夫刚坐到自己的位子上时，由于他拿餐布以及迅速推开面前茶杯及酒杯的姿势，玛丽亚伯爵夫人断定他的情绪不好，这是他常有的，特别是在吃汤之前以及他直接离开工作来吃饭的时候。玛丽亚伯爵夫人很知道她丈夫的这种脾气，当她自己脾气好的时候，她便安静地等待着他吃完了汤，那时她便和他说话，使他承认他没有理由发脾气。但今天她完全忘记了自己的这种观察，她觉得苦闷，因为他没理由地向她发火，她觉得自己不幸。她问他在哪里，他回答了。她又问田地上的一切是否都预备妥当了，他不快地因为她的不自然的语气而皱眉，并匆促地回答。

"我没有错，"玛丽亚伯爵夫人想，"他为什么对我发火？"在他答话的语气中，玛丽亚伯爵夫人听出他对自己的恶意和中断谈话的愿望。她觉得自己的话不自然，但她不能约制自己不再问几句话。

谢谢皆尼索夫，吃饭时的谈话立刻变为大家的、生动的，而玛丽亚伯爵夫人不再同丈夫说话。当他们离开座位，来感谢老伯爵夫人[1]的时候，玛丽亚伯爵夫人吻了丈夫，把手递给他，问他为什么对她发火。

"你总是有怪思想，我没有想到要发火。"他说。

但这个"总是"回答了玛丽亚伯爵夫人：是的，我发火，我不想说。

尼考拉和夫人是那么要好，甚至索尼亚及老伯爵夫人由于嫉妒，希望他们不和，却找不出谴责的借口；但他们当中却有仇恨的时候，有时正在最快乐的时间之后，他们当中发生了隔阂与仇恨的感觉，这种感觉在玛丽亚伯爵夫人怀孕期间最常发现。现在他们是处在这种情绪中。

"啊，诸位先生女士，"尼考拉大声地，似乎是愉快地说（玛丽亚伯爵夫人觉得这是有意要使她伤心），"我早上六点钟就走动了。明天要受苦，今天我要去休息了。"他未向玛丽亚伯爵夫人再说别的，便走进小客室，躺在沙发上。

"这总是如此的，"玛丽亚伯爵夫人想，"和大家说话，只是不同我说话。我看见了，看见了，我使他不满意，特别是在这种情形下。"她看自己的高腹，在镜中看自己苍黄消瘦的面部和大于任何时候的眼睛。

一切使她觉得不快：皆尼索夫的叫声与笑声，娜塔莎的话声，特别是索尼亚迅速看她的目光。

---

[1] 俄国风俗，饭后道谢主妇，此处由于礼节，道谢老伯爵夫人，其实她不是主妇。——毛

索尼亚总是被玛丽亚伯爵夫人选为发火的第一个对象。

和客人们坐了一下，一点也不懂得他们所说的，她悄悄地走出，进了育儿室。

小孩们坐在椅子上玩着"去莫斯科"，邀她加入，她坐下，和他们玩了一会儿。但关于丈夫和他的无故恼怒的思想，不停地打搅她。她立起，费力地踮脚走进小休息室。

"也许他未睡着，我和他说明。"她向自己说。她的大孩子安德柔沙仿效她，踮脚跟随她。玛丽亚伯爵夫人未注意到他。

"亲爱的玛丽，我相信，他睡着了，他那么疲倦。"索尼亚在大休息室中说（玛丽亚伯爵夫人觉得处处遇见她），"安德柔沙会吵醒他。"

玛丽亚伯爵夫人环顾，看见身后的安德柔沙，觉得索尼亚有理，正因此，她脸红，并显然费力地约束了自己不说恶语。她什么也未说，为了不听她的话，向他做了手势，让安德柔沙跟随她，要他莫吵。她走到门前，索尼亚从别的门走出。从索尼亚所睡的房里，发出均匀的、他的夫人极熟悉的呼吸声。她听着这个呼吸声，看着面前他的光滑美丽的前额、胡须、全部的脸，当他在静夜中睡着时，她常常那么久看他的脸。尼考拉忽然动了一下，咳了一下。同时安德柔沙在门口叫：

"爸爸，妈妈站在这里。"

玛丽亚伯爵夫人恐惧得发白，并向儿子做手势。他无言。经过一分钟，玛丽亚伯爵夫人变得可怕地沉默。她知道尼考拉是如何不喜欢有人叫醒他。忽然门内传来新的咳声和动作声，尼考拉的不快的声音说：

"一分钟也不让我安静。玛丽，是你吗？为什么你把他带到这里来？"

"我只是来看，我没有看见……对不起……"

尼考拉咳了一下，又沉默。玛丽亚伯爵夫人从门口走开，把儿子带到育儿室。五分钟后，小的、黑眼的三岁的娜塔莎，父亲心爱的，从哥哥口里知道父亲在睡，妈妈在休息室里，不为妈妈知道，跑到父亲那里。黑眼的小女孩勇敢地开了门，肥脚用劲地走到沙发前，看了看父亲的睡态，他背对着她睡，她踮起脚尖，吻父亲横在头下的手。尼考拉脸上带着和蔼的笑容转过身来。

"娜塔莎，娜塔莎！"玛丽亚伯爵夫人用恐惧的低声在门口喊，"爸爸要睡觉。"

"不，妈妈，他不要睡。"幼小的娜塔莎肯定地回答，"他在笑。"

尼考拉垂下腿，坐起，把女儿抱在怀里。

"进来，玛丽。"他向夫人说。玛丽亚伯爵夫人进了房，坐在丈夫的旁边。

"我没有看见他跟我跑来，"她羞怯地说，"我只是来看看。"

尼考拉握住女儿的一只手，看了看夫人，看到她脸上过失的表情，另一手搂抱她，吻她头发。

"我能亲妈妈吗？"他问娜塔莎，娜塔莎羞怯地笑。

"再亲。"她用命令的姿势说，指尼考拉吻过的地方。

"我不知道，为什么你觉得我发火。"尼考拉说，回答他知道在夫人心中的问题。

"你想不出,你那样的时候,我是多么不幸,寂寞。我总觉得……"

"玛丽,够了,无聊的话。你真不惭愧。"他愉快地说。

"我觉得你不能爱我,我那么丑……一向……而现在……在这个……"

"啊,你多么可笑!不是因美而爱,乃是因爱而美。只有玛尔维娜和别的人们才因为她们美而被爱!我爱夫人吗?我不爱你,而是我不知道向你怎么说。没有了你,在我们当中发生这样的误会的时候,我便没有主意,什么事不能做。那么我爱我的手指头?我不爱,那么试一试,割下来……"

"不,我不这样,但是我懂得。那么,你不是对我发火吗?"

"非常发火。"他笑着说,立起,抹发,开始在房中走动。

"你知道,玛丽,我在想什么?"他开口,现在和解已成,他立刻在夫人面前出声地思想。他不问她是否准备听他说,这对于他都是一样。他有了一个思想,这也是她的思想。他向她说他打算留彼挨尔和他们在一起过到春天。

玛丽亚伯爵夫人听了他的话,表示了一点意见,开始在她的轮次中出声地思想。她的思想是关于小孩们。

"现在已经看出是妇人了。"她用法文指幼小的娜塔莎说。"你责备我们妇女不合逻辑,但她是我们的逻辑。我说:'爸爸要睡。'她说:'不是,他在笑。'她有理。"玛丽亚伯爵夫人说,幸福地笑着。

"是,是!"尼考拉把女儿抱在有力的手里,高高举起,放在肩上坐着,搂住小腿儿,开始在房中走动。父女俩都有同样不假思索的快乐面孔。

"你知道,你也许是不公平。你太爱这个。"玛丽亚伯爵夫人用法文低声说。

"是的,但是怎么办呢……我想不表示……"

这时在门廊和前厅传来门声和步声,好像是来了什么人的声音。

"有人来了。"

"我相信是彼挨尔,我去看看。"玛丽亚伯爵夫人说,走出房。

她走后,尼考拉让自己架着女儿在房中打圈子奔跑。喘着气,他迅速放下欢笑的女儿,把她搂在怀中。他的舞动使他想起跳舞,他看着女儿的快乐的小圆脸,他想到,在他成为老人时,她将如何,以及逝去的父亲如何与女儿跳丹尼·古柏舞,跳美最佳舞。

"是他,是他,尼考拉。"几分钟玛丽亚伯爵夫人回到房中说。"现在,我们的娜塔莎有生气了。应该看见她的欢喜,看他因为过了时期立刻所受的待遇。来,我们快去,我们去,你终归要放下她的。"她说,笑着看父亲身边的女儿。尼考拉走出,抓着女儿的臂。

玛丽亚伯爵夫人留在客厅里。

"从来,从来,我不相信,"她低声向自己说,"能够这样快乐。"她的脸上露出笑容,但在这个时候她叹气,而轻软的忧愁表现在她深思的目光中。似乎在她所感觉到的幸福之外,尚有别的此生达不到的幸福,这幸福是她现在在不禁想起的。

十

娜塔莎于一八一三年初春结婚，在一八二〇年有了三个女孩、一个男孩，男孩是她所希望的，现在由她自己喂养。她长胖了，发宽了，因此难以在这个强壮的母亲身上看出从前细瘦活泼的娜塔莎。她脸上的线条确定了，具有安静的温柔与明朗表情。她脸上没有了从前那种不断燃烧的、造成她美丽的热情火焰。现在常常只看见她的脸和身体，而她的心灵完全不可见了，只看见一个强壮的、美丽的、多子的母亲。从前的火焰现在很少燃起，它只在这种时候才燃起，如同现在，丈夫回转时，在小孩恢复健康时，或者在她与玛丽亚伯爵夫人提起安德来郡王时（她同丈夫从来不提到他，她以为丈夫会妒忌她对于安德来郡王的纪念），很少的时候，在什么东西偶然引起她的婚后完全丢失的歌唱时。在这种少有的时候,当她从前的火焰在她丰满美丽的身体中燃起时,她比从前更加动人。

在婚后,娜塔莎曾与丈夫住在莫斯科,住在彼得堡,住在莫斯科乡下,住在母亲处,即住在尼考拉处。年轻的别素号夫伯爵夫人很少在交际场中露面,那些看见她的人都对她不满。她既不动人,又不可爱。娜塔莎不是爱孤独(她不知道她是否爱孤独,她甚至觉得她不),但她怀孕,生产,喂养小孩,注意丈夫每一分钟的生活。她除了放弃社交生活,不能用别种方法满足这些要求。所有在娜塔莎婚前认识她的人,都诧异她所发生的改变,好像是什么非常的事情。只有老伯爵夫人,凭了母性的本能,知道娜塔莎的一切热情只是起源于要求有家庭、有丈夫(如她在奥特拉德诺所呼叫的,她是诚意多于笑话)——只有她母亲诧异那些不了解娜塔莎的人们的惊讶,重复地说她永远知道娜塔莎要成为模范的妻母。

"只有她使她对丈夫和小孩的爱情达到极点,"伯爵夫人说,"这样甚至是愚笨。"

娜塔莎不遵从许多聪明人,特别是法国人所宣传的那种金科玉律,即主张女子结婚时,不该疏忽自己,不该抛弃自己的才能,应该较少女时代更注意自己的外表,应该吸引丈夫如同他不是她丈夫时一样。反之,娜塔莎一下抛弃了所有的爱好,其中一个异常强力的是唱歌。她抛弃唱歌,因为这是她的强力的嗜好。娜塔莎不顾虑到自己的礼貌,不顾虑到语言的文雅,也不顾虑到要对自己的丈夫表示最好的体态,也不顾及服装,也不避免自己的苛求妨碍丈夫。她做的一切都违反那些规条。她觉得,从前她的本能教她要求的那些爱好,现在在她丈夫眼前只显得可笑，她在第一分钟便把一切给了她的丈夫——把她整个的心灵，不让它有一个角落瞒住自己的丈夫。她觉得维系她和她丈夫的不是吸引她、接近她的那种诗的情绪，而是别的不能确定的然而坚固的东西，好像她自己的心灵与身体间的那种联系。

为了吸引她的丈夫而留卷发、穿时髦衣服、唱情歌，在她看来，是同样地奇怪，正如为讨自己的欢心而装饰自己。装饰自己，取悦别人，这或许是她乐意的——她不知道——但完全没有时间如此。她不注意于歌唱、衣服，不考虑说话的主要原因，是她完全没有时间注意这种事情。

我们知道，人有专心注意一个旨趣的本领，无论它是显得多么不重要。我们知道，这样不重要的旨趣，在对于它的集中注意之下，不发展为无限的意义，是没有的。

娜塔莎所专心注意的旨趣——是家庭，即她的丈夫，她那么把握着他，为了爱他，完全属于她，属于家；和小孩们，她应该怀孕，生育，喂养，教育他们。

她不仅用她的智慧，而且用她整个的心灵，用她整个的身心，愈深入她所注意的旨趣，这个旨趣在她的眼前愈扩大，她觉得自己的力量愈薄弱，愈不重要，所以她把一切集中在同一旨趣上，而仍然觉得没有时间去做那一切她觉得是必要的。

关于女权，关于夫妇关系，关于夫妇自由与权利的讨论与批评，虽然还不像现在叫作问题，在那时却是和现在一样地有。但这些问题不仅不引起娜塔莎的兴趣，而且她确实不了解它们。

这些问题在那时和现在一样，只是对于这些人是存在的，他们把婚姻看作夫妇间互相获得的一种满足，即在家庭中的只有结婚的初期，而无结婚的全部意义。

这种讨论和现在的问题，例如这种问题，如何获得吃饭的最可能的满足，在那时和现在一样，对于这种人是不存在的，他们觉得吃饭的目的是营养，而婚姻的目的是家庭。

假使吃饭的目的是身体的营养，那么一次吃两顿饭的人，也许可以达到较大的满足，但不能达到目的，因为两顿饭不是胃可以消化的。

假使婚姻的目的是家庭，那么谁希望有许多夫人或丈夫，也许可以获得许多满足，但不会在任何情形之下具有家庭。

假使吃饭的目的是营养，而结婚的目的是家庭，则整个的问题只决定于此，就是不要吃得多于胃所能消化的，而所有丈夫及夫人不要多于一个家庭所需要的，即一夫一妇。娜塔莎需要一个丈夫。

她得到了一个丈夫。丈夫给了她家庭。她不但不觉得需要一个更好的丈夫，而且因为她全部的心力集中在服务这个丈夫和家庭上，她不能设想，并且毫无兴趣设想，假使有了别的丈夫，将发生什么事情。

娜塔莎不欢喜普通的社交团体，但她却更看重亲戚的团体——玛丽亚伯爵夫人、哥哥、母亲和索尼亚。她看重这些人的团体，对他们，她可以头发散乱，穿着睡衣，大步地从育儿室走出，带着快乐的面孔指示尿布上不是绿迹而是黄迹，听着这样的安慰，说现在小孩是大大地好了。

娜塔莎疏忽自己到如此程度，她的衣服、她的发髻、她的不得体的话，她的妒忌——她妒忌索尼亚、保姆、所有的美丽妇女——是她四周人们通常嘲笑的题材。一般的意见以为彼挨尔是在夫人的支配下，这确实是如此。在结婚的初期，娜塔莎便说出了自己的要求。彼挨尔诧异他夫人的，他觉得完全新奇的见解，就是他的生活的每一分秒是属于她和他们家庭的；彼挨尔诧异夫人的要求，但他被这些要求所取悦，并听从这些要求。

彼挨尔的服从处在此，他不仅不敢注意妇女，而且不敢笑着和别的妇女谈话；他不敢去俱乐部赴宴，只为了消磨时间；他不敢任意花钱；他不敢长期出门，除非是为正事，他的夫人把他的科学研究也包括在正事之内，她毫不了解科学研究，但她加以巨大的重视。为交换这一切，彼挨尔在自己的家里有充分的权利不仅可以如意处理自己的事，而且还可以处理全家的事。娜塔莎在自己家里，使自己做丈夫脚下的奴隶。当丈夫在做事——在自己的书房中读书或写作的时候，全家都要轻脚走路。只要彼挨尔表示愿意什么，则他所爱的便不断地得以实现。只要他表示自己的愿望，娜塔莎便跳起来，跑去执行。

管理全家的只是丈夫的假定的命令，即彼挨尔的愿望，这是娜塔莎所企图猜测的。生活方式、居住地址、朋友、亲戚、娜塔莎的事务、小孩们的教育——一切不仅遵照彼挨尔表现的意志而执行，且娜塔莎企图猜中彼挨尔话意中所能流露的，并且她确实能猜中彼挨尔愿望的要点何在，一旦猜中了，她便坚固地维持她所猜中的。在彼挨尔自己要改变自己的愿望时，她便用她自己的武器反对他。

例如在彼挨尔所永久记得的困难时期中，在娜塔莎生养了第一个体弱的小孩之后，当他们换了三个奶妈而娜塔莎失望得生病时，彼挨尔有一天告诉她卢梭的思想，即他所完全同意的关于用奶妈的不自然与有害。自养第二个孩子时虽然有母亲、医生及丈夫自己反对，他们反对她自己喂养，好像反对当时闻所未闻的有害的东西，她仍然坚持自己的主张，自那时起，所有的小孩都由自己喂养。

在发怒的时候，夫妇吵架是常有的事。但吵架很久之后，彼挨尔快乐而惊异地，不仅在夫人的言语上，而且在她的行动中，发现了她会反对自己的主张。他不仅发现这个主张，而且发现他的主张在表现时肃清了一切多余的、被激情与争吵所引起的东西。

在结婚七年后，彼挨尔感觉这种快乐坚决的意识，就是他不是一个坏人，他感觉到这一点，因为他看到自己在夫人方面的反映。在自己身上，他觉得一切的好坏相混杂、相遮蔽。但在夫人身上只反映了那真正好的，一切不完全好的或被抛弃。这种反映不是由于逻辑的思想，而是由于别的神秘的直接的途径。

十一

两月前，彼挨尔在罗斯托夫家作客时，接到费道尔郡王的信，邀他去彼得堡讨论一些重要的问题，这些问题引起了彼得堡某一团体的注意，而彼挨尔是这个团体的主要发起人之一。

娜塔莎阅读丈夫一切的信件，看了这封信，不顾丈夫离别的痛苦，她自己提议要他去彼得堡。对于丈夫一切智慧的抽象的事务，她虽不了解，却很重视，总是恐怕妨碍了丈夫的这种活动。对于彼挨尔羞怯疑问的目光，在阅读信后，她恳求地回答，要他去，但只限定了他确实的回返时期。这个假期给了四个星期。

自彼挨尔假期完毕时起，在两周前，娜塔莎便处在继续的恐怖、愁闷与烦恼的心情中。皆尼索夫，退休的、不满现状的将军，在这最后的两周内来此，惊异地、忧愁地看娜塔莎，好像看一个曾经爱过的人的不相似的画像。失望而苦恼的目光，胡乱的回答，关于小孩的谈话，这是他从昔日的女神所见所闻的一切。

在这全部的时间，娜塔莎愁闷而恼怒，特别是在这种时候，她的母亲、哥哥、索尼亚或玛丽亚伯爵夫人安慰她，企图宽宥彼挨尔，并设想他延迟的理由。

"这都是无聊的，都是没有意思的，"娜塔莎说，"他所有的计划不能产生任何结果，所有的这些呆子团体。"她这么说到那些事情，而这些事情的巨大重要性是她所坚决相信的。于是她走到育儿室去喂自己唯一的男孩米洽。

当她的三个月的小孩躺在自己胸前，而她感觉到他嘴唇的动作与鼻孔的嗅气时，没有人能够向她说出像小孩这样使她安慰的理性的话。这个小孩向她说："你发火，你妒忌，你想处罚他，你害怕，但我就是他，我就是他……"没有任何回答。这最真实不过。

娜塔莎在这不安的两周之内，那么常常跑到小孩那里去找安慰，那么当心他，喂过了分，他病了。她恐惧他的病，而同时这是她所需要的。照顾小孩，她可减轻对于丈夫的不安。

彼挨尔的车子在门口响时，她正在喂小孩，保姆知道如何讨喜主妇，无声地但迅速地带着快乐的脸走进门。

"来了吗？"娜塔莎迅速低声地问，怕有动作惊醒睡着的小孩。

"来了，太太。"保姆低声说。

血涌上娜塔莎的脸，腿不禁走动，但跳跑是不可能。小孩又睁开眼，看了一下。"你在这里。"他似乎这么说，又懒懒地吮嘴唇。

轻轻拿开奶头，娜塔莎摇了一下，递给保姆，快乐地走出门。但她在门口停了一下，似乎是良心责罚她太高兴，太快地丢下小孩，她回顾了一下。保姆举起胛肘，把小孩送过了床槛。

"好，去吧，去吧，太太，放心，去吧。"保姆低声笑着说，带着保姆与主妇间的亲昵。

娜塔莎轻步跑到前厅。

皆尼索夫带了烟管，从房中走到客厅，好像在这里第一次认识了娜塔莎。她的改样的脸上流出鲜明、闪灿、喜悦的光辉。

"来了。"她跑着向他说。皆尼索夫觉得他很高兴彼挨尔来到，不过不很欢喜他。跑进前厅，娜塔莎看见一个穿皮衣的高身子在解颈巾。

"他！他！真的！他在这里！"她向自己说，跑到他身边，抱他，紧搂他，把头贴在他胸前，然后放开，看着彼挨尔的快乐、发红、有风霜的脸。

"是的，这是他；幸福的，满足的……"

忽然她想起两周来所受的等待的焦苦，闪灿在她脸上的喜悦不见了，她皱眉，于是如流的谴责和恶语都落在彼挨尔身上。

"是的，你好，你很快乐，你舒服……我怎样呢？你也该可怜小孩们。我喂小孩，我的乳不好了……米洽要死了。但你很舒服，是的，你舒服……"

彼挨尔知道他没有过错，因为他不能回来更早；他知道她这方面的言语是不合理的，他知道两分钟后就要过去；他尤其知道自己是舒服的、快乐的。他想笑，但他不敢想到这件事。他做出可怜的、惊恐的脸，并且低头。

"我不能，凭天！但米洽怎样？"

"现在不要紧了，我们去吧。你怎么不知羞！只要你看到我没有你的时候是什么样，我多么苦恼……"

"你很好吗？"

"我们去吧，我们去吧。"她说，没有放开他的手。他们走到自己的房里。

当尼考拉和夫人来找彼挨尔时，他在育儿室里，把醒着的婴儿托在自己宽大的右掌上，并逗趣他。在他的张开无牙小嘴的宽脸上，有愉快的笑容。风云已过，娜塔莎脸上出了快乐光明的太阳。她慈爱地看着丈夫和小孩。

"和费道尔郡王把一切都说好了吗？"娜塔莎说。

"是的，好极了。"

"你看，抬起来了（娜塔莎意思是小孩的头）。啊，他使我多么担心。看见了郡主吗？当真，她爱这个……"

"是的，你可以想想看……"

这时尼考拉与玛丽亚伯爵夫人走进来。彼挨尔未放下儿子，低头吻他，并回答问题。但显然，虽有许多有趣的问题需要谈到，但戴帽子的摇头的小孩吸取了彼挨尔的全部注意。

"多么可爱！"玛丽亚伯爵夫人说，看着小孩，和他逗趣。"这一点我不懂，尼考拉，"她向丈夫说，"怎么你不懂得这些小宝贝的优美。"

"我不懂，我不能，"尼考拉说，用冷淡的目光看小孩，"一块肉。我们去吧，彼挨尔。"

"尤其是，他是那么温柔的父亲，"玛丽亚伯爵夫人说，为自己的丈夫辩护，"但只要过一年或者……"

"不，彼挨尔很会看护孩子，"娜塔莎说，"他说，他的手好像是为小孩的脊背而做的。你看。"

"啊，不是为了这个。"彼挨尔忽然笑着说，掉转小孩，交给了保姆。

十二

　　和每一个现实的家庭相似，在童山的住宅里住了几个完全不同的世界。他们各自保持自己的特点，并在互相让步，合成一个和谐的整体。这个屋里所发生的每一事件，对于所有的这些世界，是同样重要，同样快乐或悲伤，但每一个世界有它完全自己的与别人无关的理由去为某一事件而欢乐或悲哀。

　　例如彼挨尔的来到是快乐的、重要的事件，这事件便是如此地反映在大家之中。

　　仆人们是主人的可靠的批评者，因为他们不是凭谈话与感情的表现而批评，而是凭他们的行动与生活方式。仆人们都高兴彼挨尔的来到，因他们知道，他来了，伯爵即不每天去过问农事，将更愉快、更和善,尤其因为在庆祝日他们都可得厚赏。

小孩和女教师高兴别素号夫来到,因为没有人像彼挨尔这样把他们领导在公共生活中,只有他能够在琴上奏"苏格兰"曲(他唯一的调子),如他所说的,他们可以随着这个调子跳一切可能的舞,并且他确实带给大家礼物。

尼考林卡·保尔康斯基现在是十五岁的、清瘦的、有卷曲的金发与美丽眼睛的、病弱而聪明的男孩,他高兴,因为彼挨尔叔叔(他这么称他)是他的羡慕与热爱的对象。没有人注意尼考林卡对彼挨尔的特别亲爱,他只偶尔看见彼挨尔。他的扶养者玛丽亚伯爵夫人用了所有的力量使尼考林卡爱她的丈夫,一如她爱他,于是尼考林卡爱姑父,但带着淡薄的轻视爱他。他仍然是崇拜彼挨尔。他不想当骠骑兵,不想做一个有圣乔治勋章的骑士,像姑父尼考拉。他希望做一个读书的、聪明的、仁爱的人,如同彼挨尔。在彼挨尔面前,他的脸上总是有快乐的光,当彼挨尔和他说话时,他便脸红而气促。他不放过彼挨尔所说的每一个字,然后他同代撒勒或自己重提并考虑彼挨尔的每一个字的意义。彼挨尔的过去生活,他在一八一二年前的不幸(关于这个,他从所听得的话做成模糊的诗的想象),他在莫斯科的冒险、囚禁,卜拉东·卡拉他耶夫(他听彼挨尔说的),他对娜塔莎的爱情(他也用特别的情绪爱她),尤其是他和他所不记得的亡父的友谊,这一切使彼挨尔在他眼中成了英雄与圣人。

从关于父亲与娜塔莎的只言片语,从彼挨尔说到亡父时的热情,从娜塔莎说到亡父时的仔细而尊敬的柔情,这个刚开始知道爱情的男孩,自己明白了亡父爱过娜塔莎,并于临死时把她让给了朋友。这样的父亲，他所记不得的父亲，在他看来是一个神，这个神是他不能想象的，他总是带着惊悚的心情和悲喜的泪追想他。于是这个男孩高兴彼挨尔的来到。

客人们高兴彼挨尔，因为他这个人永远使任何团体生动而紧凑。

家中成年的人（除了他的夫人）高兴这个朋友，有了他可以过活得更轻易、更安静。

老妇们高兴，因为他带来礼物，尤其因为娜塔莎又生动起来。

彼挨尔感觉这些不同的世界对于自己的不同的观点，忙着给每个人所希望的东西。

彼挨尔是心散的、最健忘的人，现在按照夫人为他预备的单子，买了一切，未忘记岳母与内兄的任何使命，赠送别洛发的衣料，以及侄儿们的玩具。在结婚之初，夫人的这种要求他觉得奇怪——执行并勿忘他所要购买的一切。而当他第一次出门回家忘记了一切的时候，他惊异她所受的严重的苦恼，但后来他便习惯了这件事。他知道娜塔莎不为自己嘱托任何东西，而只是在他愿意时为别人嘱托。他现在处在自己觉得意外的小孩的满足中，他为全家买了礼品，而从不忘记任何一件。假使他受到娜塔莎的责备，那只是因为他买得太多、太贵。在别人目光中她的一切短处，或在彼挨尔目光中她的美点——零乱疏忽之外，娜塔莎又加上了吝啬。

自他开始过着需要更大花费的大家庭生活以来，使他自己诧异的是，他看到自己的花费比以前少了一半，而他从前的困难情形（特别是由于前妻的债务）已开始改善了。

生活费用减少，因为他的生活有了约束；那种浪费的，随时可以改变的奢华生活,彼挨尔现已没有,且不希望再有。他觉得他的生活方式现在是一下规定了直到死,改变这个是他无权的,因此这个生活形式是较为经济的。

彼挨尔带着愉快的笑脸拆放购买物。

"你看!"他说,拆放着一件东西,有如店伙。娜塔莎把长女放在膝上,坐在对面,迅速地把明亮的眼睛从丈夫身上移到他所展示的物品上。

"这是给别洛发夫人的吗?好极了。"她用手试验好坏,"这要一卢布一尺吧?"

彼挨尔说了价钱。

"贵了。"娜塔莎说。"啊,小孩们同妈妈要多么高兴。只是你空替我买了这个。"她说,禁不住笑,爱赏着珍珠梳上的金花,这是当时开始流行的。

"阿代勒劝我:买吧买吧。"彼挨尔说。

"我什么时候戴?"娜塔莎把它插在发上,"什么时候带玛盛卡出去呢?也许那时候时髦了。好,我们去吧。"

收拢了礼品,他们先去育儿室,后去看伯爵夫人。

当彼挨尔和娜塔莎在腋下带着包子进客室时,伯爵夫人照常地和别洛发在玩"排心思"牌。

伯爵夫人已过六十,头发已全灰,戴一顶小帽,皱边围绕着全脸。她脸已打皱,上唇落下,眼已昏花。

在儿子和丈夫接踵地先后逝世之后,她觉得自己是这个现实世界中偶然被忘下的人,没有任何目的与意义。她吃、喝、睡、醒,但她不是在生活,生活不给她任何印象。她不想从生活中获得任何东西,除了安宁,而这个安宁她只能在死里去找。但在死还未到的时候,她必须生活,即用自己的生命力。在她身上可以高度地发现在很小的孩子和很老的人身上所发现的。她的生活中没有任何外在的目标,只看到需要运用自己的各种嗜好与性能。她必须吃、睡、思、说、哭、工作、发火等等,只是因为她有胃、脑、肌肉、神经和脾。她所做的这一切不是由于任何外界动机的要求,不像人们在生活力富足时所做的。那时候,在她们所力图达到的目标之下,看不到别的目标——自己力量的使用。她说话,只因为生理上她必须用肺与舌。她哭得像小孩,因为她必须通鼻子等等。对精力富强的人是目标的,对她只显然是借口。

例如在早晨,特别是假使她前一天吃了什么荤,她便显得需要发怒,那时她便选择最近的借口——别洛发的耳聋。

她从房间的另一端向她低声说点什么。

"今天好像暖和了,我的亲爱的。"她低声说。当别洛发回答说:"真的,他们来了。"她便怒然低语:"我的天啦,多么聋,多么笨!"

另一个借口是鼻烟,她觉得有时太干,有时太湿,有时捣得不好。在这些发作之后,她脸上便显出黄色。她的女仆凭着可靠的记号知道何时别洛发又要变聋,何时鼻烟又要变湿,何时脸又要变黄。正好像她需要用胆汁,有时她需要用她剩余的性能作思想,而对于思想的借口是玩"排心思"牌。当她需要哭的时候,那时的借口便是逝世的伯爵;当她需要兴奋时,借口便是尼考拉和他的健康;当需要恶意地说话时,那时借口便是玛丽亚伯爵夫人;当她需要运用声音器官时——这大部分是在晚上六点以后,在黑房中的饭后休息之后——那时的借口便是同一故事的重述和同样的听众。

老妇人的这种情形是全家都了解的,不过从来没有人说到这个,而大家都用一切可能的力量去满足她这些要求。只在尼考拉、彼埃尔、娜塔莎及玛丽亚伯爵夫人彼此间的稀少的目光与忧郁的半笑中,表现了他们对于她的情形的共同了解。

但这些目光还说了些别的:这些目光说她已做了生活中她自己的工作,说她已完全不是大家现在所见的她,说我们都要如此,说他们高兴地顺从她,为了这个曾经宝贵,曾经和我们一样充满生命的,现在可怜的人物而约制自己。这些目光说,"记住要死"。

全家之中只有真坏的、愚笨的人和小孩才不懂这一点而疏远她。

十三

当彼挨尔和夫人进客房时,伯爵夫人是在需要利用自己智力玩"排心思"的习惯情形中,因此虽然她习惯地说话,说在彼挨尔或儿子回家时永远所说的话:"正是时候,正是时候,我的亲爱的,等候好久了。好,谢谢上帝。"在给她礼物时,她说别的习惯的话:"不是礼物宝贵,亲爱的,谢谢,给我这样的老人……"显然,彼挨尔的来到,是她在这时所不高兴的,因为他打扰了她的未摆完的"排心思"牌战。她摆完了"排心思",那时才注意礼物。礼物是一个精工的牌盒,一个有盖子和牧女图的明亮蓝色的茶杯和一个有伯爵像的金鼻烟壶,这是彼挨尔在彼得堡向小像画工定制的(伯爵夫人早已希望这件东西)。她现在不想哭,所以她淡漠地看着像,而更注意牌盒。

"谢谢你,我亲爱的,你安慰了我。"她说,她总是这么说。"但最好的,是你自己带回来的。这是从来没有过的,你一定责备过你的夫人了,她怎样了?没有你,她好像疯了。什么也不看见,什么也不记得。"她说着习惯的话。"看,安娜·齐摩非芙娜,"她又说,"儿子带给我们多么好的一个盒子。"

别洛发称赞礼物,并高兴自己的衣料。

虽然彼挨尔、娜塔莎、尼考拉、玛丽亚伯爵夫人及皆尼索夫需要说许多在伯爵夫人面前所不说的话,不是因为要隐瞒什么,而是因为她落在许多事情的后面,因为开始了在她面前说什么,必须回答她许多她随意提出的问题,并要重复已经重复多次的话,说谁死了,谁结婚了,这是她不能重新想起的。但他们却习惯地坐在客房的茶炊边吃茶,彼挨尔回答伯爵夫人的问题,这些问题是她自己不需要的,并且引不起任何人的兴趣,他说发西利郡王老了,说玛丽亚·阿列克塞芙娜嘱他致敬并问候,云云。

这种无人发生兴趣的但不可少的谈话,经过了全部吃茶的时间。吃茶的时候,索尼亚坐在茶炊的旁边,家中所有的成年的人都坐在圆桌旁。小孩及教师们已经吃过茶,可以听到他们在隔壁房间里的声音。吃茶时,大家坐在习惯的地方,尼考拉坐在火炉旁的小桌子边,他们把他的茶递到那里。完全灰色的脸上有突出的大黑眼睛的狼狗米尔卡(第一个米尔卡的女儿),躺在他身旁的椅子上。皆尼索夫有半灰色的卷曲的头发、胡子、腮须,穿敞开的将军服,坐在玛丽亚伯爵夫人的旁边。彼挨尔坐在夫人与老伯爵夫人之间。他说着——他知道——那可以使老人生兴的、为她所了解的,他说到外界的社会的事件，说到那些人——他们曾经是老伯爵夫人的同龄友伴，他们曾经是真正的、生动的、单独的团体，但他们现在大部分散在世界各处，和她一样，他们活到了年纪，收集着他们在生活中所种植的谷物。

遗憾！但他们，这些同龄人，在老伯爵夫人看来，是唯一严肃的、真正的世界。凭着彼埃尔的热心，娜塔莎看到他的来到是有趣的，他想说许多话，但他不敢在伯爵夫人面前说。皆尼索夫不是家庭的一员，不明白彼埃尔的细心，除了不满意之外，他极注意在彼得堡所发生的事，并且不断地要求彼埃尔说到塞米诺夫团[1]新近发生的故事，或者说到阿拉克捷夫[2]，或者说到圣经会[3]。彼埃尔有时候引动去说，但每次尼考拉及娜塔莎总把他拉回来说依凡郡王及玛丽亚·安桃诺芙娜伯爵夫人的健康。

"哪来这些疯子，高司奈尔[4]和塔塔慈诺发[5]怎么样，"皆尼索夫问，"一切还在继续吗？"

"继续吗？"彼埃尔叫着，"比从前更有势力。圣经会，它现在是整个的政府。"

"这是怎么一回事，我的好朋友？"伯爵夫人问，她现在吃完了茶，显然是希望找到今天发脾气的借口，"你怎么说这个？政府，我

---

[1] 见尾声一章所注。——毛
[2] 阿拉克捷夫因为残暴跋扈与极端反动而为人所不满。——毛
[3] 圣经会成立于一八一三年，有政治作用，于一八二六年被封禁。——毛
[4] 高司奈尔（Johann gosner, 1773—1858）曾于慕尼黑创办宗教团体。一八二〇年四月任彼得堡圣经会指导，后被逐。——毛
[5] 塔塔慈诺发（1783—1856）为一八二〇年彼得堡"精神聊合会"之女创办人。——毛

不懂这个。"

"是的,你知道,妈妈,"尼考拉插言,他知道如何把别的话翻译为母亲的言语,"亚历山大·尼考拉耶维支·高里村郡王组织了一个团体,据说他有大力量。"

"阿拉克捷夫和高里村,"彼挨尔无心地说,"他们现在就是整个政府。这样的政府,大家处处看到阴谋,大家惧怕一切。"

"怎么,亚历山大·尼考拉耶维支郡王有什么过错吗?他是很有声望的人。我那时常在玛丽亚·安桃诺芙娜家遇见他。"郡妃恼闷地说。因为大家沉默而更恼闷,她继续说:"现在所有的人都被批评。福音会,有什么坏处?"她站起(大家也站起),带着严齐的面容,蹒跚地到休息室的自己桌边。

在忧郁的沉默当中,从隔壁的房里传来小孩笑声和话声。显然小孩们当中发生了什么快乐的激动。

"完了,完了!"可以听到全体谈笑中幼小的娜塔莎的尖锐的叫声。彼挨尔和玛丽亚伯爵夫人及尼考拉交换目光(他总是看娜塔莎),并且快乐地笑。

"这是极好的音乐?"他说。

"这是安娜·马卡罗芙娜打完了袜子。"玛丽亚伯爵夫人说。

"啊,我去看看。"彼挨尔跳起来说。"你知道,"他立在门口说,"我为什么特别爱这种音乐!它最先使我知道一切都好。今天我来家了,我离家越近,我越惧怕。进了前廊,听到安德柔沙写了什么在喊叫,那么,我知道,一切都好……"

"我知道,知道这种情绪,"尼考拉断言,"我不能去,袜子对我——是一件意外的事。"

彼挨尔走近小孩们,于是笑声及叫声更大。

"好,安娜·马卡罗芙娜,"彼挨尔说,"这里在房间当中,听命令——一、二,我喊三的时候,你站到这里来,你在我面前。来,一、二……"彼挨尔说,有了沉默……"三!"小孩们在房中发出热烈的声音。

"二,二!"小孩们叫。

这是两只袜子。这是凭了她独自知道的一种秘诀,安娜·马卡罗芙娜同时用针打成的。在袜子打成时,她总是在小孩们面前严肃地从一只之中抽出另一只。

十四

此后不久，小孩们都来道夜安。小孩们吻了所有的人，男女教师们敬过礼，走了出去。只有代撒勒和他的门生留了下来。这位教师低声地邀他的门生下楼。

"不，代撒勒先生，我要请求姑母，留在这里。"尼考林卡·保尔康斯基也用同样的低声回答。

"姑母，让我留在这里吧。"尼考林卡说，走近姑母。他的脸上显出恳求、兴奋与热情。玛丽亚伯爵夫人看了看他，又转向彼挨尔。

"你在这里的时候，他是不能走开的……"她向他说。

"我马上把他带来给你，代撒勒先生，再见。"彼挨尔说，伸手给这个瑞士人，又笑着看尼考林卡。"我还没有看见你。玛丽，他现在长得多么像他了。"他又说,向着玛丽亚伯爵夫人。

"像父亲吗?"男孩说,脸色发红,用悦喜的、明亮的眼睛仰视彼挨尔。

彼挨尔向他点头,并继续着时而被小孩们打断的谈话。玛丽亚伯爵夫人在手上绣花。娜塔莎眼不移动地看着丈夫。尼考拉与皆尼索夫立起,要了烟管吸烟,从疲倦而固执地坐在茶炊边的索尼亚拉要了茶,并问彼挨尔话。卷发的、多病的、有明亮眼睛的男孩,不为任何人所注意,坐在房角,只转动倒领中细颈上卷发的头,看着彼挨尔所在之处,他偶尔地打战,向自己低声说着什么,显然是感觉到什么新鲜的强烈的情绪。

谈话转到当时上级政府中的逸事,大多数的人通常把这看作内政上最重要的兴趣。皆尼索夫因为自己在职务上的失望而不满政府,快乐地听着现在在彼得堡发生的这些愚笨的事(照他的意见),他用有力的、锐利的词句批评彼挨尔的话。

"从前人应该做日耳曼人,现在必须和塔塔慈诺发、克裕得纳夫人[1]跳舞,读……爱卡特索村夫人和这一类的人,啊!再放出我们勇敢的拿破仑来,他将敲出这些人所有的愚蠢。把塞米诺夫团交给兵士施发尔次像什么样子?"他喊叫。

尼考拉虽然不想找出皆尼索夫言语中一切的错误,也认为批评政府是一件极有价值而重要的事,认为 A 被任某部大臣,B 被派为某省

---

[1] 克裕得纳夫人(1766—1824)于一八〇七年献身于神秘主义,对亚历山大一世有影响。——毛

总督。皇帝说了什么,大臣说了什么——认为这一切很重要。他认为必须注意这些事情,并探问彼挨尔。因为这两个人的问题,谈话未离开高级政府方面逸闻的通常范围。

但娜塔莎知道丈夫的一切表情与思想,看到彼挨尔久想而不能把谈话引到别的方向上,而表示自己内心的思想,为了这思想他曾去彼得堡会见他的新朋友费道尔郡王。于是她用这个题目帮助他,他和费道尔郡王的事是怎么办的?

"这件事是什么?"尼考拉问。

"都是同样的,又同样的,"彼挨尔说,环视四周,"大家看到事情是那样坏,不能让它这样下去的,而一切正派人的责任是要尽力反对。"

"正派人能做什么呢?"尼考拉轻轻皱眉说,"能做什么呢?"

"这就是……"

"到书房里去吧。"尼考拉说。

娜塔莎早已预料他们要来叫她去喂乳,听到保姆的叫声,便去了育儿室。玛丽亚伯爵夫人与她同去。男子们进了书房,而尼考林卡·保尔康斯基不为叔叔所注意,也走到书房,坐在黑暗处窗边的书桌前。

"那么你要做什么?"皆尼索夫问。

"永远是些幻想。"尼考拉说。

"这个,"彼挨尔开言,不坐下,却时而在房中走动,时而停止,说话时发音含糊,并用手做迅速的姿势,"是这样的,彼得堡的情形是如此的,皇帝什么事也不过问,他完全倾心在这种神秘主义中。"

（他现在不宽宥任何人的神秘主义。）他只寻求安宁，而安宁只有那些无信仰、无法律的人能够给他，他们凶狠地破坏并压制一切；马格尼次基、阿拉克捷夫和同类的人……"你承认，假使你自己不管理农事，只求安宁，那么你的管事越残忍，你越容易达到目的吗？"他向着尼考拉说。

"对，你为什么要说这个？"尼考拉说。

"啊，一切都在毁坏。法庭中是偷窃，军队中只有鞭子、操练、军屯[1]。人民受磨难，文化被压迫。年轻的正派的人都被压迫，大家看到，这种事不能这样下去的。拉得太紧，一定要断。"彼挨尔说（政府存在时，人们看到政府的任何行为总是这么说），"我在彼得堡只向他们说了一件事情。"

"向谁？"皆尼索夫问。

"啊，你知道向谁，"彼挨尔低首看着人敬重地说，"向费道尔郡王和他们全体。发扬与文化慈善当然是好事。目的是良好的，但是目前环境中所需要的是别的。"

这时尼考拉注意到内侄的在场。他的脸色显得不悦，他走到他面前。

"为什么你在这里？"

"为什么！让他在这里吧！"彼挨尔说，抓住尼考拉的臂，又继续说，"这是不够的，我向他们说，现在需要别的事。当你站立等候紧张的弦断折时，当大家等待不可避免的事变时，必须尽量地、更紧

---

[1] 这是阿拉克捷夫的最为人怀恨的政务。——毛

密地,更多的人联合起来,反对共同的灾难。一切年轻的都被挤走、被消除。有的被女色所引诱,有的被禄位所引诱,又有的被虚荣与金钱所引诱,他们都转到这个阵营里去了。独立的、自由的人,像你和我,完全没有了。我说,扩大团体的范围,口号是不仅要有美德,还要独立与行动。"

尼考拉丢下内侄,愤怒地移动椅子,坐下,听彼埃尔说话,不满地咳着,更加皱眉。

"但行动有什么目的?"他喊叫,"你对政府持何态度?"

"持什么态度?持拥护者的态度。假使政府允许,这个团体可以不必是秘密的。它不仅不仇视政府,而且这个团体是真正保守党的,是地道的绅士的团体。我们只是为了不要曹加巧夫[1]来屠杀你我的子女,不让阿拉克捷夫送我到军屯区——我们只是为了这个而携手,唯一的目的是大家的福利与大家的安全。"

"是的,但是秘密团体,因而是仇恨的、有害的团体,它只能产生罪恶。"

"为什么?救欧洲的托根本德[2](那时大家还不敢想到俄国救了欧洲)产生了什么害处?托根本德——这是美德的联合,这是爱,是互助,这是基督在十字架上所宣传的……"

娜塔莎在谈话的当中来到房里,快乐地看丈夫。她不是因为他所说的而快乐。这甚至不使她感觉兴趣,因为她觉得这一切极简单,而

---

[1] 农民反抗中的首领,于一七七五年伏诛。
[2] Tugenbund 道德同盟之意,这是一八〇八年成立的一个日耳曼团体,是一个进步的团体。——毛

早已知道这一切（她觉得如此，因为知道这一切是发生于什么——彼挨尔的全部心灵）；但她高兴，看着他的生动而热情的身躯。

更快乐而热情地看彼挨尔的，是那个被大家遗忘的在倒领中伸着瘦颈的孩子。彼挨尔每个字燃烧他的心，他带着手指的神经的动作，自己也未注意到——折断叔叔桌上的火漆和墨水笔。

"完全不是你所想的那个，而是日耳曼的这种托根本德，是我所提议的。"

"啊，老兄，这个托根本德对于吃香肠的人是好的，但我不懂得这个，我甚至念不出口，"皆尼索夫发出高大的、坚决的声音，"一切都腐化卑鄙，我同意，只是托根本德，我不懂，若是不高兴，那么就本特[1]，就是这样！那时候我就是你的人！"

彼挨尔笑，娜塔莎出声笑，但尼考拉更皱眉，并开始向彼挨尔证明任何革命的预兆是没有的，而他所说的一切危险只是在他的想象中。彼挨尔证明相反的，因为他的智力是更强、更富足。尼考拉觉得自己处在困促之中。这更触怒他，因为在他心中，不是由于论辩，而是由于比论辩更强力的东西，他知道自己的意见无疑地正确。

"我来告诉你这个。"他说，立起，用颤抖的动作把烟管放在房角，最后又把它抛去，"我现在不能向你证明。你说，我们的一切都腐化，要有革命，我看不到这一点。但你说，誓言是有条件的东西，关于这一点我向你说，你是我最好的朋友，你知道这个，但你组织秘密团体，你开始反对政府，无论政府如何，我知道我的责任是服从

---

[1] Bunt 本特，暴动一意，与上文"本德"有关，是文字的游戏。——译

它。假使阿拉克捷夫马上命我带一连人去杀你,我一分钟也不思索就去。那时,你看,你要什么。"

在这话之后,有了不舒服的沉默。娜塔莎最先发言,卫护丈夫,攻击哥哥。她的辩护是软弱的而笨拙的,但她的目的达到了。谈话又重新开始,但已不是那种不快的、仇视的语气,如同尼考拉最后的言语所有的。当大家立起去吃夜饭时,尼考林卡·保尔康斯基面色发白,带着明亮发光的眼睛走近彼挨尔。

"彼挨尔叔叔……你不……假使爸爸活着……他同意你吗?"他问。

彼挨尔忽然明白当他说话时,这个男孩一定发生了多么特殊、独立、复杂而强力的情感与思想。他想起了一切所说的,因为这个男孩听到他的话而觉得纳闷,但应该回答他。

"我想是的。"他勉强地说,走出书房。

男孩低下头,这时才第一次注意到他在桌上所做的事情。他红了脸走近尼考拉。

"叔叔,饶恕我,我做得无心。"他说,指着桌上的断碎火漆与墨水笔。

尼考拉愤怒地跳起。

"好,好。"他说,把火漆和墨水笔的碎块抛到桌下。显然费力地压制了怒火,他离开了他。

"你根本不应在这里。"他说。

十五

吃夜饭的时候，谈话不再涉及政治与社会，而相反地转到尼考拉最如意的一八一二年的回忆。这是皆尼索夫开端的，而彼挨尔对于这个是特别和善、可爱。亲戚们在最友善的关系中散开。

饭后，当尼考拉在书房解了衣服，向等候的管家发了命令，穿了睡衣进卧室时，他看到夫人尚在写字桌上，她在写什么。

"你写什么，玛丽？"尼考拉问。玛丽亚伯爵夫人脸红。她恐怕她所写的不为丈夫所了解、所赞同。

她想向他隐瞒她所写的，但同时又高兴他看见，而自己必须向他说话。

"这是日记，尼考拉。"她说，把蓝稿本送给他，本中充满她的坚固而粗大的手迹。

"日记?"尼考拉带着嘲讽的口气说,接住稿本。它是用法文写的:

"十二月四日。今天,安德柔沙(长子)醒来,不想穿衣。路易丝小姐找我,他顽皮而固执,我试行威吓,他更发火。那时,我自己来管,丢下他,开始和别的保姆们叫起别的孩子,我向他说我不爱他。他沉默良久,似是惊异,然后只穿着一件衬衣跑到我面前,并哭泣,我好久不能安慰他。显然,最使他痛苦的是他使我生了气。后来,晚上我把他的条子给他的时候,他又可怜地哭,吻我。用温柔,可以同他做一切。"

"这条子是什么?"尼考拉问。

"我曾经开始在晚上给大孩子们做日行录,说他们的行为如何。"

尼考拉看了看注视他的明亮眼睛,继续翻着读,在日记中写了母亲觉得可注意的儿童生活的一切:表现儿童的性格,或者关于教养方法作概论。这大部分是最微末的小事,但他现在第一次读儿童日记时,父母都不觉得如此。

十二月五日是这样写的:

"米洽在桌边顽皮,爸爸说不给他布丁吃,未给他。别人吃时,他那么可怜地看他们。我觉得处罚不给甜食,只发展好吃的心。要告诉尼考拉。"

尼考拉丢下本子,看看夫人。明亮的眼睛疑问地(他赞同或者不赞同她的日记)看着他,不仅对于他的赞同,而且对于尼考拉在夫人面前的称许,那是不能怀疑的。

"也许它无需这样学究式的,也许根本不需要。"尼考拉想,但这种专以儿童道德修养为目标的永远不懈的精神努力——引动了他。假使尼考拉能够意识他的情绪，他便发觉，他对夫人的固执、温柔而骄傲的爱情的根本立场，永远是他对于夫人精神生活和这种崇高的，尼考拉几乎不了解的道德世界的惊异精神，那世界是他的夫人所一向居住的。

他骄傲她如此聪明，并且很知道在精神世界中他在夫人面前的卑微，因此更高兴她和她的心灵不仅是属于他，而且是他自己的部分。

"我很，很赞同，我的亲爱的。"他带着庄重的神色说。沉默了一会儿，他又说："今天我的行为很可恶。你不在书房里，我和彼挨尔在争论，我发了脾气。但不能不发火，他是这样的孩子。假若娜塔莎不管他，我不知道他要做出什么事来。你可以想想看，他为什么去彼得堡……他们在那里组织……"

"是的，我知道，"玛丽亚伯爵夫人说，"娜塔莎告诉了我。"

"那么你知道，"他继续说，单是提到这个争论便发火，"他要我相信一切正派人的责任是反对政府，而誓言和责任……我可惜，你不在。他们都攻击我，皆尼索夫和娜塔莎也……娜塔莎是可笑的。你晓得她是如何把他系在鞋带子上，但到了争论的时候，她没有自己的话，她只用他的话说。"尼考拉说，服从了那不可抵抗的冲动，这冲动引人批评最亲爱、最接近的人。尼考拉忘记他批评娜塔莎的话，也可以逐字地说到他对于夫人的关系。

"是的，我看到了这点。"玛丽亚伯爵夫人说。

"当我向他说，责任与誓言高于一切，他开始说上帝知道是什么。可惜你不在，你要说什么？"

"我觉得，你完全对。我这样告诉了娜塔莎。彼挨尔说大家受苦，大家痛苦，大家腐化，我们的责任是帮助邻人。当然，他有理，"玛丽亚伯爵夫人说，"但他忘记了我们有别的和身边的责任，这是上帝指示我们的，就是我们使自己冒险，但不能使子女冒险。"

"正是，这是，这正是我向他说的，"尼考拉说，当真以为自己说了这话，"他们坚持自己的意见，说到对邻人、对基督的爱，在尼考林卡面前说一切，他溜到我房里来弄坏了一切。"

"啊，你知道，尼考林卡常常使我劳神，"玛丽亚伯爵夫人说，"他是那样异常的孩子。我恐怕我为了自己的孩子疏忽了他。我们都有孩子，有亲戚，但他没有任何人，他永远是单独地思索。"

"可是我觉得，你无须因为他而责备自己。最慈爱的母亲能为自己的儿子所做的一切，你都为他做了，并且还在做。当然，我高兴这一点。他是优美的，优美的孩子。今天他在忘形中听彼挨尔说话。你可以想想看，我们去吃夜饭，我看见他把我桌上的一切都弄碎了，他忙说。我从来没有看见过他说假话。优美的，优美的孩子！"尼考拉说。他心里不欢喜尼考林卡，但他愿意承认他优美。

"我仍然不像是母亲，"玛丽亚伯爵夫人说，"我觉得不是这样，这使我苦恼。异常的孩子，但我为他极担心。社交对于他是有益的。"

"那么不久了，这个夏天我带他去彼得堡。"尼考拉说。"是的，彼挨尔一向是，永久是一个幻想家，"他继续说，又回到在书房中的谈话，这显然使他兴奋，"那里的一切与我何关——阿拉克捷夫的不好与一切——这事与我何关，这时，我结了婚，我有那些债务，他们要下我进牢，而母亲不能看到并懂得这个，后来有你、小孩、工作。

我从早到晚管理事务、计算账目是为了自己的满足吗？不是的，我知道我应该工作，来安慰母亲，报答你，不让我的小孩像我那样穷。"

玛丽亚伯爵夫人想向他说，人不是单有面包就可满足，他太看重了这些工作。但她知道，说这话是不需的、无用的，她只抓住他的手吻。他把夫人的这种姿势看作对于自己思想的赞同与证实，于是沉默地思考了几分钟，他又出声地继续自己的思想。

"你知道，玛丽，"他说，"今天依利亚·米特罗发内支（他的管家）从塔姆保夫的村上来了，说他们已经要付森林八万卢布的价。"尼考拉带着生动的面色开始说到不久即可赎回奥特拉德诺田地的可能："再过十年，我就护小孩们……处于顶好的地位。"

玛丽亚伯爵夫人听丈夫说，并明白了他向她说的一切。她知道，当他出声思想时，他有时向她说了什么，当他注意到她在思想别的东西时，他便发怒。但她因此费了很大的力量，因为她对于他所说的毫不感兴趣。她看着他，虽然不想别的，却感觉到别的，她感觉到对于这个人的顺从而温柔的爱情，这个人永远不会了解她所了解的一切，似乎因此她更强力地带着热情的温柔爱他。在这种阻碍地注意丈夫计划的详情，并完全吸引她的感觉之外，在她的胸中又闪出了与他所说的话全不相同的别种思想。她想到侄儿（丈夫说到他在彼挨尔说话时的兴奋，强力地感动她），他的温柔敏感的性格的各项特质在她心中出现了。她想到侄儿时，也想到自己的小孩们。她不比较侄儿和自己的孩子们，但她比较自己对于他们的情感，并且忧郁地发觉在她对于尼考林卡的情感中缺少了什么。

有时她想到这种差别是由于年龄，但她觉得自己在他面前有过失。她在自己心中许诺了自己要改正,并去做那不可能的——在这一生之中,爱自己丈夫、小孩们、尼考林卡和一切的邻人,如同基督爱人类。玛丽亚伯爵夫人的心永远是向着那无限的、永久的和完全的,因此她没有一时可以安宁。在她的脸上,显出了被肉体所拖累的心灵上秘密、高尚的痛苦之严肃表情。尼考拉看着她。

"我的上帝!假如她死了,像我所觉得的,当她的面色是如此的时候,我们是什么样呢?"他想,立在圣像前,开始读晚祷文。

十六

娜塔莎独自和丈夫在一起时也那样说话,只有夫妇才那样说话,即异常明白地、迅速地彼此了解并交换思想,说话的方法是完全特别的,违反一切的逻辑规条,不用前提、推论与结论。娜塔莎是那样地惯于用这种方法和丈夫说,彼挨尔思想的逻辑程序对于她是夫妇间不和谐的东西的确实记号。当他论辩并理性地、安宁地说话时,当她被他的样子所吸引并开始做同样事件时,她知道这一定要引起争吵。

当他们俩单独在一起时,娜塔莎带着大睁的快乐的眼睛轻轻走到他身边,忽然迅速抓住他的头,拥在自己胸前,说:"现在一切,一切是我的,我的!不要走开!"从这时候便开始了这个违反一切逻辑规律的谈话。他违反逻辑,因为在同一时间谈到完全不同的题目。这种许多问题的同时谈论不仅不妨碍了解的明确,且反之是他们充分彼此了解的确实记号。

好像在梦中,一切是虚假的、无意义的、矛盾的,除了指挥梦的情绪。同样地,在这违反一切理性规律的交谈中,连续的、明确的不是言语,而是指导言语的情绪。

娜塔莎向彼挨尔说到哥哥的日常生活,说到丈夫不在身边她是如何痛苦、没有生气,说到她如何更爱玛丽,说到如何玛丽在各方面都比她好。说着这话,娜塔莎坦白地承认她看见玛丽的优越,同时说这话时,她要求彼挨尔爱她甚于对待玛丽及一切别的妇女,特别是当他在彼得堡看到许多妇女之后,现在要重向她说这话。

彼挨尔回答着娜塔莎的话,向她说,他在彼得堡的夜会和宴会上和妇女相处是如何难受。

"我完全不会和妇女说话了,"他说,"只觉得厌烦。特别是我那么忙。"

娜塔莎注意地看他,并继续说:

"玛丽,她多么优美!她多么了解小孩们,她似乎只看见他们的心。例如昨天德米特锐顽皮……"

"他多么像他的父亲。"彼挨尔插言。

娜塔莎明白为何他提到德米特锐像尼考拉,他不愿想起他和内兄的争吵,并想知道娜塔莎关于这事的意见。

"尼考拉有这个弱点,假使一件事不是大家承认的,他无论如何都不会同意。我懂得,你正是看重'开创事业'的事情。"她说,重复彼挨尔曾经说过的话。

"不是主要的是，"彼挨尔说，"属于尼考拉，思想与理性是一种娱乐，几乎是时间的消遣。他有了一个图书室，并且定了一个规条：不读完已买的——西斯蒙地、卢梭、孟德斯鸠——不买新的。"彼挨尔笑着说："你知道我如何对他……"他开始缓和自己的话，但娜塔莎打断他，使他觉得这是不需要的。

"所以你说，对于他思想是娱乐……"

"是的，对于我，别的一切是娱乐。我在彼得堡的全部时期，看见他们都在梦里。当我注意于思想时，别的一切是娱乐。"

"啊，多么可惜，我没有看见你如何向小孩子们答礼，"娜塔莎说，"最喜欢谁？当然是莉萨。"

"是的，"彼挨尔说，并继续说他心中所注意的，"尼考拉说我们不该思想，但我不能够。不要说到这个，我在彼得堡觉得（我能向你说这个）没有我，一切都要解体。每个人都在找自己的道路，但我能联合大家，然后我的思想是那么简单、明确。我不说我们应该反对这个、那个，我们也许错误。我说，爱善良的人们，互相携手，让我们唯一的执旗是——活动的德行。塞尔基郡王是优美的人，并且聪明。"

娜塔莎不至于怀疑彼挨尔的思想是伟大的思想，但有一点苦恼她。这是——他是她丈夫。"对于社会这样重要、这样需要的人——能够同时是我的丈夫吗？为何这事是这样发生的？"她想向他表示这个怀疑。"谁是那些人，他们能够决定他是否真正比一切的人都聪明？"她问自己，并在心中想起那些被彼挨尔所尊敬的人们。从他的谈话上看来，这些人中没有一个像卜拉东·卡拉他耶夫那样受他尊敬。

"你知道我在想什么?"她说,"想到卜拉东·卡拉他耶夫,他怎样?他现在赞同你吗?"

彼挨尔一点也不诧异这个问题。他知道夫人的思想路线。

"卜拉东·卡拉他耶夫?"他说,想了一下,显然是诚恳地企图设想卡拉他耶夫对于这个题目的批评,"他也许不了解,但或者也许了解。"

"我异常爱你!"娜塔莎忽然说,"异常,异常!"

"不,他不赞同,"彼挨尔想了一下说,"他要赞同的是我们的家庭生活。他是那样地希望看到一切是优美的、幸福的、安宁的,我要骄傲地把我们给他看。你说到离别,你不相信,我在离别后对你有一种多么特别的情绪……"

"但还有……"娜塔莎开言。

"不是这样。我从来没有过停止爱你,不能爱得再多了。但这是特别……啊,是……"他未说完,因为他们交遇的目光说完了其余的。

娜塔莎忽然说:"说到蜜月,说最初是快乐,这是多么愚笨。相反,现在最好。只要你不走开。你记得,我们怎么争吵,我总是错的。总是我,我们为什么吵——我记也记不得了。"

"总是为一件事,"彼挨尔笑着说,"嫉……"

"不要说,我不能忍受。"娜塔莎喊叫。她眼中发出冷淡的、愠怒的光,稍停又说:"你看见她了吗?"

"没有,就是见了——也不认识。"

他们沉默。

"啊,你知道?你在书房说话的时候,我看着你,"娜塔莎说,显然企图赶走跑来的阴云,"你像个男孩(她这么叫她的孩子),就同两滴水一样。啊,现在是去看他的时候了……到了……可惜我要去。"

他们沉默了几秒钟。然后,忽然在同一时间,两人对面开始说了什么。彼挨尔带着自足与热情开口,娜塔莎带着温柔的、快乐的笑,互相打岔,两人都停止,等候对方先说。

"不,你说什么?说,说。"

"不,你说,没有什么,无聊。"娜塔莎说。

彼挨尔说了他开始说的。这还是继续说他对于他在彼得堡的成功的自足批评。他这时觉得他注定了要给全俄罗斯社会和全世界一个新的方向。

"我只想说,一切具有伟大后果的思想总是简单的。我的意思是说,假使恶人彼此联合,造成力量,那么正派人必须做同样的事情。你看这是多么简单。"

"是的。"

"但你想说什么?"

"没有什么,无聊。"

"不要紧,说吧。"

"没有什么,废话,"娜塔莎说,她的笑容更明显,"我只想说到米洽,今天保姆把他从我手里抱去,他笑,皱眉,贴紧了我——我想,他在藏躲。他非常可爱。他在那里哭了,好,再见!"她从房中走出。

同时在楼下尼考林卡·保尔康斯基的卧房中,照常点着一盏灯(这个男孩怕黑暗,这个缺点不能改正)。代撒勒高卧在四个枕头上,他的罗马式的鼻子发出韵律的鼾声。尼考林卡刚刚醒转,全身冷汗,大睁眼睛,坐在床上,向前看着,噩梦惊醒了他。他在梦中梦见自己和彼挨尔穿了甲胄,好像卜卢塔克画本中所见的。他和彼挨尔叔叔走在大军之前。这军队是充满空中的白色斜丝,好似秋天飞在空中的蛛网,而代撒勒叫他"神母的孩子们"。在前面是光荣,和这些丝全然一样,只是更密。他们——他和彼挨尔——轻飘地、快乐地前进着,渐渐接近目标。忽然,那些推动他们的丝变脆弱、纷乱,变得困难。尼考拉·依理支叔叔带着威胁的严格的样子站在他们面前。

"这是你做的?"他说,指着折断的火漆和羽笔,"我爱你们,但阿拉克捷夫命令我,我要杀那向前进的第一个人。"尼考林卡回顾彼挨尔,但彼挨尔已不在。彼挨尔成了父亲——安德来郡王,而父亲没有形体与形式,但他在那里。于是尼考林卡看着他,感觉到爱的薄弱:他觉得自己无力,无骨,如水。父亲抚爱他,可怜他。但尼考拉·依理支叔叔渐渐走近他们。恐怖支配了尼考林卡,他醒转。

"父亲,"他想(虽然在家中有两幅酷似的画像,尼考林卡却从未把父亲想成人形),"父亲在我身边,抚爱我。他称赞我,称赞彼挨尔叔叔。无论他说了什么——我要做。斯开佛拉烧了自己的手。为什么在我的生活中不发生同样的事?我知道,他们希望我读书,我要读书。但有一个时候我要停止,那时我要做。我只求上帝一件事:让我发生卜卢塔克的人们所发生的同样的事情,我也同样去做,我要做得更好。大家知道我,爱我,羡慕我。"忽然尼考林卡觉得泣咽占据了他的胸部，于是流泪。

"你有病吗？"可闻代撒勒的声音。

"不。"尼考林卡回答，躺到枕上。"他慈善，良好，我爱他。"他想到代撒勒。"但彼挨尔叔叔，多么一个异常的人！啊，父亲！父亲！父亲！是的，我要做那些甚至他也满意的事情……"

第二部

一

　　历史的主题是各国人民与人类的生活。直接地把握并用文字说明——不仅描写人类的生活是不可能的，就是描写一国人民的生活也是不可能的。

　　过去史家们常常用一种简单方法去描写并把握那似乎不可捉摸的——人民的生活。他们描写统治人民的个别人民的活动，这种活动在他们看来是全体人民的活动。

　　对于这些问题，个别人民用什么方法使人民按照他们的意志而活动？这些人自己的意志受什么统治？史家们回答时，对于第一个问题承认上帝意志使人民顺从某一人选的意志，对于第二个问题也承认同样的神意指挥这个选人的意志去达到注定的目的。

这些问题便是这样地用神意直接参与人事的信仰解决了。

新的历史科学在理论上否认了这两种陈述。

似乎新的历史科学既然否认了古人对于人服从神,以及对于人群被领导去赴一定目标的信仰,便应该不是研究权力的表现,而是研究形成权力的原因。但它未做这个,在理论上否认了以前史家们的观点,它在实际上追随他们。

新的历史不说人民禀受了神权并直接为神意所领导,却举出了英雄们禀受非常的超人的能力,或者只是个性极不相同的人们,自君王到新国家,领导人群。代替从前合乎神意的犹太人、希腊人、罗马人的人民目标(古人觉得这是人类运动的目标),新的历史举出了自己的目标——法国人、日耳曼人、英国人的福利,以及在最高度的抽象概念中全人类文化的福利,而全人类通常是指住在大地西北一小角上的人。

新的历史否认了从前的信念,没有在旧的立场上举出新的观点,而陈述的逻辑使历史家们——他们假定地否认了君主的神权和古人的运命——由别的路径走向同一的地点:承认(一)各国人民系由个别人们领导,(二)有一个一定的目标,各国人民及人类向此而进。

在一切最近代历史家们,自吉朋至博克尔的著作中,虽然有他们的外表差别及他们的观点的外表新奇,却在根本上有这两个不可避免的旧的陈述。

第一,史家描写个别人们的活动,史家以为他们领导人类:有的只认为这种人是君主、将军、大臣;别人在君主之外,还认为有演说家、学问家、改革家、哲学家与诗人。第二,人类被领导去赴达的目标是史家知道的,有的认为这种目标是罗马、西班牙与法国的伟大;别的认为它是自由、平等,叫作欧洲的世界一小角上的某种文化。

一七八九年,在巴黎发生了激动,它滋长、扩张并表现在自西向东的人群运动中。这个运动几次向东推进,与自东向西的相反运动发生冲突。一八一二年,它达到了最远的界限——莫斯科,并且显著对称地发生了自东向西的相反运动,它正似第一个运动,吸收了中欧的各国人民。相反的运动达到了西方运动的起点——巴黎,然后平静。

在这二十年间,广大的田地未得耕种,房屋被焚,商业改变了方向,数百万人变穷、变富、迁移,数百万信仰爱邻法则的基督教徒互相屠杀。

这一切是什么意义?这一切是从何发生的?是什么使这些人焚烧房屋,屠杀同类?什么是这些事件的原因?是什么力量使人们如此行为?这是人类想起过去运动时期的纪念与传统时,向自己提出的不觉的、单纯的、最合法的问题。

为解决这些问题,我们注意历史科学,它的目的是各国人民与人类的自我知识。

假若历史保存了旧观点,它便说:上帝为了奖赏或处罚他的人民,给了拿破仑权力,并且领导他的意志达自己的神意的目标。这个回答是完全而明了的。我们可以相信或不相信拿破仑的神圣意义,但对于相信这个的人,这时的全部历史中,一切都是明白的,且不会有任何矛盾。

但新的历史科学不能这样回答。科学不承认古人的"上帝直接参与人事"的观点,因此它应该作别种回答。

新的历史科学回答这些问题时,说:你想知道这个运动是何意义,它从何发生,什么力量产生了这些事件?你听吧。

"路易十四是很骄傲、很自恃的人,他有这样的情妇们和那样的大臣们,他不善统治法国。路易的继承人也是软弱的人,也不善治理法国。他有这样的宠臣和那样的幸妇,此外有几个人在这时著书。在十八世纪末,巴黎聚集了二十来个人,他们开始说到一切的人是平等自由的。因此全法国的人民开始彼此砍伐。这些人杀死了国王和许多别人,这时在法国有一个天才人物——拿破仑。他在一切的地方征服了一切的人,即杀死了许多人,因为他很有天才。因为某种缘故,他去杀非洲人,他杀得那么好,并且是那么狡猾聪明,他到了巴黎,叫一切的人服从自己,大家都服从他。做了皇帝之后,他又到意大利、奥地利及普鲁士去杀人,在那里杀死很多人。在俄国也有一个亚历山大皇帝,他决心恢复欧洲的秩序,因此和拿破仑打仗。但在一八〇七年他忽然与他友好,在一八一一年又争吵,于是他们又杀死许多人。拿破仑带领六十万人去俄国,占领了莫斯科;后来忽然跑出莫斯科,那时亚历山大皇帝借助于施泰恩及别人的意见,联合了欧洲,武装反对欧洲和平的破坏者。拿破仑的同盟者都忽然变成他的仇敌,这个武力又去反对拿破仑新召集的兵力。联盟国战胜了拿破仑,攻入巴黎,逼迫拿破仑退位,把他送到厄尔巴岛上,没有夺去他的皇帝尊严,并向他表示各样的尊敬,虽然在五年之前、在一年之后大家认为他是法外大盗。于是路易十八当国,一直到这时候,法国人和同盟国都嘲笑他,拿破仑对着老卫队流泪,退了位,被放逐。后来,伶俐的政治人物与外交家们(特别是塔来隆,他能在别人之先坐在某一个确定的椅子上,因而扩大了法国的疆界)在维也纳举行谈判,借这些谈判使得各国人民幸福或不幸。忽然外交家们与君主们又争吵起来,他们又已经准备重新率领自己的军队,互相屠杀。但这时候,拿破仑带了一营人来到巴黎,而憎恨他的法国人立刻都服从他。但同盟国的君主们因此发怒,又和法国人打仗。天才的拿破仑被打败,并且忽然承认了他是大盗,把他送到圣·爱仑拿岛上。在这里,这个被放逐者离开了心爱的朋友们和所爱的法国,迟迟地死于石岛上,而将自己的伟大事迹留给后人。而欧洲发生了反动,于是一切的帝王又开始压迫他们的人民。"

要认为这是嘲笑,是历史著述的讽刺,这是无用的。反之,这是那些矛盾的、未答中问题的各种回答之最温和的表现,这些回答是各种的历史——自回忆录及各国历史至通史及当时一种新兴的文化史——所给的。

这些回答的奇怪与可笑,是由于新的历史好像一个聋子,在回答无人问他的问题。

假若历史的目的是描写人类与各国人民的运动,则第一个问题便是:什么力量推动各国人民?不回答这个问题,则所有其余的都不可解。对于这个问题,新的历史小心地说拿破仑很有天才,或者说路易十四很傲慢,或者说某著作家写了某书。

这一切是很可能的,且人类准备同意这话;但他问的不是这个,这一切也许是有兴趣的。假使我们承认神权,在它自己的基础上,并且总是同样地借拿破仑、路易及历史家而领导它的各国人民,但这种神权我们不承认,因此,在说到拿破仑、路易与著作家之前,必须指出这些人与各国人民运动间的实际联系。

假使代替神权的是别的力量，则必须说明这个新的力量是由什么组成的，因为历史全部兴趣正是在这种力量里。

历史似乎假定这种力量本身是没有问题的，并且是共知的。但虽然都希望承认这种新力量是共知的，而读了很多历史著作的人不禁要怀疑这种新力量，它被历史家们那么不相同地所了解，是否完全是大家共知的。

二

　　什么力量推动各国人民？
　　传记的历史家和个别国史的历史家，认为这种力量是英雄与君主所具的权力。据他们的著作，历史事件完全是产生于拿破仑之流的、亚历山大之流的，或概言之，传记的历史家所描写的那些人们的意志。这种历史家们关于推动历史事件的力量这问题所做的回答，是满意的，但只在每一事件只有一个史家的时候才如此。但一旦各国的、各种观点的史家们开始描写同一的事件，他们所给的回答便立刻失去全部意义，因为他们对于这种力量的了解不仅各别，且常常是完全冲突的。这个史家主张历史事件是拿破仑的权力产生的，那个史家主张历史事件是亚历山大的权力产生的，第三个——主张是某某第三个个人的权力产生的。此外，这类史家们甚至在同一人物的权力所寄托的这种力量的解释上也彼此矛盾。保拿巴特派的提挨尔说，拿破仑的权力是建立于他的德行和天才；共和党的兰夫来说，他的权力建立于他的奸诈与欺骗人民。所以这种史家们互相破坏彼此的地位，同时破坏了关于产生事件的力量的概念，并对于历史的主要问题未给任何回答。

通史的史家研究各国的人民，似乎认为非通史的史家们关于产生事件的力量的观点是不正确的。他们不认为这种力量是英雄与君王所具的权力，而认为它是各种不同方向的许多力量的结果。描写战事或一个人民的降服时，通史的史家不在一个人的权力中寻找事件的原因，而在与事件有关的许多的彼此互相行动中去寻找。

按照这种观念，历史人物的权力是许多力量的产物，它似乎不能看作一种独自产生事件的力量。同时，通史家在大多数的情形中又将权力的概念当作独自产生事件的力量，当作事件的原因。按照他们的陈述，有时历史人物是他的时代的产物，而他的权力只是各种力量的产物，有时他的权力是产生事件的力量。例如该尔维努斯、施洛瑟及别人，有时证明拿破仑是革命、一七八九年的思想及其他原因的产物；有时又直接地说，一八一二年的战事及其他为他们所不喜的事件，只是拿破仑所错误地指导的意志的产物，而一七八九年的思想的发展因为拿破仑的跋扈而被阻。革命思想、一般的时势产生了拿破仑的权力，拿破仑的权力又压迫革命思想与一般时势。

这种奇怪的矛盾不是偶然的。它不仅在每一步骤中为人发觉，而且通史家们的全部著作也由这种相连的一串矛盾组成的。这种矛盾发生于通史家走上了分析的道路而止于中途。

要使各项分力产生一定的组成力或合成力，必须各项分力的总合等于合成力。这种情形从未被通史家们注意，因此，解释合成力时，他们不得不承认在不够的分力之外，尚有影响合成力的未说明的力量。

专别历史家描写一八一三年战事或部蓬朝的复辟时，坦直地说这些事件是亚历山大的意志造成的。但通史家该尔维努斯辩驳专别历史家的这种观点，企图说明一八一三年的战事与部蓬朝复辟，在亚历山大的意志之外，尚有施泰恩、梅特涅、斯塔叶夫人、塔来隆、麦希特及沙托不利昂及他人的活动是原因。历史家显然分析亚历山大的权力为各项分力：塔来隆、沙托不利昂等等；这些分力的总和，即沙托不利昂、塔来隆、斯塔叶夫人及别人的影响，显然不等于整个的合成力，即这个现象，数百万法国人服从部蓬皇朝。因此要说明如何从这些分力中产生了数百万人的服从，即如何从等于一 A 的各力中，产生了等于千 A 的合成力，史家又不得不承认他曾经否认的"权力"的力量，认为"它"是许多力量的合成力，即他不得不承认一种未说明的、在影响合成力的力量。这就是通史家们所做的，因此不仅违反回忆录的史家，且违反他们自己。

乡民对于雨的原因没有明确的概念，凭他们希望落雨或晴朗，而说：风吹散了云，或风吹来了云。通史家们也如此，有时，当他们希望这个时，当这个适合他们的学说时，他们便说权力是事件的结果，而有时在需要证明别的时——他们说权力产生事件。

第三种史家，所谓文化史家，追随通史家的路线（通史家承认有时著作家与妇女是产生事件的力量),对于这种力量的了解,又完全不同。他们把这种力量看作所谓文化,看作智慧活动。

文化史学家和他们的原型——通史家——是完全一致的,因为假使历史事件可以用某些人彼此做了的事来说明,为何不能用某些人所作的书来说明?这些史家们在随同活的现象而有的大量的表征中选出智力活动的表征,而说这个表征是原因。但虽然他们力图说明事件的原因是在智力活动中,却要有巨大的勉强,才能同意在智慧活动与各国人民运动之间有共同的东西,但不能在任何情形之下承认智慧活动领导人们的行动,因为这类现象(例如人权平等的宣传所引起的法国革命的最残忍的屠杀、最残忍的战争,以及因仁爱的宣传而有的杀戮)违反这个假定。

但即使承认了充满这种历史的,一切狡猾编撰的理论是正确的,承认了各国人民写某种所谓思想的不确定的力量所统治——历史的主要问题仍然没有回答,或者是在从前君主的权力及通史家所介绍的参谋者及别的人的势力上又加并一个新的思想的力量,而思想与群众间的关系需要解释。我们可以懂得,拿破仑有权力,因此发生了事件,带着一点勉强;我们还可以懂得,拿破仑和别的现象是事件的原因。但《社会契约》(旧译《民约论》——译)如何使法国人互相砍伐——若没有这个新力量与事件间因果关系的说明,便不能懂。

无疑,在一切同时的人们之间有一种关系,因此可以找到人们的智慧活动与他们历史运动间的某种关系,正似在人类运动与商业、工业、园艺等等之间可以找到这种关系。但为何人们的智慧活动,在文化史家看来,是一切历史运动的原因或表现——这是难懂的。史家们的这种结论只可以解释如下：（一）历史是有学问的人写的，因此他们自然地、乐意地以为他们这种人的活动是全人类运动的基础，正似商人们、农人们、兵士们同样自然地、乐意地所想的（这个信念不表现出来，只因为商人、兵士不著历史）；（二）精神活动、开化、文明、文化、主义——这一切都是不明显的、不确定的观念，在它们的旗帜之下，极便于利用意义更不清楚的词句，因此它们容易被放在任何学说之中。

但不说这种历史的内在价值（也许它对于某种人，对于某种事有用处），各种文化史（一切通史皆渐渐接近它们）是值得注意的，这些史家详细地、严肃地分析各种宗教、哲学、政治学说，当作事件的原因，每当他们着手描写真正历史事件时，例如一八一二年的战事，他们不觉地把它写成权力的产物，坦直地说，这个战事是拿破仑意志的产物。文化史家们这么说着，不觉地违反他们自己。他们证明，他们所发明的这种新的力量不表现历史事件，而了解历史的唯一方法是那个为他们所不承认的权力。

三

蒸汽机运动。问：它因何而运动？农夫回答：鬼使它运动。另一个人说，蒸汽机运动，因为轮子在转动。第三人认为运动的原因是被风吹起的烟。

农夫不可非难，他想到了充足的证明。要反驳他，必须有人向他证明没有鬼，或者别的农人说明不是鬼，而是日耳曼人在开动蒸汽机。只有那时候，他们才能从矛盾中看到他们两人都不对。但那人说原因是轮子的转动，驳到了他自己，因为假使他走上分析之途，他便应该更向前走：他应该说明轮子转动的原因。不到他找出蒸汽机运动的最后原因是压在汽锅中的蒸汽时，他没有权利停止原因的搜索。那个认为蒸汽机运动是由于吹回的烟的人，显然是这样立论的：他注意到轮子的解释不是原因,便抓住手边第一个表征,作为自己所见的原因。

唯一可以说明蒸汽机运动的概念,是那等于外表运动的力量。

唯一可以说明各国人民运动的概念,是那等于各国人民全部运动的力量。

同时,在这个概念之下,有各种史家所说的,与外表运动全不相等的、各种不同的力量。有的人在其中看到直接属于英雄们的力量,好像农人在蒸汽机中看到的;别的人看到——几种别的力所生的力量,好像轮子的转动;第三个人——智慧的影响,好像被吹去的烟。

在他们著述个别人的历史(无论是恺撒之流的,亚历山大之流的,或路德之流的,或伏尔泰之流的),而不是全体的历史(没有一个例外,全体的人们都参与事件)的时候——不能不把这种力量归诸个别的人,这种力量使别的人们把自己的活动注向一个目标。史家们所知道的、唯一的这种概念,是权力。

这种观念是唯一的工具,用它可以在目前历史陈述中处理历史材料,虽损坏了这个工具,而不知道处理历史材料的别的工具,如博克尔,便是失去了自己处理历史材料的最后机会。为了解释历史现象,权力观念不可避免,这由通史家与文化史家极显著地证明了,他们假定地否认了权力观念,而又不可避免地在每一步骤中利用它。

历史科学对于人类问题的关系,直到现在,好像流通的钱——纸币与硬币。传记的与列国的历史好像纸币。它们可以行使流通,完成它们的任务而无害于任何人,在不发生保证金问题的时候,它们甚至是有用的。只要忘记了英雄意志如何产生事件这个问题,则提挨尔的历史便是有趣的、教训的,并且还有诗意。但正如同纸币实际价格发生了疑问,或者是因为它们容易制造,而制造太多,或者因为要兑换现金——同样地,这种历史的真正意义也发生了疑问,或者是因为这种历史出现得太多,或者因为有人在心智的单纯中问道:拿破仑用什么力量做了这个?即要将通用的纸币兑换真正概念的纯金。

通史家与文化史家好像这种人们,他们承认纸币的不便利,决定用没有金的密度的金属来铸造硬币。钱币确实是硬币了,但只是硬币而已。纸币尚可欺骗不认真假的人,但硬币而无价值,不能欺骗任何人。正如同在金子不仅可以用作流通且可用作制造的时候,金子是真金子。同样地,当通史家能够回答历史的主要问题时:什么是权力?通史家方是真金。通史家矛盾地回答这个问题,而文化史家完全地免它,回答全然不同的东西。好像模仿金子的金属,只可使用于同意了承认它是金子的人群间,用于不知金子性质的人群间;同样地,通史家与文化史家不回答人类的主要问题,为了自己的某种目的,而充当大学校与读者(如他们所称的,重要书籍的爱好者)的流通货币。

四

否认了人民意志对于某一人选的神圣服从,以及人选意志对于上帝的服从这种旧观点,历史不选择二者之一:或者回返上帝直接参与人事的旧信仰,或者确定地说明产生历史事件那种力量的意义(它被称为权力)——便不举动一步而没有矛盾。

回返第一点是不可能的:信仰已破坏,因此必须说明权力的意义。

拿破仑下令征集军队去打仗。这个概念是我们如此习惯的,我们是如此熟悉这个观念:当拿破仑说什么话的时候,为何六十万人去打仗——这个问题对于我们是无意义的。他有权力,因此他所命令的被完成。

假使我们相信权力是上帝给他的，则这个回答是完全满意的。但我们不承认这个，故必须确定什么是这种一人驾驭别人的权力。

这种权力不能够是强者对于弱者生理优越的直接权力，这种优越建立于生理力量的应用或它的应用的威胁——如同赫叩利斯的权力；它也不能建立于道德力量的优越，如同一些历史家们在思想单纯中所想的，他们说历史的大人物是英雄们，即禀赋了非常的心力、智力与所谓天才的人们。这种权力不能建立在道德力量的优越上，因为历史不说到英雄人物，如拿破仑（关于他的道德性质，意见极不相同），却向我们说明，统治数百万人的路易十一和梅特涅皆没有任何特殊的精神力量的特质，且反之，在大体上，他们在精神上比他们所统治的数百万人中任何一人为薄弱。

假使权力的来源不在有权力的人的生理与道德特质中，则显然这种权力的来源应该是在这个人身之外——在这个有权力的人对于群众的那些关系中。

如是同样地了解权力的，是法律科学——那个历史兑现处，它应许将历史的权力概念的纸币兑换纯金。

权力是群众意志的集合，由表示或默契而转移给群众选定的统治者。

在法律科学的领域内，这一切是很明了的（法律科学是由这种理论组成的，即国家与权力，假使可以构成的话，应如何构成）；但应用于历史时，这种权力定义需要阐释。

法律科学看国家与权力，好像古人看火，好像是什么绝对存在的东西。对于历史，国家与权力只是现象，正如同对于今日的物理学，火不是元素，而是现象。

由于历史观点与法律科学观点的这个根本差异，乃产生了这个，即法律科学可以详细讨论，按照这个科学的意见，权力应该如何构成，以及什么是那在时间之外固定存在的权力，但对于历史问题——关于显然在时间中变动的权力的意义——它不能给回答。

假使权力是移转给统治者的群众意志的集合，那么普加巧夫是群众意志的代表吗？假若他不是，为何拿破仑一直是代表呢？为何拿破仑三世在邵洛涅被捕时是一个罪犯，后来那些被他逮捕的人们是罪犯们呢？

在朝廷革命中——有时只有两三个人参加——群众的意志也移转给他们的征服者吗？在一八〇八年，来因联盟的意志转移给了拿破仑吗？俄国人民大众的意志，在一八〇九年，当我们的军队与法军联盟而反对奥地利时，转移给了拿破仑吗？

这些问题可以从三方面回答：

（一）承认大众的意志总是无条件地委托给他们选定的那个或那些统治者，因为任何新权力的兴起，对于已委托的权力的任何斗争，应该只看作真正权力的破坏。

（二）承认大众意志在一定的某种条件下转移给统治者们，并证明对于权力的一切限制、冲突甚至废除，都是因为统治者不遵守权力转移给他们时的那些条件。

（三）承认大众意志是有条件地转移给统治者，但条件是不明白不确定的；许多权力的兴起，它们的争斗与衰落，只是由于统治者能否完成那些不确定的条件（在这些条件之下，大众的意志自这些人转移给那些人)。

史家们便照这三种方法说明大众与统治者的关系。

有些历史家在心智的单纯中不懂得权力意义的问题,那些最专门的传记的史家,关于他们已在前面说过——他们似乎承认大众意志的集合,无条件地转移给历史人物。因此,这些史家描写某一种权力时,假定这种权力是一种绝对的真正的权力,而任何反对这种真正权力的别的力量不是权力,而是权力的破坏——暴力。

他们的学说适合历史的原始与和平时代,当它应用于各国人民生活的复杂多事之秋(在这时候,各种权力同时兴起并互相斗争),便有了不方便处。正统派史家将证明法国的国民议会、执政委员会及保拿巴特只是权力的破坏,共和派与保拿巴特派将证明国民议会或帝国是真正的权力,而其余的都是权力的破坏。显然这些史家们的权力解释,这样地互相冲突,只能满足最年幼的小孩子们。

另一种史家承认这种历史观点的错误,说权力建立于大众集合的意志对统治有条件的委托,而历史人物只在这个条件下(即完成人民意志默许给他的计划)才有权力,但这些条件是什么,这些史家们未告诉我们,或者即使说出,也是不断地互相矛盾。

每个史家按照自己对于"什么是人民运动的目的"这个问题的见解,设想出这些条件是伟大、财富、自由、法国或别国人民的开化。且不说史家们对于这些条件的矛盾,即使我们承认这些条件有一个共同的计划,我们将发现历史事实几乎总是违反这个学说。假使委托权力时那些条件是财富、自由、人民的开化,那么为何路易十四与约翰四世平安地活过在位年代,而路易十六与查理一世被人民处死?

对于这个问题，这些史家们回答说，违反计划的路易十四的行为反映在路易十六身上。但它为何不反映在路易十四和路易十五的身上？为什么偏偏要反映在路易十六身上？这种反映有什么限制？——对于这些问题没有且不能有回答。在这种观点之下，也未能说明这个情形的原因——集合的意志在数世纪间留存在统治者和他们继承者的手中，后来忽然在五十年间，转移给国民议会，给执政委员会，给拿破仑，给路易十八，又给拿破仑，给查理十世，给路易·非利通，给共和政府，给拿破仑三世。在解释人民意志自一个人向另一个人的这些迅速转移时，特别是在有国际关系、征服与联盟时，这些史家们不得不勉强地承认，这些转移现象的一部分不是正常的人民意志的转移，而是偶然现象，这些现象决定于狡猾、错误、奸计或外交家、帝王、政党领袖的软弱。所以大部分历史现象——内战、革命、征服——在这些史家们看来不是产生于人民自由意志的委托，而是产生于一人或数人的错误使用的意志，即又是权力的破坏，因此历史事件被这种史家们看作学说的例外。

这些史家们好像植物学家，他们看到几种植物从种子中长出两片叶子，便主张凡一切生长的，都只分成两片叶子；认为棕榈树、菌、橄树发展成熟时，不再有双叶的外观，更是例外。

第三种史家承认大众意志有条件地转移给历史人物，但这些条件是我们不知道的。他们说历史人物有权力，只是因为他们完成委托给他们的人民意志。

但在这种情形中，假使推动各国人民的力量不在历史人物，而在各国人民本身，那么那些历史人物的意义在哪里？

这些史家们说，历史人物表现大众意志的本身，历史人物的活动是大众活动的代表。

但在这种情形下发生了这个问题，历史人物们的全部活动，亦只是它的某一方面，是人民意志的表现呢？假使历史人物们全部活动，如某部分人所想的，是大众意志的表现，则拿破仑及叶卡切锐娜之流的传记以及他们全部的朝廷奸诈是各国人民生活的表现，这是显然的荒谬；假使只有历史人物们活动的一方面是各国人民生活的表现，如同别的假定的哲学的历史家所想的，那么要确定历史人物活动的哪一方面表现人民的生活，必须先知道人民的生活内容是什么。

遇到了这样的困难，这种史家们发明了最含糊的、不可捉摸的和一般的抽象观念，在这种观念下可以容纳最大多数的事件，他们说人类运动的目标是在这种抽象观念里。最通常的几乎一切史家们都承认的抽象观念是：自由、平等、开化、进步、文明、文化。设立了某种抽象观念作为人类运动的目标，史家们研究那些留下最大多数纪念物的人们——帝王们、臣相们、将军们、著作家们、改革家们、教皇们、新闻家们——依据所有的这些人，在他们看来，是助成或阻碍了某一抽象观念。但因为无法证明人类的目的是自由、平等、开化或文明，又因为大众与统治者及人类领袖们的关系只建立在武断的假定上，即大众集合的意志，总是移给了那些令我们注意的人们，所以数百人（他们各处迁移，焚烧房屋，抛弃农事，互相屠杀）的活动从来不表现在十余人（他们不焚烧房屋，不从事耕种，不互相杀人）的活动的描写中。

历史在每一步骤上证明这一点。西方各国人民在十八世纪末叶的骚动以及他们向东方的涌进，由路易十四、十五、十六、他们的宠妇、臣相的活动，与拿破仑、卢梭、狄德罗、保马晒及他人的生活说明了吗？

俄国人民向东方、向卡桑、向西伯利亚的运动，表现在约翰四世痛苦性格的详情与他和库尔不斯基的通信中吗？

十字军时代各国人民的运动被高德弗利、路易之流及他们宠妇们生活的研究说明了吗？我们仍然不了解各国人民自西向东的运动。它没有目的，没有领导，只有一群流氓和彼得隐士。我们更不了解的是，在合理的神圣的远征目的——耶路撒冷的解放——被历史人物们所确定时，这个运动为何中断。教皇们、国王们、武士们激励人民去解放圣地，但人民不去，因为从前激动他们加入运动的那个不知的原因不复存在。高德弗利之流和行吟诗人们的历史，显然不能叙述人民的生活。高德弗利之流和行吟诗人们的历史只是高德弗利之流和行吟诗人们的历史，而各国人民生活的和他们的动机的历史仍然是不可知的。

著作家与改革家的生活史，更未向我们说明人民生活。

文化史向我们说明著作家或改革家的动机、生活环境与思想。我们知道路德有暴躁的脾气，并说过些什么话。我们知道卢梭不可信托，并写了些什么书，但不知道为何在宗教改革之后，各国人民被分割，在法国革命时人们互相残杀。

假若我们像最近代的史家们所为的，合并这两种历史在一起，则这将是君王们与著作家们的历史，而不是各国人民生活的历史。

五

　　各国人民的生活不包括在少数人的生活中，因为这些少数人与各国人民间的关系未被找出。这种关系建立于人民集合的意志转移给历史人物——这个学说只是一个假定，未得历史事实的证实。

　　大众集合意志转移给历史人物的常说，也许在法律科学的领域内可以说明很多东西，也许对于它的目的是必要的，但应用于历史时，在发生革命、征服、内战时，在历史开始时——这个常说便不能说明任何东西。

　　这种学说似乎不可争辩，正因为人民意志转移的事实不能证实。

　　无论是发生了什么事，无论是谁在事件的领导地位上，学说总可以说，这个人领导事件，因为大众集合的意志转移给了他。

这种学说对于历史问题所做的回答，正似这个人的回答，他看着移动的一群兽畜，不注意田野各处牧草的性质，不注意牧人的赶策，而根据某一兽畜走在兽群之前，便断定这是兽群朝这个方向或那个方向行走的原因。

"兽群朝这个方向走，因为走在前面的畜生领导它们，所有其余畜生的集合意志转移给了这个兽群的领袖。"承认无条件的权力委托的第一种史家们这么回答。

"假使领导兽群的畜生有更动，这是由于全体畜生的集合意志从这个领袖转移到别个领袖，这是由于这个畜生能否领导它们走向整个兽群选定的方向。"承认大众集合意志在未知的条件下转移给统治者的史家们这么回答（在这种观察的方法下，常常是观察者用他所选定的方向来判断，认为领袖们是那些在大众方向改变时立在旁边，甚至有时在后边的人们，而不是在前面的）。

"假使领导的畜生不断地改变，兽群的方向不断地改变，这是因为要达到我们所知道的方向，畜生们把它们自己的意志委托那使我们注意的畜生，因此要研究兽群的运动，必须观察一切令我们注意的走在兽群各方面的畜生。"第三种史家们这么回答，他们承认一切历史人物——自君王到新闻家——是他们时代的反映。

大众意志转移给历史人物的学说，只是一种意识——只是把问题用别的字眼表现出来。

什么是历史事件的原因？权力。

什么是权力？权力是转移给一个人的集合意志。

在什么条件下大众意志转移给一个人？在这个人表现一切人们意

志的条件下,即权力是权力。即权力是一个名词,它的意义是我们不解的。

假使人类知识的领域只限于抽象的思考,则人类将科学所给的"权力的解释"加以批评之后,即可获得这个结论,说权力只是一个名词,事实上并不存在。但对于现象的知识,在抽象思考之外,人类尚有别种经验,人类在经验上证实思考的结果。但经验说,权力不是一个名词,而是确实存在的现象。

且不说,没有一种人群集体活动的描写可以没有权力的概念,权力的实质同样地被当代事件的观察所证明,如同被历史所证明。

在事实发生时,总是要出现一个人或许多人,事件好像是遵照他们的意志而完成的。拿破仑三次下令,于是法国人去墨西哥,普鲁士国王与俾斯麦下令,军队即开入波保希米亚。拿破仑一直下令,法军开到俄国。亚历山大一直下令,法国人服从部蓬皇朝。经验告诉我们,无论发生了什么事件,这事件总是和下命令的一个人或数人的意志有关系。

史家们由于承认神意参与人事的旧习惯,愿意把禀受权力的人的意志表现看作事件的原因,但这个结论既未被理论也未被经验证实。

一方面,理论指示我们说,一个人的意志表现——他的话——只是那表现于事件中的整个活动的一部分,例如在战争中或者在革命中。因此,不承认那不可解的超自然的力量——神迹,便不能承认这人的话是数百万人运动的直接原因。在另一方面,即使承认他的话可以是事件的原因,历史却指示我们说,历史人物意志的表现在许多情形中不产生任何效果,即他们的命令不仅常常不得实现,且有时甚至产生与他们所命令的事完全相反的结果。

不承认神意参与人事,我们不能承认权力是事件的原因。

从经验的观点看来,权力只是一种依赖——它存在于"一个人的意志表现"与"别人执行这个意志"之间。

要说明这种依赖的条件,我们必须最先恢复意志表现的概念,这是指人而言,不是指神而言。

假使神发命令,表现意志,如古代历史向我们指示的,则这种意志的表现是不受时间限制的,不受任何原因影响的,因为神与事件无关。但说到了命令——人们意志的表现,它们在时间限制内活动,且彼此之间有关系——为了说明命令与事件的关系,我们应该恢复:(一)一切所发生的事件的条件;事件与下令的人在时间中的运动的连续。(二)必要关系的条件,这关系是在下令的人与那些执行他的命令的人们之间所有的。

六

只有神意的表现不受时间限制，能够和那一定要在若干年或若干世纪中发生的整串事件有关系，并且只有神不受任何原因的影响，能够按照自己的意志决定人类运动的方向。人在时间限制内活动，并且他自己参与事件。

恢复了第一个被忽略的条件，时间的条件，我们看到，假使没有前面的命令使后面的命令能够执行，则没有一个命令是可以执行的。

从来没有一个命令是任意地下的，并且它不包括整串的事件；但每一个命令是从别的产生的，且从来不与整串的事件有关系，而总是只与事件的某一时期有关系。

例如，当我们说拿破仑下令军队打仗时，我们是在一个单独表现的命令中集合了一串彼此有关的连续的命令。拿破仑不能下令征俄，且从未下过这个命令。他今天下令写些公文给维也纳，给柏林，给彼得堡；明天下某些命令给军队、舰队、军需官，等等，等等——数百万命令，这些命令造成了与引起法军入俄的整串事件相关的一串命令。

拿破仑在他的全部当国期间下了关于远征英吉利的许多命令，在他的事业之中没有一件事曾经耗费这么多的精力与时间。但虽然如此，在他的全部当国期间却没有一次企图实现他的计划，但他作了对俄的远征，在他屡次表示的信念中，他认为征俄可以使他在联盟中有利。这是由于第一类的命令不适宜，而第二类的命令与事件的程序相合。

要命令得以确实执行，必须这个人颁发那可以执行的命令。知道什么可以，什么不可以。执行——是不可能的，不仅对于拿破仑征俄（有数百人参与此事）是如此，而且对于最不复杂的事件亦然。因为这件事或那件事的执行，总要遇到数百万种阻碍。对于一件实现的命令，总是有许多未实现的命令。一切不可能的命令皆与事件无关，并不得实现。只有那些可能的命令，是与适合一串事件的一串命令有关的，并且得以实现。

我们的一个错误概念——在事件前面的命令是事件的原因——是发生于这个事实，就是当一个事件发生后，在数千命令之中实现了那些与事件有关系的命令时，我们便忘记了那些没有实现的，因为它们不能实现。此外，我们这种思想错误的主要来源在此，即在历史陈述中，把整串的无数、各种最小的事件（例如引领法军入俄的一切事件）按照这串事件所产生的结果总括为一个事件，并按照这种总括，把整串的命令总括为一个单独的意志表现。

我们说：拿破仑希望并做到了对俄的征战。在事实上，我们从来不曾在拿破仑的全部活动中找到这种意志的类似表现，我们只看到成串的命令或他的意志的表现，它们的倾向是最不相同、最不确定的。在无数串的拿破仑的命令中，有了关于一八一二年战争的确定的一串实现的命令，这不是因为这些命令与别的未实现的命令有何区别，而是因为这串命令与那领导法军入俄的事件程序相合。正如在印花板上画了这样的或别样的人物，不是因为在哪一边以及如何涂了颜色，而是因为印花板上所镌的人物在各方面都涂了颜色。

所以适时地观察命令对于事件的关系时，我们发现命令不能在任何时候是事件的原因，而在彼此之间有某种确定的依赖关系。

要明白这种依赖关系的内容如何，必须恢复另一个被疏忽的条件，这是任何（不是神而是人所下的）命令所具有的，即下命令的本人也参与事件。

下命令的人对于他所命令的人的关系，正是所谓的权力。这种关系的内容如下：

为了共同的活动，人们总是联合在某种团体中，在这种团体中，虽然共同行动所定的目标不同，参与事件的人们之间的关系却总一样的。

联合在这种团体中，人们彼此间的关系总是这样的：在联合行动中（他们是因此而联合），最大多数的人做最直接的参与，最少数的人做最不直接的参与。

在人们为了完成一致的行动而联合的一切团体中，最显著而确定的团体之一是军队。

组织任何军队的，是低级军事人员——兵卒，他们总是占最大多数——和较高级的军事人员——伍长、军曹，他们的数目少于兵卒——和再高级的，他们的数目更少，如此而上，直至最高军事权力，它集中在一个人身上。

军事组织可以完全同样地用圆锥体来表现，它的直径最大的底是兵卒，在底上层的横截面的是军中下级军官，如是直至圆锥体的顶点，这个顶点是总司令。

人数最多的兵是圆锥体的最下层与基础。兵士自己不断地刺戳、砍伐、放火、行劫，而且总是从较高级的人接到命令做这些行为，他们自己从来不命令。军曹（他们的数目较少）比较兵卒更少做直接行为，但已命令。上级军官更少做直接行为，更常下命令。将军只下令军队行动，指示目标，几乎从不使用武器。总司令从来不能直接参与行动的本身，只下关于大军运动的一般的命令。这种同样的人与人之间的关系，表示在任何为共同活动的人群团体中——在农业上、商业上，在任何职业上。

所以，不用人为地分析圆锥体一切相连的横截面——一切军队阶层，或任何职业，或公共事业的阶级与地位，从最低至最高——我们看到一种法律，根据这个法律，人们为了集体行动的完成，总是在这样的关系中相联合，即他们愈直接参与行动的完成，他们愈不能命令，而他们的人数愈多；他们在行动所参与的部分愈不直接，他们命令愈多，而人数愈少；这样地从下层到最上层的一个人，他最不直接参与事件，而比一切的人更将自己的活动用于发布命令。

　　这便是下命令的人们对于他们所命令的人们的关系，这是所谓权力这个概念的本质。

　　恢复了时间的条件（一切事件在时间条件下发生），我们看到，命令只在它与相关的事件程序有关系时方得完成。恢复了命令人与执行人之间的关系的必要条件，我们看到，按它本身的性质，命令人最不直接参与事件的本身，而他们的活动全用在命令上。

七

当一个事件发生时，人们表示自己关于事件的各项意见与希望；而当事件发生于许多人的一致行动时，则在所表现的许多意见与希望之中必然有一个会实现，虽然是近似。当所表现的意见之一实现时，这个意见在我们的理性中与事件发生关系好像在事件前的命令。

人们拖木头，每个人都表示自己的意见：如何拖，向何处拖开木头。于是说，这件事做得正像他们当中的一个人所说的，他下了命令。这是原始形态中的命令与权力。

用手工做最多的，最少想到他所做的，最少考虑到共同活动中所能产生的，最少想到下命令。那个命令最多的人，由于他的语言活动，显然最少能够用手行动。

在向着一个目标而活动的人们的巨大团体中，人们阶级的差别更显著，在共同活动中愈不直接参与事件的人，他们的活动愈注重在命令上。

当一个人独自行动时，他总是对自己发生某一串的考虑。他觉得，这些考虑领导他过去的活动，做他现在活动的辩护，并领导他计划他将来的行为。

人群团体所做的正是相同，他们让那些不直接参与事件的人们去发明关于他们一致活动的考虑、辩护与计划。

由于我们知道的及不知道的理由，法国人开始互相砍伐、斩杀。适合并伴随这个事件的辩护，是人们已表现的意志，即这是对于法国人的福利、自由与平等所不可少的。人们停止互相割伐，而伴随这个事件的辩护，是权力集中于对抗欧洲，等等的必要。人们自西向东屠杀同类，而伴随这个事件的口号是法国的光荣、英国的卑鄙等等。历史指示我们，这些关于事件的辩护没有任何常识，且自相矛盾，例如杀人是承认他的权利的结果，而在俄国杀死数百万人是为了屈服英国。但这些辩护在当时的思想中有不可少的意义。

这些辩护取消了造成事件的人们的道德责任。这些临时的目的好像扫刷，它们为了在轨道上肃清道路而在火车之前，它们肃清了人群道德责任的道路。没有这些辩护，便不能说明最简单的问题，这问题是观察任何事件所自动发现的，即数百万人如何做了共同的罪恶，打仗、杀人等等。

在欧洲政治社会生活的目前复杂形式中，能够想出任何事件不是君王、大臣、国会、报纸所规定限令和命令的吗？有任何共同行动不能在政治统一、国家主义、欧洲均势与文化中找得自己的辩护吗？所以任何发生的事件不可避免地与某种表现的希望相合，并获得辩护，显得是一个或数人意志的结果。

无论运动的船向哪里去，在它前面总可以看见被它分成的浪纹。对于船上的人，这种浪纹的运动是唯一可见的运动。

只有时刻密切地注意这个浪纹的运动，并比较这个运动与船的运动，我们才能相信浪纹时刻的运动是决定于船的运动，而这个事实——我们自己也不可见地在运动——领我们入错误。

我们时刻地注意历史人物们的运动（即恢复一切发生的事件的必要条件——运动在时间中的连续），而不疏忽历史人物与大众间的必要关系，便看到同样的东西。

当船按照一个方向航行时，在它前面的是同一的浪纹；当它常常改变方向时，则在它前面的浪纹也常常改变。但无论它向哪边转，总是有在它的运动前面的浪纹。

无论发生的是什么，总似乎这是预见的、命令的。无论船向哪边转，浪纹不领导也不加速它的运动，却在它前面澎湃，并且在远处使我们觉得它不仅是自动地运动，且领导船的运动。

只观察历史人物意志的各种表现（它们对于事件的关系可以是命令），史家们说事件决定于命令。观察事件本身以及历史人物和大众的关系，我们发现历史人物及他们的命令决定于事件。这个结论的无疑的证明在此，即无论有多少命令，假使没有别的原因，事件不曾发生，但一旦发生时——无论是什么事件——则在各人不断表现的一切意志之中将发现那一类的意志，它们在意义上及时间上对于事件的关系可以是命令。

达到了这个结论,我们可以直接地、确定地回答这两个主要的历史问题:

一、什么是权力?

二、什么力量产生各国人民的运动?

一、权力是某人对别人的关系,在这种关系中,那个人愈不参与事件,便愈表现关于共同行动的意见、假定与辩护。

二、产生各国人民运动的不是权力,不是智慧活动,也不是二者的联合,如史家所想的;而是参与事件的一切人们的活动,并且他们总是这样地联合,即最直接参与事件的人负最小的责任,反之亦然。

事件的原因,在道德方面,显得是权力;在物质方面,显得是那些服从权力的人。但因为道德活动没有了物质活动,便不可思议。所以事件的原因不在此,也不在彼,而在两者的联合。

或者,换言之,对于我们所观察的现象,原因的概念是不能应用的。

在最后的分析中,我们来到永恒的圈子,来到那种极限,人类智慧在一切思想领域中达到这个极限,假使它不是玩弄自己的题目。电生热,热生电。原子相吸引,原子相推拒。

说到热、电或原子的最简单的行为时,我们不能说为何发生这些行为,我们说这是这些现象的本性,这是它们的定律。同样的情形可以用于历史现象中。为何发生战争与革命?我们不知道,我们只知道为了完成这件事或那件事,人们联合在某种团体中,并且全都参与事件。我们说,这是人类的本性,这是定律。

八

假使历史只研究外表现象，则这种简单显明定律的成立即可够，而我们也就结束了我们的讨论。但历史定律是关于人类的，一点物质不能向我们说它毫不感觉到吸引力与推拒的必然律，说这是错误的；人是历史的主题，人坦直地说：我是自由的，因此不受定律的支配。

人类意志自由的问题虽未说出，它的存在却可以在历史的每一步骤中感觉到。

史家们一切严肃的思考，皆不觉地达到这个问题。历史的一切矛盾与含糊，以及这种科学所走的错误道路，只是由于这个问题的不解决。

假使每个人的意志是自由，即假使每个人能够做得如他所希望的那样，则全部历史将是一串没有关系的偶然事件。

假使在千年之间，数百万人之中有一个人能够自由地行动，即如他所希望的，则显然这个人的违反定律的自由行动，将破坏任何管理全人类的法律的存在可能。

假使只有一个定律管理人类的行为，便不能有自由意志，因为那时人们的意志必须服从这个定律。

在这个矛盾中，包括了意志之自由的问题，这问题从最古的时候即吸引了人类最好的智慧，从最古的时候即具有重大的意义。

问题在此，即把人类看作任何观点——神学的、历史的、伦理的、哲学的——上的观察对象，我们找到一般的必然律，人和万物同样地服从这个必然律。从我们自身去把人类看作我们所意识的东西，我们觉得自己是自由的。

这种意识是完全独立的，与理性无关的自我认识的源泉。人类借理性而观察自己，但他只借意识而知道自己。

没有自身的意识，任何观察与理性应用都是不可思议的。

为了去了解、去观察、去下结论，人类必须先意识到自身是活的。人知道自己是活的，正如同知道自己是有意识的，即人意识到自己的意志，人意识到自己的意志是他生命的要素，并且认为意志是自由的。

假使把自己放在观察之下，人便看见他的意志总是遵守同一的定律（无论他是否观察吃食物的必要，或脑力活动，或任何别的事情），他不能不把这个永远一致的自己意志的方向看作一种限制。假如它不是自由的，便不能有限制。人的意志在他看来是有限制的，正因他意识到意志是自由的。

你说,我不自由,但我举手又垂下。大家知道这个合逻辑的回答,是自由的不可否认的证明。

这个回答是意识的表现,意识不服从理性。

假使自由的意识不是单独的与理性无关的自我认识的来源,则它将服从理论与经验。但在事实上,这种服从向来没有过,且是不可思议的。

成串的经验与理论,向每一个人证明:他是观察的对象,他服从一定的定律,而且人服从这些定律,从不辩驳曾经知道的引力定律与不可入性定律。但同样的成串的经验与理论向他证明:他在自身所意识到的完全自由——是不可能的,他的每一行动决定于他的构造、他的性格和影响他的各种动机,但人从来不服从这些经验与理论的结论。

从经验与理论中知道石头向下坠,人无疑地相信这个,且在一切情形之下期望实现他所知的定律。

但同样无疑地知道他的意志服从定律,他却不相信,且不能相信这个。

无论多少次经验与理论向人证明,在那些同样的条件下,具有那些同样的性质,他做着与以前相同的事情。他在第一千次,处于那些同样的条件上,具有那些同样的性质,对于永远结果相同的行为,仍然无疑地觉得自己相信这一点,就是他可以,如他所希望的而行动,一如从前。每个人,野蛮人或思想家,无论经验与理论如何不可辩驳地向他证明:在那些同样条件下,为自己设想两种不同的行为是不可能的,他仍然觉得没有这种无意义的概念(这是自由的要素),他便不能设想生活。他觉得,无论这是如何不可能,这是如此的,因为没有这种自由的概念,他不仅不能了解生活,且一刻不能生活下去。

他不能生活,因为人们的一切动机、一切对于生活的动力,只是一种要增加自由的努力。富裕——贫穷,光荣——无闻,权力——服从,强力——软弱,健康——疾病,文明——愚昧,劳动——闲逸,充饱——饥饿,美德——罪恶,这都是各种程度的自由。

设想一个人没有自由是不可能的,除非他是被剥夺了生命的人。

假使自由的概念对于理性是无意义的矛盾,例如在那些同样条件下做两种不同行为的可能,或者没有原因的行为,则这只证明意识不服从理性。

这是不可动摇的、不可辩驳的、不服从经验与理论的自由之意识,它被一切思想家所承认,被一切人们无例外地所感觉,没有了它则任何关于人的概念是不可思议的,这种意识是问题的另一面。

人是全能、全善、全知的上帝的创造物,什么是罪恶——它的概念是从人的自由意识中产生的?这是神学的问题。

人的行为服从一般的、不变的、统计学所表现的定律。什么是人对于社会的责任——它的概念是从自由意识中产生的?这是法律的问题。

人的行为发生于先天性格以及影响人的各种动机。什么是这些从自由意识中产生的良知与行为善恶的意识?这是伦理问题。

人,在他和一般的人类生活的关系中,显得是服从那决定人类生活的定律。但这个同一的人脱离了这种关系,显得是自由的。各国人民与人类过去的生活应该如何去看——是人们自由活动的或不自由活动的产物？这是历史的问题。

只是在我们自信的、知识普及的时代，由于最强力的愚昧武器——印刷物传播，意志自由的问题达到了这样的立场，在这个立场上它不能还是同样的问题。在我们的时代，大部分所谓前进的人们，即无知者的人群，接受了自然科学家们的研究结果，他们为了整个问题的解决只注意问题的一面。

心灵与自由是没有的，因为人的生活表现于肌肉运动，而肌肉运动决定于神经活动；心灵与自由是没有的，因为我们在不可知的时候从人猿变来——他们这么说、写、印书，一点也不怀疑。在数千年前，一切宗教，一切思想家不仅承认，而且从未否认这个必然律，这定律是他们现在力图用生理学与比较物理学来证明的。他们没有看到自然科学在这个问题中的任务，不过是解释这问题一面的工具。因为从观察的立场上看来，理智与意志只是脑神经的分泌物，并且人服从一般的定律，能够在不可知的时期中从低级动物发展出来，这只是从新的方面说明数千年前一切宗教与哲学理论所承认的真理，即在理智的观点上，人服从必然律。它没有使这个问题的解决有一点的进步，这问题有相反的另一方面，它建立在自由意识上。

假使人是在不可知的时期中从人猿变出的，则这是同样地明白，正如同说人是在一定的时期中从一块泥土变出的（在第一个情形中，x 是时间；在第二个情形中，x 是血统)，而这个问题，人的自由意志如何与人所服从的必然律相结合，是不能用比较生理学与动物学解决的，因为在蛙、兔、人猿之中，我们只能观察到肌肉神经活动，而在人之中却有肌肉神经活动与意识。

自然科学家们和他们的信徒们以为他们解决了这个问题，他们好像涂刷匠，被指定去涂刷教学墙壁的一面，他们利用工程总监工的不在场，由于热心过分，用他们的涂刷具涂刷了窗子、圣像和尚未固定的墙壁，他们高兴，从他们涂刷观点上看来，一切是平坦而光滑的。

九

　　自由意志和必然律的问题的解决，在历史和在其他知识部门中不同。在历史中，这个问题不是关于人的意志本质，而是关于这种意志在过去、在某种条件下的现象的表现。

　　关于这个问题的解决，历史对于其他科学的地位，好像实验科学对于思考科学。

　　历史的主题不是人的意志本身，而是我们关于意志的表现。

　　因此对于历史，不像对于神学、伦理学与哲学。关于自由意志与必然律的联合，没有不可解决的神秘。历史研究人的生活的表现，在这种表现中，完成了这两个冲突物的联合。

　　在实际生活中，每一历史事件，每一人的行为，可以很明了地确定被了解，没有丝毫矛盾的感觉，虽然每一个事件显得一部分是自由的，一部分是必然的。

为了解决自由意志与必然律如何联合的问题，以及什么是这两个概念的本质，历史哲学可以且必须按照与其他科学正相反的路径而前进。不对于自由意志与必然律的本身确立定义，而在二者的定义下纳入生命现象，历史应该在它范围内的无数的现象之中，求出自由意志与必然律的定义，这些现象总是依赖自由意志与必然律的。

无论我们所观察的许多人或一个人的活动表现是什么样的，我们总把它当作一部分是人的自由意志，一部分是必然律的产物。

无论我们是说到各国人民的迁移与野蛮人的侵入，或拿破仑三世的命令，或者一个人在一小时前从几条散步方向中选择一条的行为，我们看不到丝毫的矛盾。自由意志与必然律——领导这些人们的行为——二者的成分对于我们是明了地确定的。

常常我们对于高度自由意志与低度自由意志的概念，按照我们观察现象时不同的观点而有判别。但人的每一行为，总是同样地使我们觉得是自由意志与必然律的一种联合。在每一被观察的行为中，我们看见一定成分的自由意志与一定成分的必然律。在任何行为中，我们总是看到自由意志愈多，则必然律愈少；必然律愈多，则自由意志愈少。

自由意志对于必然律的比例，按照观察行为时的观点而增减，但这永远成反比例。

一个将淹死的人抓住另一个人，把他淹死，或者一个因喂小孩乳而疲惫饥饿的母亲偷取食物，或者一个人在受训练，他奉到命令杀死一个不能自卫的人——这些人似乎罪过较少,即对于知道这些人所处的环境的人,他们有较少的自由,而较多地服从必然律,对于不知道那人自己要淹死、母亲饥饿、兵士尽职等等的人,他们有较多的自由。同样地,一个人二十年前杀了人,后来安静地、无害地在社会上生活,他显得是罪过较多的;他的行为,对于二十年后观看这事的人是较多地服从必然律,对于事后第二天观察同样事件的人是较多自由的。同样地,疯人、醉汉或受强烈刺激的人的每件行为,对于知道行为者的心理状态的人是较少的自由、较多的必然的,对于不知道的人是较多的自由、较少的必然的。在这一切情形之下,自由意志的概念,按照观察事件时的观点,而有大小,因此必然律的概念也因而有大小。所以必然律显得愈大,自由显得愈小。反之相同。

宗教、人类的常识、法律科学及历史本身,同样地了解必然律与自由意志间的关系。

使我们对于自由与必然律的概念有所增减的一切事件,没有例外,都只有三个要点:

一、做行为的人和外在世界的关系;

二、和时间的关系;

三、和产生行为的原因的关系。

(一) 第一点是我们所见的,人和外在世界的各种关系,关于那种确定地位的各种明了的概念,这地位是每个人对于同时和他存在的万物所有的。这个要点使我们明白将淹死的人,较之立在干地上的人,是较少自由意志而较多服从必然律。由于这个要点,那个在人口稠密处与别人有密切关系的人的行为,那个被家庭、职务、事业所约束的人的行为，较之单独孤寂的人的行为，无疑是较少自由而较多服从必然律。

假使我们观察一个单独的人，不注意他四周一切的关系，则我们觉得这人的每件行为是自由的。但假使我们看到他与四周一切的任何关系，假使我们看到他与任何东西，与那同他说话的人，与他所读的书，与他所做的工作，甚至与他四周的空气，与那落在他四周物体上的光线的关系，我们便看见这些条件中的每一件都影响他，并至少领导他的活动的一方面。我们愈看到这些影响，我们关于他的自由意志的概念愈减少，而关于他服从的必然律的概念愈增加。

（二）第二个要点是人和外在世界的可见的各种时间关系：关于"人的行为在时间中所占的地位"的各种明白的概念。由于这个要点，那个关系人类起源的第一个的堕落，较之现代人的结婚，显然是较少自由的。由于这个要点，百年前的人们的生活与活动与我有时间关系，在我看来，不能够如现代人的生活同样自由，现代人生活的后果是我所不知的。

在这方面各种自由意志与必然律的概念的差异，是由于"发生行为"与"批评行为"间的时间相隔的长短。

假使我观察一分钟前我在大概与现在相同的环境中所做的行为，我觉得，无疑我的行为是自由的。假使我批评一个月前所做的行为，那么，在不同的环境里，我不得不承认，假使这个行为不曾做，则这个行为所产生的许多有用、如意，甚至必然的东西即不会发生。假使我回想更远的时候的行为，十年前或更久远，则我觉得这个行为的后果是更明显，并且我难以想象，假使没有这个行为，将发生了什么事情。我因想得愈久远，或者是同样的事，我批评得愈多，则我对于行为之自由意志的思考将愈可疑。

我们在历史中找到同样的，关于"人类共同事业中自由意志的成分"的见解的差异。我们觉得，现代的事件无疑是一切已知的人们的行为。但在较久远的事件中，我们看到了它的不可避免的后果，除了这些后果，我们不能设想到任何别的。我们回想的事件愈久远，我们觉得它们愈不自由。

普奥战争在我们看来是俾斯麦狡猾行为的无疑的结果。

拿破仑的各次战争虽然更可疑，却使我们觉得是英雄们意志的产物。但在十字军远征中，我们看到一个事件，它占有确定的地位，并且没有它，则欧洲的近代史是不可思议的。不过十字军远征的年表家们同样地觉得，这个事件只是历史人物们意志的产物。关于各国人民的迁移，我们现代的人从来没有一个想到欧洲世界的更新，是由于阿提拉的任意行为。我们在历史上的观察对象愈遥远，造成了事件的人们的自由意志愈可疑，必然律愈明显。

（三）第三点是我们对于不尽的原因链条的各种了解，这种原因的链条是理性的不可少的要求，在这里，每一可解的现象，因此人的每件行为，必定有它的确定地位，它是以前行为的结果，是以后行为的原因。

由于这个要点，我们觉得在一方面，我们愈不知道人所服从的从观察中产生的生理学、心理学与历史学定律，我们所观察的行为对生理、心理、历史原因愈不确实，我们的行为和别人的行为便愈多自由，而愈少服从必然律；在另一方面，所观察的行为愈简单，那个人

(他的行为被我们所观察的人)的性格与智慧愈不复杂。

当我们完全不了解行为的原因时——无论是恶的、善的，或者不分善恶的行为，都是一样——我们在这个行为中看到最大成分的自由意志。如这是罪恶行为，我们便极力要求对于这种行为的处罚；如这是善行，便尽量称赞这种行为。如这是不分善恶的行为，我们便承认最大的个性、独特性与自由。但假使我们只知道无数原因中的一个，便会承认相当成分的必然律，不很要求对于罪恶的处罚，不很承认善行的功绩，而似乎是独特的行为也减少了自由。犯罪者是在罪恶中养育的，这个事实减轻了他的罪。父亲的、母亲的自我牺牲，为了报酬的可能而有的自我牺牲，较无故的自我牺牲，是更可解，因而显得是更不值得同情的，更不自由的。宗教或党派的创立人或发明家，当我们知道了他的活动是如何，是用什么准备的，便较少使我们惊异。假使我们有一大串的经验，假使我们的观察不断地注意在寻找人们行为中原因及结果间的相关，则我们把结果与原因联结得愈正确，我们便觉得人的行为愈多是必然律的，愈少是自由的。假使所观察的行为是简单的，我们有很多这样的行为作观察，则我们关于这些行为的必然律的概念将更完全。劣父之子的丑行，处在某种环境中妇女的过失行为，酒徒的重醉，等等，这些行为的原因我们愈了解，我们便愈觉得它们是不自由的。假使他的行为被我们所观察的人，是在最低级的智慧发展中，如同小孩、疯人、呆子，则我们知道了行为的原因、性格与智力的简单，便看见那么大的必然律和那些小的自由意志，我们一旦知道了那么必定要造成行为的原因，便能立刻预言后面的行为。

一切立法中的罪过免释与罪状减轻，只是建立在这三个原则上。罪过的重轻，是看我们关于这个被审判人所处的环境的知识的多少，"判决行为"与"发生行为"相隔时间的长短，以及对于行为原因的了解的深浅。

十

所以，我们关于自由意志与必然律的概念渐渐变小或变大，是由于人与外在世界的关系的大小，时间距离的远近，事件原因的依赖性的大小，我们在这些原因中观察人的生活现象。

所以，假使我们观察一个人的地位，在这个地位上他和外在世界的关系是极明白，批评与行为相隔的时间之久，而行为的原因极可了解，则我们将获得最大必然律与最小自由意志的概念。假使我们观察一个人和外在环境的关系是极小，假使他的行为发生的时间和现在极相近，而他的行为的原因是我们不了解的，则我们将获得最小必然律与最大自由意志的概念。

但无论是在这个或那个情形下，无论我们如何改变我们的观点，无论我们如何明白人与外在世界的关系，或者无论这个关系对于我们是如何可以了解，无论我们如何加长或缩短时间，无论这些原因对于我们是可解的或不可解的，我们从来不能够向自己设想完全的自由意志或完全的必然律。

（一）无论我们如何设想一个人隔绝了外在世界的影响，我们从来不能获得"在空间中的自由"的概念。人的任何行为不可避免地受他自己身体与他四周的东西的限制。我举手又放下，我的行动对于我似乎是自由的，但是我问，我能否把我的手举向任何方位，我看到我的手向某一方位举起，这个方位对于这种动作是极力阻碍的，这些阻碍是我四周物体中的和我自己身体构造中的。假使在一切可能的方向中我选择了一个，因为在这个方向中阻碍最少。要我的行为是自由的，则必须它不遇到任何阻碍。要设想人是自由的，我们必须设想他是在空间之外，这显然是不可能。

（二）无论我们把批评的时间与行为的时间如何拉近，我们从来不曾获得"在时间中的自由"的概念。因为假使我观察一秒钟前的行为，我仍然必须承认行为的不自由，因为这个行为限于它发生时那一顷刻。我能举手吗？我举起手，但是我问自己，我不能在刚刚过去的顷刻之间举手吗？要自己相信这个，我在下一秒钟不举手。但在我向自己问到自由意志的第一顷刻间我举了手，时间过去了，留住时间是我无权的，我那时所举的手和我做这动作时的那片空气，已不是我现在不做动作的手，不是现在包围我的空气。发生第一个动作的那一俄顷是不回返的，在那一俄顷之间我只能做一个动作，无论我做的是什么动作，这个动作是唯一的。我在下一俄顷不举手，这不是证明我能够不举它。因此,在一个俄顷之间,我的动作只能是一个,而不能是别的。要向自己设想行为是自由的,必须在现在、在过去与将来之间设想它,即在时间之外,这是不可能的。

(三)无论我们如何增加了解原因的困难,我们从来不曾达到"完全自由"的概念,即没有原因。无论我们的或别人的任何行为中,意志表现的原因,对于我们是如何不可解的,理性的第一要求是原因的假定与寻找,没有原因,任何现象是不可思议的。我举手,为了要做一件没有原因的行为,但是这个——我要做一件没有原因的行为——便是我的行为的原因。

但假设说一个人完全脱离一切外界影响,只观察他的现在的俄顷间的行为,并假定它不是任何原因引起的,我们承认无穷小的等于零的必然律,那时我们仍然不能达到人的完全自由的概念。因为一个生物不受外界的影响,在时间之外,与原因无关系,便不是一个人。

同样地,我们从来不能设想一个人的行为只服从必然律而无自由意志成分。

(一)无论我们如何增加我们对于人所处的空间条件的知识,这种知识从来不能是完全的,因为这些条件的数目是无穷大的,空间是无限的。因此,在一切的条件,对于人的一切影响未被确定时,必然律是不完全的,仍然有相当成分的自由。

(二)无论我们如何加长我们所观察的现象与批评间相隔的时限,这个时限是有限的,而时间是无穷的,因此在这方面从来不能有完全的必然律。

(三)任何行为的原因链条,无论是如何可以知晓,我们绝不会知道整个的链条,因为它是不尽的,所以又不能获得完全的必然律。

但此外,即使承认有最小的等于零的自由意志,我们在某类情形中——如将死的人、胎儿、白痴——承认完全没有自由意志,我们将因此而破坏我们所观察的关于人的概念。因为一旦没有自由意志,便没有人。因此,"人的行为"的概念只服从一个必然律,没有丝毫的自由——这是同样地不可能,正似"人的完全自由的行为"的概念。

所以,要设想一个人的行为只服从一个必然律,没有自由意志,我们必须承认这种知识:无穷数的空间的条件、无穷大的时间的期限和无穷尽的原因的链条。

要设想一个人完全自由,不服从必然律,我们必须设想他是在空间之外,在时间之外,在原因的决定性之外。

在第一种情形中,假使有必然律而无自由意志是可能的,我们将用"同样的必然律"而达到必然律的定义,即达到无内容的形式而已。

在第二种情形中,假使有自由意志而无必然律是可能的,我们将在空间、时间、原因之外达到无条件的自由,这自由因为是无条件的、不受任何限制,所以仅仅是无形式的内容。

总之,我们应达到这两个要点,人的一切宇宙观念——对于不可解的生命本质,以及对于规定这种本质的定律——便是从它们造成的。

理性说:(一)空间有它的可见性——物质——所给它的一切形

式是无穷的,且不能有别样了解。(二)时间是无穷的运动,没有顷刻的安静,它不能有别样的了解。(三)因果关系没有起始,也不能有终结。

意识说:(一)我是唯一的,一切存在的只是我,因此我包括空间。(二)我用现在不运动的俄顷测量运动的时间,在这个俄顷中,我独自意识到自己是活的,因此我是在时间之外。(三)我是在原因之外,因为我觉得自己是自己的一切生命现象的原因。

理性表现必然律。意识表现自由意志的本质。

不为任何东西所限制的自由,是人的意识中的生命本质。没有内容的必然律是人的具有三种形式的理性。

自由意志是被观察的。必然律是观察的。自由意志是内容。必然律是形式。

只有在这两种知识来源——彼此的关系是形式与内容——的分析下,才能获得关于自由意志与必然律分别的、互相地排斥的、不可思议的观念。

只有在二者综合之下,才可获得关于人的生活的明确观念。

在这两种于综合中互相规定为形式与内容的观念之外,任何他种生活概念是不可能的。

我们关于人们生活所知道的一切,只是自由意志高于必然律的某种关系,即意识对于理性定律的。

我们对于外在自然世界所知道的一切,只是自然力对于必然律或生命本质对于理性定律的某种关系。

自然界生命力是在我们之外,是我们所不能意识的,我们叫这些力量为引力、惯性、电、活力等，但人的生命力是我们可以意识的，我们叫它自由意志。

但正如同每个人所觉得的而自身不可解的引力，只在我们知道了它所服从的必然律时（从物体下坠的最初知识到牛顿定律），才被我们了解。同样地，每个人所意识的而自身不可解的自由意志力，只在我们知道了它所服从的必然律时（从每个人都要死的知识，到最复杂的经济学定律、历史学定律的知识），才被我们了解。

一切知识只是把生命本质放在理性定律下。

人的自由意志与他种力量的区别在此，这种力量是人可以意识到的；但对于理性，它与任何别的力量没有区别。引力、电或化学受力的彼此分别只在此，这些力量被理性分别地下了定义。同样地，对于理性，人的自由意志力与他种自然力的区别，只是由于理性给它的定义。没有必然律的自由意志，即没有确定"它"的理性定律的自由意志，则没有地方和引力、热、生长力不同；对于理性，它只是俄顷的、不确定的生命知觉。

好像未确定的移动天体的力的本质，未确定的热力、电力、化学受力、活力的本质，是天文学、物理学、化学、植物学、动物学等的内容。同样地，自由意志力是历史的内容。但正如每种科学的主题是这种未知的生命本质的表现，而这种本质的自身只能做文学的主题——同样地，人的自由意志力在空间中、在时间中、在原因关系中的表现是历史的主题，而自由意志的本身是文学的主题。

在研究生命体的科学中，对于我们所知道的，我们叫它必然律；对于我们不知道的，我们叫它活力。活力只是我们所知道的生命本质中未知部分的表现。

　　同样地，在历史中，对于我们所知道的，我们叫它必然律，那个不知道的——叫作自由意志。对于历史，自由意志只是我们知道的人的生命律中未知部分的表现。

十一

　　历史研究人的自由意志在时间中，在原因支配下，与外在世界关系的表现，即用理性定律确定那种自由。因此，在这种自由被这些定律所确定时，历史才是科学。

　　对于历史，承认人的自由意志是能够影响历史事件的力量，即不服从定律——这正似对于天文学，承认天体运动中的自由意志。

　　这种承认毁坏了定律存在的可能，即任何科学存在的可能。假使有了一个自由运动的天体运动的卜勒与牛顿的定律都不复存在，任何关于天体运动的概念也不复存在。假使有了人的自由行为，历史定律即不复存在，不会有任何关于历史事件的概念。

　　对于历史，存在着许多条人类意志运动的线索，线索的一端隐藏在不可知之中。而在另一端有现在的人的自由意志的意识，它在空间中、在时间中、在原因支配下运动着。

这个运动的路线在我们眼前愈开展，这个运动的定律愈明显。把握并确定这些定律乃历史问题。

从科学现在研究对象的观点上，顺着它所走的道路，在人的自由意志中寻找现象的原因，则定律的表现对于科学是不可能的，因为无论我们如何限制人们的自由意志，在我们承认它是一种不服从定律的力量时，定律的存在是不可能的。

只把这种自由意志限制到了无限的程度，即把它看得无限小，我们就相邻原因的完全不可解，并且那时候历史不寻找原因，却把寻找定律作为它的主题。

寻找这些定律是早已开始的事，历史所应该采取的新的思想途径和旧历史（总是分析又分析现象的原因）所趋向的自身毁灭，同时出现。

一切的人类科学皆走过这个路径。科学中最精确的数学达到了无穷小数，丢下了分析的程序，达到了综合不可知的无穷小数的新程序。放弃了原因的概念，数学寻找定律，即一切未知的无穷小的元素所共有的性质。

别的科学虽然是别的形式，却走了同样的思想路线。当牛顿发表引力定律时，他未说太阳或地球有吸引的性质。他说，一切物体从最大到最小的都有互相吸引的性质，即放弃了物体运动原因的问题，他发表了一切物体共有的性质，自无穷大的到无限小的物体。各种自然科学所做的皆相同：丢开原因问题，寻找定律。历史也站在同样的路线上。假使历史的主题是研究各国人民与人类的运动,而不是描写个别人们的生活插曲,则历史应该放弃原因的观念,寻找定律——一切相等的、彼此不可分的、相连的、无限小的自由意志的元素所共有的定律。

十二

自哥白尼定律被发现、被证实后,仅是这个认识——动的不是太阳,而是地球——破坏了古人宇宙观。否定了这个定律,即可以保持天体运动的旧观点,但不否定了这个定律便似乎不能继续托来美斯世界的研究。但在哥白尼的发现后,托来美斯世界还被人继续研究了好久。

自从说出了并证明了:出生率与犯罪率服从数学定律,某种地理的与政治、经济的条件决定这种或那种政府形式,某种人口与土地的关系产生人民的运动——自从那个时候,便在实质上毁坏了历史所寄托的那些基础。

否定了新的定律,即可保持历史上的旧观念,但不否定了它们便似乎不能继续把历史事件当作人们自由意志的产物。因为，假使由于某种地理的、人种的或经济的条件而成立了某种政府或发生了某种人民运动，则那些对于我们显得是想立政府形式激起人民运动的人类自由意志不能看作原因。

但同时，旧历史却继续被人和统计学、地理学、政治经济学、比较语言学、地质学的定律放在一起研究，这些定律皆直接反对它的陈述。

在物理哲学的新旧观点间发生了长久而顽强的斗争。神学护卫旧观点，并谴责新的违反天示。但当真理战胜时，神学仍然坚固地建立在新基础上。

现在，在历史的新旧观点之间发生了同样长久而顽强的斗争，同样地神学护卫旧观点，并谴责新的违反天示。

在前一情形中和在后一情形中一样，斗争在双方引起了热情，并遮压了真理。在一方面，显出对于破坏数世纪中所建起的一切建筑物的恐怖与可惜；另一方面，出现了破坏的热情。

那些和物理哲学的新兴真理相争斗的人们，觉得他们若承认这个真理——便破坏了对于上帝、对于大地创造、对于努恩的儿子约书亚神迹的信仰。对于哥白尼与牛顿的定律的战士，例如，对于伏尔泰，似乎是天文学定律破坏了宗教，而他利用了引力定律作为反对宗教的武器。

同样地，现在似乎只要承认必然律，并须破坏心灵、善、恶的概念，以及建立在这个概念上的政治的宗教的制度。

同样地，现在和伏尔泰在他那时一样，必然律的自动战士们利用必然律作为反对宗教的武器。这时候,正和天文学上哥白尼定律一样,历史上的必然律不仅来破坏,且甚至加强了,建立政治及宗教制度的基础。

正似那时的天文学问题,现在历史问题中,一切观点的差异是由于承认或不承认绝对单位为可见现象的标准。对于天文学,这是地球的不动;在历史上,这是个性的独立——自由意志。

如同在天文学上承认地球运动的困难,是在否认地球不动的直感和行星运动的直感,同样,在历史中承认个性服从空间、时间及原因的困难,是在否认个性独立的直感。但如同天文学一样,新的观点说:"确实,我们不觉得地球的运动,但承认地球的不动,我们将达到荒谬之处;承认我们所不感觉到的运动,我们将达到各项定律。"同样地,在历史学中,新的观点说:"确实,我们不感觉到我们的服从,但承认我们的自由,我们将达到荒谬之处;承认我们服从外在世界、时间与原因,我们将达到各项定律。"

在第一种情形中,我们必须否认"空间不动"的意识,而承认我们所感觉不到的运动。在现在这个情形中,同样地,必须否认被意识到的自由意志,而承认我们所感觉不到的服从。

"俄苏文学经典译著·长篇小说" 书目

沙宁　　　　［苏联］阿尔志跋绥夫　著 /　郑振铎　译
罗亭　　　　［俄国］屠格涅夫　著 /　陆蠡　译
少年　　　　［俄国］陀思妥耶夫斯基　著 /　耿济之　译
死屋手记　　　［俄国］陀思妥耶夫斯基　著 /　耿济之　译
罪与罚　　　　［俄国］陀思妥耶夫斯基　著 /　汪炳琨　译
卡拉马佐夫兄弟　　［俄国］陀思妥耶夫斯基　著 /　耿济之　译
白痴　　　　［俄国］陀思妥耶夫斯基　著 /　耿济之　译
铁流　　　　［苏联］绥拉菲莫维奇　著 /　曹靖华　译
父与子　　　　［俄国］屠格涅夫　著 /　耿济之　译
前夜　　　　［俄国］屠格涅夫　著 /　丽尼　译
虹　　　［苏联］瓦西列夫斯卡娅　著 /　曹靖华　译
保卫察里津　　　［俄国］阿·托尔斯泰　著 /　曹靖华　译
静静的顿河　　　［苏联］肖洛霍夫　著 /　金人　译
死魂灵　　　　［俄国］果戈里　著 /　鲁迅　译
城与年　　　　［苏联］斐定　著 /　曹靖华　译
钢铁是怎样炼成的　　　［苏联］奥斯特洛夫斯基　著 /　梅益　译
诸神复活　　　［俄国］梅勒什可夫斯基　著 /　郑超麟　译
战争与和平　　　［俄国］列夫·托尔斯泰　著 /　郭沫若　高植　译
人民是不朽的　　　［苏联］格罗斯曼　著 /　茅盾　译
孤独　　　［苏联］维尔塔　著 /　冯夷　译
爱的分野　　　［苏联］罗曼诺夫　著 /　蒋光慈　陈情　译
地下室手记　　　［俄国］陀思妥耶夫斯基　著 /　洪灵菲　译

赌徒	[俄国] 陀思妥耶夫斯基 著 / 洪灵菲 译	
盗用公款的人们	[苏联] 卡泰耶夫 著 / 小莹 译	
在人间	[苏联] 高尔基 著 / 王季愚 译	
我的大学	[苏联] 高尔基 著 / 杜畏之 萼心 译	
赤恋	[苏联] 柯伦泰 著 / 温生民 译	
夏伯阳	[苏联] 富曼诺夫 著 / 郭定一 译	
被开垦的处女地	[苏联] 肖洛霍夫 著 / 立波 译	
大学生私生活	[苏联] 顾米列夫斯基 著 / 周起应 立波 译	
叶甫盖尼·奥涅金	[俄国] 普希金 著 / 吕荧 译	
盲乐师	[俄国] 柯罗连科 著 / 张亚权 译	
家事	[苏联] 高尔基 著 / 耿济之 译	
我的童年	[苏联] 高尔基 著 / 姚蓬子 译	
贵族之家	[俄国] 屠格涅夫 著 / 丽尼 译	
毁灭	[苏联] 法捷耶夫 著 / 鲁迅 译	
十月	[苏联] A. 雅各武莱夫 著 / 鲁迅 译	
安娜·卡列尼娜	[俄国] 列夫·托尔斯泰 著 / 周笕 罗稷南 译	
克里·萨木金的一生	[苏联] 高尔基 著 / 罗稷南 译	
对马	[苏联] 普里波伊 著 / 梅益 译	
暴风雨所诞生的	[苏联] 奥斯特洛夫斯基 著 / 王语今 孙广英 译	
猎人日记	[俄国] 屠格涅夫 著 / 耿济之 译	
上尉的女儿	[俄国] 普希金 著 / 孙用 译	
被侮辱与损害的	[俄国] 陀思妥耶夫斯基 著 / 李霁野 译	
复活	[俄国] 列夫·托尔斯泰 著 / 高植 译	
幼年·少年·青年	[俄国] 列夫·托尔斯泰 著 / 高植 译	
烟	[俄国] 屠格涅夫 著 / 陆蠡 译	
母亲	[苏联] 高尔基 著 / 沈端先 译